HEYNE <

Das Buch

Sie ist die eine – sie muss sterben, um das Überleben der Götter zu sichern. Für Theron, direkter Nachfahre des Herkules, besteht kein Zweifel daran. Doch er hat sich seine Mission nicht so verdammt schwer vorgestellt: Schon beim ersten Blick in ihre Augen droht er sich zu verlieren und der Macht, die ihn zu Casey hinzieht, hat er trotz all seiner göttlichen Kräfte nichts entgegenzusetzen ...

Casey weiß in dem Augenblick, als der Mann den Club betritt, dass irgendetwas mit ihm nicht stimmt. Exemplare wie er existieren einfach nicht in der Realität – und vor allem interessieren sie sich nicht für Casey. Genau das aber tut der umwerfend attraktive Fremde: Er steuert genau auf sie zu. Dunkel ahnt Casey, dass sich ihr Leben für immer ändern wird ...

»Sherrilyn Kenyon und Patricia Briggs in einem: Sinnlich, dunkel und teuflisch sexy!« *New York Times-Bestsellerautorin Angie Fox*

Die Autorin

Elisabeth Naughton lebt mit ihrem Mann und drei Kindern in Oregon. Das Schreiben von romantischen, übersinnlichen Liebesromanen ist inzwischen nicht mehr nur eine Leidenschaft, sondern ihr Beruf. Wenn sie in Gedanken gerade nicht bei den Unsterblichen weilt, geht sie laufen – und denkt sich dabei neue Geschichten und Abenteuer aus.

ELISABETH NAUGHTON

Schwur der Ewigkeit

Roman

Aus dem Englischen
von Sabine Schilasky

WILHELM HEYNE VERLAG
MÜNCHEN

Das Original MARKED erschien
bei Dorchester Publishing, New York

FSC
www.fsc.org
MIX
Papier aus verantwortungsvollen Quellen
FSC® C014496

Verlagsgruppe Random House FSC-DEU-0100
Das für dieses Buch verwendete FSC®-zertifizierte Papier
Holmen Book Cream liefert Holmen Paper, Hallstavik, Schweden.

2. Auflage
Vollständige deutsche Erstausgabe 02/2012

Printed in Germany 2012
Umschlaggestaltung: Nele Schütz Design, München,
unter Verwendung eines Fotos von © shutterstock/stryjek
Satz: IBV Satz- und Datentechnik GmbH, Berlin
Druck und Bindung: GGP Media GmbH, Pößneck
ISBN: 978-3-453-40891-3

www.heyne.de

Für Alice,
die als Erste von der Buchidee hörte
und mich ermunterte, die Geschichte zu schreiben.

Alice, du bist schuld.

Danksagung

Wie alle Projekte, hätte ich auch dieses Buch nicht ohne die Hilfe meiner Freunde, meiner Familie und meiner Kollegen fertigstellen können. Ein besonderer Dank geht an Lisa Catto, meine Fachfrau für alles, was mit griechischer Mythologie zu tun hat; an meine wundervolle Kritikerin Joan Swan, die mich von Anfang bis Ende in die richtige Richtung lenkte; meine Freundinnen Becky Hakes und Kendra Elliot für ihr Lob, wenn ich etwas richtig hinbekam, und dafür, dass sie mich nie verspotteten, wenn ich gewaltig danebenlag. Ich danke auch Nicholas Roussos, der mir in letzter Minute beim Übersetzen half, sowie meiner wunderbaren Agentin, Laura Bradford, die dieses Manuskript so oft las, dass sie es am Ende auch selbst hätte schreiben können. Und ein großes Dankeschön auch an meine Verlegerin, Leah Hultenschmidt, sowie die gesamte Mannschaft von Dorchester für all die harte Arbeit, die sie meinetwegen leisteten.

Und schließlich möchte ich meinem Mann Dan und unseren drei Kindern danken, dass sie mir die Chance gaben – und mich ermutigten – zu schreiben, wie ich es mir immer gewünscht habe. Ich liebe euch alle.

Und nach diesem erblickt' ich die hohe Kraft Herakles
Seine Gestalt; …
Ringsum schrie, wie Vögelgeschrei, das Geschrei der gescheuchten
Flatternden Geister um ihn; er stand der greulichen Nacht gleich …

Erstes Kapitel

An manchen Abenden wollte eine Frau einfach ihren Schädel gegen eine Wand rammen, um nicht zu losszuschreien. Für Casey Simopoulos war es einer dieser Abende.

»Ey, Süße, meine Zunge befeuchtet sich hier nicht von alleine!« Der blonde Möchtegern-Burschenschaftler am anderen Ende ihres Tischbereichs breitete die Arme weit aus und bedachte sie mit einem Wie-blöd-bist-du-eigentlich-Blick. »Kriegen wir jetzt was trinken oder was?« Die beiden Idioten neben ihm an dem kleinen runden Tisch klopften ihm lachend auf die Schultern, in dieser »Du bist voll cool, Alter«-Manier, so dass Casey die Zähne zusammenbiss.

Oh ja, sie hätte eine Menge Erwiderungen auf seinen dämlichen Spruch, aber weil sie in diesem Tempel des Anstands nicht das böse Mädchen mimen würde, verkniff sie sich die. Stattdessen setzte sie ein gekünsteltes Lächeln auf, stellte die Biere auf Tisch elf und steuerte dann direkt die Krachmacher an.

Ihr volles Tablett balancierte sie über dem Kopf, während sie sich im Zickzack durch das XScream schlängelte. Um sie herum dröhnten wummernde Bässe aus verborgenen Lautsprechern in den Wänden und brachten den Boden zum Vibrieren, so dass ihr das Hirn dröhnte. Sie hatte mörderische Kopfschmerzen, und dieses tiefe Summen, das sie die letzten dreißig Minuten wahrnahm, strapazierte ihr gemeinhin ausgeglichenes Gemüt aufs Äußerste. Hätte sie nicht unlängst gegessen, wäre sie drauf und dran gewesen, es als Unterzuckerung abzutun; aber Dana nötigte sie, in der Pause einen Burger herunterzuschlingen, also konnte es das nicht sein. Und Casey war es leid, dauernd zu grübeln, was mit ihr los war.

Jetzt schon angefressen von dem Job, was? Oh Mann, wenn ich …

Sie schüttelte den Gedanken ab und bahnte sich ihren Weg um die Tische herum, vorbei an Holzfällern, Lehrern und sogar dem Bürgermeister. Nichts läge ihr ferner, als über die zu urteilen, die sich in solch einem Schuppen amüsierten. Rechts von ihr mühte sich Anna nach Kräften ab, und aus dem Augenwinkel glaubte Casey, einen BH – oder war das ein Tanga? – zu sehen, der durch die Luft flog, aber auch den ignorierte sie. So wie jeden Abend.

Die College-Jungs, aus deren Ecke der blöde Spruch gekommen war, johlten und grölten, während sie Anna zusahen, die sich mit einem lüsternen Grinsen vorbeugte und mit ihrem Size-zero-Hintern wackelte. Offenbar entging den dreien, dass Annas neckisches Zwinkern und Lippenbenetzen einzig dem Broterwerb galt, aber das verwunderte eigentlich nicht. Die drei Typen wirkten nicht gerade wie Raketenforscher.

Sie beachteten Casey kaum, als sie sich ihnen näherte, was ihr nur recht war. Die superkurze Schuluniform, die alle Kellnerinnen auf Weisung Karls zu tragen hatten, schmeichelte nicht gerade ihrer Figur , denn bei fast einem Meter achtzig funktionierte dieser Look nicht wirklich. Deshalb konnte Casey es nicht erwarten, dass ihre Schicht endete und sie schnellstmöglich aus diesen Klamotten kam.

Sie stellte das erste Bier vor dem Rotzlöffel Nummer eins auf den Tisch, ging hinter dem Blonden vorbei, der in Ja-Baby-Manier mit dem Kopf wippte und sabbernd Anna zuguckte. Casey griff nach dem nächsten Glas, doch ehe sie es abstellen konnte, stieß sie jemand seitlich an, so dass sie stolperte, die Gläser umkippten und sich schaumig goldene Flüssigkeit über ihr Tablett ergoss.

»Hey!«, rief sie, bemüht, das Tablett zu balancieren, bevor alles über den Tisch neben ihr schwappte. »Pass doch auf!«

Das Surren in ihrem Kopf wurde stärker, und sie hatte die Worte noch nicht ausgesprochen, da setzte ein Kribbeln an ihrer Hüfte ein, strahlte von dort in ihren unteren Rücken ab, worauf sie das Gleichgewicht verlor.

Casey schwankte, wollte sich am Tisch festhalten, aber leider streiften ihre Fingerspitzen bloß die Kante und glitten ab. *Mist*, dachte sie noch im Fallen, hörte das Schaben von Stuhlbeinen und die erschrockenen Rufe der College-Jungs. Allerdings landete sie nicht auf dem Fußboden, denn plötzlich legte jemand seinen stählernen Arm um ihren Oberkörper, und schnellte mit dem anderen Arm vor, um das Tablett zu retten.

Ihr fehlte die Zeit, zu reagieren, sie konnte nur vor Schreck nach Luft ringen. Der mysteriöse Mann, der sie fast umgeworfen hatte, drehte sie in seinen Armen um und stellte sie federleicht wieder auf ihre Beine. Dann reichte er ihr das Tablett, nickte und sagte mit einem auffälligen Akzent, »Verzeihen Sie mir.«

Und Casey konnte nicht mehr sprechen.

Er war riesig, locker zwei Meter, und bestand aus mindestens zweihundertfünfzig Pfund festen Muskeln. Seine Beine waren wie Baumstämme und seine Brust so breit, dass sie Caseys gesamtes Blickfeld ausfüllte. Und dieses Gesicht! *Griechischer Gott*, fiel ihr bei seinem olivfarbenen Teint, dem schulterlangen, mitternachtsschwarzen Haar und den sündig dunklen Augen ein. Vor allem aber war es die Art, wie er sie ansah, die Casey stutzig machte: Als würde er sie kennen, konnte sie jedoch nicht zuordnen – und wäre nicht begeistert. Nein, er schien vielmehr zu denken, dass sie die letzte Person auf dem Planeten war, die er in diesem Moment sehen wollte.

»Oh Mann«, rief einer der drei hinter ihr, »bist du hirntot oder was?«

Verdammt! Diese dämlichen College-Idioten.

Sie wollte sich umdrehen und die Situation entschärfen, doch der griechische Gott kam ihr zuvor, indem er den dreien einen Blick zuwarf, bei dem sie eigentlich zu Salzsäulen erstarren müssten. Tatsächlich klappte der Witzbold geräuschvoll den Mund wieder zu, und er wie auch seine Freunde ließen Casey in Frieden.

Zum ersten Mal an diesem Abend ließen ihre Kopfschmerzen etwas nach. Gern hätte sie sich die verdatterten Mienen der Typen hinter ihr angesehen, nur brachte sie es nicht fertig, ihren Blick von dem Mann vor ihr abzuwenden. Dass sie ihn anstarrte, musste ihm aufgefallen sein, denn er schüttelte kaum merklich den Kopf und begab sich auf die andere Seite des Clubs.

Erst als er bereits quer durch das Lokal gegangen war, holte Casey wieder Luft.

Ach du Schande. Was war das denn?

Ihre Lunge fühlte sich auf einmal zu eng an. Sie rang nach Atem, rieb sich mit einer Hand über die Stirn und versuchte, ruhig durchzuatmen, während sie dem Mann weiter hinterherguckte. Er blieb bei einer Sitznische nahe der Wand stehen und unterhielt sich mit jemandem, der dort saß.

Und dieser Jemand war weiblich, blond, zierlich. Vor ungefähr einer halben Stunde war sie allein in den Club gekommen und hatte sich in die schattige Nische gesetzt, um von da aus die Show anzusehen.

Casey hatte nicht sonderlich auf sie geachtet, denn dass gelegentlich eine Frau allein in den Club kam, war nicht außergewöhnlich. Nun hingegen, da ihr *Held* in Schwarz auf die blonde Schönheit zugegangen war, wollte Casey doch ein bisschen mehr über die beiden wissen.

»Willst du die ganze Nacht rumglotzen oder endlich mal was tun?«

Die Stimme hinter ihr riss sie aus ihren Gedanken. Sie drehte sich zu den drei College-Jungs um, die sie anguckten, als wäre sie hoffnungslos umnachtet. Die Unverschämtheit der drei wurde durch die Szene eben kein bisschen erträglicher, und abermals geriet Caseys Tablett ins Wanken. Sie konnte es gerade noch abfangen, ehe die halbleeren Gläser erneut überschwappten.

»Tut mir leid«, murmelte Casey, nahm den Lappen von ihrem Tablett und wischte die Pfützen auf dem Tisch auf. Was war mit ihr? »Entschuldigt.«

»Oh Mann!« Der Blonde schüttelte sich Bier von den Fingern. »Was ist mit dir? Stimmt mit dir im Kopf was nicht oder was?«

Casey ignorierte die Bemerkung und putzte weiter den Tisch. »Ich bringe euch drei frische Biere. Die gehen natürlich aufs Haus.«

»Das will ich auch hoffen«, ranzte der Typ rechts von ihr, der sich schon wieder zur Stripperin, die gerade tanzte, umwandte.

Auch das ignorierte Casy, räumte die leeren Gläser ab und blickte wieder zu dem großen dunkelhaarigen Mann mehrere Tische entfernt.

»Machen die Typen dir Ärger?«, fragte Nick Blades, als sie näher kam.

»Nicht mehr als sonst.« Vorsichtig hob Casey die durchnässten Servietten von seinem Tisch und ließ sie auf ihr Tablett fallen. Er war beinahe so groß wie der griechische Gott, auch wenn sich damit die Ähnlichkeiten der beiden erschöpften. Nicks blondes Haar war militärisch kurzgeschoren, er besaß eine ganze Reihe seltsamer Tattoos und Piercings, und es fiel schwer, ihn anzusehen, ohne auf die gezackte Narbe zu starren, die sich von seiner linken Schläfe bis zum Kinn hinunterzog. Er saß immer in Caseys Bedienbereich, und obgleich sie sich schon tausend Mal gesagt hatte, dass er harmlos war, wollte es ein Teil von ihr partout nicht glauben. Andererseits hatte sie schon miterlebt, wozu er fähig war. Und so dankbar, wie sie ihm auch war, wollte sie das lieber nicht noch einmal sehen.

Er beobachtete sie aufmerksam, doch sie vermied den Augenkontakt zu ihm. »Du warst da drüben wohl ein bisschen abgelenkt.«

Casey hielt inne und dachte an den groß gewachsenen griechischen Gott, worauf ihre Wangen heiß wurden und sie den Kopf nach unten neigte, um Nicks Tisch noch emsiger zu wischen. Es war vollkommen logisch, dass ein Mann wie dieser an ihr vorbeisah und eine so aufreizende Erscheinung wie die Frau in der Ecke anvisierte. Männer bemerkten spindeldürre Amazonen gemeinhin nicht, wenn kurvige kleine Blondinen in der Nähe waren.

»Willst du noch einen, Nick?«

Auf sein Schweigen hin blickte Casey doch auf und bemerkte, dass Nick nicht sie anguckte, sondern misstrauisch hinüber zu dem griechischen Gott und seiner blonden Verführung blickte. Da war kein Anflug von Bewunderung, Faszination oder gar Neid in seinem Ausdruck. Nein, Nick sah eindeutig feindselig aus, und es war offensichtlich, dass er den Mann erkannte.

Komisch. Woher kannte jemand wie Nick einen Mann wie den? »Nick?«

Nicks Miene wurde sofort wieder verschlossen, als er sich zu ihr drehte. »Klar, wieso nicht?«

Das Kribbeln unten an Caseys Rücken wurde wieder stärker, als sie einen Schritt von Nicks Tisch zurücktrat. »Ich bin gleich wieder da.«

Sie eilte zur Bar, wobei sie sich fortwährend einredete, dass es sie nicht interessierte, was Nick Blades von wem hielt. Sie hatte wahrlich andere Sorgen. Seufzend stellte sie ihr Tablett auf die polierte Tresenfläche und reichte Dana, der Barfrau, ihre Bestellungen.

Dana zapfte drei Pints für die drei Jungen, deren Tisch Casey geflutet hatte, und sah hinüber zu Nick. »Guck mal, dein Verehrer ist heute Abend auch wieder da.«

Casey runzelte die Stirn. Sie würde Nick ganz sicher nicht als ihren Verehrer bezeichnen. Wie sie ihn überhaupt nicht gern ihr Was-auch-immer nennen wollte. Allerdings hatte sie Dana den wahren Grund nie verraten und würde es jetzt auch nicht tun. »Ich weiß.«

»Irgendwie süß, obwohl nicht gerade dein Typ zu sein scheint.«

Casey fand es überhaupt nicht süß. Vielmehr wurde es ihr in letzter Zeit zusehends unheimlicher. Trotzdem tat sie es mit einem Achselzucken ab. »Ich habe gar keinen bestimmten Typ.«

Schmunzelnd stellte Dana die Biere auf Caseys Tablett. »Und hättest du, wäre es garantiert nicht der Böse-Biker-Typ.«

Casey war nicht gerade froh darüber, dass sie so berechenbar zu sein schien. »Beurteile nie ein Buch nach dem Einband, Dana.«

Dana fixierte sie, während sie Wodka in ein Glas füllte und Orangensaft aus einem Krug hinzugab. »Sagte die Buchhändlerin. Wie läuft es eigentlich so im Laden?« Sie ließ eine Kirsche in den Drink plumpsen und stellte ihn aufs Tablett.

»Gut. Es ist nicht so viel los wie hier, aber ich verkaufe ja auch keinen Sex im Leineneinband.«

»Solltest du vielleicht.«

Casey musste lächeln. »Ja, vielleicht.«

Sie wartete, bis Dana alle Bestellungen zusammenhatte, und klopfte derweil den Takt zu Justin Timberlakes »Sexy Back« auf dem Tresen. Auf der Bühne war jetzt Jessica, die sich bereits aus ihren Hotpants schälte, doch Nick beachtete sie nicht. Caseys Blick streifte durch den Raum, und für einen flüchtigen Moment fragte sie sich, was ihre Großmutter sagen würde, sähe sie Casey jetzt.

»Acacia, Meli, was ist mit dir passiert?«

»Nichts, Gigia. Es ist nur vorübergehend.«

»Das ist es bei dir immer, Meli.«

»Bist du bald durch?«

Danas Frage riss Casey aus ihren Gedanken. »Ja, Gott sei Dank. Nur noch eine Viertelstunde, dann gehe ich in ein freies Wochenende. Der Buchladen hat morgen und Montag geschlossen.«

»Sehr gut. Du arbeitest viel zu viel, Casey. Ich begreife nicht, wie du das schaffst, den ganzen Tag im Laden und nachts hier. Versprich mir, dass du wenigstens ein heißes Date hast.«

Casey griff nach dem Tablett. »Ja, mit einem guten Buch.«

»Du musst mehr ausgehen, Case. Such dir einen gut aussehenden Knaben, der dich daran erinnert, worum es im Leben wirklich geht.«

Casey dachte unweigerlich an den griechischen Gott. Sie wollte wetten, dass er sie gewiss daran erinnern könnte.

Doch den Gedanken verwarf sie sofort wieder, sie hievte ihr Tablett hoch und drehte sich um. »Ich habe keine Zeit für heißes Dates.«

»Wenn du die serviert hast, mach Schluss für heute. Ich übernehme den Rest.«

Casey sah zu Dana. »Ehrlich?«

Dana zuckte lächelnd mit den Schultern, während

sie ein Glas auswischte. Ihr hellrotes Haar schimmerte im gedämpften Licht. »Klar doch. Mach schon. Falls irgendwas ist, schicke ich Jane an deine Tische.«

»Danke«, sagte Casey seufzend. Auf einmal war sie sehr müde.

»Eines noch, bevor du gehst. Wenn du nach Hause kommst, guck doch bitte mal nach, ob ich neulich Abend mein Handy bei dir vergessen habe. Ich finde das Ding nirgends.«

»Klar, ich sehe nach und ruf dich zu Hause an.«

Dana zwinkerte ihr zu. »Lieb von dir. Schönes Wochenende, Casey, du hast es verdient.«

Casey ging als Erstes an den Tisch der drei College-Jungs und brachte ihnen ihr Bier, dann sah sie wieder nach hinten. Die Blonde erhob sich schwerfällig aus der Nische und stolperte, sowie sie aufstand, was merkwürdig war, denn Casey wusste genau, dass sie nichts getrunken hatte. Der griechische Gott fing sie ebenso auf wie vorhin Casey.

Nein, ein bisschen anders als bei Casey, denn mit dieser Frau ging er eindeutig sanfter um. Er zog sie an sich, als wäre sie aus Glas, und keine zwei Sekunden später hatte er sie in seine Arme gehoben und trug sie zur Hintertür heraus. Das war wie eine Szene aus *Ein Offizier und Gentleman*.

Nur dass der Mann hier zehnmal so groß und Millionen mal heißer war als Richard Gere.

Wieder begannen Caseys Wangen zu glühen, und Neid – das einzige Wort, das ihr für die befremdliche Enge in ihrer Brust einfiel – überkam sie. Wie musste es sich wohl anfühlen, wenn ein solcher Mann ihr all die Aufmerksamkeit schenkte?

Die Tür schlug hinter ihm zu, und nichts als Dunkelheit und die wummernden Bässe blieben im Club zurück. Mürrisch atmete Casey tief ein und drehte sich weg.

Es war blödsinnig, über Dinge nachzudenken, die sie niemals haben könnte. Und für die sie sowieso gar keine Zeit hatte. Zuerst musste sie ihre Schicht beenden, dann nach Hause fahren und diesen lästigen Virus ausschlafen, mit dem sie seit Tagen kämpfte. Danach sollte sie sich zusammennehmen, damit sie nächsten Dienstag wieder von vorn anfangen konnte.

Sie ging zu Nick und reichte ihm seine Cola. »Ich geh jetzt, Nick. Falls du noch was willst, wende dich einfach an Dana.«

Er hob sein frisches Glas hoch. Lange Ärmel verhüllten seine Arme, und fingerlose Handschuhe bedeckten seine Hände bis auf die Fingerspitzen. »Okay. Übrigens, Casey?«

Sie erstarrte mitten in der Drehung. »Ja?«

»Der Typ, der dich fast umgerannt hat, weißt du noch? Wenn du ihn irgendwo wiedersiehst, sag mir Bescheid.«

Casey sah ihn fragend an. »Warum?«

»Ist was Persönliches.«

Nun, das war ebenfalls komisch.

»Und wenn du klug bist, halte dich von ihm fern«, fügte Nick leiser hinzu. »Weit fern. Er ist gefährlich.«

Die Stelle unten an Caseys Rücken begann erneut zu kribbeln, und sie reckte trotzig das Kinn. Freundliche Besorgnis war eine Sache; Bevormundung eine ganz andere. Zwar sagte ihr Gefühl ihr, dass sie den griechischen Gott ohnehin nie wiedersähe, dennoch war Nicks Bemerkung überflüssig.

»Ja, ja, Nick«, murmelte sie, ehe sie zur Personalumkleide ging, »tue ich sicher.«

»Theron, lass mich runter!« Isadora stemmte sich mit der freien Hand an seiner Brust ab, womit sie wenig mehr erreichte, als ihm auf die Nerven zu fallen.

Er würde nicht die Beherrschung verlieren. Die Tatsache, dass er vier Tage gebraucht hatte, um sie aufzuspüren, war hier und jetzt unerheblich. Dasselbe galt für den Umstand, dass er seine Leute im Stich ließ und ihr nachjagte. Er würde sie eben nach Hause bringen, bevor der Rat entdeckte, dass sie verschwunden war, und die Hölle losbrach.

»Theron, ich meine es ernst!«, sagte sie nochmals, als die Tür zum Stripclub der Menschen hinter ihnen zufiel und Theron sich vom Gebäude entfernte.

»Zeit, nach Hause zu gehen, Isadora. Du hattest deinen Spaß.«

Isadora blickte enttäuscht über seine Schulter zum Haus zurück. »Du verstehst das nicht. Ich brauche sie.«

Sie brauchen? Von wegen! Er war der Einzige, den sie momentan brauchte. Falls ihr Vater herausfand, was sie im Schilde geführt hatte …

Er biss die Zähne zusammen und trottete weiter. Läge es bei ihm, müsste niemand erfahren, wo sie die letzten Tage gewesen war oder was sie vorgehabt hatte. Das Letzte, was er – der Anführer der Argonauten und direkter Nachfahre Herakles', des größten Helden aller Zeiten – gebrauchen konnte, war, dass seine Kriegerbrüder vom Menschenfrauenfetisch seiner zukünftigen Frau erfuhren.

Bei dem Gedanken verzog er das Gesicht. Bei beiden Gedanken, genaugenommen: »Menschenfrau« wie auch »zukünftige Frau.«

Isadora zappelte in seinen Armen, bis sie schließlich seufzend aufgab. Was Theron sehr recht war, denn er fühlte sich kaum in der Stimmung, freundlich zu sein.

Die Luft war kühl, doch Theron spürte es praktisch nicht. Ein ersticktes Wumm-Wumm-Wumm hallte aus dem Club hinter ihnen. »Sie war wunderschön, nicht wahr?«, sagte Isadora leise. »Anmutig und groß. Ich … ich hätte nicht gedacht, dass sie so groß ist.«

Sekündlich gereizter ob Isadoras irritierendem Betragen, beschleunigte Theron seine Schritte. Erst als sie wieder seufzte und ihren Kopf an seine Brust lehnte, entsann er sich, wie berauscht sie sein musste und wie fest er sie an sich drückte.

Er lockerte seinen Griff und zwang sich, ruhig zu sprechen; leider klang er immer noch grob. »Isadora, du darfst nicht einfach davonlaufen.«

»Ich … ich weiß«, hauchte sie, während ihr Körper in seinen Armen erschlaffte. Sie erschauderte und schmiegte sich dichter an ihn. »Ich wünschte nur …«

Ihre verebbende Stimme rief ihm ins Gedächtnis, dass sie im Club Mühe gehabt hatte, aufzustehen. Erst jetzt fiel ihm ein, dass kein Glas auf ihrem Tisch gestanden hatte. Nicht einmal ein Rand von einem unlängst abgeräumten war dort zu sehen gewesen. Er verlagerte sie auf einen Arm und befühlte ihre Stirn. Ihre Haut war kühl und feucht.

Seine Verärgerung wich ernster Sorge. Isadora war nicht betrunken, sondern krank.

Skata. Er musste sie zurück nach Argolea bringen. *Sofort!* »Halt dich an mir fest«, flüsterte er ihr streng ins Ohr und schob seinen Arm wieder unter ihre Beine. »Ich bringe dich nach Hause.«

Sie schloss die Augen, und nach einem Moment, in dem sie unglaublich traurig und gequält aussah, nickte sie höchst widerwillig. »Ja. Ja, du hast Recht. Es wird höchste Zeit. Bring mich heim, Theron.«

Doch schon nach einem Schritt veränderte sich die Luft. Sie wechselte binnen eines Sekundenbruchteils von Feucht und Lau auf Eisig, und Theron wusste ohne hinzusehen, dass sie nicht mehr allein waren.

Vier Dämonen, Bestien der Unterwelt, gefangen zwischen Sterblichkeit und Gottheit, mit spitzen Hörnern und gebleckten Zähnen, tauchten gleichsam aus dem Nichts auf. Einer war vor ihnen, zwei zu Therons Rechten, einer links. Ihre Körper waren die von Menschen, gekleidet in Leder und in Trenchcoats, die bei jeder Bewegung hinter ihnen aufwehten. Ihre Gesichter indes waren grotesk, wie eine Mischung aus Löwe, Wolf und Ziege.

Isadoras Muskeln entspannten sich in Therons Armen. Er war nicht sicher, ob sie eingeschlafen oder ohnmächtig geworden war aufgrund ihrer Krankheit, aber das war gleich. Sie war allemal besser dran, wenn sie nicht sah, womit sie konfrontiert wurden.

»Gib die Prinzessin frei, Argonaut, und wir verschonen dein Leben«, verkündete der Dämon direkt vor ihm mit raspelnder Stimme.

Ein hämischer Laut entfuhr ihm, während er zugleich überlegte, wie er sich aus dieser Lage befreite. Seine Männer waren viel zu weit weg, denn er hatte sich allein auf die Suche nach Isadora gemacht. »Seit wann sind Dämonen für ihre Gnade bekannt?«

Der Anführer knurrte. »Unsere Gnade ist das Einzige, was dich retten kann. Lass sie los. Sofort. Eine zweite Chance bekommst du nicht.«

Soweit Theron es beurteilen konnte, standen ihre Chancen denkbar schlecht. Er blickte zu der bewusstlosen Isadora hinab. Seit fast zweihundert Jahren diente er seinem Geschlecht, weil es seine Pflicht war. Und obgleich sie nicht seine erste Wahl war, hatte er sich bereitgefunden, Isadora zu heiraten, um ihre Welt zu erhalten. Heute Abend aber würde er der *Gynaíka* dienen, die eines Tages die Königin von Argolea sein sollte, auf dass ihr Leben und das ihres Volkes gerettet wurden. Selbst wenn es bedeutete, dass er seines verlor.

Die beiden Dämonen rechts kamen näher. Theron

schloss die Augen und wandte seine gesamte Kraft auf, um einen Schutzschild um Isadora heraufzubeschwören. Die Anstrengung schwächte ihn zunehmend, und er hatte keine Energie mehr für den Kampf übrig, der zwangsläufig folgte.

Sobald sie vor den Dämonen sicher war, legte er Isadora zu seinen Füßen auf den Asphalt. Sie rollte sich zusammen, zeigte sonst jedoch keinerlei Regung. Theron richtete sich zur vollen Größe auf und sah die vier Dämonen an, die nach wie vor halb über ihm schwebten. »Wenn ihr sie wollt, Jungs, kommt und holt sie euch.«

Der in der Mitte, der fraglos das Sagen hatte, kicherte, was allerdings nicht amüsiert klang. »Welche Arroganz, Argonaut. Und man bedenke, dass du in Falle sitzt. Atalanta dürfte deine Kühnheit überaus lustig finden.«

»Atalanta ist eine dämliche Vettel mit Dauer-PMS. Und lass mich raten … Als ihr Schläger Nummer eins, gewährt sie dir welches Privileg? Du darfst ihr den Arsch abwischen?« Er lachte, denn auch wenn er wusste, dass er damit nur das Tier in sich wütend machte, wollte er seinen garantierten Untergang wenigstens als einen triumphalen erleben. »Eine Frage, Hundevisage, wie unbedeutend ist deine Art eigentlich für Hades, dass er euch so leichthin einer Kuh auf Rädern wie Atalanta überlässt?«

Die vier knurrten unisono, und die Augen des Anführers leuchteten grün auf. »Reiz uns ruhig, Argonaut. In ein paar Minuten wirst du uns anbetteln, dich zu töten.«

Sie bewegten sich geschlossen auf ihn zu, als würden alle vier von einem Gehirn gesteuert. Und ohne zu zögern legte Theron seine Finger zusammen, bis die Markierungen auf den Handrücken von innen heraus zu schimmern begannen. Blitzartig öffnete sich das Portal und schloss sich gleich wieder, worauf er allein mit den Dämonen auf dem Parkplatz zurückblieb.

In der kurzen Stille, die sich ähnlich einer dunklen Wolke über alle senkte, trat greller Zorn auf die Gesichtszüge der Dämonen, gefolgt von einem Brüllen, wie es allein Götter zu hören bekamen.

»Die Prinzessin heimzuschicken, war dein letzter Fehler, Argonaut«, fauchte der Rudelführer.

Sie attackierten ihn im Verbund, warfen ihn hart auf den Asphalt, noch ehe er nach seinen Waffen greifen konnte. Die ausgefahrenen Reißzähne gebleckt, rissen und zerrten sie an ihm.

Als sein Rücken aufschlug und der letzte Rest Kraft in ihm verpuffte, kam Theron ein flüchtiger Gedanke.

Das würde übel. Und ehe es vorbei war, würde es noch sehr, sehr viel schlimmer.

Zweites Kapitel

Im Hinterzimmer des Clubs wechselte Casey eilig zurück in ihre Jeans und das weiße T-Shirt. Dann schlüpfte sie in ihre Keds, schleuderte die erbärmliche Servieruniform in ihren Rucksack und ging zum Lieferanteneingang seitlich vom Gebäude.

Als sie die Tür aufstieß, warf sie einen letzten Blick in den Club und sah, dass Nick sie immer noch beobachtete.

Ihr wurde noch unheimlicher zumute, aber sie sagte sich, dass nichts zu befürchten war, solange sie ihre Autoschlüssel parat hatte und es schnell über den Parkplatz schaffte. Die Septembernacht am Fuße der Cascades im westlichen Oregon war ausgesprochen mild und es lag nur so ein Hauch in der Luft, dass man den nahenden Herbst spürte. Ein oder zwei Wochen noch, dann bräuchte sie einen Pullover, wenn sie nach der Arbeit aus dem Club kam.

Sie entriegelte die Fahrertür ihres Taurus und setzte sich hinters Lenkrad, wobei sie nicht hinsehen musste, um zu wissen, dass Nick an der Tür stand und sie beobachtete. Sowie sie die Zündung startete und die Scheinwerfer aufleuchteten, würde sie ihn dort stehen sehen.

Denk nicht dran!

Würde sie nicht.

Sie verdrängte den Gedanken und sagte sich, sie sollte dankbar sein, statt sich mulmig zu fühlen, als sie vom Parkplatz fuhr. Er hatte sie schon einmal gerettet. Hätte er vorgehabt, ihr irgendwas anzutun, wäre das längst geschehen. Sie drehte die Lautstärke ihres CD-Players voll auf, als sie um den Club herumfuhr, um sogleich in die Bremsen zu treten, weil sie eine Rotte Tiere sah, die sich über irgendein bedauernswertes Opfer hermachten – einen Waschbären, ein Opossum oder ein Reh.

Zuerst dachte sie, *Hunde*, was schnell in *Wölfe* überging, als sie die Ohren der Tiere genauer ausmachen konnte. Aber in dem Moment, als derjenige, der ihren Scheinwerfern am nächsten war, den Kopf hob, hätte sie gern abermals revidiert, nur war ihr Gehirn auf einmal wie leergefegt.

Immerhin registrierte sie den eisigen Schauer, der ihr über den Rücken lief. Das waren weder Hunde noch Wölfe noch sonst irgendwas, das ihr jemals über den Weg gelaufen war. Dieses Ding da hatte das Gesicht eines Löwen, die Ohren eines Hundes und die Hörner einer Ziege. Und, Himmelherrgott, es war angezogen! Angezogen … wie ein Mann.

Casey schüttelte den Kopf, schloss die Augen und öffnete sie wieder, weil sie sicher war, dass sie sich das eben eingebildet haben musste. Und da erkannte sie, dass sich die Tiere oder Dinger – wie immer man die nennen wollte – nicht etwa an einem Aas vergriffen, sondern an einem menschlichen Körper.

Im selben Augenblick war sie wieder auf dem leeren Parkplatz, den harten, kalten Asphalt unter ihrem Rücken, und zwei kräftige Männer zerrten an ihrer Kleidung, während sie schrie, was nichts nützte, und versuchte, irgendwie wegzukommen. Ihr wurde speiübel, als sie sich selbst vor sich sah, so hilflos am Boden liegend.

Ehe sie begriff, was sie tat, hatte sie ihren Wagen in Leerlauf gestellt, die Tür aufgestoßen und war schreiend herausgesprungen, wild mit den Armen fuchtelnd, um die Viecher von dem Menschen wegzuscheuchen.

Vier grün glühende Augenpaare richteten sich auf sie, als sie schon auf sie zurannte. Sie stürzte fast über die vier, da meldete sich endlich ihre Vernunft zurück und sie begriff, dass sie richtig tief im Schlamassel steckte.

Sie blieb schlitternd stehen und erstarrte.

Derjenige, der ihr am nächsten war, stand auf, und sie bemerkte mit verblüffender Klarheit, dass er tatsächlich einen menschlichen Körper besaß. Nur war er gigantisch groß, mindestens zwei Meter zwanzig und annähernd dreihundert Pfund schwer. Besonders fiel ihr das dunkelrote Blut auf, das ihm über das Kinn auf die Brust troff. Die anderen drei, ebenso riesig, stellten sich rasch hinter ihm auf und bildeten so etwas wie eine Verteidigungslinie.

»Zurück in den Wagen, Mensch. Dies hier geht dich nichts an.«

Ach du Schreck, das Ding sprach!

Wie angewurzelt stand Casey da und konnte nur mit großen Augen auf das starren, was unmöglich real sein durfte. Ihr Blick fiel auf den Mann hinter ihnen, der voller Blut war, und ihr wurde schlagartig übel. »Oh Gott, was … was ist hier los?«

Die Kreatur, die gesprochen hatte, verharrte mitten in einem Schritt auf sie zu und schnüffelte so ausgiebig, als wollte das Ding ihre Duftnote einfangen. Dann huschte ein Staunen, nein, eher ein Schreck über seine Züge, oder erkannte er sie? Was immer das war, ein wahres Wetterleuchten ging über sein befremdlich katzengleiches Gesicht, bevor er sich zu den dreien hinter sich umdrehte und ihnen irgendetwas Verworrenes zuraunte.

Daraufhin starrten sie alle erstaunt an und lösten sich in einer Rauchwolke auf.

Casey schüttelte den Kopf und knallte sich die Hand gegen die Stirn. Sie sagte sich, dass das, was sie eben gesehen hatte, unmöglich dagewesen sein konnte. Gütiger

Himmel, sie musste dringend aufhören, diese Vampirliebesromane für den Laden ihrer Großmutter zu kaufen!

Als der Mann, der am Boden lag, stöhnte, sah Casey genauer hin. Egal was passiert war, sie hatte einen Verwundeten vor sich.

Immer noch ein bisschen benommen, sank sie neben ihm auf die Knie und sah ihn an. Der griechische Gott. Aus dem Club. Der, der mit der Blonden in den Armen rausstolzierte wie ein Ritter in schimmernder Rüstung. Und er war schwer verletzt: Schnitte, Hämatome und jede Menge Blut überall an ihm. Im ersten Moment wusste Casey nicht, was sie tun sollte. Doch dann versuchte er, sich zu bewegen, und endlich meldete sich ihr Gehirn zurück.

»Nein, versuchen Sie nicht, aufzustehen. Ich rufe Hilfe. Sie …« Sie kämpfte mit ihrer Übelkeit. »Was ist denn passiert?«

»Keine … Hilfe«, ächzte er mit einem seltsamen Akzent. »Ruhe. Ich … brauche … nur … Ruhe.«

Der Mann sprach im Delirium. Er musste ins Krankenhaus, wo man ihm eine Gallone Blut einflößte und sich Ärzte um ihn kümmerten. Gütiger Gott, waren das Bisse an seinen Armen? Es sah aus, als hätte man ihm das Fleisch bis auf die Knochen abgenagt.

Sie versuchte, ihn ruhig zu halten, doch selbst so schwer verwundet war er zu stark für sie. Er stemmte sich in eine Sitzposition, woraufhin sein Kopf hin und her wippte, als würde er jeden Moment herunterfallen.

»Bitte«, keuchte er. »Bringen … Sie mich weg, bevor sie wiederkommen.«

Prompt sah Casey sich um. Kein Lüftchen regte sich, keine Grillen zirpten, nicht einmal Autolärm drang von der Straße herüber. Und außer ihnen war weit und breit keine Menschenseele zu entdecken. Die Frau, mit der er den Club verlassen hatte, war verschwunden. Nichts als Stille – eine unheimliche, seltsame Stille, die nicht zu einer normalen Nacht in Silver Hills, Oregon passen wollte.

Da er sich sowieso schon aufrichtete, half Casey ihm, indem sie ihren Arm um seine Mitte legte und seinen über ihre Schultern. Die höheren Mächte waren ihnen hold, denn sie schafften es bis zu ihrem Wagen, und Casey wusste absolut nicht, wie sie das hingekriegt hatten. Als er vollkommen entkräftet auf den Beifahrersitz sank, wummerte Meatloaf aus dem Radio, der sang, was er alles um der Liebe willen täte. Casey hievte angestrengt die Beine des Mannes ins Auto und schlug die Tür zu.

Ihr war immer noch schlecht. Sie eilte um die Kühlerhaube herum auf die Fahrerseite, blieb jedoch an der offenen Tür stehen. Ihr fiel die Blonde wieder ein.

Sie blickte über den leeren Parkplatz zu den Bäumen hinten, die die Waldgrenze markierten. Wo zur Hölle steckte die Frau? Casey überlegte, nach ihr zu suchen, aber der Mann im Wagen stöhnte.

»Bitte«, raunte er heiser. »Schnell. Sie kommen wieder.«

Der Gedanke an das, was sie gesehen zu haben glaubte, reichte aus, dass sie sofort einstieg, das Radio leiser drehte und die Türen verriegelte, für alle Fälle.

Okay, denk nach! Sie würde ihm Hilfe besorgen, dann die Polizei anrufen, damit sie herkam und nach der Frau suchte. Ja, das klang wie ein passabler Plan. Casey blickte zu dem Mann rechts neben ihr und ließ den Motor an. »Ich bringe Sie in ein Krankenhaus.«

Seine Hand schnellte so blitzartig vor, dass Casey die Bewegung kaum wahrnahm. Er packte ihr Handgelenk mit verblüffender Kraft, bedachte man, dass er halbtot war. Sein Zeigefinger drückte auf ihren Puls. »Kein Krankenhaus. Nur Ruhe.« Keine Spur mehr von

Aggressivität in seiner Stimme, und sein starker Akzent hatte etwas … Vertrautes. Die dunklen Augen fixierten sie, bis Casey nichts außer nachtschwarzer Tiefe sah. Eine Wärme durchströmte ihren Körper, und ihre Muskeln entspannten sich. »Ich brauche nur Ruhe. Dann gehe ich, versprochen. Ich werde Ihnen nichts tun.«

Eine sonderbare Bemerkung für jemanden, der nicht mal seinen Kopf hochhalten konnte. Das Sicherste wäre, sie fuhr direkt zum Krankenhaus oder zur nächsten Polizeistelle. Oder sie rannte zurück in den Club, wo Nick noch sein müsste.

Was sie alles nicht tat. Stattdessen nickte sie langsam, weil sie gar nicht anders konnte. Sie fühlte sich noch immer seltsam benebelt im Kopf und kam nicht dagegen an. Sie legte den Gang ein, fuhr vom Parkplatz, und sowie sie versuchte, Richtung Krankenhaus einzubiegen, spürte sie ein leichtes Beben unten im Rücken und bog unwillkürlich nach rechts in die Old Cornell Road. Sie fuhr zu ihrem Haus am See.

»Danke, *Meli*«, flüsterte er, ließ ihren Arm los und schloss die Augen. »Es wird bald vorbei sein, versprochen.«

Nick Blades kickte seine Wohnungstür zu und warf die Schlüssel seiner Harley auf den kleinen Tisch mitten im leeren Wohnzimmer. Er streifte die Lederjacke ab, schleuderte sie auf die Schlüssel und hockte sich auf den Schreibtischstuhl, dessen billiges Kunstleder unter seinem Gewicht knarzte.

Irgendwas stimmte nicht.

Er klappte seinen Laptop auf – das einzig Teure, was er in seinem schäbigen Apartment in Silver Hills hatte – und wartete, dass der Computer hochfuhr. Während Windows auf dem Monitor aufblinkte, kaute Nick innen auf seiner Unterlippe und rieb sich die Stoppeln am Kinn.

Die Blonde in der Ecke hatte er in dem Moment erkannt, in dem er den Club betrat. Wie lange sie schon dort war, hatte er nicht sagen können, aber so wie sie Casey anstarrte, hatte er sofort auf Alarm geschaltet. Was zur Hölle hatte eine Argoleanerin in diesem Club zu suchen, und wieso gab sie sich als menschlich aus?

Seine Finger flogen über die Tastatur. Als Erstes rief er sein Instant Messaging auf. Er hoffte, dass Orpheus online war, damit er wenigstens auf ein paar seiner Fragen Antworten bekam.

Und tatsächlich war der eine Link, den er nach Argolea hatte, aktiv.

Computer-Nerd.

Nick begann zu tippen.

Niko: *Brauche Auskunft. Kannst du chatten?*

Orpheus: *Was ist los, alter Freund? Ist eine Weile her. Sind diese menschlichen Frauen nett zu dir?*

Stirnrunzelnd hackte Nick weiter auf die Tasten ein.

Niko: *Bestens, ich bin der Superhengst. Was denkst du denn, wieso ich hierbleibe?*

Ein lachender Smiley kullerte über den Bildschirm.

Orpheus: *Du bist der verlogenste Mistkerl aller Zeiten, und ich bin sündhaft neidisch. Was willst du?*

Niko: *Was hörst du an Gerüchten aus dem Rat?*

Der Cursor blinkte. Nick lehnte sich zurück, eine Hand auf der Armlehne, und wartete ab, was Orpheus antworten würde. Einen technisch versierteren Kerl – sterblich wie göttlich – hatte Nick noch nie gesehen. Orpheus begeisterte sich für menschliche Technologie wie ein Kind für einen Süßwarenladen und änderte sie so um, dass sie für seine Art nützlich war. Nur deshalb konnte Nick so offen mit ihm chatten. Würde Orpheus vermuten, dass man sie belauschen konnte, käme keine Antwort.

Orpheus: *Wieso fragst du?*

Niko: *Reine Neugier.*

Orpheus: *Weißt du, was die Menschen in einigen Ländern über neugierige Katzen sagen?*

Niko: *Ich war schon mal tot, wie du dich vielleicht erinnerst. Also lasse ich es drauf ankommen.*

Orpheus: *Na gut, Schlaumeier. Aber das hast du nicht von mir.*

Niko: *Habe ich doch nie.*

Orpheus' Onkel war einer von zwölf Ratsmitgliedern, die den König berieten. De facto schmetterte der Rat die meisten Wünsche des Königs ab, und es war kein großes Geheimnis, dass sie lieber heute als morgen eine neue Machtverteilung hätten. Deshalb war Orpheus stets auf dem Laufenden, was im argoleanischen Königreich vor sich ging – Gutes wie Schlechtes. Und er war Nicks eine Verbindung zu dem, was er vor zehn Jahren ablehnte.

Der Cursor blinkte erneut und setzte sich in Bewegung.

Orpheus: *Der König liegt im Sterben. Manche behaupten, er wäre noch vorm nächsten Vollmond tot.*

Niko: *Der Rat dürfte jubilieren.*

Orpheus: *Tut er nicht. Vielmehr sind alle rasend wütend. Isadora soll den Wächter Theron Ende der Woche heiraten. Das wurde vor wenigen Tagen bekanntgegeben.*

Endlich brachte Nick die beiden Gesichter aus dem Club zusammen! Die Blondine war keine gewöhnliche Argoleanerin gewesen. Sie war die *Gynaíka*, die zur Königin ihrer Art werden sollte. Und der riesige Argonaut, der sie holen kam, war nicht bloß einer ihrer Bewacher gewesen, sondern deren Anführer. Die Blutsbande der Argonauten waren die stärksten aller Argoleaner und reichten zurück bis zu den sieben Urhelden. Ihre Macht war nicht zu unterschätzen.

Kein Wunder, dass der Rat in Aufruhr war. Isadora war die einzige lebende Erbin von König Leonidas. Und jeder wusste, dass sie ein Schwächling war: klein, zierlich und scheu. Die *Gynaíka* war keine Anführerin. Mit Theron als ihrem Gemahl hingegen würde der Rat es nicht wagen, sie herauszufordern. Und die Erben, die er und Isadora zeugten, würden die Monarchie über Jahrtausende sichern.

Nicht dass Nick einen gequirlten Dreck darauf gab, was mit irgendeinem von ihnen passierte. Nach dem, was man ihm angetan hatte, scherte ihn herzlich wenig, ob die ganze argoleanische Art implodierte.

Aber was wollte die Prinzessin in einem schmierigen Stripclub von Menschen? Und wieso war sie derart auf Casey fixiert gewesen?

An der Frage kaute Nick noch herum, als er wieder lostippte.

Niko: *Waren die Argonauten bei der Bekanntgabe?*

Orpheus: *Ja, alle sieben. Sogar Demetrius. Ihn schien die Nachricht nicht zu beglücken.*

Nick biss die Zähne zusammen. Nein, er bezweifelte ebenfalls, dass Demetrius sich begeistert gezeigt hatte, weil Theron noch mehr Macht bekommen sollte.

Orpheus: *Gerüchte gehen um, dass seitdem keiner mehr Theron gesehen hat. Isadora übrigens auch nicht. Einige sagen, die zwei wären durchgebrannt, um dem Vergeltungsschlag des Rats zu entkommen.*

Nick wusste sicher, dass sie nicht durchgebrannt waren. Der Argonaut war sichtlich angefressen gewesen, als er Isadora in dem Club fand. Was allerdings nicht erklärte, wieso die Prinzessin überhaupt bei XScream gelandet war.

Niko: *Danke für die Info.*

Orpheus: *Planst du, zurückzukommen?*

Niko: *Wozu?*

Orpheus: *Weiß nicht. Ist lange her, dass du dich für irgendwas interessiert hast, was hier im Königreich läuft. Du weißt, dass mein Onkel Lucian Einfluss auf den Rat hat. Er würde sich sofort für dich einsetzen, wegen deiner Lage. Und wegen deinem Bruder …*

Nick las den Rest nicht, sondern tippte gleich eine Erwiderung ein.

Niko: *Er ist nicht mein Bruder. Und ich will garantiert nicht zurück nach Argolea, weder jetzt noch in Zukunft. Um meiner und aller anderer Sicherheit willen, bleibe ich trotzdem lieber im Bilde.*

Orpheus: *Dann gehe ich davon aus, dass bei dir soweit alles friedlich ist.*

Niko: *So friedlich wie es irgend sein kann.*

Nick täte einen Teufel, Orpheus gegenüber deutlich zu werden, insbesondere was seinen gegenwärtigen Aufenthaltsort oder seine momentane Betätigung betraf. Er traute Orpheus soweit, dass er ihm glaubte, was er über die Argonauten berichtete.

Und das war es auch schon. Nick hatte vor langer Zeit gelernt, dass es nicht klug war, Vertrauen mit gleicher Münze zu vergelten. Sollten die Argonauten jemals herausfinden, wo er war und was er tat, würden sie ihn aufspüren und auf der Stelle abschlachten.

Das war noch einer der Gründe, aus dem Therons Anwesenheit heute Abend in Silver Hills höchst besorgniserregend war. Und das beschäftigte ihn insgeheim, denn auf keinen Fall durfte Orpheus von der Sache erfahren.

Nick meldete sich ab und klappte den Laptop zu. Im Dunkeln in der stillen, kaum möblierten Wohnung nahe dem XScream dachte er darüber nach, wie Isadora den ganzen Abend lang Casey angestarrt hatte. Wäre die *Gynaíka* auf der Jagd nach Weibchen gewesen, die sie vernaschen konnte, hätte sie sich eine der anderen Frauen ausgesucht.

Nein. Sie wollte Casey. Was bedeutete, dass die *Gynaíka* genau wusste, wer Casey war.

Mit einem Ruck sprang er auf, schnappte sich seine Jacke und zog sie über. Ein derart ungutes Gefühl überkam ihn, dass er sich unbedingt vergewissern musste, ob Casey sicher und wohlbehalten war.

Er griff sich seine Schlüssel und knallte die Tür hinter sich zu. Keine Sekunde lang bedachte er, dass es fast drei Uhr morgens war und dass Casey wahrscheinlich tief und fest in ihrem kleinen Haus am See schlief.

Drittes Kapitel

Mit einem »Uff« ließ Casey den Mann, der sich auf sie stützte, auf ihr Bett fallen. Ihr war schleierhaft, wie sie es geschafft hatte, ihn vom Wagen bis ins Haus zu schleppen, ohne unterwegs zusammenzubrechen.

Er schlug auf die Matratze, rollte sich auf den Rücken und stieß ein langes, schmerzerfülltes Stöhnen aus. Frisches Blut sickerte aus seinen zahlreichen Wunden durch das zerrissene schwarze T-Shirt und lief ihm in Rinnsalen über die muskulösen Unterarme. Seine schwarze Jeans war am Oberschenkel eingerissen, und auch dort rann Blut das Hosenbein hinab über seinen Stiefel. Um sein Gesicht stand es keinen Deut besser. Es war übersät von unzähligen Rissen und Schnitten.

Bei dem Anblick wurde Casey schlecht. Sie presste sich den Handrücken auf den Mund, um ihr Abendessen bei sich zu behalten.

Er musste in ein Krankenhaus, brauchte einen Tropf und Leute, die wussten, wie man sich solcher Verletzungen annahm. Er brauchte …

»*Meli*, hilf mir.«

Seine ausgestreckte Hand, bedeckt von seinem Blut, winkte sie heran.

Sie bewegte sich vorwärts, als würde sie von einer fremden Macht geschoben, und legte zögernd ihre Hand in seine. Er hatte nach wie vor die Augen geschlossen, aber seine Finger schlossen sich erstaunlich kräftig um ihre.

Okay, da stimmte was nicht. Irgendwas war seltsam.

Casey bemühte sich, den Nebel in ihrem Kopf zu lüften, der sich wie ein Schleier über all ihr Denken legte.

»W-wie soll ich dir helfen«, flüsterte sie.

»Lavendel.«

»*Was?*« Er konnte unmöglich gerade gesagt haben …

»Frischer«, ächzte er, »Lavendel. Der wächst hier. Nicht?«

»Ähm, ja.« Ihr Verstand rotierte wie wild, während er versuchte, sich weiter nach oben zu legen. Casey zog ihre Hand aus seiner und half ihm, die Beine anzuheben. Er stöhnte bei ihrer Berührung.

»Tut mir leid«, sagte sie verlegen. Dann fiel ihr wieder ein, wonach er gefragt hatte. »Ich verstehe das nicht. Wieso brauchst du …?«

»Du musst mir welchen holen. Tunke ihn in kochendes Wasser«, zischte er zwischen zusammengebissenen Zähnen hervor, wobei er die Fäuste in ihrer ehedem weißen Tagesdecke ballte. »Tauche dann Tücher hinein und bring sie mir. Schnell.«

Casey starrte auf seine Wunden, für einen Moment wie gebannt davon, wie viele es waren. In ihrem Kopf drehte sich alles, ergab nichts einen Sinn. Nicht wer er war oder was ihm geschah oder wie sie ihn hierher, in ihr Haus gebracht hatte. Und jetzt wollte er Lavendel? Diese Bitte war lächerlicher als alles, was er …

»Los jetzt«, keuchte er streng. »Du musst mir jetzt Lavendel bringen, bevor es zu spät ist.«

Sie fühlte, dass sie nickte, wusste allerdings nicht, warum. Und dann bewegten sich ihre Beine, trugen sie im Laufschritt aus dem Zimmer. Wie ferngesteuert füllte sie einen Suppentopf mit Wasser, stellte ihn auf den Herd und rannte aus dem Haus.

Lavendel. Ich muss ihm Lavendel holen, weil er den braucht.

Draußen linste der Mond über die hohen Douglas-Tannen und warf Schatten auf die Seeoberfläche, als

Casey loslief und ihr Verstand mit einer unsichtbaren Macht rang, die sie anzutreiben schien. Irgendwo in der Ferne schrie eine Eule, was in der Stille sehr unheimlich klang. Die wenigen Häuser am See waren durch Waldstücke getrennt; das nächste lag mindestens acht Meilen entfernt, und heute Nacht war Casey froh darüber.

Sie blieb an der Grenze ihres kleinen Grundstücks stehen und rupfte eine Handvoll Lavendel aus dem Blumenbeet. Wieder im Haus, machte sie sich gleich an die Arbeit, wartete, dass das Wasser kochte, und warf die Strünke hinein, auf dass sie aufbrodelten. Die Brühe begann zu köcheln, und unterdes eilte Casey zu ihrem Wäscheschrank, aus dem sie so viele Waschlappen und Gästehandtücher zusammenklaubte, wie sie finden konnte, und wieder zurück in die Küche rannte. Dort warf sie sämtliche Waschlappen in den Topf, nahm sich die sauberen Gästehandtücher und lief wieder in ihr Schlafzimmer.

Auf halbem Weg überkam sie eine scheußliche Übelkeit, und sie musste stehenbleiben, eine Hand an die Wand gestützt, um Atem zu holen.

Alles ist gut. Mir geht es gut. Ich kann eben nicht so viel Blut verkraften. Und dieser komische Virus, mit dem ich kämpfe, macht mir zu schaffen. Sonst nichts.

Sie schluckte ein Mal, zwei Mal, und wartete, bis der Schwindel nachließ, dann ging sie weiter.

Bei dem, was sie im Schlafzimmer erwartete, entfuhr ihr ein stummer Schrei, und ihr wurde noch schlechter, sofern das möglich war. Ihr Patient saß auf dem Bett, den Oberkörper entblößt, und riss sich die zerfetzte Hose von den verletzten Schenkeln. Sein Gesicht war verkniffen, die Lippen zusammengebissen vor Schmerz. Dunkles Haar fiel ihm tief in die Stirn. Im Licht aus dem Flur wirkten die Schnitte, Risse und – oh Gott, waren das Krallenhiebe? – auf seinem Körper tausend Mal schlimmer, als Casey gedacht hätte.

Sie zwang sich, ins Zimmer zu gehen, obwohl sie am liebsten weggelaufen wäre, und schaltete die Nachttischlampe an. »Ich … mein Gott!«

Er war schweißgebadet. Ein ohrenbetäubendes Brüllen entfuhr ihm, als er das Hosenbein entzweiriss und wieder aufs Kissen zurücksank.

Casey lief sofort zum Bett, ließ den Handtücherstapel fallen und nahm sich das oberste, das sie auf den Schnitt drückte, der am übelsten blutete. Sie hatte ihre liebe Not, weiter zu drücken, um den Blutfluss zu stoppen, während er kehlig knurrte und sich unter ihrer Berührung vor Schmerzen wand.

Dies hier war glatter Wahnsinn. Er brauchte einen Arzt. Er würde sterben, wenn diese Wunde nicht geschlossen wurde und er weiter auf die antike Überdecke ihrer Großmutter blutete. Irgendwie musste sie ihn zurück in ihr Auto bugsieren und in die Stadt bringen, wo er richtige Hilfe bekam. Wieso in aller Welt hatte sie ihn überhaupt hierher gebracht?

Panisch sah sie zur Tür, dann wieder zu seinem Bein. Sie wollte ihn nicht allein lassen, aber sie musste telefonieren.

»Das muss zugenäht werden.«

Bei seiner raspelnden Stimme drehte sie sich sofort zu ihm um und sah in sein Gesicht. Dies war der riesengroße, dunkle, gefährliche Mann, der unlängst mit der Arroganz eines Kriegers durchs XScream stampfte, und nun war er dem Tode sehr nahe.

»Ich … Ich rufe jemanden an. Wenn du das hältst, kann ich …«

»Nein!« Er richtete sich viel zu schnell zum Sitzen auf, doch ihr entging nicht, wie sich sein Gesicht vor Schmerz verzerrte. Dann packte er auch schon ihr

Handgelenk – sehr fest. Wieder fühlte sie, wie sie von Wärme durchströmt wurde. »Nadel. Und Faden. Die hast du, oder?«

Der Nebel in ihrem Kopf kam wieder. Dichter, wabernder umgab er sie und engte alles um sie herum ein, bis sie nur noch seine nachtschwarzen Augen sah. Nur noch seine Worte hörte. Bis sie nichts mehr fühlte außer seinem Finger, der wieder und wieder über ihre Pulsader strich.

Abermals nickte sie langsam, unbewusst, als hätte er sie dazu bewegt.

Mit seiner freien Hand drückte er das Tuch auf seinen blutenden Schenkel und biss die Zähne zusammen. »Hol sie und komm wieder.«

Zögernd starrte sie ihn an, und auf einmal hatte sie das seltsame Gefühl, ihm schon einmal begegnet zu sein. Irgendwo. Oder vielleicht nicht ihm sondern jemandem, der ihm sehr ähnelte.

Verrückt. Er war ein Fremder, der sich mächtigen Ärger eingehandelt hatte. Womöglich war er ein Krimineller, ein Söldner oder ein Irrer. Doch noch ehe sie diese Gedanken zu Ende gedacht hatte, verwarf Casey sie. Hier und jetzt war er nichts als ein Mann, der ihre Hilfe brauchte.

Klopfenden Herzens verließ sie das Zimmer, und kam kurz darauf mit ihrem Nähset zurück. Es ging ihm zusehends schlechter. Er atmete angestrengt, Schweiß lief ihm über die Stirn. Seine Haut war blass, seine Augen wirkten matt. Vermutlich kostete es ihn seine gesamte Kraft, bei Bewusstsein zu bleiben.

Caseys Hände zitterten, als sie eine Nadel heraussuchte. Dann hielt sie inne. »Das ist Baumwolle. Baumwollgarn. Das ist nicht gut, oder? Ich meine, im Krankenhaus benutzen sie solche sterilen Fäden. Muss ich nicht ...«

»Baumwolle ist gut«, ächzte er. »Die löst sich in meiner Haut schnell auf.«

Sie wollte fragen, wie das möglich war, aber er blickte sie mit seinen umwölkten Augen an, und wieder hatte sie dieses merkwürdige Gefühl, ihr Denken und Handeln würden von außen gesteuert.

»Vielleicht werde ich ohnmächtig. Ich bemühe mich, wach zu bleiben, aber ich weiß nicht, ob ich … durchhalte. Wenn du die Wunde genäht hast, hol die Lavendeltücher.« Er kniff die Augen zu und atmete aus. »Wring die Tücher aus und leg sie auf meine Wunden.«

»Wie soll das denn …«

»Lavendel besitzt Heilkräfte, glaub mir. Auf drei. In Ordnung, *Meli*?«

Er sah sie fest an, und in dem Moment geschah etwas zwischen ihnen. Da war eine Verbindung, die Casey nicht erklären konnte, eine Art Vertrautheit, die sie tief in ihrem Innern berührte. Ihr Herz raste, und sie konnte nur stumm nicken.

Er erwiderte ihr Nicken, hob die Hand von seinem verwundeten Bein und sank stöhnend auf die Matratze zurück.

Casey wurde ganz flau im Magen, als sie sich an die Arbeit machte. Nachdem sie die Nadel gereinigt hatte, versuchte sie, nicht über das nachzudenken, was sie da tat oder wie ihr das Blut über die Finger lief. Sie konzentrierte sich ganz auf ihre methodischen Stiche und entsann sich an ihre Hauswirtschaftslehrerin an der Highschool: *Kleine, gleichmäßige Stiche, Casey. Nicht hetzen.*

Gott, wenn Mrs. Stevens sie jetzt sehen könnte!

Sie bemühte sich redlich, die zitternden Hände ruhig zu halten. Irgendwann bemerkte sie, dass der Mann in ihrem Bett zu stöhnen aufgehört hatte und seine Muskeln erschlafft waren. Sie blickte zu seinem Gesicht auf, konnte jedoch nur feststellen, dass er tatsächlich ohnmächtig geworden war, aber nicht, wann. Eine fast lähmende Angst überkam sie, dass sie ihn versehentlich umbringen könnte. Rasch fühlte sie mit blutigen Fingern seinen Puls. Schwach, aber regelmäßig. Casey seufzte leise vor Erleichterung und ermahnte sich, weiterzumachen. Erst als sie die Wunde vollständig vernäht hatte und das Fadenende abschnitt, fiel ihr auf, dass die Blutung deutlich nachgelassen hatte.

Wenigstens etwas.

Sie hatte alle mitgebrachten Handtücher aufgebraucht, um das Blut wegzuwischen, während sie nähte, und es waren noch weitere Schnitte an seinen Armen und dem Oberkörper zu versorgen. Ihr T-Shirt war ebenfalls ruiniert, denn sein Blut hatte es an mehreren Stellen durchnässt. Und da es ohnehin nicht zu retten war, zog sie es kurzerhand aus, knüllte es zusammen und drückte es auf eine besonders übel aussehende Wunde unterhalb seiner Rippen. Er stöhnte, regte sich kurz, und nun erst wurde Casey bewusst, dass sie die ganze Zeit die Luft angehalten hatte. Sie atmete stoßartig aus.

Nein, er war eindeutig nicht tot. Er schlief.

Was wahrscheinlich besser für ihn war, denn Casey bezweifelte, dass er den Schmerz ausgehalten hätte. Sie wäre schon längst gestorben.

Zögernd betrachtete sie die anderen Wunden und fragte sich, ob sie die auch nähen sollte. Er hatte sich lediglich wegen der einen gesorgt, und offenbar hatte er bereits Erfahrung mit solchen Verletzungen, denn seine Brust und sein fester Bauch waren von unzähligen Narben übersät.

Dann waren da noch die seltsamen Tattoos an seinen Unterarmen, die sich bis auf die Finger erstreckten. Bei einem war sie beinahe sicher, dass sie es schon mal gesehen hatte.

Wer war dieser Mann? Und was war ihm heute Nacht wirklich zugestoßen?

»*Meli*«, hauchte er und drehte den Kopf zu ihr.

Behutsam wischte sie ihm mit ihrem T-Shirt das Blut aus dem Gesicht und beugte sich näher zu ihm. Aus dem Nichts rollte eine Welle von Zärtlichkeit für diesen großen, starken Mann über sie hinweg, der so vollkommen hilflos war.

Eine gänzlich unangebrachte Empfindung. Sie kannte ihn nicht, hatte nichts mit ihm zu schaffen. Und dennoch konnte sie sich unmöglich von ihm abwenden.

Vielleicht lag es daran, dass sie vor wenigen Monaten ihre Großmmutter hatte sterben sehen. Ihr hatte Casey nicht helfen können. Jetzt und hier aber konnte sie etwas tun. Während sie seine gemeißelten Züge betrachtete und sanft über die seidigen Augenbrauen strich, fühlte sie wieder diese merkwürdige Vertrautheit.

Die auch mehr sein mochte.

»Schhh«, sagte sie leise und vertrieb den befremdlichen Gedanken. »Es ist vorbei.«

Wie in Zeitlupe hob er eine Hand und fuhr mit den Fingern über ihren nackten Arm, worauf ihr ein Schauer über den Rücken jagte. »Tücher«, murmelte er schwach. »Lavendel.«

»Ich hole sie«, flüsterte Casey. »Bleib still liegen und atme.«

Er ließ seine Hand auf die Matratze zurücksinken, als sie aus dem Zimmer lief. In der Küche angelte sie die Waschlappen mit einer Zange aus dem dampfenden Wasser, warf sie in ein Sieb und drückte so viel Flüssigkeit wie möglich heraus. Während sie in der Spüle abkühlten, goss Casey Saft in eine Tasse und suchte in den Schränken nach den biegsamen Strohhalmen, die sie gekauft hatte, als ihre Großmutter zu schwach wurde, um ein Glas anzuheben. Dann packte sie alles auf ein Tablett und brachte es ins Schlafzimmer.

Dort bedeckte sie seine Wunden mit den feuchten Tüchern. Mehrmals zuckte er zusammen, ehe er schließlich hörbar erleichtert ausatmete, als alle Verletzungen bedeckt waren. Erstaunlich. Casey hatte Lavendelduft schon immer gemocht, aber wer hätte gedacht, dass Lavendel eine solch beruhigende Wirkung hatte?

Mit einer Hand hob sie seinen Kopf an und gab ihm von dem Saft. Anschließend stellte sie die Tasse wieder ab. Der Lavendelduft füllte das ganze Zimmer aus. Casey sah auf seine blutgetränkte Hose, die er nicht anbehalten sollte. Also machte sie sich daran, sie vorsichtig aufzuschneiden.

Das gestaltete sich allerdings schwierig. Nach zehn Minuten, in denen sie es vergebens mit einer normalen Schere probiert hatte, ging sie in die Garage und holte eine Drahtschere. Solch einen Stoff hatte Casey noch nie gesehen oder angefasst. Er war eine komische Kreuzung aus Leder, extradickem Kunstleder und … Kevlar, dem Material für kugelsichere Westen. Was keinen Sinn ergab, oder? Sie guckte genauer hin, als sie ihm die Hose herunterschnitt. Das Material war dick, extrem fest. Und er hatte es mit bloßen Händen aufgerissen? Bei näherem Hinsehen entdeckte sie ungewöhnliche Taschen auf der Innenseite. Für Werkzeuge? Waffen?

Okay, das war echt schräg.

Sie wollte gerade die erste der vielen Innentaschen öffnen und hineinsehen, als ihr Blick auf den Patienten fiel und sie bemerkte … er trug keine Unterwäsche.

Ihre Wangen begannen zu glühen, während sie fasziniert auf den nackten Mann starrte, der vor ihr lag. Selbst grün und blau geprügelt und blutverschmiert wirkte er umwerfend. Starke Muskeln wölbten sich an seinen Schultern, den Armen, auf der Brust und auf dem straffen Bauch. Er hatte stramme Hüften und weiter unten …

Das Glühen wurde zu sengender Hitze, und zwar *überall*.

Ja, klar. Vergiss es!

Sie drehte sich weg, schimpfte sich eine dämliche Kuh und legte seine Sachen auf einen Stuhl, ehe sie zum Wandschrank ging und eine Decke aus dem obersten Fach zog. Die Tagesdecke unter ihm war ebenfalls voller Blut, aber daran konnte sie nichts ändern, denn sie wollte ihn noch nicht bewegen. Behutsam und ohne nochmals zu seinen Hüften zu sehen, deckte sie ihn mit dem Quilt ihrer Großmutter zu und zog ihn bis zu seinem Hals, um ihn warmzuhalten. Dann hielt sie den Handrücken an seine Stirn und fühlte seine Temperatur.

Bleib sachlich. Du bist nur ein guter Samariter. Verdammt, leider hätte sie überaus gern eine andere Rolle!

Stöhnend drehte er den Kopf zu ihr, die Augen geschlossen. Absurd dichte, dunkle Wimpern, für die jede Frau morden würde, fächerten sich auf der zarten Haut. Er fühlte sich nicht fiebrig an, was Casey als gutes Zeichen wertete.

»Atme nur«, flüsterte sie. »Und schlaf jetzt.« Sie streckte den Arm über ihn, um die Nachttischlampe auszuschalten. »Ich sehe nachher wieder nach dir.«

»Danke, *Meli*«, murmelte er, als sie schon aus dem Zimmer ging.

Sie blieb in der Tür stehen und stutzte erstmals, weil er dieselbe Koseform für sie benutzte wie ihre Großmutter früher. Sein Akzent war zweifelsfrei europäisch, auch wenn sie ihn noch nie zuvor gehört hatte. Osteuropäisch vielleicht? Nein, das passte nicht. Caseys Großmutter war außerhalb von Athen geboren und als Mädchen in die Vereinigten Staaten ausgewandert. Obgleich also Caseys Wurzeln mütterlicherseits griechisch waren, wusste sie, dass der Kosename *Meli* es nicht war.

Komisch, dachte sie, *aber nicht weiter von Bedeutung*. Im großen Plan aller Dinge war es bestenfalls nebensächlich, wie dieser Mann sie nannte. Was zählte, war, dass er nicht starb.

Viertes Kapitel

»Bist du dir dessen sicher?«

Atalanta blickte über den Styx hinweg, jenen Fluss in den Tiefen der Unterwelt, und knirschte mit den Zähnen über das, was sie eben erfahren hatte.

»Ja, meine Königin«, antwortete der Erzdämon. »Ein Irrtum ist ausgeschlossen. Ihre Essenz war sehr stark.«

Sie drehte sich zu Deimus um, den sie für ihren Dämon Nummer eins hielt, und verengte die Augen. Ihre blutroten Gewänder fielen über ihre nackten Schultern bis hinunter zu dem geschwärzten Boden, auf dem sie stand. »Klug von ihm, sie vor uns geheim zu halten.«

»Ja, meine Königin, klug, aber nicht realistisch. Zu glauben, sie würde nicht entdeckt werden, war ein Fehler des Königs.«

»Hmm«, machte sie. »Und was ist mit der Prinzessin?«

Ein tiefes Knurren drang aus Deimus' Brust. »Der Argonaut Theron sandte sie zurück nach Argolea, ehe wir sie ergreifen konnten.«

»Verstehe.« Sie wusste natürlich, dass es Theron beträchtliche Kraft gekostet hatte, die Prinzessin nach Hause zu schicken. Genau wie ihr klar war, dass sein Überleben einzig der Unfähigkeit ihrer Dämonen geschuldet war. Sie zog eine Braue hoch. »Und er ist tot?«

»Nein, meine Königin. Die menschliche Frau kam dazwischen. Sie … Als wir sie erkannten, kamen wir direkt hierher, um Eure Weisung zu hören.«

»Aha.« Sie blieb vollkommen ruhig, verschränkte die Hände auf dem Rücken und sah auf Deimus herab, der drei Stufen unter ihr stand. Er war groß, doch sie als Mitglied der Urhelden war es gleichfalls. Und Deimus besaß nicht ein Zehntel der Macht, über die sie verfügte. »Erzähl mir von der Prinzessin.«

Er stieß einen erleichtert klingenden Seufzer aus. »Sie ist fragil, meine Königin. Bei ihr ist es nur eine Frage der Zeit, wohingegen diese andere … Sie könnte ihre Position stärken, wenn wir nicht achtgeben.«

»Und dennoch sagtest du, sie wäre bloß menschlich.«

Deimus nickte. »Und schwach, meine Königin. Wie alle Menschen.«

Anders als Atalanta wusste Deimus nichts von der Prophezeiung. Die Wut, die sie so sorgsam im Zaum hielt, brodelte in ihr. »Dann erkläre mir, warum sie noch am Leben ist!«

Er neigte unterwürfig das Haupt. Sein Zögern bestätigte ihren Verdacht.

Rückgratlos.

Ekel überkam sie, so dass sie ihren geballten Zorn auf ihn richtete. »Blute ich nicht für das, was ich schuf? Habe ich mich nicht für das geopfert, was ich aufbaute?« Sie hob die Arme und schaute zum unruhigen Himmel auf, den ihre Wut rötlich aufglühen ließ. »Gab ich nicht alles auf, was sie mir bot, um der Unsterblichkeit willen, um dich und deine Schurkenbande anzuführen?«

Mit zwei Schritten war sie unten. Angesichts ihrer schnellen, fließenden Bewegung blickte Deimus erschrocken auf. Er machte große Augen, als sie blitzschnell das Schwert aus der Scheide an seiner Hüfte zog und ohne hinzusehen seitlich ausschlug. Die Klinge durchschnitt die Kehle des Dämons links von Deimus, der mit einem schmatzenden Gurgeln auf die Knie sank.

Deimus unternahm nichts, um seinem Schlachtgefährten zu helfen. Stattdessen sah er nur kurz zu dem

Dämon, der kürzlich noch mit ihm auf dem Parkplatz gekämpft hatte, und dann wieder zu Atalanta, wobei er den Kopf noch tiefer neigte. »Ja, meine Königin.«

Atalantas Verachtung wuchs, als sie das blutige Schwert zu Boden warf und dem sich windenden Dämon in den Rücken trat. Nutzlos. Alle von ihnen. Würde sie denn auf ewig von Idioten umgeben sein?

»Eine menschliche Frau darf nicht zu Fall bringen, was ich beinahe erreicht habe!«, brüllte sie. »Ich habe die letzten dreitausend Jahre nicht in den Tiefen der Hölle verbracht, um jetzt zu scheitern. Argolea gehört *mir*. Und ich werde meinen rechtmäßigen Platz auf dem Thron einnehmen und herrschen über das, was mir schon vor Unzeiten zugestanden hätte. Weder der närrische König noch diese dumme Prinzessin noch der mächtigste Argonaut halten mich davon ab, mir zu nehmen, was mein ist. Und ich freue mich auf den Tag, an dem sie endgültig aus meinem Königreich verbannt werden. Diese Frau ist nur menschlich, wie du eben so eloquent ausführtest, Deimus, also geh und suche sie, töte sie und bring mir ihren Kopf.«

Grüne, katzenähnliche Augen schauten zu ihr auf, in denen blanke Furcht glühte. »Aber sie ist …«

»Wagst du, meine Autorität infrage zu stellen?«, donnerte sie. »Ich bin die Göttin. Du bist nichts als ein Diener in *meinem* Reich. Meine Herrschaft über die Dämonen ist allumfassend, und die Entscheidungen, die ich bezüglich meiner Herrschaft fälle, liegen einzig und allein bei mir. Kein Gott, auch nicht Zeus, greift meine Autorität an. Sei auf der Hut, Deimus, denn kannst du den Auftrag nicht bewältigen, der dir gegeben wurde, liefere ich dich persönlich Hades aus. Du glaubst, dies hier wäre übel?« Sie wies auf den regungslosen Dämon zu ihren Füßen und schüttelte den Kopf. »Deine Zeit in meinem Königreich wird dir noch himmlisch erscheinen, verglichen mit dem, was dich bei ihm erwartet.«

Deimus senkte abermals das Haupt. Seine Schultern mochten zwar gestrafft, seine Haltung trotzig aufrecht wirken, dennoch war deutlich zu spüren, dass er aufgab. »Ja, meine Königin.«

Sie wartete, bis Deimus und dessen unfähige Krieger den verstümmelten Dämon aus ihrem Steintempel geschleift hatten, dann wandte sie sich wieder dem Fluss Styx zu. Nachdem sie einmal tief Luft geholt hatte, um sich zu beruhigen, stieg sie die Stufen hinauf und starrte über das Wasser.

Oh, wie sie alle hasste! Jeden einzelnen Argoleaner. Ganz besonders die Argonauten. Es gab einmal eine Zeit ...

Sie strich sich über die Lippen und dachte an damals. Ja, es hatte eine Zeit gegeben, da wünschte sie sich, eine von ihnen zu sein. Aber das war lange her. Nun näherte sich ihre Vorherrschaft dem Ende. Argonauten waren lediglich sterbliche Wesen mit einer überdurchschnittlichen Lebensspanne. Sie konnten und sie würden getötet werden. Atalanta fieberte dem Tag entgegen, an dem die Argonauten sämtlichst von der Erde getilgt waren und die Argoleaner, die sie beschützten, sich ihr unterwerfen mussten.

Sie hatte genug von der Unterwelt. Ihre Zeit war gekommen.

Noch einmal atmete sie tief ein, rang nach Fassung. Die Prophezeiung durfte sich nie erfüllen. Atalanta würde es verhindern, egal was es kostete.

Ein Lächeln trat auf ihre Züge, als sie allmählich ruhiger, selbstgewisser wurde. Und Eis, kalt und schneidend wie der Wind, der über die Arktis der menschlichen Welt blies, bildete sich an jener Stelle, an der einst Atalantas Herz gewesen war.

Casey war auf halbem Weg ins Wohnzimmer, wo sie sich auf die Couch legen und zumindest eine halbe Stunde schlafen wollte, ehe sie wieder nach dem mysteriösen Mann in ihrem Bett sah, als sie das Klopfen an der Vordertür hörte.

Sie erstarrte und sah zur Wanduhr – drei Uhr vierzehn, dann zur Tür. Wie ein lähmender Blitz schoss ihr das Bild von tollwütigen Bestien auf dem Parkplatz hinterm XScream durch den Kopf.

Was komplett bescheuert war, denn solche Dinge existierten einfach nicht.

Das Klopfen verwandelte sich in ein rhymthmisches Pochen, und Caseys Adrenalinpegel schoss hoch.

Oh Gott. Wenn das jetzt …

»Casey?«, rief eine Stimme, die durch die Tür gedämpft wurde. »Ich weiß, dass du da drinnen bist. Das Licht brennt.«

Nick.

Ihre Panik verging und zunächst einmal war sie verwirrt, dann überkam sie ein Gefühl von Unbehagen. Was wollte Nick Blades um drei Uhr morgens bei ihr zu Hause?

»Nick?« Sie machte zwei Schritte auf die Tür zu.

»Mach auf, Casey«, sagte er streng.

Ihre Hand schwebte über dem Knauf, da blickte sie an sich herab und stellte fest, dass sie nichts außer ruinierten Keds, einer blutigen Jeans und ihrem BH trug. »Ähm, warte kurz, ich muss, ähm … Ich zieh mir was über. Warte!«

Sie rannte zum Bad im Flur und griff nach ihrem weißen Bademantel, doch leider bemerkte sie, dass ihre Hände von getrocknetem Blut überkrustet waren. Mist. Sie hatte keine Zeit, sie zu schrubben. Nicks Warnung fiel ihr ein, und ihr war klar, dass er nichts von dem Verwundeten in ihrem Bett erfahren durfte.

Eilig zog sie sich den Bademantel über und klappte den Kragen nach innen, damit eventuelle Blutspritzer auf ihrer Brust verborgen blieben. Dann rollte sie die Ärmel runter, bis sie ihr über die Hände hingen. Nachdem sie sich vergewissert hatte, dass nirgendwo mehr Blut mehr zu sehen war, blickte sie in den Spiegel und stieß einen stummen Schrei aus.

Ihr Haar stand in alle Richtungen ab, und sie hatte dunkle Schatten unter den Augen. Ach, und wenn schon! Was Nick auch wollte, sie würde es schnell herausbekommen und ihn abwimmeln.

Sie ermahnte sich, Ruhe zu bewahren, ging zur Tür und dachte in letzter Sekunde an ihre Schuhe.

»Verdammt«, murmelte sie, streifte die blutverschmierten Turnschuhe ab und kickte sie hinter die Tür. Sie öffnete die schwere Holztür nur einen Spalt weit und lugte hinaus in die Dunkelheit zu Nick, der auf ihrer Veranda stand.

Und diesmal hätte sie fast einen lauten Schrei ausgestoßen. Umrahmt von vollkommener Dunkelheit und das narbige Gesicht im matten Schein des Küchenlichts hinter Casey, erschien ihr Nick riesig. Wie ein gigantischer Truck ragte er vor ihr auf, ein finsterer, unheimlicher Böser-Biker-Typ, wie Dana so treffend sagte, der sie prüfend beobachtete, als rechnete er damit, dass sie etwas völlig Unerwartetes tat, beispielsweise ihn angreifen.

Plötzlich musste sie an jenen Abend vor drei Monaten denken, und wie immer, wenn sie sich an die Nacht erinnerte, wurde ihr übel. Sie hatte den Club um zwei Uhr nachts verlassen und wollte nach Hause. Als sie zu ihrem Wagen ging, stellten sich ihr zwei Kerle in den Weg, die schon im Club ziemlich aufdringlich gewesen waren, und boten ihr nicht gerade höflich an, sie zu fahren. Sie lehnte ab, was die zwei jedoch nicht schreckte. Drei

Minuten später lag sie auf dem Rücken im Dreck des benachbarten leeren Parkplatzes, keine hundert Meter von dem Club entfernt, in dem sie Nacht für Nacht kellnerte. Ihr war klar, dass die beiden sie vergewaltigen, womöglich umbringen würden und dass sie rein gar nichts dagegen tun konnte.

Auf einmal aber, wie in einem Traum – oder Alptraum – tauchte Nick hinter ihnen auf, bedrohlich und angsteinflößend. Bis heute konnte Casey die Schreie und die entsetzlichen Geräusche hören sowie das Blut riechen, wenn sie die Szene im Traum aufs Neue durchlebte. Damals hatte sie sich die Ohren zugehalten und sich im Schmutz zur Seite gerollt. Zum Glück war sie bald ohnmächtig geworden.

Am nächsten Morgen wachte sie im Krankenhaus auf. Dana war dort gewesen und hatte ihre Hand gehalten. Sie erzählte Casey, dass eine der Tänzerinnen sie auf dem Parkplatz gefunden hätte. Casey müsste auf einer Öllache ausgerutscht und auf den Hinterkopf gestürzt sein. Was natürlich nicht stimmte. Zwar war sie sich nicht sicher, was genau mit den beiden Blödmännern geschehen war, doch Casey sah sie nie wieder. Nick hingegen war seit jener Nacht jeden Abend im Club.

Das ist Nick, beruhigte sie sich. *Er hat dich schon mal gerettet, also wird er nicht hier sein, um dich im Schlaf zu ermorden.*

»Ähm, hi, Nick.« Leider klang ihre Stimme zittrig. »Ist ein bisschen spät. Was kann ich für dich tun?«

Es ist drei Uhr nachts! Was wird er da wohl von dir wollen? Hör schon auf!

»Ist alles okay?«, fragte er und neigte den Kopf zur Seite, als hätte er gehört, wie sie mit sich selbst stritt.

Sie nickte zu hastig. Ihre eine verhüllte Hand klammerte das Revers ihres Bademantels zusammen, die andere hielt die Tür fest. »Ja, ich wollte gerade ins Bett gehen. Ist irgendwas … passiert?«

Seine Augen wurden zu schmalen Schlitzen. Er blickte sich vor ihrem Haus um, dann über ihren Kopf hinweg durch den Türspalt ins Wohnzimmer.

Casey verkrampfte sich. »Nick?«

Er sah wieder zu ihr und betrachtete sie eingehend von Kopf bis Fuß. Doch das war kein lüsternes Mustern, wie sie es von Männern im Club gewohnt war, sondern mutete eher besorgt an.

»Kochst du was?«, fragte er plötzlich.

»Oh, hmm.« Konnte er den Lavendel riechen? Unweigerlich schnupperte sie. »Bloß Tee. Ich trinke immer welchen vorm Einschlafen«, log sie. »Ist sonst noch … irgendwas?«

Wieder sah er sie an, doch seine Miene war so verschlossen, dass Casey keine Ahnung hatte, was in ihm vorgehen mochte.

»Nachdem du gegangen warst, gab es ein bisschen Aufruhr im Club«, sagte er schließlich. »Diese College-Jungs, die du aus Versehen mit Bier begossen hast, fragten nach dir, wo du wohnst und so. Und diese Tänzerin, mit der du immer mal wieder Probleme hast …«

»Paula?«

»Ja, Paula, die hat mit ihnen geredet. Ich dachte, sie hat den Typen vielleicht deine Adresse verraten, und da wollte ich auf dem Heimweg mal nachgucken, ob hier alles okay ist.«

»Aha.« Ihre Verwirrung ob seines Besuchs wich einer Welle von Dankbarkeit, auch wenn etwas in ihrem Hinterkopf schrie, *Findest du es nicht komisch, dass er dich so dringend beschützen will?* »Danke«, sagte sie und verdrängte den Gedanken. »Mir geht es gut.« Sie bemühte sich um ein Lächeln, von dem sie hoffte, dass es nicht preisgab, was sie schon hinter sich hatte. »Ich bin müde, aber wohlauf. Es gibt also keinen Grund, dass du dich um mich sorgst.«

Er wirkte nicht überzeugt. Wieder musterte er sie, bevor er nickte, als hätte er entschieden, nicht weiter nachzuhaken. »Na gut«, sagte er und stieg die Verandastufen hinab. Selbst zwei Stufen unter ihr stehend, überragte er sich noch. »Dann lasse ich dich mal ins Bett. Schlaf gut, Casey.«

Er war schon halb den Gartenweg hinunter, bis sich Caseys Verstand zurückmeldete. »Nick?«

»Ja?«

»Wie hast du mich gefunden?«

»Dana.«

Sie runzelte die Stirn. »Ach so. Aber …«

»Gute Nacht, Casey.«

Ihr Mund schloss sich wie von selbst. Er war sowieso schon auf seiner Harley und ließ den Motor aufknattern, ehe Casey in den Sinn kam, ihn zu fragen, wie er Dana die Information entlockt hatte. Sekunden später war er fort, und sie hörte nur noch das Dröhnen seiner Maschine, das sich zügig entfernte.

Casey schloss die Tür, drehte den Schlüssel um und legte den Sicherheitsriegel vor. Ihr wollte Nicks seltsamer Besuch nicht aus dem Kopf gehen, als sie ins Bad ging, sich langsam auszog und in die Dusche stieg, wo sie das heiße Wasser aufdrehte. Fünfzehn Minuten brauchte sie, um das Blut des mysteriösen Fremden herunterzuwaschen und ihre Nerven zu beruhigen. Anschließend wickelte sie sich ein sauberes Badelaken um und ging sich frische Kleidung holen.

Ihr Patient schlief nach wie vor tief und fest, in derselben Position, in der sie ihn verlassen hatte: flach auf dem Rücken, den Kopf leicht seitlich geneigt, das dunkle Haar auf dem Kissen aufgefächert. Warum hatte sie ihn nicht ins Krankenhaus gebracht? Vorsichtig tapste sie zum Bett und fühlte seine Stirn. Er hatte kein Fieber bekommen. Nun lüpfte Casey behutsam das Handtuch von seinem verwundeten Bein und hielt die Luft an.

Es heilte bereits! Eine Kruste hatte sich über der Wunde gebildet, als wäre sie schon mindestens zwei Tage alt. Casey konnte nicht glauben, was sie sah, also hob sie ein anderes Tuch an seiner Brust hoch, das den Riss unten an seinen Rippen bedeckte, und auch dort war die Heilung unvorstellbar weit fortgeschritten. Dasselbe galt für eine Schnittverletzung an seinem Arm und eine andere auf seiner Brust. Bei näherer Betrachtung stellte sie außerdem fest, dass die Schwellungen in seinem Gesicht deutlich zurückgegangen waren und die Kratzer nicht annähernd so frisch aussahen wie sie eigentlich müssten.

»Wer bist du bloß?«, flüsterte sie.

Er antwortete nicht. Wie sollte er? Wer immer er war, dieser Mann war ein medizinisches Wunder.

Auf einmal fühlte Casey sich unsagbar erschöpft und außerstande, eigene Erklärungen für das hier zu finden. Sie deckte die Wunden wieder zu und schlurfte zurück zur Couch. Die Schlafzimmertür ließ sie offen, damit sie hören konnte, wenn er nach ihr rief. Ihr Gefühl sagte ihr allerdings, dass er es nicht täte.

Kaum lag sie auf den zerschlissenen Kissen, atmete sie langsam aus, zog die Wolldecke bis zum Kinn und starrte an die Zimmerdecke. Tausend Fragen kreisten in ihrem Kopf, während ihr die Augen zufielen und sie merkte, wie sie einschlummerte. Ihr letzter Gedanke jedoch war von seinen Worten beherrscht.

Danke, Meli.

Die heisere Stimme füllte ihr Denken aus, lief in einer Endlosschleife, bis Casey nichts anderes mehr wahrnahm. Bald aber hörte sie gar nicht hin, sondern träumte. Sie träumte von Baumwollfeldern, Kanonen und Soldaten in grauen Uniformen, die angriffen. Gewehrsalven wurden von der anderen Seite des Tals abgefeuert, und das Krachen von Waffen gegen Waffen hallte durch die Luft. Markerschütternde Schmerzensschreie vermengten sich mit unheimlichem Triumphgeheul.

Und ganz am Rande des Geschehens befand sich der Mann in ihrem Bett, vollständig in Schwarz gekleidet. Halb verborgen im Schatten der Bäume, beobachtete er das Geschehen aufmerksam. Neben ihm stand ein anderer Mann, älter, aber mit ähnlichen Zügen und ebenso stark und breitschultrig.

»Dies alles wird dein sein«, sagte der Ältere, der die Hände in einer ausholenden Geste übers Tal gleiten ließ. »Alles hier. Dir ist von Geburt bestimmt, es zu schützen. Enttäusche mich nicht.«

Bevor Casey hören konnte, was ihr griechischer Gott erwiderte, sank sie in tiefe Finsternis.

Theron war am heißesten, engsten, feuchtesten Ort in ganz Argolea, und er genoss jeden einzelnen Moment.

Er hob die Hüften und verdrehte sie ein wenig, um noch tiefer in die *Gynaíka* zu dringen, die rittlings auf seinem Schoß saß und deren schwerer Atem über seinen Hals wehte. Sie spannte ihre Muskeln um ihn, bis er sicher war, dass er explodieren würde. Stöhnend bewegte sie sich, worauf der Druck nachließ. Er ächzte enttäuscht und stieß nach oben in die brennende Feuchte, während sie ihn zu reiten begann und der Höhepunkt, den er so dringend herbeisehnte, wieder näher rückte. Seine Hoden verhärteten sich beinahe schmerzhaft.

Sein Orgasmus verharrte eben außer Reichweite, neckte ihn, reizte und lockte ihn.

Mit einem Fluch rollte er sie auf ihren Rücken, stieß erneut in sie hinein, und eine Schweißperle fiel von seiner Schläfe auf ihr Gesicht. Ihre Fingernägel zerkratzten ihm den Rücken, und er drang wieder und wieder in sie. Derweil warf sie ihren dunklen Kopf auf das Kissen zurück und schrie unter ihrem Höhepunkt auf. Er konnte nicht mit ihr kommen. Was er auch tat, er schaffte es einfach nicht. So kräftig er auch stieß, so sehnsüchtig er auch nach Erfüllung suchte, nichts funktionierte.

Kurz bevor er vor Schmerz aufschrie, warf er sich auf den Rücken. In dem Moment hörte er in der Ferne eine Tür knallen und riss die Augen auf.

Sein heftiger Atem war das einzige Geräusch in dem dunklen Zimmer. Leise Schritte übertrugen sich von irgendwo draußen in den Raum. Mühsam stützte Theron sich auf die Ellbogen auf und begriff, dass er in einem Bett lag. Nackt. Allein.

Skata, er hatte geträumt! Geträumt, dass er eine aufreizende, gesichtslose *Gynaíka* vögelte. Und dem Gefühl an seinen Lenden nach zu urteilen, hatte er nicht bloß geträumt, sondern auch auf die Matratze eingehämmert.

Merkwürdige Erinnerungen nahmen Kontur an, als sich die Dunstglocke über seinem Denken lichtete. Eine dunkelhaarige Schönheit, die ihn vor einer Rotte Dämonen rettete. Dieselbe mysteriöse *Gynaíka,* die sich seiner Wunden annahm. Mit diesen freundlichen, violetten Augen. Sie beugte sich über ihn, in nichts als einem weißen Seiden-BH, was zu dem Zeitpunkt unwichtig schien, nun jedoch seinen Schwanz steinhart machte.

Wer war die *Gynaíka,* die ihm eine fleischliche Enttäuschung bescherte, wie er sie noch nie erlebt hatte? Es handelte sich eindeutig nicht um seine künftige Braut. Isadora erregte ihn eigentlich nicht. Er war schwach, wusste, dass er in einem Kampf gewesen war, und dass Sex das Letzte sein sollte, an das er dachte; trotzdem konnte er nicht anders. Hier und jetzt konnte er ausschließlich an seine Traum-*Gynaíka* denken und wo zur Hölle sie war, wenn er sie am dringendsten brauchte.

Er trat die warmen Decken mit seinem gesunden Bein beiseite, schloss die Augen und sah ihren Körper. Schmale Taille, kleine, feste, runde Brüste, die perfekt in seine Hände passten. Volle Lippen, in denen ein *Ándras* versinken konnte.

Ein Kitzeln jagte über seinen Bauch nach unten, als er sich diese wundervollen Lippen vorstellte, wie sie sich um die Spitze seiner Erektion schlossen. Die quälende Vision entlockte ihm ein Stöhnen. Er warf einen Arm über seine Augen und wäre fast auf der Stelle gekommen, ohne jede körperliche Stimulation.

Klopf, klopf, klopf.

Er nahm den Arm weg und riss die Augen auf. Also war er keineswegs allein.

»Ich hab gehört, wie du dich rumgewälzt hast«, rief eine tiefe Frauenstimme hinter der Tür. »Kann ich reinkommen?«

Heilige *Skata*! Was zum Hades war das?

Er angelte nach dem Quilt und zurrte ihn über seinen erregten Leib. Und als sich der Nebel in seinem Kopf klärte und seine Augen sich an die Dunkelheit gewöhnten, wurde ihm klar, dass dies nicht sein Bett war.

Nein, nicht sein Bett, nicht sein Haus und definitiv keine Stimme vor der Tür, die er erkannte.

»Geht es dir gut da drinnen?« Die Stimme klang auf einmal ein bisschen panisch. Zugleich wurde am Türknauf gerüttelt.

Theron war sofort in Habacht, und er stemmte sich auf, so dass er sich gegen das Kopfteil des Bettes lehnen konnte. Gegen den Schmerz in seinem Bein biss er die Zähne zusammen. Er blickte sich im Zimmer um. Weder seine Kleidung noch seine Waffen waren zu sehen.

Doppelt *Skata!*

Er hielt den Atem an, als die Tür geöffnet wurde, und stieß ihn mit einem lautlosen Stöhnen aus, als eine große, dunkelhaarige Schönheit mit Augen von der Farbe eines violetten Sonnenaufgangs ins Zimmer trat.

Sie trug ausgeblichene Jeans und einen weißen V-Ausschnitt-Pullover. Dunkles, welliges Haar fiel ihr über die Schultern. Ihre Nase war gerade, das Kinn ein bisschen spitz, die Wangenknochen ausgeprägt, so dass sie vom wenigen Licht, das durch die Fenster hineinfiel, noch betont wurden. Aber all das machte ihn nicht Schlucken.

Nein, es waren diese vollen, köstlich rosigen Lippen, die einen verführerischen Mund einrahmten, der sich nun zu einem nervösen Lächeln bog. Ein Lächeln, das Theron wiedererkannte. Und allein der Anblick genügte, dass sein Schwanz wieder aufbegehrte.

Seine Traum-*Gynaíka*.

Alles war wieder da. Sie war diejenige, die ihn auf dem Parkplatz hinterm Club gerettet hatte. Sie hatte ihn zu sich nach Hause gebracht, hatte seine Wunden versorgt, ihn zugedeckt und ihm ins Ohr geflüstert.

Atme nur.

Schon bei der Erinnerung an ihre Stimme wurde ihm heiß. Sie war es, von der er eben noch fantasiert hatte. In der er sich unbedingt versenken wollte.

Nur dass sie keine Argoleanerin war. Nein, diese umwerfende Schönheit war menschlich.

Menschlich!

Das Wort reichte schon, dass seine Erregung sogleich erschlaffte und ein Surren in seiner Brust anhob, das ihn wachsam machte.

Sie trat ans Fußende des Bettes und blieb stehen. Erst da bemerkte er die Plastiktüte in ihrer Hand. Sein Rücken verkrampfte sich. »Du siehst besser aus. Mehr Farbe im Gesicht. Hast du Hunger?«

Er sah ihr Gesicht an. Ihr *vertrautes* Gesicht. Er hatte

sie schon mal gesehen, konnte aber beim besten Willen nicht sagen, wo.

Als hätte sie seine Gedanken gelesen, fiel ihr Blick auf seine Beine, die von der Decke verhüllt waren. Er hob seine Knie, um ein Zelt zu formen und darunter das zu verstecken, was immer noch unter der Stoffhülle vor sich ging. Gleichzeitig verschränkte er die Arme vor der nackten Brust. Sie sah wieder auf und versuchte zu lächeln, auch wenn er ihr ansah, dass es zu angestrengt war. »Ich heiße übrigens Casey. Wir hatten uns ja noch nicht vorgestellt, nicht richtig, gestern Abend.«

Er nickte, weil er wusste, dass das jetzt von ihm erwartet wurde, beobachtete sie aber weiter mit Argusaugen. »Theron.«

»Theron«, sagte sie, als probierte sie den Namen. »Wie geht es dir heute Abend? Du hast den ganzen Tag verschlafen, hast dich nicht mal gerührt, als ich dich hin- und herrollte, um das Bettlaken zu wechseln.«

Er hatte alles verschlafen? Einen vollen Tag? Er sah zu den Fenstern und in die Dunkelheit dahinter. Seine Verletzungen mussten schlimmer gewesen sein, als er erinnerte. »Mir geht es gut«, sagte er. »Ich bin nur ein bisschen steif.«

Ooooh! Schlechte Wortwahl! Er war mehr als steif an Stellen, von denen sie bei Zeus nichts wissen sollte.

Sie beide schwiegen. Er wusste, dass sein Mangel an Konversationsfreudigkeit sie unbehaglich stimmen musste, aber er war ihrer Beweggründe ja auch noch nicht inne, und der Umstand, dass sie die *Gynaíka* war, von der er fantasiert hatte, verwirrte ihn mehr, als ihm lieb war.

Sie sah sich unsicher im Zimmer um, wusste offenbar nicht, wohin sie ihren Blick richten sollte, und war spürbar verlegen, weshalb sie es vermied, ihm in die Augen zu schauen. Als sie es dennoch tat, erinnerte er sich, wie sie ihm sanft das Haar zurückstrich, nachdem sie seine Wunde genäht hatte. Und wie sie ihm das Blut aus dem Gesicht wischte, sich über ihn beugte, mit nichts als diesem sehr aufreizenden weißen BH.

Seine Erektion meldete sich pochend zurück, obwohl er alles tat, sein Glied nach unten zu zwingen.

Sie hob die Tüte in ihren Händen hoch. »Ich hab hier ein paar frische Sachen. Deine Hose war hinüber. Die musste ich wegschmeißen.«

Ihre Wangen röteten sich. Und ihm wurde bewusst, dass sie ihn ausgezogen hatte. Er blickte sich abermals um. Was zum Hades war mit seinen Waffen geschehen?

Wieder vermied sie es, ihm in die Augen zu sehen. »Du hattest ein paar, ähm, seltsame Geräte in deinen Taschen. Die habe ich auf die Kommode gelegt.«

Seine Augen folgten ihrer Handbewegung, und er war sehr erleichtert. Alles war da. Noch in den ursprünglichen Halftern. Als hätte sie die gar nicht geöffnet. Das Einzige, was fehlte, war sein Schwert. Und das, wie er sich auf einmal entsann, hatte er unter das Bett geschoben, als er sich letzte Nacht das Hemd herunterriss, während sie alles holte, was er ihr auftrug.

Sie sah in die Tüte. »Bei den Größen war ich mir nicht sicher. Ich konnte kein Schild in deiner, ähm, Hose finden.« Sie stellte die Tüte unten am Fußende ab und trat zurück. »Ich habe Suppe gekocht, falls du Hunger hast.«

Er blickte wieder in ihr Gesicht. Was wollte sie von ihm? Seiner Erfahrung nach nahmen sich Menschen einfach, was sie wollten, dachten nur an sich und äußerst selten an andere. Also warum hatte sie ihm geholfen?

Sie faltete zögernd die Hände vor ihrem Bauch, als er nicht antwortete. »Ich kann dir auch eine Schale herbringen, wenn du noch zu erschöpft oder angeschlagen bist, um aufzustehen.«

»Nein«, sagte er. »Ich stehe auf.« Er brauchte seine Waffen. Musste das Haus überprüfen. Sehen, wo er war. Die Umgebung einschätzen. Und vor allem sichergehen, dass sie nicht vorhatte, ihn im Schlaf zu zerstückeln. Vorsichtshalber.

Sie nickte. »Ich habe vor einer Weile nach deinem Bein gesehen, als du schliefst. Es sieht sehr viel besser aus. Ich weiß immer noch nicht, wie das angehen kann, aber … na ja, ich bin froh, dass du dich so schnell erholst.«

Sie schien es ernst zu meinen, als hätte sie sich wirklich seinetwegen gesorgt. Ihm fiel wieder ein, wie verängstigt sie ausgesehen hatte, als er kurz vor der Ohnmacht gewesen war und alle Mühe hatte, mit dem Schmerz umzugehen. Und wie gefasst sie gewesen war, als sie sich seiner Wunden annahm und alles tat, was nötig war, ohne durchzudrehen. Obwohl er es nicht sein wollte, war er beeindruckt von ihrer Leistung.

Dann übernahm sein Vorstellungsvermögen die Kontrolle über ihn, führte ihm bildlich ihre langen, schmalen Finger vor, die seine Haut unter der Bettdecke berührten, als sie nach seinen Wunden sah. Sein Leib zitterte vor neuem Verlangen.

Was nicht geschehen durfte.

Sie blickte zur Tür links von ihr. »Im Bad sind Handtücher, falls du duschen willst.« Als sie sich wieder zu ihm drehte, waren ihre Wangen gerötet. »Wenn du Hilfe brauchst beim Hochkommen …«

»Nein«, sagte er rasch, denn dabei brauchte er gewiss keine Hilfe. Teilweise war er schon weiter oben als ihm gefiel. »Ich schaffe das.«

Ihr Lächeln war Erleichterung pur, auch wenn sie noch röter wurde.

Als wüsste sie, was er dachte, zögerte sie noch einen Moment. Ihre violetten Augen begegneten seinen, und da war etwas Fragendes, als kennte sie ihn, wüsste jedoch nicht, woher.

Wieder meinte Theron, ein Déjà-vu zu erleben. Wo hatte er sie bloß schon mal gesehen?

Sie trat so schnell zurück, dass sie mit der Schulter gegen den Türrahmen stieß. Daraufhin machte sie erschrocken einen Satz zur Seite.

Und Theron konnte nichts dagegen tun, dass sich seine eine Braue nach oben zog. Hatte er die Frau allen Ernstes für eine Bedrohung gehalten? Sie war ungefähr so gefährlich wie eine Ameise.

»Okay, ähm, ich bin nebenan, falls du mich brauchst.« Mit diesen Worten machte sie kehrt und floh.

Wieder allein, verebbte Therons Neugier. Er betrachtete die offene Tür. Kaum war er der ungewöhnlichen Gesellschaft beraubt, schwand auch seine Erregung.

Ihn verwirrte, was mit seinem Körper geschah und warum, daher schloss er, dass er wohl doch noch angeschlagener war, als er geglaubt hatte. Er schob die Bettdecken zur Seite und sah auf sein verletztes Bein. Die Stiche waren fast nicht mehr zu sehen, die Wunde weder gerötet noch heiß. In ein oder zwei Tagen wäre dort nichts außer einer weiteren Narbe in seiner Sammlung. Die übrigen Stellen an seinem Körper waren gleich gut verheilt.

Leider warnte ihn das seltsame Gefühl in seiner Brust und seinem Kopf, dass er immer noch nicht vollständig genesen war, weshalb es unklug wäre, ein Portal öffnen und nach Argolea zurückkehren zu wollen. In seinem geschwächten Zustand wäre er ein leichtes Opfer für die Dämonen, und er wusste nicht einmal, ob er hinreichend Kraft besaß, es bis nach Hause zu schaffen.

Nein, es wäre sicherer, heute Nacht noch einmal hierzubleiben und zu essen, was ihm dieser außergewöhnliche, aber harmlose Mensch zubereitet hatte. Er sollte etwas ausruhen und zu Kräften kommen, damit er morgen – vielleicht – zurückkonnte.

Als er seine Beine aus dem Bett schwang und aufstand, knirschte er mit den Zähnen, denn ein Stechen fuhr ihm durch den Oberschenkel. Er stützte sich am Fußende des Betts ab und musste ein Stöhnen unterdrücken. Oh ja, er war eindeutig nicht in der Verfassung, den Heimweg anzutreten. Selbst die stärksten Argonauten stießen bisweilen an Grenzen, was Theron gegenüber seinen Leuten natürlich niemals zugäbe.

Er hatte seine liebe Not, nicht wie eine kleine *Gynaíka* zu wimmern, als er ins Bad schlurfte. Drinnen knipste er das Licht an, stieg unter die Dusche und stöhnte vor Wonne, sowie das heiße Wasser auf seinen schmerzenden Körper niederprasselte und das letzte Ziepen der Stiche und Blutergüsse fortwusch.

Obwohl er es nicht wollte, sah er im Geiste die Frau in der Küche vor sich und malte sich aus, wie ihre Finger und Lippen anstelle des Wassers über seine feuchte Haut glitten.

Gütige Götter! Eine Frau? Er war offenbar schwerer verletzt, als er gedacht hätte. Sein Verlangen nach einem menschlichen Wesen war ein klarer Beweis dafür, dass sein Kopf etwas abbekommen haben musste. Sie war menschlich, mithin tabu für ihn. Absolut.

Fünftes Kapitel

»Was rieche ich da?«

Der Löffel rutschte aus Caseys Hand, schlug scheppernd auf den Herd auf und sprang von dort auf die Bodenfliesen. Suppe spritzte ihr auf Pullover und Jeans, und sie sog zischend Luft ein.

»*Skata*«, sagte Theron, der auf sie zueilte. »Alles in Ordnung?«

»Ja, bestens.« Casey griff nach dem kleinen Handtuch am Ofengriff und wischte sich die Flecken vom Bauch und den Schenkeln.

Sehr elegant, Case. Echt eindrucksvoll!

»Ich wollte dich nicht erschrecken.«

Beim Klang seines Akzents verharrte ihre Hand mitten in der Bewegung, und sie ermahnte sich innerlich, einfach weiter zu wischen. Der Mann war selbst schwer verletzt beunruhigend leise, und dabei wollte Casey schwören, dass sie eben erst gehört hatte, wie er die Dusche abdrehte.

»Hast du nicht«, log sie mit betont gelassener Stimme. »Ich war nur gerade in Gedanken.«

Ja, klar!

Er bückte sich, um den Löffel aufzuheben. Sie beobachtete, wie er geschmeidig in die Hocke ging und sich wieder aufrichtete. Was sie lieber nicht getan hätte.

So deutlich, wie er sie überragte, musste er an die zwei Meter groß sein – und bestand aus etwa zweihundertfünfzig Pfund reiner Muskelmasse. Sein Haar war feucht vom Duschen, und nach hinten gestrichen kräuselte es sich auf eine verlockende Art über seinem Kra gen, dass Casey am liebsten mit ihren Fingern hineingegriffen hätte. Das langärmlige schwarze T-Shirt, das sie ihm gekauft hatte, war genau eng genug, und die ausgeblichene Levi's saß tief auf seinen Hüften. Seine nackten Füße wirkten lachhaft maskulin auf Caseys hellrosa Fliesenboden.

Sie schluckte ein Stöhnen herunter, als ihr durch den Kopf ging, wie dieser Körper wohl in Splitternackt aussah. Allzu gut konnte sie sich die langen, gewölbten Muskeln, die gemeißelten Winkel, Vertiefungen und Ebenen vorstellen. Die Narben auf seiner Brust waren ihr noch sehr lebhaft in Erinnerung, wie auch jene dunkle Haarlinie, die ihre Aufmerksamkeit in eine bestimmte Richtung geführt hatte. Sie wurde rot.

Verwundet hatte sie ihn bereits ausgesprochen attraktiv gefunden, aber jetzt, beinahe genesen und ausgeruht, war er schlicht unglaublich. Der Mann war Gefahr am Stiel und zog sie an wie Zuckerwatte ein Kind. Dieser Körper war die fleischgewordene Frauenfantasie schlechthin, und aus irgendeinem verrückten Grund stand er in *ihrer* Küche und betrachtete *sie* mit wachsamem Blick.

Casey war immer noch nicht ganz sicher, wie es dazu gekommen war, und sähe er sie nicht in diesem Moment an, hätte sie sich wahrscheinlich gesagt, dass sie alles bloß geträumt hatte. Aber das war kein Traum gewesen. Er war real, roch nach Ivory-Soap und einem Hauch ihres Lieblingsshampoos. Energisch vertrieb sie den Gedanken daran, wie er nackt unter ihrer Dusche ihre Pflegeprodukte benutzte, denn das war einfach zu viel für sie. Außerdem dürfte sie gerade wie der letzte Heuler wirken, wie sie so dastand, voller Suppenflecken, und ihn idiotisch angaffte.

Sie blinzelte und wandte sich zum Schrank um, weg von dem Bann, in den sie gezogen wurde, sobald er sie ansah. »Was du riechst, ist Suppe. Du musst am Verhungern sein. Setz dich an den Tisch, dann bring ich dir welche.«

Er gehorchte brav und sank auf einen Stuhl am runden Eichentisch. Erst bei seinem leisen Stöhnen fiel ihr wieder ein, dass er verwundet war. »Wie geht es deinem Bein?«

»Besser«, antwortete er. Sie stellte ihm eine dampfende Schale mit Suppe hin, und wieder blickte er sie an. »Ein bisschen wund.« Er neigte sich vor und inhalierte den Duft, während Casey die Schublade aufzog und einen sauberen Löffel herausnahm. »Was ist das?«

»Cheddar-Broccoli, ein Rezept meiner Großmutter.« Sie reichte ihm den Löffel, stellte Butter und einen Teller ofenwarme Brötchen hin. Als er sie weiter anstarrte, musste sie lachen. »Keine Angst, du wirst nicht vergiftet. Ich kann kochen.«

Falten gruben sich in seine Stirn, doch er löffelte ein bisschen Suppe auf, blies darauf und kostete sie vorsichtig. Dann zog er erstaunt die Brauen hoch. »Die ist gut.«

Lächelnd öffnete Casey den Kühlschrank und nahm eine Limonade heraus. Nachdem sie den Deckel aufgeknickt und ihm die Dose hingestellt hatte, füllte sie ihre eigene Schale mit Suppe auf. »Ich weiß zwar, dass die moderne Frau ungern kochen sollte, aber mir macht es Spaß. Essen zu bereiten ist für mich immer der kleine feierliche Höhepunkt des Tages.«

Sie setzte sich ihm gegenüber und nahm einen Löffel auf, um die Suppe zu probieren. Er wartete und beobachtete sie, und Casey hatte den komischen Verdacht, er wollte erst sehen, dass sie nicht zusammenbrach – vergiftet durch Broccoli-Käsesuppe. Sie nahm einen zweiten Löffel voll und schmunzelte.

Seine Stirn glättete sich wieder, und er aß weiter. Dabei wanderte sein Blick zu der Dose vor ihm, die er zunächst intensiv studierte, dann aufhob und durch die Öffnung hineinsah. »Was ist das?«

»Magst du keine Limo?«

»Limo?«, fragte er und las die Beschriftung. Dann guckte er ihr zu, wie sie aus ihrer Dose trank. Erst als sie die Dose wieder abstellte und weiteraß, hob er seine an die Lippen und nahm einen großen Schluck.

Dann spuckte er die Dr.Pepper-Light über den Tisch.

Casey sprang auf und holte das Küchenhandtuch, mit dem sie ihm die Hand und den Mund abwischte. »Kein Fan von Light-Limo, was?«

Ha-ha.

»Ich hol dir was anderes.«

Sie entschied sich für ein Coors aus dem Kühlschrank, weil sie nie normales Wasser im Haus hatte, und gab es ihm.

Er trank die halbe Flasche leer, ehe er sie stirnrunzelnd absetzte und aufs Etikett sah. »Das schmeckt wie Wasser.«

Sie holte ein zweites Tuch, um die Limo aufzuwischen. »Na ja, es ist kein Guinness, aber Wasser ist es ganz bestimmt nicht. Wo zur Hölle kommst du her, dass du weder Light-Limo noch leichtes Bier kennst?«

Er hüstelte und musterte die Limodose auf dem Tisch, als könnte ihn das Ding jeden Moment anspringen und beißen. Nachdem er das restliche Bier getrunken hatte, stellte er die leere Flasche hin und sagte: »Aus einem kleinen Dorf. Wir … treiben nicht viel Außenhandel.«

Ach was? Casey lehnte sich auf ihrem Stuhl zurück. »Ein kleines Dorf wo?« Auf dem Mars?

Endlich sah er von der Flasche auf und wieder zu ihr. Zum wiederholten Male empfand sie eine seltsame Vertrautheit. Was war das an ihm, das ihr das Gefühl gab, sie wären sich schon einmal begegnet?

»Ein kleines Dorf nahe dem Ägäischen.«

»Dem Ägäischen Meer?« Er nickte. Tja, das ergab sogar einen Sinn. Dass er kein Amerikaner war, war ihr ja bereits aufgefallen. Casey widmete sich wieder ihrer Suppe. »Dann bist du Grieche?«

»Nein, nicht ganz.« Als sie gerade glaubte, er würde es dabei belassen, fuhr er fort: »Die ... politischen Gegebenheiten dort, wo ich herkomme, ändern sich immerfort.«

Er hatte eine merkwürdige Art zu reden, als strengte er sich zu sehr an, normal zu klingen.

»Verstehe«, sagte sie, obwohl sie es eigentlich nicht tat. Sie wusste, dass die Kriege im ehemaligen Jugoslawien während der 1990er Jahre zu großen Veränderungen auf dem Balkan geführt hatten. Zwar erinnerte sie, wie das Gebiet früher aufgeteilt gewesen war, und verstand ein bisschen was von Geografie, aber nicht einmal sie war sicher, wie die Grenzen gezogen wurden, nachdem der Kanonendonner verhallte. »Und was führt dich nach Oregon? Das ist eine ziemlich weite Reise.«

Nickend griff er nach einem Brötchen. »Ich war auf der Suche nach einer Freundin.«

Die Frau im Club.

Casey schalt sich im Stillen für den Anflug von Eifersucht, der sie unsinnigerweise überkam, und aß weiter. Leider verstärkte sich das unangenehme Gefühl in ihrem Bauch erst richtig, als ihr einfiel, was sie ihm als Nächstes sagen musste.

Sie setzte ihren Löffel ab, tupfte die Finger in der Serviette ab und legte sie neben ihre Schale auf den Tisch. »Ich weiß nicht, was mit der Frau passiert ist, die bei dir war. Als ich dich auf dem Parkplatz fand, war sie nicht mehr da.«

Er sah nicht zu ihr auf. »Ihr geht es gut.«

Und was zum Geier heißt das?

»Woher weißt du das? Du warst schon schwerverletzt, als ich zu dir kam. Wo ist sie hin?«

Anscheinend war ihm klargeworden, dass er schon zu viel gesagt hatte, denn er ließ seinen Löffel sinken und blickte Casey direkt an. In den dunklen Tiefen seiner Augen erkannte sie Wissen und Geheimnisse, gepaart mit der unverhohlenen Botschaft, dass er ihr rein gar nichts erklären würde.

Casey lehnte sich auf ihrem Stuhl zurück und betrachtete ihn, wobei sie versuchte, ihn objektiv zu sehen und nicht als das Sexsymbol, von dem sie vorhin fantasierte. »Also, allmählich kriege ich das Gefühl, dass mit dir irgendwas nicht stimmt. Was ist mit dir passiert? Jemand überfiel dich auf dem Parkplatz, richtig? Du wurdest nicht von einem Wagen angefahren. Egal wie oft ich mir einreden will, dass es das und sonst nichts war, weiß ich, dass es nicht wahr ist. Ich finde, es wird Zeit, dass du ehrlich zu mir bist.«

Er ergriff ihren Arm auf dem Tisch so schnell, dass sie nicht einmal seine Bewegung mitbekam, drehte ihre Hand mit der Innenfläche nach oben, glitt mit den Fingern darüber und hakte seinen Daumen um ihren kleinen Finger, so dass sie ihre Hand unmöglich zurückziehen konnte. Langsam ließ er seinen Zeigefinger über ihre Handinnenfläche kreisen, von dort tiefer zu ihrer Pulsader, bis ihr Unterarm zu glühen schien und heiße Strahlen in ihren ganzen Körper aussandte.

Ihre Atmung wurde langsamer. Gleichzeitig schienen Therons Pupillen beständig größer zu werden, so dass Casey in nachtschwarze Finsternis blickte. Und plötzlich konnte sie sich nicht mehr erinnern, was sie eben noch aufgebracht hatte. Obwohl sie wusste, dass sie wegen irgendetwas verärgert war. Doch der Grund war wie ein nebulöses Wabern am Rande ihres Unterbewusstseins. Wieso bekam sie ihn nicht zu fassen?

Leider wurden alle Gedanken von seiner Berührung

überdeckt. Sie war so … sündhaft köstlich und … merkwürdig friedlich.

»Hör mir gut zu«, sagte er langsam. »Ich ging über den Parkplatz, als du in deinem Wagen um die Ecke bogst. Es war dunkel, du warst müde. Du sahst mich erst, als es schon zu spät war. Du hast mich hergebracht, weil du um mich besorgt warst und dich schuldig fühltest. Ich kenne keine amerikanischen Krankenhäuser und wollte in keines. Deshalb hast du mir geholfen, was du sehr gut gemacht hast.«

Ja, genau so war es gewesen. Caseys Herzschlag verlangsamte sich, während sie unter seiner streichelnden Berührung weiter entspannte. Was für sanfte Hände er hatte, warm und verführerisch. Unwillkürlich stellte sie sich vor, wie sie über ihre Schultern, ihren Bauch hinab und schließlich ihre Brüste strichen.

»Du möchtest mir auch in Zukunft helfen«, sagte er noch leiser. Seine Stimme klang wie Samt und Sandpapier, löste eine Hormonlawine tief in ihr aus. »Bei allem, was ich brauche.«

Natürlich musste sie ihm helfen. Dass er verletzt war, war ihre Schuld. Aber … bei allem? Ihre Wangen wurden heiß, denn sie sah seinen nackten Körper vor sich, ausgestreckt und wie zum Geschenk dargeboten auf ihrer weißen Überdecke.

In dem Moment bemerkte sie, dass sich sein einer Mundwinkel zu einem verführerischen Lächeln bog, als hätte er ihre Gedanken gelesen. »*Ja, Meli*«, flüsterte er. »Was immer ich brauche, du wirst es für mich tun.«

Wärme kroch ihr durch den Bauch, drang tiefer, und Casey fühlte die unmissverständliche Feuchtigkeit ihrer Erregung. Dann unterbrach er den Kontakt zu ihrer Hand ebenso schnell, wie er ihn aufgenommen hatte.

Sie blinzelte ein paar Mal. Ihr war seltsam schwindlig. Obwohl er sich wieder seinem Essen zuwandte, kribbelte

Caseys Haut, als würde er sie immer noch streicheln. In ihr tat sich etwas auf, von dessen Existenz sie gar nichts gewusst hatte. Es schien verborgen in ihr geschlummert und nur auf diesen Moment gewartet zu haben.

»Deine Suppe wird kalt, *Meli.*«

Casey löste ihren Blick mühsam von seinem Gesicht und richtete ihn nach unten auf ihre Schale. Richtig, Abendessen! Darauf sollte sie sich konzentrieren, nicht auf ihn oder auf diese komischen Gefühle, die überhaupt keinen Sinn ergaben.

Vorsichtig, weil ihre Hand zitterte, löffelte sie sehr wenig Suppe auf. Aber die schmeckte nicht mehr, denn was sie sich auf einmal auf ihrer Zunge wünschte, würde nicht annähernd auf einen Löffel passen.

Instrumentalmusik kam aus Lautsprechern an der Decke, während Theron in der Küche saß und Casey zuschaute, wie sie das Geschirr vom Abendessen spülte. Eine Kerze in einem großen Windlicht flackerte in der Tischmitte und verbreitete Vanillegeruch im Raum. Theron jedoch achtete weder auf die Musik noch auf die Kerze, sondern ausschließlich auf die Frau.

Frau. Heiliger Hades! Eine menschliche Frau. Eine, an die er immerfort denken musste. Während des Abendessens hatte er sich umentschieden. Als er ihre Hand in seiner hielt und das Verlangen in ihren Augen erkannte. Aus irgendeinem Grund hatte die Parzen ihm diese Zuflucht hier bei ihr beschert, damit er von seinen Wunden genaß. Warum sollte er sich dagegen sträuben?

Beim Abspülen kehrte sie ihm den Rücken zu. Er hatte angeboten zu helfen, aber sie sagte ihm, er sollte sitzen bleiben und sich schonen. Wüsste sie, was er plante, würde sie gewiss nicht so gelassen dort stehen.

Die enge Jeans schmiegte sich wie eine zweite Haut an ihren Körper, und der schlichte, weiße V-Ausschnitt-

Pullover wirkte aufreizender als jede noch so raffinierte Gewandung der argoleanischen *Gynaíkes*, mit denen er über die Jahre zusammen gewesen war. Bei ihrem Anblick strömte ihm das Blut in die Lenden, so dass seine Jeans eng wurde und er die Sitzposition wechseln musste.

Er nahm die Bierflasche und trank einen Schluck, um sich abzukühlen. Er hatte schon bessere Biere getrunken, auch wenn dieses nicht allzu übel war. Und es war auf jeden Fall diesem Sprudelmist vorzuziehen. Menschen hatten bisweilen einen befremdlichen Geschmack, auch wenn ihm Bier durchaus gefiel. Vor allem aber könnte er die ganze Nacht der Frau zuschauen, die sich durch die Küche bewegte.

Was umso lächerlicher anmutete, als er seinem Gefährten Zander das Leben schwer gemacht hatte, weil der von menschlichen Frauen besessen war. Und dennoch hockte Theron nun hier.

Er sah zu, wie sie sich bückte, um einen Topf unten in einen Schrank zu räumen. Dabei dehnte sich der Hosenstoff über ihrem herzförmigen Po, und der Hosenbund rutschte ein bisschen nach unten, so dass Theron ein klein wenig weiße Spitze hervorlugen sah. Sein Puls wurde schneller, und in seinem Kopf setzte ein Rauschen ein.

Sie öffnete einen Hängeschrank rechts von ihr und stellte sich auf Zehenspitzen. Offenbar wollte sie eine Schale ins oberste Schrankfach stellen, hatte aber Mühe, es zu erreichen. Theron stand auf und ging zu ihr. Vom Wundschmerz in seinem Schenkel war nur noch ein dumpfes Pochen übrig, was er ihr allerdings nicht unbedingt erzählen musste.

Zitronen- und Lavendelduft wehten ihm entgegen, Reste desselben Shampoos, das er in ihrer Dusche benutzt hatte, außerdem eine andere Note, bei der es sich um Creme oder Parfum handeln musste. Theron nahm ihr die Schale ab. »Lass mich das machen.«

Sie wurde merklich steifer, als seine Finger ihre streiften, und die Muskeln in ihren Armen und Beinen verkrampften sich. Therons Brust berührte ihren Rücken, als er die Schale nach oben hob, und sein Ellbogen strich flüchtig über ihren Unterarm.

»Danke«, sagte sie leise und stellte sich wieder richtig hin. Bei der Bewegung kamen seine Hüften in Kontakt mit dem entzückenden Hintern, den er gerade bewundert hatte, und die Erektion, gegen die er schon den ganzen Abend kämpfte, gewann endgültig.

Er wusste, dass sie es bemerkte, denn sie erstarrte. Beim Abendessen, als sie beiläufig über die Gegend, den See und Caseys Nachbarn plauderten, hatte sie ihn angesehen, als wäre sie unsicher, was er als Nächstes tun mochte. Eine Weile lang hatte er gedacht, Furcht machte sie misstrauisch, aber nun begriff er, dass dem nicht so war. Die Anspannung ihres Körpers, das rasche Atemschöpfen und -anhalten waren klare Anzeichen für Erregung.

Keiner von ihnen sagte ein Wort, und in der Stille konnte Theron ihr Herz in einem wilden Rhythmus schlagen hören. Er hob eine Locke ihres Haars von ihrer Schulter und ließ sie zwischen Daumen und Zeigefinger hindurchgleiten. Ihr Haar war weich und seidig, und Theron überkam der verwegene Wunsch, zu sehen, wie die dunkle Masse über seinen Bauch strich, während Caseys Lippen sich in südliche Richtung über seinen Leib bewegten. Er schnupperte an der Locke. »Orangen oder Grapefruit?«

Sie schluckte. »Bed Head.«

Er runzelte die Stirn, was sie aus dem Augenwinkel gesehen haben musste. »Das ist eine Shampoo-Sorte«, erklärte sie, drehte sich langsam um und wich gerade weit genug zurück, dass ihr süßer Hintern ihn ein letztes Mal streifte, ehe er außer Reichweite war. »Du lebst wirklich ganz schön abgeschieden, was?«

Er nickte. Ihre Augen wanderten suchend über sein Gesicht, als wollte sie darin Antworten auf unausgesprochene Fragen finden.

»Ich bin hier fast fertig, und die CD ist zu Ende. Willst du schon ins Wohnzimmer vorgehen und dir etwas aussuchen, was du hören möchtest? Der CD-Player steht in der Hi-Fi-Kommode.«

Erst jetzt fiel ihm auf, dass die Lautsprecher in der Küche verstummt waren. »Wenn es dir nichts ausmacht, da sind ein paar Fäden in meinem Bein, die gezogen werden können. Hilfst du mir?«

Ihr Blick senkte sich zu seiner Jeans, wobei er für einen kurzen Moment bei der Wölbung überm Schritt verharrte. Ihre Augen weiteten sich, dann wurden Caseys Wangen rot. Eilig wandte sie sich wieder zur Spüle um. »Ach so, ja, klar. Ich, ähm, bringe gleich alles mit ins Wohnzimmer, was wir brauchen.«

Ein Grinsen huschte über Therons Züge, als er zu dem Schrank mit der Stereoanlage ging. Sein Bein wurde minütlich stärker, und es war eigentlich nicht nötig, die wenigen noch verbliebenen Fäden zu entfernen, wären sie bis morgen doch ohnehin verschwunden; aber er würde alle erdenklichen Mittel einsetzen, um seine kleine Menschenfrau dorthin zu bekommen, wo er sie wollte.

Er öffnete den Schrank, sah sich gleichzeitig im Zimmer um und stellte fest, dass diese Frau eine Menge Gegensätze aufwies. Als er sie fragte, wie sie ihn hinter dem Stripclub gefunden hatte, sagte sie, sie würde dort arbeiten. Es gelang ihm jedoch nicht, sie sich im XScream vorzustellen. Sie war groß für eine Frau und hatte zweifellos die Figur, um strippen zu können, doch war da eine Unschuld in ihren Augen, die Menschen an solchen

Orten gemeinhin mangelte. Und wie sie sich nach dem Angriff um ihn kümmerte – einen Fremden, der aus einem Stripclub gestolpert kam –, das passte nicht zu der abgehärteten Frau, die sie sein musste, wenn sie in solch einem Etablissement arbeitete. Nein, diese beiden Teile fügten sich schlicht nicht zusammen.

Und dann war da dieses Haus. Bevor er zu ihr in die Küche gegangen war, hatte er sich einmal gründlich umgesehen, und zwar drinnen und draußen. Das Haus war alt, innen größtenteils in Weiß gehalten mit halbhohen Wandvertäfelungen und aufwendigen Stuckrosetten an den Decken. Die Zimmer waren klein und keinen halben Meter höher als Theron selbst, und die Möbel antik. Er glaubte nicht, dass Casey sie gekauft hatte, denn sie unterschieden sich zu sehr von der Schlafzimmereinrichtung. Vor allem von den roten Clubsesseln aus Samt mit den dicken, goldenen Kissen, in denen er sich Casey sehr gut ausmalen konnte, der modernen Kunst an den Wänden und dem großen, silbergerahmten Spiegel. Die meisten Zimmer wirkten, als hätte ein älterer Mensch sie eingerichtet, nur jenes nicht.

Theron nahm sich vor, sie darauf anzusprechen, verwarf die Idee aber sogleich wieder. Ihre Antwort war unwichtig, da er sie nach heute Nacht nicht wiedersehen würde.

Er fand die Stereoanlage und öffnete den CD-Player, als Casey hereinkam. Ein leichter Duft von Lavendel eilte ihr voraus, der ihr Kommen ankündigte und eine hitzige Reaktion in seinen Lenden auslöste.

»Hast du etwas gefunden, das du hören möchtest?«

Er zog die erste CD vom Stapel und las, was darauf stand. »Bing Crosby?«

Casey lachte. Es war ein ansteckendes Lachen, bei dem Theron sich prompt zu ihr umdrehte. Er wusste nicht recht, was sie an seinem Vorschlag amüsierte, aber das Lachen genoss er trotzdem. Wenn er in den letzten zwei Stunden eines über Menschen gelernt hatte, dann, dass sie vollkommen unberechenbar und leidenschaftlich waren. Beides Eigenschaften, die man bei Argoleanern so nie erlebte.

»Ist das falsch?«, fragte er.

»Nicht wenn du achtzig bist, schätze ich.« Sie kam zu ihm und blieb so nahe bei ihm stehen, dass er die Wärme fühlte, die ihr Körper abstrahlte. Ihre Finger berührten seine, als sie den Stapel durchblätterte, und verursachten ein Kribbeln, das seltsam entspannend war. »Die meisten hiervon gehörten meiner Großmutter. Bing war ihr großer Schwarm.« Sie hielt zwei CDs mit Weihnachtsbäumen in die Höhe. Theron war mit der menschlichen Kultur hinreichend vertraut, um die Symbole zu erkennen. »Die hier hat sie das ganze Jahr über gespielt, egal ob gerade Juni oder Dezember war.«

Sie legte die CDs wieder zurück und blätterte weiter, bis sie eine fand, die ihr gefiel. »Versuch's mal mit der hier. Das ist meine. Ich hole eben meinen Erste-Hilfe-Koffer.«

Er sah auf die Hülle, von der aus ihm ein Mann entgegenblickte, der ein weißes Hemd und einen großen Cowboyhut trug. Theron hatte keine Ahnung, was für Musik das war, aber wenn Casey sie ausgesucht hatte, musste sie gut sein. Die Musik drang leise aus den Lautsprechern, als er zur Couch ging und sich hinsetzte.

Das Sofa war nicht breit genug, dass er ganz darauf liegen könnte, aber er streckte die Beine aus und lehnte sich in die Kissen zurück. Er hörte Casey im Badezimmerschrank herumwühlen und lächelte vor sich hin. Es war lange her, seit er eine Frau verführen musste. Als Argonaut hatte er die freie Wahl unter den Argoleanerinnen. Wollte er Gesellschaft, reichte es gemeinhin, den Finger zu krümmen.

Sie kam wieder ins Zimmer, setzte sich auf die Sofakante, unmittelbar außer Reichweite von ihm, und stellte ihren Erste-Hilfe-Kasten auf den niedrigen Couchtisch. »Ich liebe Kenny Chesney. Er hat eine gigantische Stimme.«

Im ersten Moment fragte er sich, wer zum Hades dieser Kenny war und wo er ihn finden und zu Brei schlagen könnte. Dann begann sie, zur Musik zu summen, und ihm wurde klar, dass sie über den Sänger von der CD redete.

Doch was hatte seine seltsame Reaktion zu bedeuten? Wäre er menschlich, hätte er gesagt, dass es sich um Eifersucht handelte, doch für einen Argonauten war Eifersucht eine gänzlich unbekannte Regung.

Er rang sich ein mattes Lächeln ab.

Casey sah skeptisch in sein Gesicht, hinunter auf seine Beine und sofort wieder zu seinem Gesicht. Röte schimmerte auf ihren Wangen auf, bei deren Anblick Theron abermals sehr heiß wurde.

»Du …«, begann sie und räusperte sich. »Du musst die Hose ausziehen, wenn ich mir dein Bein ansehen soll.«

Es war nicht einfach, sich das Grinsen zu verkneifen, als er langsam aufstand, wobei er nicht vergaß, eine glaubwürdige schmerzvolle Grimasse zu ziehen, und seine Hände zum obersten Hosenknopf bewegte. Ihre Augen folgten der Bewegung und verharrten dort, um zu sehen, was er enthüllen würde.

Ein kühner Gedanke kam ihm, der seinen Blutstrom aufs Neue gen Lenden schickte.

Was immer ich brauche.

Er öffnete den obersten Hosenknopf. »Ich bin immer noch ein bisschen schwach, *Meli*. Ich glaube, du musst mir hierbei helfen. Gib mir deine Hand.«

Sechstes Kapitel

Er will, dass du ihm die Hose ausziehst.

Casey verstand Theron, nur klangen seine Worte seltsam gedämpft, wie in einem Traum. Was allerdings auch an dem Rauschen in ihren Ohren liegen konnte. So oder so verriet ihr sein sündiger Blick deutlich genug, was er wollte.

Sie war nicht sicher, wie sie es schaffte, aufrecht zu stehen, doch sie dankte Gott, dass ihre Knie nicht einknickten. Nachdem sie einmal geschluckt hatte, wischte sie sich die verschwitzten Hände an ihrer Jeans ab und trat näher. Von all dem Testosteron und dem männlichen Duft wurde ihr ganz schwummrig.

An der Wölbung unterm Hosenschlitz erkannte sie, dass er erregt war, und sie hatte doch wissen wollen, wie er in dem Zustand aussah, nicht wahr? Aber wenn sie das hier tat, würde sie die schmale Linie zwischen Florence Nightingale und »Unartiger Krankenschwester« übertreten. War diese Schwelle einmal überschritten, gab es kein Zurück mehr.

Oh Gott! Wollte sie das wirklich?

Sie ließ die Augen über seinen festen Körper wandern, von seiner wachsenden Erektion über den straffen Bauch und die muskulöse Brust bis hinauf zu seinem Gesicht.

Nein, er war nicht im klassischen Sinne gut aussehend. Dazu hatte er zu strenge Züge, ein zu kantiges Kinn, zu ausgeprägte Wangenknochen. Und da war diese gefährliche Aura, die ihn umgab. Ihretwegen hatte Casey fortwährend das unsinnige Gefühl, er wäre ein … Gott.

Der Gedanke kam aus dem Nichts, doch er traf zu. Der Mann sah aus wie ein großer, bedrohlicher Biker-Gott, grob und erbarmungslos.

Keine Bindung. Keine emotionale Verstrickung. Keine Reue.

Von One-Night-Stands hielt sie grundsätzlich nichts, dennoch zog sie etwas an diesem Mann an. Lockte sie. Forderte sie heraus, eine kleine, sündige Kostprobe zu riskieren und auf den Rest der Welt zu pfeifen.

Ihr Gespräch mit Dana fiel ihr wieder ein.

Ich habe gar keinen Typ.

Und hättest du, wäre es garantiert nicht der Böse-Biker-Typ.

Oh ja. Sie würde das hier machen. Zum Teufel mit Berechenbarkeit und immerzu auf Nummer sicher gehen! Wenigstens heute Nacht wollte sie einmal wild und anders sein.

Sie beugte sich näher und hob eine Hand. Ihre Finger streiften seine, als sie seinen Hosenbund berührte. Sofort sanken seine Hände weg, und er sog hörbar Luft ein, als sie den zweiten Knopf öffnete. Den dritten. Und schließlich den vierten. Sie fühlte sein steinhartes Glied unter der schwarzen Baumwollboxershorts, die sie ihm gekauft hatte. Ein erotisches Funkeln loderte in seinen dunklen, hypnotischen Augen auf, was sie weiter ermutigte.

Ihre Haut wurde warm. Sie genoss jede Bewegung ihrer Finger, jedes Reiben von Haut auf Baumwolle. Eine süße Sehnsucht regte sich zwischen ihren Schenkeln, als sie die Hand in seinen Hosenbund tauchte und seine festen, schmalen Hüften spürte. Sanft, ohne den Blickkontakt zu unterbrechen, zog sie ihm die Hose herunter.

»*Oraios*«, raunte er.

Sie hatte keinen Schimmer, was er sagte, und es machte nichts, denn ihr gefielen seine Stimme und sein melodischer Akzent. Sie schob den Jeansstoff über seine Hüften und schluckte abermals, als sie seine eindrucksvolle Erektion freilegte, die es offenbar nicht erwarten konnte, endlich vollständig enthüllt zu werden.

Fast bereute sie, ihm Unterwäsche gekauft zu haben; andererseits wurde es durch die Boxershorts spannender, als würde Casey ein Geschenk auspacken: Die Vorfreude steigerte sich mit jeder Verpackungsschicht, die entfernt wurde.

Sie gab acht, sehr behutsam zu ziehen, damit der Stoff nicht zu grob über die Wunde am Oberschenkel schabte. Mittlerweile kniete sie vor ihm und half, seine Füße aus der Hose zu befreien. In dieser Haltung wehte ihr der Moschusgeruch seiner Erregung entgegen, der ihre Libido in schwindelerregende Höhen schnellen ließ und Funken zwischen ihren Beinen entzündete. Ihr Körper reagierte mit einem geradezu explosiven Verlangen, so dass sie Mühe hatte, den Mann nicht hier und jetzt auszuziehen und das Feuer löschen, das in ihr brannte.

Nachdem die Jeans weg war, nickte sie in Richtung Couch. »Setz dich«, brachte sie heiser heraus und hüstelte, um von ihrer belegten Stimme abzulenken, was ziemlich sinnlos gewesen sein dürfte. »Ich, ähm, sehe mir mal die Wunde an.«

Sie konzentrierte sich auf den Inhalt ihres Erste-Hilfe-Kastens, während Theron sich zurücklehnte. Wortlos saß er neben ihr auf der Couch. Als sie alles hatte, was sie brauchen würde, drehte sie sich wieder zu ihm, und automatisch fiel ihr Blick auf seine Hüften. Er hatte die Beine leicht gespreizt, und seine riesige Erektion drückte ungeduldig gegen den schwarzen Baumwollstoff.

Oh Gott! Casey begann zu schwitzen. Ihr Puls raste, und sämtliches Blut in ihrem Körper floß in die Region unterhalb ihres Bauchnabels.

Schön bei der Sache bleiben, Casey!

Sie starrte auf das Pflaster an seinem Schenkel. Mit zitternden Fingern zupfte sie eine Ecke los und zog es sehr vorsichtig ab. Theron rang nach Atem, weshalb sie zunächst glaubte, sie hätte ihm wehgetan. Aber als sie zu ihm aufsah, stellte sie fest, dass es ihm gutging – sah man von der puren, unverhohlenen Lust ab, die sich in seinen gemeißelten Zügen spiegelte. Wieder fiel ihr Blick auf seine Hüften, und die Erektion, die sie zuvor schon für sehr groß gehalten hatte, wurde nun vor ihren Augen noch größer.

Oh Mann, sie steckte in Schwierigkeiten!

Unsicher konzentrierte sie sich aufs Wesentliche und stieß ein stummes »Oh!« aus, als sie das Pflaster ganz abnahm.

Da waren keine Fäden. Es gab gar keine Spur von einer klaffenden Wunde, lediglich eine feine rote Narbe, die vermutlich irgendwann verblassen würde.

»Unglaublich«, flüsterte sie.

Er schaute hinab auf sein Bein. »Sieht gut aus, nicht wahr?«

»Das sieht hervorragend aus. Du bist ein medizinisches Wunder, weißt du das?« Sie glitt mit den Fingerspitzen über die Narbe und staunte, wie schmal sie war. Schließlich war es ein ziemlich übler Schnitt gewesen.

Theron hielt den Atem an.

Unwillkürlich zuckte ihre Hand zurück. »Hat das wehgetan? Ich dachte nur, weil es so verheilt aussieht, ist es vielleicht auch schon …«

Seine Finger umschlangen ihr Handgelenk und führten ihre Hand wieder zu seinem Schenkel, auf seine Wunde und die Haut, die sie eben gestreichelt hatte. »Nein, *Meli*, es tut nicht weh, im Gegenteil, es fühlt sich gut an. Wohltuend. Hör nicht auf.«

Sie blickte von seinem Bein in sein Gesicht und zurück.

Sollte sie nicht aufhören? Immerhin bewegte sie sich hier auf unbekanntem Terrain, überdies im Wohnzimmer ihrer Großmutter. Innerhalb weniger Minuten könnte sie geliefert sein. Trotzdem strich sie mit der Fingerspitze seinen Schenkel hinauf bis zum Rand der Boxershorts. Nervös benetzte sie sich die Lippen.

»Ja«, flüsterte er. »Mehr davon.«

Casey wurde kühner, glitt am Beinausschnitt entlang bis zum Haarflaum an der Innenseite seines Schenkels. Die Muskeln in seinem Hals zuckten ebenso wie sein Schwanz unter dem schwarzen Stoff – so nahe an ihrer Hand.

Dies war der Punkt, von dem ab es kein Zurück mehr gab.

»Deine Finger sind wie *Magikos*«, raunte er. »Du sagst, meine Heilung wäre Zauberei gewesen und scheinst indes zu vergessen, dass ich ohne dich jetzt nicht hiersäße.«

Das stimmte, oder nicht? Sie glitt mit der Hand seinen Schenkel hinauf bis zum Übergang zwischen Bein und Hüfte, wo sie die sehnige Kraft spürte. Sanft presste sie ihren Daumen auf den Druckpunkt und wurde mit einem Aufstöhnen belohnt, das ihr verriet, wie sehr er genoss, was sie tat.

»Deine Berührung ist ungleich angenehmer als die irgendeines Heilers in meiner Welt«, murmelte er. »Mit jedem Strich deiner Hand gibst du mir Kraft.«

Sie musste lächeln, wusste sie doch genau, welche Art Kraft er meinte. Bei jedem anderen Mann hätte ihr solch eine Bemerkung eine spöttische Erwiderung entlockt, aber bei ihm? Jetzt? Aus Gründen, denen nachzuforschen sie derzeit außerstande war, wich sie nicht zurück. Stattdessen rückte sie näher zu ihm, worauf er eine Hand ausstreckte und mit den Fingerrücken über ihren Bauch fuhr.

Hitzestrahlen schossen in ihren Schoß, ihr Puls stolperte, und sie blickte in seine Augen auf.

Was immer ich brauche.

»Du musst müde sein von all dem … Verheilen«, flüsterte sie. »Sag mir, was ich tun kann, um es dir leichter zu machen.«

Sein einer Mundwinkel bog sich nach oben, denn ihm entging die spielerische Note in ihren Worten nicht. Erregung verdunkelte seine Augen, als seine Hand ihren Arm hinauf und über ihre Wange strich. Sie schmiegte sich in seine Berührung und hielt den Atem an, während sein Daumen ihre Unterlippe nachmalte. »Du bist wahrlich eine Fantasie-*Gynaíka*.«

Sie wollte ihn fragen, was das bedeutete, aber ehe sie dazu kam, zog er sie näher zu sich. Schlagartig vergaß sie alle Fragen, die sie hatte, und gab sich ganz seinen Zärtlichkeiten hin.

Seine Lippen streiften ihre, anfangs weich, dann fordernder, während er den Kuss vertiefte und seine Finger in ihrem Haar vergrub. Beim zweiten Mal öffnete sie sich ihm ohne Zögern und empfing seine warme, feuchte Zunge, die verführerisch mit ihrer zu spielen begann.

Er schmeckte himmlisch. Ein Hauch von Minze vermengt mit ihrem Abendessen, kurz: Sünde auf einem Silbertablett. Eine seiner großen Hände glitt ihren Rücken hinab und drückte sie dichter an ihn, bis sie unversehens auf den Knien über ihm hockte.

Jeder Millimeter von ihr stand in Flammen, noch bevor er den Winkel seines Kusses veränderte und seine Hände drängender wurden. Eine Sekunde lang fragte sie sich, ob er zu schwach für Sex wäre, was sie sogleich verwarf, denn wie ginge das mit der monströsen Erektion zusammen, auf die er sie hinunterdrückte? Und fehlte ihm die Kraft, sich zu bewegen, würde sie eben den Teil übernehmen. Nichts konnte sie mehr aufhalten.

Ihre Hände machten sich irgendwie selbstständig, erforschten seinen muskulösen Oberkörper, während sie seinen Kuss erwiderte. Sie glitt mit den Fingern unter den Saum seines T-Shirts und wanderten hinauf, so dass sie die straffen Bauchmuskeln unter der seidigen Haut fühlte. Sein Schwanz zuckte unter ihr, und sie drückte ihn. Nichts wollte sie sehnlicher als ihn tief in sich.

Er knurrte zustimmend, und sein Kuss wurde wilder. Besitzergreifend. Gleichzeitig griffen seine Hände nach ihrem Jeansverschluss. »Ich muss dich berühren«, raunte er zwischen zwei Küssen. »Ich muss fühlen, ob du feucht bist.«

Sie troff geradezu, wollte den Kuss allerdings nicht unterbrechen, um ihm das mitzuteilen. Sobald seine Finger den Knopf an ihrer Taille geöffnet hatte, passierte etwas in ihr. Sie empfand ein Verlangen, wie sie es nie zuvor erlebt hatte. Plötzlich wand sie sich, um die Jeans loszuwerden, ihm auf jede ihr mögliche Weise zu helfen.

Er zog den Reißverschluss auf und beugte sie gerade weit genug nach hinten, dass er mit einer Hand in ihre Hose eintauchen konnte. Seine Finger glitten direkt in ihren Slip, und sie seufzte vor Wonne.

Mühelos fand er die feuchte Knospe, die sich bereits hart aufgerichtet hatte, rieb über sie und um sie herum, bis Casey sich aus dem Kuss lösen musste, den Kopf nach hinten warf und vor Ekstase stöhnte.

Seine Lippen glitten über ihren Hals, wo er sie biss und gleich darauf leckte, um den kurzen Schmerz zu stillen. Dann sog er an der Stelle, so dass Casey erneut aufstöhnte. »Ah, *Meli*, du bist so feucht.« Seine Finger drangen tiefer, noch tiefer und in sie hinein. »Und so eng.«

Casey konnte nicht sprechen, sich kaum bewegen. Ihr Orgasmus nahte, und sie vermochte ihn nicht aufzuhalten. Mit beiden Händen klammerte sie sich an seine Schultern, mit den Muskeln in ihrem Schoß umschloss sie seine Finger und ließ los.

Doch gerade als sie fühlte, dass die Welle über sie hinwegrollen würde, zog er seine Hand zurück. Er zerrte an der Jeans, die ihr offen auf den Hüften hing. »Die Hose muss weg. Jetzt sofort«, knurrte er, stellte sie recht grob hin und riss ihr mit einer Bewegung die Hose herunter.

Sie hatte keine Zeit, zu protestieren, und sollte verlegen sein, weil sie nur in ihrem Pulli und knappen Slip vor ihm stand, aber das war sie nicht. Als er sich vorbeugte, um sie aufs Neue zu küssen, sank sie ihm entgegen und küsste ihn, während er sie dicht an sich heranzog und seine Erektion ihr in den Bauch piekste.

»Ich will dich anfassen«, flüsterte sie.

Er sog an ihrer Unterlippe, was wohl Ja heißen sollte. Dann gab sie sich ganz seinem Kuss hin, wanderte mit einer Hand seinen Oberkörper hinab und tauchte in seine Boxershorts. Sein tiefes Stöhnen vibrierte in ihrem Mund, als sie die Finger um sein Glied legte. Samt und Stahl füllten ihre Hand aus, rohe Kraft und die Aussicht auf sinnenberauschende Wonnen. Sie streichelte den Schaft hinauf, umkreiste die Eichel und staunte, welche Macht sie über ihn ausübte, denn er erschauerte hilflos.

Er liebkoste ihre Brüste, fasste unter den Pulli und in ihren BH. Ihre Brustspitzen wurden in dem Moment fest, in dem ein rauer Finger über die eine strich. Dabei knabberte er an ihrem Kinn, küsste sich über ihre Wange und verharrte an der empfindlichen Stelle unter ihrem Ohr, während er weiter mit ihren Brüsten spielte und sie in ungekannte wonnige Höhen katapultierte.

Ihre Zärtlichkeiten wurden intensiver, wagemutiger mit jeder von seinen. Als sie ein weiteres Mal unten an seinem Schaft ankam, umfing sie die beiden schweren Hoden darunter.

Er stöhnte gegen ihren Hals. »Du spielst mit dem Feuer. Gleich werde ich nicht mehr an mich halten können.«

»Ich will nicht, dass du an dich hältst. Ich will wissen, wie du dich anfühlst, wenn du kommst.«

Was auch immer er an Zurückhaltung bislang geübt haben mochte, verpuffte. Blitzschnell flog der Pulli über ihren Kopf und der BH zerriss, als wäre er aus Papier. Dann neigte er sich vor, fing zuerst die rechte Brustspitze mit dem Mund ein, dann die linke, dass Casey schon glaubte, sie würde allein so zum Orgasmus gelangen.

Unmittelbar vor dem nahenden Höhepunkt – sie wollte ihn anflehen, nicht aufzuhören – drehte er sie rasch um und hob sie auf die Couch, dass sie auf der Sitzfläche kniete. Mit einer riesigen Hand drückte er ihren Oberkörper in die Lehne, so dass sie über die blau-orange-karierte Wolldecke ihrer Großmutter gelehnt war.

»Götter, du bist wunderschön!«, raunte er hinter ihr. Die Polster sanken unter seinem Gewicht ein, als er sich mit einem Bein zwischen ihre kniete und ihre Schenkel weiter spreizte. »Ich kann es nicht erwarten, herauszufinden, ob du so eng wie in meinem Traum bist.«

Seinem Traum? *Ooohh, ja, unbedingt!*

In dem Augenblick fiel ihr ein, dass sie vielleicht ein bisschen Angst haben sollte. Sie war mit einem riesigen Mann zusammen, den sie nicht kannte, noch dazu in einer Stellung, in der er faktisch alles mit ihr anstellen könnte, ohne dass sie sich wehren konnte. Angesichts dessen, was die beiden Kerle vorm XScream wenige Monate zuvor mit ihr machen wollten, sollte sie vor Angst von Sinnen sein. War sie aber nicht. Irgendwie sagte ihre Intuition ihr, dass Theron ihr nichts tun würde. Und bei seinen erotischen Worten schmolz sowieso der verbliebene Rest ihres Verstands zusammen.

Eine seiner rauen Hände war unter ihrem Oberkörper, umfing ihre Brust, während der andere Arm sich um ihre Hüften schlang. Sein Mund war an ihrem Ohr, knabberte an dem Ohrläppchen, bis sie schreien wollte. Dann schob er seine Hüften vor und rieb sie hin und her. Weißes Licht explodierte hinter ihren geschlossenen Augen.

Das Wohlgefühl war fließend, elektrisierend und nicht annähernd genug. Erst Sekunden später wurde ihr bewusst, dass sie beide noch bekleidet waren: er in seinen Boxershorts, sie in ihrer Unterwäsche. Er schob wieder die Hüften gegen sie und zog sich zurück, neckte sie beide, indem er andeutete, was er täte, wären sie beide nackt.

»Theron«, hauchte sie.

Seine Lippen streiften ihre Halsbeuge, wanderten weiter nach unten, und seine Hände glitten über ihren Rücken. Gleichzeitig rieb er sich erneut an ihr. Dann packte er seitlich ihren Slipbund und küsste sie unten auf die Wirbelsäule. Er hob den Kopf ein wenig und zog den Slip herunter.

»Oh, ja.« Casey bog den Rücken durch und schloss die Augen.

Sie war so gefangen in dem Moment, dass sie gar nicht gleich bemerkte, wie Theron hinter ihr erstarrte. Erst als sie sich nach hinten lehnte und nichts außer Luft fühlte.

Sie drehte sich um und sah, dass er sie mit großen Augen anstarrte.

»Was ist?«

Seine Finger streiften unten links über ihren Rücken, unmittelbar über ihrem Po. »Dieses Zeichen. Ist das eine Tätowierung?«

Sie wusste, was er sah, und er war nicht der Erste, der danach fragte.

»Ich habe viel zu viel Angst vor Nadeln, um mich tätowieren zu lassen«, antwortete sie lachend.

Als er nur weiter hinstarrte, wurde ihr ein bisschen mulmig. »Ich wurde damit geboren, okay? Das ist bloß ein Geburtsmal.«

Nun sah er ihr in die Augen. Obwohl er sie nicht mehr

berührte, blieb die Hitze auf ihrer Haut. »Das sieht nicht wie ein Geburtsmal aus. Erzähl mir von deinen Eltern.«

Er wollte reden? Über ihre Familie? *Jetzt?*

Aus ihrem Verdacht wurde Misstrauen, und die Haut um ihr Geburtsmal herum fing an zu kribbeln. Sie stemmte sich hoch, drehte sich langsam um und sank in die Polster, so dass das Mal verdeckt war.

Sein Kinn war angespannt, seine Augenbrauen hatten sich zusammengezogen, und tiefe Falten gruben sich in seine Stirn. Ein flüchtiger Blick bestätigte Casey, was sie bereits vermutet hatte: Die himmlische Erektion von eben war fort.

Eine Woge von Unsicherheit überkam sie, weil sie fast nackt war. Hastig griff sie nach ihrem Pulli, der über der Armlehne des Sofas hing. »Mein… meine Eltern?«

»Deine Mutter und dein Vater. Wo sind sie?«

Ihr wurde zusehends unwohler. Sie zog sich den Pulli über den Kopf und stellte fest, dass er sich gleichzeitig seine Jeans wieder angezogen hatte. Er sah sie mit einem Ausdruck an, den sie nicht verstand.

Das war es doch, was sie vermeiden wollte, nicht? Diese Peinlichkeit, wenn die Dinge zu schnell zu weit gingen. Und jetzt bereute er es. Aber was war passiert, dass er es sich anders überlegte? Er war doch völlig hingerissen gewesen …

»Casey«, sagte er streng. »Konzentrier dich. Deine Mutter und dein Vater.«

Sie schüttelte einmal energisch den Kopf, unsicher, warum ihr Verstand so benebelt war. »Meine Mutter starb nach meiner Geburt. Meinen Vater … habe ich nie gekannt. Sie hatten vor Jahren eine kurze Affäre, als meine Mutter in Europa studierte. Sie kam nach Hause, sowie sie feststellte, dass sie schwanger war. Ich … Ich bin ihm nie begegnet.« Sie sah auf. »Wieso willst du das ausgerechnet jetzt wissen?«

Er ignorierte ihre Frage. »Wer hat dich aufgezogen?«

»Meine Großmutter. Das hier ist ihr Haus. War«, korrigierte sie, während sie sich in dem Wohnzimmer umsah und sich ihr Magen verkrampfte. Sie konnte förmlich hören, wie Gigia sie für das tadelte, was sie eben beinahe getan hätte. »Sie ist vor einigen Monaten gestorben. Krebs.«

Seine Wangenmuskeln zuckten, als er sie prüfend ansah. Dann sagte er ein einziges Wort.

»Skata.«

Sie konnte hinreichend Griechisch, dass sie ein paar besonders derbe Schimpfwörter erkannte. Im selben Moment wurde ihr bewusst, dass er ein Fremder war. Sie wusste nichts von ihm außer seinem Vornamen. Warum hatte sie ihm geholfen? Was genau war ihm zugestoßen? Und was tat er wirklich hier in ihrem Haus?

Fragen über Fragen kreisten in ihrem Kopf. Langsam stand sie vom Sofa auf. All diese Fragen hatte sie – idiotischerweise – vorhin schlicht verdrängt. »Was geht hier eigentlich vor? Woher das plötzliche Interesse an meinem Stammbaum? Und wer bist du überhaupt?«

Nun wurden seine Gesichtszüge weicher. Ein kleines bisschen. Genug, dass diese sündhaft schwarzen Augen ihre Aufmerksamkeit fesselten.

Oder sie bildete es sich bloß ein. Aber einen Sekundenbruchteil lang war er wieder der sinnliche Fast-Liebhaber, den sie vor Minuten geküsst und gestreichelt hatte.

»Niemand«, flüsterte er und griff nach ihrer Hand. »Niemand Wichtiges.« Seine Finger schlossen sich um ihr Handgelenk und drückten sanft auf ihre Haut, gleich über der Pulsader, und obwohl sie wusste, dass es nicht sein konnte, glaubte sie, einen Anflug von Bedauern in seiner Stimme zu hören. »Niemand wird sich erinnern. Schließ deine Augen, *Meli.*«

Und wie ein Lamm, das zur Schlachtbank geführt wurde, tat sie es.

Siebtes Kapitel

Isadora strich die Decke über ihren Beinen glatt und setzte ein Lächeln auf, das mindestens so unecht war wie diese Möchtegerndiamanten, bei deren Anblick manche Menschenfrauen gaga wurden, und sah zur Ärztin ihres Vaters auf.

Die steile Falte zwischen Callias makellosen Augenbrauen verhieß nichts Gutes.

Nicht dass Isadora einer Bestätigung von der größten Heilerin ihres Stammes bedurfte. Sie wurde mit jedem Tag schwächer; nur wusste sie nicht, warum.

Callia legte ihre Instrumente vorsichtig zurück in ihre Tasche. »Keine sichtbaren Verletzungen, alle Vitalfunktionen ohne Befund. Welchen Erregern du in der menschlichen Welt auch ausgesetzt warst, sie dürften dich nicht so sehr beeinträchtigen. Verschweigst du mir etwas?«

Also das war mal eine Frage! Wie in Hades' Namen sollte sie die beantworten?

Isadora faltete die Hände im Schoß, strich sich das lange Haar über die Schulter und wünschte, sie könnte die lästige Pracht mit einer Schere absäbeln. Leider verbot die Tradition es. Die weiblichen Angehörigen des Königshauses mussten bis zur Heirat unangetastet bleiben, und das in jedem Sinne des Wortes.

Schrie dieser Blödsinn nicht zum Himmel? Jedenfalls gehörte er zu den vielen Dingen, die Isadora an der Monarchie ändern würde, sobald sie Königin war.

Vorausgesetzt, sie lebte lange genug, um die Krone zu übernehmen.

Fürs Erste aber wartete Callia mit prüfendem Blick auf eine Antwort.

»Natürlich nicht. Ich habe dir alles erzählt.«

Callia verzog keine Miene, doch ihre blassvioletten Augen blickten strenger. Es war offensichtlich, dass sie Isadora nicht glaubte. Aber die Heilerin sagte nichts.

Noch nicht.

Das war doch schon mal ein Pluspunkt.

Nur vermochte das Isadoras Laune nicht zu heben. Dabei war es närrisch, sich unterlegen zu fühlen, bedachte man, dass sie einmal mehr Macht als irgendein anderer Argoleaner besitzen sollte. Doch jetzt, vor dieser *Gynaíka,* fühlte Isadora sich wie ein Staubkorn unter einem schmutzigen Stiefel. Als Heilerin besaß Callia Kräfte, von denen die meisten nicht einmal zu träumen wagten, und Isadoras Vater schwärmte gern und oft von der großen Klugheit, die sich unter Callias betörender Schönheit verbarg. So gern und so oft, dass Isadora argwöhnte, er hätte lieber Callia zur Tochter als die, welche ihm das Schicksal bescherte.

Der größte Schmerz ihres Vaters war, dass er in den siebenhundert Jahren seines Lebens nur ein einziges Kind zeugen konnte, und das war weiblich – weiblich und schwach.

Endlich hörte Callia auf, Isadora prüfend anzusehen, und packte ihre Sachen zusammen. Ihr langes, dunkelrotes Haar fiel ihr über den Rücken. Sie trug einen streng-eleganten blauen Hosenanzug. Da die Argoleaner größtenteils halb menschlich und fasziniert von der menschlichen Kultur waren, liebten sie es alle, den Stil der Menschen zu übernehmen. Mit Ausnahme der königlichen Familie, und hier allen voran Isadora. Sie musste behütet, abgeschieden leben. Ihr war verboten, durch das Portal zu gehen oder auch nur hindurchzusehen. Und all das für die Tradition und die Bewahrung dessen, was vor über dreitausend Jahren geschaffen wurde.

Callia hingegen lebte Isadoras Traum. Sie war die begnadete Karrierefrau, deren Sexappeal ausreichte, um ein ganzes Dorf unter Strom zu setzen, und schwindelerregend selbstbewusst. Noch ein Grund von vielen, weshalb Isadora sie nicht besonders leiden konnte.

»Ich gehe wieder in die Klinik und recherchiere gründlicher, was deine Symptome betrifft.« Callia hob ihre Tasche von Isadoras Bett auf. »Danach rede ich mit deinem Vater.«

»Nein, er soll sich keine unnötigen Sorgen um mich machen«, sagte Isadora hastig.

»Er ist immer noch der König, und ich würde meinen, dass er über den Gesundheitszustand seiner einzigen Erbin Bescheid wissen möchte.«

Klar. Seine Erbin. Nicht seine Tochter. Nicht weil er sie mochte oder so.

Isadora ersparte sich eine Erwiderung. Was sollte sie denn auch sagen?

Callia schritt ebenso eindrucksvoll aus dem Schlafgemach, wie sie hereingekommen war. Gleich darauf drangen gedämpfte Stimme durch die geschlossenen Flügeltüren: Callias, die von Isadoras Zofe Saphira und eine unmissverständlich männliche.

Isadora hielt den Atem an.

Seit zwei Tagen fragte sie sich, was mit Theron passiert war. Sie erinnerte sich, dass er in den Stripclub der Menschen kam, um sie zu holen, und sie nach draußen trug. An das, was danach kam, konnte sie sich bloß sehr vage erinnern. Erst in der Burg war Isadora wieder zu sich gekommen, in dieser Scheußlichkeit von einem Himmelbett, das nicht bloß ausreichend breit war, um sechs Leute darin unterzubringen, sondern sie überdies mit den dicken Brokatdecken zu ersticken drohte.

Sie hasste es. Genauso wie das Morgenlicht von Tiyrns, das durch die Kathedralenfenster ins Zimmer fiel – jener Stadt, die sie bislang nur von der Veranda aus gesehen hatte.

Keiner hatte von Theron gehört. Als sie nachfragte, sagte ihr die Krankenschwester ihres Vaters, der König ließ Isadora ausrichten, dass Theron mit einer Argonauten-Angelegenheit beschäftigt wäre.

Sprich: Es ging sie nichts an.

Aber Isadora wusste, dass es nicht stimmte. Theron hatte nach ihr gesucht, weil sie weggelaufen war. Und dann war ihm etwas zugestoßen.

Mit schweren Schritten durchquerte jemand den Salon nebenan, gefolgt von einem lauten Klopfen auf Holz und Saphiras gestrenger Stimme, die den Besucher aufforderte, zu gehen und die Prinzessin schlafen zu lassen.

Isadora schluckte und zog sich die Bettdecken bis über die Brust. Sie konnte es nicht ausstehen, sich den Argonauten gegenüber schwach und hilflos zu fühlen, insbesondere Theron gegenüber. Denn er war so groß und stark und … kräftig. Noch weniger konnte sie es ausstehen, dieses vermaledeite Bett hüten zu müssen, in dem sie auch noch aussah wie der Schwächling, der sie in Wahrheit war.

»J-ja?«, brachte sie mit erbärmlich piepsiger Stimme hervor.

Sehr überzeugender Befehlston der künftigen Königin von Argolea gegenüber ihren Untertanen, Isa!

Sie räusperte sich.

»Mylady«, rief Saphira aus dem anderen Zimmer. »Der Argonaut Demetrius ist hier und möchte Euch sehen. Empfangt Ihr ihn?«

Demetrius? Hier? *Jetzt?*

Von allen Argonauten konnte Demetrius sie am wenigsten leiden, sogar noch weniger als die übrigen Argonauten zusammengenommen, auch wenn Isadora nicht wusste, wieso. Und das wollte einiges heißen, bedachte man, dass die Argonauten sämtlichst vorbelastet waren, was Politik generell anging. Ausgenommen Theron. Er war der Einzige, dem es nie etwas auszumachen schien, königlichen Grund zu betreten, wenn er gerufen wurde.

»Mylady?«

Bei dem Gedanken an Theron richteten sich Isadoras Nackenhaare auf. Könnte Demetrius gekommen sein, um schlechte Neuigkeiten zu bringen?

Oh Götter! Das konnte nichts Gutes verheißen.

»He-Herein!«

Beide Eichentürflügel schwangen nach innen auf, als wögen sie nichts, und der Wächter, der hereinkam, war nicht minder beängstigend als das krachende Geräusch, mit dem die schweren Türen gegen die Wand stießen.

Mit gut zwei Metern und annähernd dreihundert Pfund stählener Muskeln war Demetrius der größte Argonaut. Seine Züge wirkten wie aus Marmor gehauen: eckiges Kinn, gerade Nase, ein tiefes Kinngrübchen und tiefliegende, mokkabraune Augen. Kurzes dunkles Haar umrahmte sein Gesicht, und der Körper unter dem schwarzen Ledermantel und der hautengen schwarzen Hose wirkte so uneinnehmbar wie eine Festung. Gleiches galt für seine Gedanken. Ihn umgab eine Mich-nimmt-keiner-auf-den-Arm-Aura, die jeden Raum erfüllte, in dem er sich aufhielt, und lächeln hatte Isadora ihn noch nie gesehen.

Manchmal fragte sie sich, ob er es überhaupt konnte.

»Eure Hoheit«, rief Saphira ängstlich, »verzeiht. Er ließ sich nicht aufhalten. Ich sagte ihm, dass Ihr nicht wohlauf seid, aber er …«

»Schon gut, Saphira«, fiel Isadora ihr ins Wort und setzte sich im Bett auf. »Ich empfange ihn.«

Nicht eingeschüchtert sein. Sieh nicht schwach aus. Nicht umfallen!

Oder zumindest ruhig liegen bleiben, in ihrem Fall.

Demetrius verneigte sich nicht, nickte nicht einmal. Er zeigte keinerlei Respektgeste gegenüber der Thronfolgerin, was Isadora auch nicht von ihm erwartet hätte. Die Argonauten waren allesamt die schwarzen Schafe ihres Volkes. Und Demetrius war eben noch ein bisschen schwärzer als die anderen.

Obgleich sie von Zeus vor über dreitausend Jahren auserwählt wurden, das Königreich zu schützen, verstand heute kaum noch jemand, welche Rolle sie spielten, geschweige denn schätzte sie. Für Isadoras Volk waren die Argonauten brutale Krieger, denen der König zu große Macht zubilligte. Grobiane, die den Großteil ihrer Zeit mit Dämonenjagd in der Menschenwelt verbrachten, auch wenn die Dämonen eigentlich keine Gefahr für ihre Gesellschaft darstellten.

Sollte sie ehrlich sein, musste Isadora zugeben, dass sie die Argonauten bis zur letzten Woche genauso gefürchtet hatte wie alle anderen. Für sie waren sie gefährliche Rebellen gewesen, die ihre Macht ausnutzten und lebten, um zu töten. Sie hatte sogar der Anti-Argonauten-Kampagne des Rats zugestimmt, die besagte, dass die Argonauten nicht gebraucht würden, solange das Portal geschützt und mithin Argolea sicher war. Wer die Erlaubnis des Rats einholte, durch das Portal in die Menschenwelt zu gehen, um seine Neugier zu befriedigen, tat es auf eigene Gefahr. Wozu also die Argonauten, wenn es gar keine Bedrohung gab?

Dann jedoch hatte Isadora die Briefe ihres Vaters gefunden. Ihr war klargeworden, warum die Argonauten so wichtig waren. Und so gefährlich. Da entdeckte sie die ganze Wahrheit.

»Welchem Umstand verdanke ich diesen unerwarteten Besuch, Argonaut?« Sie bemühte sich, Autorität auszustrahlen, was sich vom königlichen Bett aus ohnehin schwierig gestaltete, und leider versagte sie jämmerlich. Sie war schlicht nicht in der Lage – weder physisch noch geistig –, einen Funken Autorität zu vermitteln.

Demetrius' einer Mundwinkel verzog sich angewidert. »Seit Theron sich vor sechs Tagen aufmachte, nach Euch zu suchen, hat niemand von ihm gehört. Ich weiß, dass Ihr Eure idiotischen Gründe, das Menschenreich aufzusuchen, für legitim hieltet, was sie keineswegs waren, *Hoheit.*«

Das letzte Wort sprach er mit einem solchen Ekel aus, dass er sie ebenso gut hätte in den Magen boxen können. Der Effekt war derselbe. Hatte sie ernsthaft gedacht, sie besäße Autorität?

Falsch gedacht.

»Euretwegen«, fuhr er fort, »haben wir möglicherweise einen unserer Männer verloren. Ich will *genau* wissen, wo Ihr wart und was Ihr gesehen habt.«

Seine miserablen Manieren ärgerten sie, was ihr Denken ein wenig blockierte, aber eines drang klar und deutlich zu ihr durch: der Hauch von Schadenfreude.

Einen entsetzlichen Moment lang überlegte sie, ob Demetrius sich Therons Tod wünschte.

Was lächerlich war, oder nicht? Sie waren Stammesbrüder, entsprangen derselben Wächterklasse.

Isadora drückte ihren Rücken durch. »Du hütest lieber deine Zunge, Argonaut.«

Der Blick, mit dem er sie bedachte, ließ ihr das Blut in den Adern gefrieren, doch sie reckte ihr Kinn, streckte die Schultern und erinnerte sich daran, dass sie königlichen Geblüts war. Auch wenn es unklug sein mochte, einen Argonauten, zumal einen übertrieben selbstgerechten, zu verärgern, musste sie irgendwann aufhören, der Schwächling zu sein, für den alle sie hielten, und für sich selbst eintreten. Sollte, was die Götter verhindern mochten, Theron im Menschenreich etwas zugestoßen sein, war sie, sobald ihr Vater verschied, auf sich allein gestellt. Und das Kommando über diesen zwielichtigen Haufen fiele ihr zu.

Sie konnte nur hoffen, dass die Götter ihr beistanden.

»Ihr seid nicht meine Königin«, knurrte er und musterte sie, als sähe er geradewegs durch die Bettdecken und ihr Nachthemd hindurch. Und die Verachtung, die sich in seinen Zügen spiegelte, verriet ihr, dass ihn nicht beeindruckte, was er sah. »Noch nicht jedenfalls, und womöglich auch nie, wie es den Anschein hat. Ich bin einzig dem König verpflichtet, und meinen Leuten. Ihr, Prinzessin, tätet gut daran, Eure Zunge mir gegenüber zu hüten.«

Isadora weigerte sich, das zu schlucken oder sich in sonstiger Form verunsichert zu zeigen. Theron machte ihr bisweilen Angst, obwohl sie wusste, dass er ihr niemals schaden zufügen würde. Bei allen anderen, besonders bei Demetrius, verhielt es sich vollkommen anders.

»Ich sagte dem Diener, den *ihr* gestern schicktet, bereits alles, was ich weiß.« Sie hoffte bei Hades, dass ihre Stimme nicht zitterte. »Als ich Theron verließ, war er wohlauf. Du fragst die Falsche.«

Er trat näher ans Bett und kniff die Augen leicht zusammen, so dass er an eine angriffslustige Kobra erinnerte. »Ah, ich denke nicht, Hoheit.«

Isadora erstarrte.

»Denkt nicht, mir wäre entgangen, dass Ihr nach wie vor nicht erklärt, was Euch im menschlichen Reich so überaus dringlich war. Falls Theron Euretwegen tot ist, finden meine Leute heraus, was Ihr verbergt. Und Königsfamilie oder nicht, wir werden Vergeltung fordern.«

Das würde er. Ohne Frage. Aber nicht aus Trauer um Theron.

Nein, Demetrius würde um des simplen Vergnügens

willen, nur wegen der Aussicht aufs Töten Rache üben wollen.

Er ragte vor ihr auf, kaum einen Schritt entfernt von ihrem Bett, und sie beide waren sich bewusst, dass er mit ihr tun könnte, was immer ihm in den Sinn kam, bevor man sie draußen auch nur schreien hörte.

Sie presste die Lippen fest zusammen.

Es vergingen einige Sekunden, in denen sie sich nur anstarrten und Isadora so kalt wurde, dass sie wirklich glaubte, ihr Blut müsste gefroren sein. Schließlich nahm sie all ihren Mut zusammen und schwang die Beine seitlich von der Matratze.

Zwar kostete es sie ihre gesamte Kraft, doch sie stemmte sich langsam hoch. Selbst als sie stand, war er immer noch fast einen halben Meter größer, aber sie wollte auf keinen Fall schwach erscheinen. Das dunkelrote Morgengewand, das sie trug, fiel auf und enthüllte das weiße Nachthemd darunter, dennoch fixierte er weiter ihre Augen. Sie bedeutete ihm nichts.

»Zweimal hast du mich herausgefordert, Argonaut. Es wird kein drittes Mal geben. Du darfst gehen.«

»Prinzessin«, erwiderte er hämisch, »Ihr zittert.« Dann kam er so nahe, dass sie den Kopf in den Nacken legen musste, um zu ihm aufzusehen. Allerdings berührten sie einander nicht. Ein bösartiges, wissendes Lächeln huschte über seine Lippen, angesichts dessen sie wirklich sehr gern zurückgewichen wäre.

Sie unterdrückte diese Regung.

»Sagt mir, *Prinzessin*, mache ich Euch Angst?«

Schweiß rann ihr über den Rücken. »Ich habe keine Angst vor dir.«

Er neigte sich vor, bis seine Lippen Millimeter von ihrem Ohr entfernt waren. Einen Moment lang überkam sie der Wunsch, ihn anzufassen. Nur ein Mal, damit sie die Verbindung herstellen könnte. Dann könnte sie in seine Zukunft blicken, sehen, was er vorhatte, wie sie es so oft schon getan hatte.

Die einzige Schwierigkeit war, dass sie nicht wusste, ob ihre Kräfte bei ihm wirkten.

»Ihr solltet es sein«, flüsterte er eisig. »Ihr wäret klug, Angst zu haben.«

»Demetrius, das reicht.«

Sie beide drehten sich zu der harschen Stimme um, die von der Tür kam. Dort stand Theron, finster, misstrauisch und gefährlich, wie es sich für den Kommandanten gehörte, der er war.

Isadora empfand solche Erleichterung, dass sie beinahe zusammensackte. Sie stützte sich auf der Matratze hinter ihr ab, während Demetrius schon einen Schritt zurücktrat. Ein kurzer Blick genügte, um ihr zu bestätigen, was sie bereits vermutet hatte: Widerwillen sprach aus Demetrius' Zügen, bevor er wieder eine vollkommen unbeteiligte Miene aufsetzen konnte.

Die beiden Argonauten flüsterten an der Tür miteinander, wovon Isadora nichts verstehen konnte. Dann sah Demetrius noch einmal voller Abscheu in ihre Richtung und ging.

Ihr versagten die letzten Kräfte. Sie wollte sich rücklings auf das Bett fallen lassen, das sie so sehr hasste, aber sie durfte nicht schwach wirken.

Theron kam auf das Bett zu, als gehörte ihm dieses Zimmer. Seine schweren Stiefel knallten auf die Fliesen, dass es in Isadoras Kopf widerhallte. Es kam ihr der flüchtige Gedanke, wie seltsam es anmutete, dass er Jeans trug. Die hatte sie nie zuvor an ihm gesehen. Dann aber sah sie in sein Gesicht auf, nahm die strengen, tadelnden Falten wahr, und interessierte sich prompt nicht mehr für seine Kleidung. »Du bist wieder einmal blass, Isadora.«

Und das auf erbarmungslos direkte Weise ausgesprochen. Es war nicht der Klang eines besorgten Verlobten, sondern der eines Generals, der seine Truppen kommandiert. Ohne es zu wollen, wich sie zurück, bis ihre Kniekehlen an die Bettkante stießen.

Gute Götter, dies war der *Ándras*, der bald ihr Ehemann sein sollte. Sie hatte keinen Anlass, sich vor ihm zu fürchten. Vielmehr brauchte sie sich bloß daran zu erinnern, dass ihr Vater irgendeinen der Argonauten hätte wählen können – egal wie sehr er ihr zuwider war – und sie alle wären um ein Vielfaches übler gewesen als Theron. Warum also jagte ihr die Vorstellung auf einmal solch einen Schrecken ein?

Sie atmete ein und riss sich zusammen, so gut sie konnte. Diese ganze Geschichte war zum Kotzen, aber sie musste das Beste daraus machen – für sie beide. »Deine Gefährten waren in Sorge. Mir schien, sie fürchteten, dir könnte etwas zugestoßen sein.«

»Hat Demetrius dich verletzt?«

Therons gewaltiger Körper schien alle Luft in sich aufzunehmen, die in dem Zimmer war, als er näher kam. Abermals musste sie den Kopf zurückneigen, um zu ihm aufzusehen, in diese erboste, strenge Miene. »Himmel, nein. Wie kommst du darauf?«

»Weil du aussiehst, als würdest du gleich mit deinem Nachthemd den Boden aufwischen.«

»Nachthemd?«

Er wies auf ihre Füße, ehe sie mehr dazu sagen konnte, und legte sie zurück aufs Bett. »Hades, Isadora! Du siehst keinen Deut besser aus als beim letzten Mal, als ich dich sah.«

Seine Berührung fühlte sich warm an, selbst durch die ganzen Stoffschichten hindurch. Sie fühlte sich gleich so gut an, dass Isadora es fast nicht mitbekam, bis er die massigen Decken wieder über sie stülpte und sie bis zu ihrem Kinn hochzog.

Sofort schob Isadora sie hinunter an ihre Taille. Was war das für ein Geruch? Sie atmete tief ein. Lavendel. War er verwundet worden?

Rasch drängte sie die Frage beiseite. Es spielte keine Rolle, denn er war hier, es ging ihm gut, und er mochte nicht, wenn Frauen sich um ihn sorgten.

»Theron, mir fehlt nichts.«

Anscheinend hörte er ihr nicht zu, denn statt etwas zu erwidern, stürmte er zur Tür, riss sie auf und brüllte Saphira irgendwelche Befehle zu. Es folgte ein erschrockenes Stammeln von Saphira, dann entfernten sich eilig die Schritte der *Gynaíka*.

Theron schloss die Tür, kam zurück und blieb am Fußende des Bettes stehen. Sein dunkles Haar wippte im Takt seiner Bewegungen. »Und jetzt verrate mir, was du in dem Club wolltest.«

Oh, Hades! Hatte sie wirklich gedacht, er würde die Sache auf sich beruhen lassen? Götter, nein, das täte er gewiss nicht.

»Ich … ich war neugierig.«

»Lüg mich nicht an, Isadora. Ich bin weder Demetrius noch dein Vater noch deine unterwürfige Magd.«

»Dienerin.«

»Wortklauberei! Ich habe niemandem erzählt, wo du warst, aber als dein künftiger Ehemann habe ich wohl ein Recht, von den Neigungen meiner baldigen Frau zu erfahren. Wie konntest du an meinen Wachen vorbei in die Menschenwelt gelangen? Und warum wolltest du dorthin?«

Isadora schürzte die Lippen und blickte auf die schweren Bettdecken hinab. Sie durfte ihm nicht von Orpheus erzählen und wie er ihr geholfen hatte, weil das zu viele Probleme aufwürfe. Aber konnte sie ihm den Rest sagen? Sie war unentschlossen. Wusste er bereits von den Halbbluten? Von ihrem Vater? Kannte er den Grund, weshalb ihr Vater wie alle Könige vor ihm weiterhin Argonauten in die Menschenwelt schickte, obwohl das Volk es mit wachsendem Unmut aufnahm?

Sie war nicht sicher. Und es stand ihr nicht zu, Theron einzuweihen. Noch nicht. Nicht ehe ihr Vater tot war und sie über Argolea herrschte.

Falls es denn je dazu kam.

»Ich war bloß neugierig, Theron.« Als er verärgert schnaubte, ergänzte sie: »Nachdem mein Vater unsere ... Verlobung bekanntgab ... war ich beunruhigt. Du kennst die Regeln des Adels. Du weißt, dass ich ... unberührt bin.« Wie beschämend, dass sie ihm ihre Jungfräulichkeit gestehen musste, auch wenn er es gewiss schon vermutet hatte. Und waren sie erst vermählt, würde er es sowieso herausfinden; folglich war ihre Scham albern. »Ich hatte von solchen Clubs von den Menschen gehört, in denen sich Leute ausziehen. Deshalb wollte ich hin und mir ansehen, was außer mir wahrscheinlich jede *Gynaíka* in diesem Königreich kennt. Ich wollte nicht, dass dir meine mangelnde Erfahrung zum Ärgernis wird.«

Was eigentlich nicht gelogen war. Jedenfalls nicht ganz. Sie ließ lediglich aus, dass ihr die Vorstellung, Sex mit ihm zu haben, eine Riesenangst einjagte.

Sie hielt den Atem an, während sie auf seine Antwort wartete, doch er sah sie nur an. Als sie schon glaubte, er würde nichts mehr sagen, atmete er langsam aus.

»Isadora, du könntest mir niemals Verdruss bereiten. Vielmehr bin ich der Unerfahrene von uns beiden. Ich verstehe nichts vom Hof, vom Protokoll, Proze... *Skata*, ich weiß ja nicht einmal, wie das heißt! Das alles ist mir zu hoch. Ich weiß, dass wir beide diese Situation nicht vorausgesehen haben, aber es ist unsere Pflicht, sie bestmöglich zu bewältigen.«

Seine Worte hätten sie trösten sollen. Dafür jedoch

war sein Ton zu hart, zu streng, wie er es stets ihr gegenüber war. Wollte er ihr etwa befehlen, sich keine Sorgen zu machen?

Das funktionierte bei ihr nicht.

Groll braute sich in ihr zusammen, als sie ihn ansah – seine dunklen Augen, das stoppelige Kinn, sein wirres schwarzes Haar. Vermutlich fanden ihn andere *Gynaíka* attraktiv. Für Isadora hingegen verkörperte er alles, was sie nicht wollte.

Und dieselbe Empfindung spiegelte sich in seinem Blick.

Er wollte sich ebenso wenig an sie binden, wie sie gebunden werden wollte, gab genauso viel auf wie sie. Mehr vielleicht.

Sie sank tiefer in die Kissen, weil sie plötzlich unsagbar müde war.

»Du musst dich ausruhen, Isadora. Ich habe einiges mit den Argonauten zu regeln, bin aber rechtzeitig zur Vermählungszeremonie in ein paar Tagen wieder da. Falls du mich zwischendurch brauchst, weißt du ja, wie du mir Nachricht zukommen lassen kannst.«

Isadora nickte. Über seinen Diener auf Lerna, dem Gut in den Wäldern außerhalb Tiyrns. Isadora hatte es noch nie gesehen, stellte sich allerdings häufig vor, wie es wohl aussah – sehr hohe Decken, gläserne Wände, alles so riesig und imposant wie er. Würde er sie nach der Heirat mit dorthin nehmen? Würde sie es wollen?

Wahrscheinlich nicht, und nein. Ihr wurde übel bei dem Gedanken, dass sie in wenigen Tagen verheiratet wurden. Aneinandergebunden. Für immer. Die Sorge, die sie nie vollständig verlassen hatte, schrie danach, ausgesprochen zu werden.

»Gute Nacht, Isadora.«

Sie konnte nichts sagen.

Als spürte er es, nickte er und ging.

Allein und erschöpft, legte Isadora sich richtig hin und starrte hinauf an die Decke mit den verzierten Holzbalken. Sie versuchte, ihre Grübelei abzustellen, damit sie schlafen konnte, doch ein Gedanke ging ihr unaufhaltsam durch den Kopf.

Acacia.

Gäbe es doch nur einen Weg …

Am Fuße der breiten Treppe wandte Theron sich seitlich und schritt in Richtung der königlichen Gemächer im dritten Stock der Burg. Enorme griechische Säulen erhoben sich zu beiden Seiten des geräumigen Korridors. Wuchtige Polstermöbel, vergoldete Spiegel, Statuen und frische Blumen auf Podesten und Marmortischen füllten die Zwischenräume. Sämtlicher Zierrat signalisierte Reichtum, von den Samtvorhängen an den riesigen Fenstern bis hin zu den mit Goldstaub bedeckten Türen, an denen Theron vorbeikam.

Dieser Palast war ihm so vollends fremd, dass sich seine Schultern mit jedem Schritt stärker verkrampften. Wie konnten der König oder Isadora das ertragen? Wie zum Hades würde *er* es schaffen, in diesem Mausoleum zu leben? Er konnte ja kaum einen Flur entlanggehen, ohne dass er vom Fluchtinstinkt überwältigt wurde.

Als er das Ende des Korridors erreichte, ging die Tür zu den Königsgemächern auf und Callia trat heraus, ihre Heilertasche in der Hand. Theron wartete, bis sie sich umdrehte und ihn sah, ehe er sie begrüßte.

»Callia.«

»Theron.« Sie warf ihr Haar über die Schulter und musterte ihn von oben bis unten. »Wie ich sehe, stimmen die Gerüchte über dich. Ich rieche Lavendel. Gibt es etwas, das ich mir ansehen sollte?«

Callia war immer sehr direkt.

»Nein, es geht mir gut.« Dank Casey.

Sofort vertrieb er die Gedanken an die Frau wieder aus seinem Kopf. »Erzähl mir von Isadora. Ihre Gesundheit macht mir Sorge.«

Callia blickte sich kurz über die Schulter zur Tür um, dann bedeutete sie Theron, ihr auf die andere Seite des Korridors zu folgen, außer Hörweite.

»Ja«, sagte sie, als sie vor dem Fenster standen, von dem aus man in den gepflasterten Hof unten sah. »Theron, ich weiß nicht, wie ich es dir schonend beibringen kann, denn solche Dinge lassen sich nicht schonend sagen. Isadora stirbt.«

Eigentlich hätten ihre Worte eine Reaktion auslösen sollen, doch Theron fühlte … nichts.

Nein, das stimmte nicht ganz. Ein winziger Teil von ihm war erleichtert. Und dieses Gefühl ärgerte ihn mehr als der Kummer, den er hätte empfinden sollen.

»Bist du sicher?«, fragte er. »Wie? Sie sieht …«

»Ich habe in jedem Buch nachgelesen, das ich besitze, nach etwas – irgendetwas – entfernt Ähnlichem gesucht. Keine der traditionellen Heilmethoden hat gewirkt. In ihr ist etwas zerbrochen, nur habe ich keine Ahnung, was. Es ist wie …«

»Was?«

»Du wirst mich für verrückt halten.«

»Nichts kann verrückter sein als die Tatsache, dass wir König und Thronfolgerin zugleich verlieren. Also verschweige es mir nicht, Callia.«

Sie atmete langsam aus. »Wie es aussieht, geht ihr der Teil von ihr verloren, der wahrhaft argoleanisch ist. Ihr sonst starkes Immunsystem ist das schwächste, das ich je gesehen habe. Fast würde ich behaupten, ihre menschliche Hälfte übernimmt.«

Theron sah sich um, konnte aber niemanden entdecken. »Hast du das schon irgendjemandem erzählt?«

»Nein. Bisher nur dir. Ich erwähnte dem König gegenüber, dass sie kränkelt, will ihn aber nicht mehr als nötig belasten. Er hat sie seit ihrer Rückkehr nicht gesehen, und ich fürchte, ihr Anblick in der derzeitigen Verfassung könnte zu viel für ihn sein.«

Theron blickte durch das große Bogenfenster nach Tiyrns unten am Hügel. Ein Vogel flog über die Zinnen, hinunter in den Hof und landete auf dem Brunnenrand. Theron folgte den Flügelschlägen, während die Frist in seinem Kopf in Hochgeschwindigkeit zu verstreichen begann. Er hatte wertvolle Stunden bei Casey verbracht, in denen er hier gebraucht worden wäre.

»Wie lange noch?«, fragte er schließlich. »Wie lange hat sie noch?«

»Ich bin mir nicht sicher«, antwortete Callia leise. »Es könnten Tage sein, Wochen, vielleicht länger. Eines aber steht fest, Theron. Sie hat nicht die Kraft, einen Erben auszutragen. Eine Schwangerschaft würde ihr Todesurteil besiegeln.«

Nein, er hatte sich geirrt: Er fühlte doch etwas. Einen Anflug drohenden Verlustes. Und einen tiefen, brennenden Schmerz um ihr Geschlecht. Hiermit änderte sich alles.

Sein Blick kehrte zu Callia zurück. »Diese Informationen bleiben unter uns. Der Rat darf nichts erfahren.«

»Die Entscheidung liegt einzig und allein bei dir. Als ihr künftiger Gemahl obliegt es dir, den Ältestenrat zu informieren, wann du es für angebracht hältst.«

Er nickte, auch wenn er sich auf diese Pflicht nicht gerade freute. Er war ein Kämpfer, ein Soldat, der eine Elitegarde anführte, welche wiederum über diejenigen wachte, die ihre Welt zerstören würden, sobald sie konnten. Politik, Status und die Zanklust des Rats interessierten ihn herzlich wenig. Sollte Isadora sterben, ohne zuvor einen Erben geboren zu haben – selbst wenn Theron und sie vermählt waren –, würde der Rat niemals erlauben, dass er König wurde. Womit sich das Machtgefüge zuungunsten der Argonauten verschöbe.

Theron sah zur Tür der königlichen Gemächer.

»Du solltest nicht länger als nötig bleiben«, sagte Callia. »Er ist sehr angegriffen. Falls du noch Fragen bezüglich der Prinzessin hast, komm zu mir.«

Callia ging an ihm vorbei und ließ ihn allein auf dem protzigen Korridor. Als sie außer Sicht war, rieb er sich mit einer Hand übers Gesicht und dachte flüchtig an Casey. Bei ihr zu bleiben, wäre um ein Vielfaches einfacher gewesen und vor allem weit vergnüglicher, als zu all dem hier zurückzukehren.

Die Krankenschwester des Königs, die hinter einem großen Schreibtisch saß, stand auf, als Theron in den äußeren Salon trat. Theron wartete, während sie nachsah, ob der König in der Verfassung war, Besuch zu empfangen.

Als sie zurückkam, waren ihre Mundwinkel nach unten gebogen und ihre Stirn gerunzelt. Diesen Ausdruck hatte Theron in den letzten Wochen oft bei ihr gesehen. Was ihn nicht weiter kümmerte.

»Nur kurz«, sagte sie. »Er braucht Ruhe.«

Theron klopfte an die Schlafzimmertür und wartete. Derweil redete er sich ein, dass er Isadora irgendwie retten würde. Das war seine Pflicht, als Anführer der Argonauten und als ihr künftiger Ehemann.

»Komm herein, mein Sohn«, rief eine schwache Stimme von drinnen. »Ich habe auf dich gewartet.«

Achtes Kapitel

Von seinem Sessel am Fenster aus winkte ihn König Leonidas mit knochiger Hand heran. »Komm schon. Setz dich.«

Der alte *Ándras* hatte abgenommen, seit Theron ihn vor erst einer Woche zuletzt sah. Sein blau karierter Pyjama und der blaue Morgenmantel hingen faltig an seinen dürren Schultern. Und sein Haar, das zusehends silbriger wurde, schimmerte im hereinfallenden Sonnenlicht. Falten, die Theron vorher nicht bemerkt hatte, waren in das magere Gesicht des Königs gegraben.

Da Argoleaner erst in den letzten fünfundzwanzig Jahren ihres Lebens zu altern begannen, wirkten die Veränderungen bei Leonidas mit jedem Tag auffälliger. Zwar waren sie zu erwarten, dennoch schien jede neue Hautlinie, jeder vorstehende Knochen wie ein grausames Todesurteil, das über diesen weisen, ungestümen Mann gefällt wurde, und nicht zum ersten Mal verfluchte Theron die Götter, die ihnen solche erstaunlichen Kräfte verliehen, ihre Existenz indes auf die bloßer Sterblicher beschränkten.

»Ich habe auf dich gewartet, mein Sohn.« Leonidas nickte schwach zu den Doppeltüren, die Theron hinter sich geschlossen hatte. »Die alte Schachtel mit dem Thermometer könnte die Argonauten mit eiserner Faust führen und Zeus selbst in Grund und Boden stampfen, wenn sie wollte. Zeige keine Furcht, Junge. Sie riecht Schwäche.« Ein schelmisches Funkeln blitzte in seinen Augen auf, als sie zu Therons Jacke wanderten. »Hast du mir ein Geschenk mitgebracht?«

Theron griff in seine Innentasche. Der König hatte

wenige Schwächen, aber zu ihnen zählte seine allseits bekannte Vorliebe für irischen Whisky. Wann immer Theron in die menschliche Welt ging, brachte er eine Flasche für den König mit.

Dies war eines der Dinge, die er an König Leonidas am meisten mochte: Seine Begeisterung für das Leben, die anderen Argoleanern so mangelte, waren sie doch naturgemäß reservierter. Theron vermutete, dass der König seine Leidenschaft in jenen Jahren entdeckte, die er heimlich unter den Menschen verbrachte. Allerdings sprach der ältere *Ándras* nie über die Zeit, und Theron fragte ihn nicht.

Er zog die Flasche aus der Innentasche seiner Lederjacke und reichte sie dem König. »Falls sie die Schmugglerware findet, muss ich dich beschuldigen.«

Der König packte die Flasche wie ein verdurstender Wüstenwanderer. »Weichei.«

Schmunzelnd ob des Slang-Ausdrucks setzte Theron sich auf einen Sessel Leonidas gegenüber.

Der König brach das Siegel und nahm einen kräftigen Schluck Jameson, dann seufzte er zufrieden. »Eines kriegen die verdammten Iren richtig hin. Und wärst du nur halb so schlau wie Zeus behauptet, hättest du dir selbst eine Flasche dieser flüssigen Magie mitgebracht.« Er betrachtete Theron prüfend. »Aber das hast du nicht, oder?«

»Nein.«

Der König trank noch einen Schluck und lehnte sich zurück. Obwohl Leonidas' Körper nach sechshundervierundachtzig Jahren beschlossen hatte, es wäre Zeit, zurückzuschrauben, war sein Verstand nach wie vor messerscharf. Und an dem Funkeln in seinen tiefblauen Augen erkannte Theron, was der alte *Ándras* im Sinn hatte. »Erzähl mir, Theron, wie gefällt dir die Menschenwelt?«

Das war sie wieder, dieselbe Frage, die er jedes Mal stellte, wenn Theron zurückkam.

Wie sie ihm gefiel? Die letzte Nacht war heiß, aufregend und anders als alles gewesen, was er jemals erlebt hatte. Und er hatte das Gefühl, dass sie ihm noch lange nach seiner Heirat im Gedächtnis bleiben würde.

Jedoch dürfte das kaum dem entsprechen, was sein künftiger Schwiegervater von ihm hören wollte, also sagte er schlicht: »Ich fand sie heiß.«

Leonidas kicherte. »Ja, das ist sie bisweilen. Aber voller Leben.« Er schwenkte eine Hand durch die Luft. »Ach, die meisten würden behaupten, sie wäre nichts verglichen mit Argolea, und dem stimme ich sogar weitestgehend zu. Trotzdem hat mich etwas an der Menschenwelt stets fasziniert. Etwas, das uns hier fehlt. Dem Olymp wohl auch, denn die Götter selbst hat es immer wieder zu den Menschen gezogen.«

»Das und ihr Hang, sich in alles einzumischen«, murmelte Theron.

Leonidas grinste. »Stimmt. So oder so, die Argoleaner sind hingerissen von der Menschenwelt. Sieh dich doch um. Manchmal mag ich gar nicht glauben, dass dies das Königreich ist, in dem ich geboren wurde. Unser Auftreten, unsere Sprache, sogar unsere Technik sind dieser Tage ähnlich denen, die man im Menschenreich findet – wobei unsere Technik natürlich weiter ist als ihre.«

Theron runzelte die Stirn. Ja, das war ihm während der letzten zweihundert Jahre auch schon aufgefallen. Die Argoleaner beantragten immer häufiger, in die Menschenwelt zu dürfen, und das, wo es wegen der kühner agierenden Dämonen zunehmend gefährlicher wurde. Dennoch wollten sie hin und brachten moderne Dinge und Ansichten mit zurück, als handelte es sich um die edelsten Kostbarkeiten. Der Rat ließ sie, wenn auch ausschließlich die Männer. Und obwohl sie den Menschen intellektuell wie körperlich überlegen waren, bezauberte sie, was sie selbst nicht besaßen. Theron verstand diese Faszination nicht. Vielmehr widerte sie ihn an. Nun, zumindest hatte sie es, bis gestern Abend.

Leonidas nahm noch einen Schluck aus seiner Flasche. »Erzähl, Theron. Du warst schon überall im Menschenreich. Wo gefällt es dir am besten?«

»Wenn ich im menschlichen Reich bin, achte ich nicht auf die Umgebung.«

»Nein, natürlich tust du das nicht. Du jagst nach Dämonen, wie man es dir beigebracht hat.«

Leonidas beäugte Theron eine Weile schweigend, als überlegte er, was er sagen sollte. Das war neu, denn gewöhnlich schien der König sehr genau zu wissen, was er sagen und tun sollte. Theron wurde misstrauisch.

»Dir ist hoffentlich bewusst«, sagte Leonidas schließlich, »dass du der größte Argonaut seit Herakles sein dürftest. Dein Vater war ein herausragender Wächter und ein guter Freund von mir, dennoch besaß Solon nie deine Stärke. Er wäre stolz darauf, zu was für einem Mann du geworden bist.«

Wäre er? Theron bezweifelte es. Solon hatte nie gewollt, dass die Menschen in ihren Krieg verwickelt wurden. In dem Punkt dachte Theron anders, denn das Einzige, was er wirklich genoss, war das Kämpfen. Und da er seine Wut nicht an Menschen auslassen durfte, tat er es eben bei den Dämonen, die ihm über den Weg liefen.

»Du bist natürlich klüger als Solon«, fuhr Leonidas fort. »Ich bilde mir gern ein, das wäre teils mein Verdienst, obgleich mir klar ist, dass es mehr mit deiner Herkunft als unserer jahrelangen Freundschaft zu tun hat.«

Das Alter sprach aus dem König, und Theron musste die Erinnerung an den Tod seines Vaters und den Zorn, den er in ihm hervorrief, beiseitedrängen. »Du hast mich vieles gelehrt, Hoheit.«

Leonidas winkte ab. »Papperlapapp! Ich nutzte dich aus, Theron, wie wir beide wissen. Hätte ich die Wahl, würde das Königreich nach meinem Tod an dich fallen. Der Rat …« Er seufzte. »Der Rat denkt anders.«

»Es gilt, eine Tradition zu wahren. Sie hält unsere Art seit Jahrhunderten am Leben.«

Der ältere *Ándras* sah durchs Fenster in die Ferne. »Am Leben erhalten, ja, aber nicht wachsen lassen. Ich sage dir, mein Sohn, sie werden dieses Königreich dem Erdboden gleichmachen, wenn sie können. Allein du bist stark genug, sie daran zu hindern.«

Er blickte wieder zu Theron. Der Anflug von Bedauern, den Theron zuvor in seinen Augen gesehen zu haben glaubte, war verschwunden. »Ich weiß, dass dich die Aussicht auf eine Heirat mit meiner Isadora nicht beglückt.« Theron öffnete den Mund, um zu widersprechen, doch Leonidas hob eine verknöcherte Hand. »Nein, sparen wir uns Heucheleien. Es gibt zu vieles, was ich dir heute Abend sagen muss, und ich fürchte, unsere gemeinsame Zeit neigt sich dem Ende zu. Wisse eines, Theron: Die Opfer, die du jetzt und künftig bringst, haben einen Grund. Wir mögen ihn nicht erkennen, wenn sie von uns gefordert werden, aber es gibt ihn. Du und ich entstammen beide Herakles' Linie, weshalb Ehre und Pflicht für uns an erster Stelle stehen. Letztendlich musst du immer bedenken, welches Blut in deinen Adern fließt und welche Schwüre du ablegtest, als du zu den Argonauten kamst.«

Unbehagen regte sich in Theron, denn dem Alten lastete offenbar etwas auf der Seele. Und das war mehr als die Reue, die man nach einem langen Leben empfand, und die Angst vor dem Ende.

Der König trank einen letzten Schluck Whisky, schraubte die Flasche zu und reichte sie Theron zurück.

»Du warst die letzten Tage fort. Ich nehme an, es gab Schwierigkeiten.«

Theron steckte die Flasche wieder in die Innentasche seiner Jacke. »Vier Dämonen griffen an, kurz nachdem ich Isadora gefunden hatte.«

Der König nickte. »Du schicktest Isadora hierher und hast sie dir allein vorgenommen. Dein Mut ist vorbildlich. Sich gegen vier Dämonen zu stellen ist nahezu aussichtslos, sogar für dich.«

Theron dachte flüchtig an seine Retterin und wie sie sich hinterher seiner annahm. Wahre Stärke kam bisweilen in den erstaunlichsten Kostümierungen daher, trotzdem hätte er sie niemals bei einer menschlichen Frau erwartet, die ihm zufällig begegnete. »Nicht vollkommen aussichtslos.«

Der König sah ihn an, bevor er sich aus seinem Sessel hochstemmte und ans Fenster humpelte. Die Spätnachmittagssonne fiel auf seine verfallende Gestalt. »Du verschweigst etwas. Was besorgt dich, Theron?«

Theron verlagerte sein Gewicht auf dem Sessel. Zu den größten Talenten des Königs zählte seine Fähigkeit, die Gefühle anderer zu erspüren. Manch einer behauptete, er könnte Gedanken lesen, doch das hatte Theron bisher nie erlebt. Sehr wohl jedoch schien Leonidas eine Gabe zu besitzen, anderen zu entlocken, was sie gerade dachten. Und in diesem Fall durfte der König zwar ahnen, dass Theron dessen Tochter Isadora nicht liebte, sollte indes nicht wissen, dass er im Geiste immer wieder zu jener anderen zurückkehrte.

»Die Dämonenkräfte wachsen weiter«, sagte Theron, um den König abzulenken. »Obgleich die Argonauten in den letzten Jahren viele von ihnen eliminieren konnten, sind unsere Bemühungen nicht vom Erfolg, den wir erwartet hatten, gekrönt.«

Der König verzog keine Miene, sondern starrte erneut hinaus auf die Stadt, wo die ersten Lichter in den Fenstern aufschienen. »Das ist es nicht, was dich wirklich bekümmert, habe ich Recht?«

Theron dachte an die Nacht zurück, als er Isadora nach Hause schickte. Daran, dass die Dämonen Casey nicht töteten, was sie leicht hätten tun können. Er wählte seine Worte mit Bedacht. »Sie jagen keine Menschen. Die wenigen Toten, die wir auffanden, wirkten eher wie Unfälle als beabsichtigte Morde.«

»Nein«, sagte der König, ohne sich zu ihm umzudrehen. »Es bringt ihnen keinen Vorteil, wahllos Menschen zu töten, es sei denn, sie töten den richtigen.«

Was für eine seltsame Bemerkung, dachte Theron und fühlte, wie ihm ein seltsamer Schauer über den Rücken lief.

Dann endlich wandte der König sich wieder zu ihm um. »Du kennst die Geschichte von Atalanta, Theron.«

Ja, die kannte jeder Argonaut. Atalanta hatte ihre Seele gegen die Herrschaft über die Dämonen eingetauscht, weil Zeus sich weigerte, sie zu einer der ursprünglich sieben Ewigen Wächter zu ernennen. Inzwischen waren Jahrtausende vergangen, und immer noch sann sie auf Rache. Ihr Ziel war, die Argonauten zu vernichten, die das Portal zwischen Argolea und der Menschwelt bewachten, und gleichzeitig ihre Dämonenarmee aufzubauen.

»Jede argoleanische Seele, die sie Hades schickt, stärkt sie und ihre Armee«, sagte Leonidas. »Wie auch jede Halbblutseele, die sie sich holen.«

»Halbblut?«, wiederholte Theron. »Ich dachte, das wäre ein Mythos.«

»Und die Menschen halten uns für einen Mythos. Halbblute existieren durchaus, sie sind jedoch sehr selten.« Leonidas seufzte.

Theron fiel wieder das Zeichen ein, das er auf Caseys

Rücken gesehen hatte – das griechische Omega, umgeben von Flügeln. Er hatte sich eingeredet, es wäre bloß eine gewöhnliche Tätowierung. Alle Argoleaner trugen das Alpha-Zeichen, das ihnen die Götter selbst verliehen, damit es sie stets an den Ursprung ihrer Art erinnerte, aber das war etwas anderes.

Der König sah ihn fragend an, dann nickte er. »Ich sehe, wie es in deinem Kopf arbeitet, mein Sohn. Wenn es für Dämonen nutzlos ist, Menschen zu töten, und sie auch nicht gezielt nach ihnen jagen, was suchen sie dann dort? Was beschützt ihr Argonauten eigentlich? Die Antwort auf beide Fragen ist simpel: den Schlüssel zur Prophezeiung.«

»Welche Prophezeiung?«

»Die, die diesen Krieg auf ewig verändert.«

Theron beobachtete, wie der König hinüber zu dem großen Schreibtisch ging, einen Lederband aus dem Wandregal zog und ihn auf die polierte Schreibtischplatte legte. Leonidas schlug das Buch auf, setzte sich auf seinen königlichen Stuhl, der genau wie er selbst über sechshundert Jahre alt und sehr hoheitlich war.

»Als Atalanta bei der Argonautenwahl übergangen wurde und ihren Unsterblichkeitspakt mit Hades schloss, fürchtete Zeus, sie könnte aus Rache ein Blutbad unter den Menschen anrichten, weil die Argonauten das Portal schützten, so dass sie nicht nach Argolea gelangte, um sich an uns zu rächen. Es ist ein offenes Geheimnis, dass Zeus und Hades seit langem verfeindet sind und Hades es amüsant fand, Atalanta auf die Menschen zu hetzen, von denen Zeus so fasziniert war. Im Tausch gegen die Schöpfung Argoleas bestimmte Zeus, dass die Argonauten zu Wächtern unserer Art wie der menschlichen berufen wurden – man könnte sagen, zum Ausgleich dafür, dass er einer der unsrigen böse mitspielte. Seither, seit beinahe dreitausend Jahren, wachen die Argonauten über beide Reiche. Aber wie du bereits anmerktest, wird Atalanta mächtiger, egal wie sehr ihr euch bemüht, es zu verhindern.«

Seine Hand verharrte auf dem Buch. »Bald werden sie und ihr Heer stark genug sein, die Argonauten endlich zu überwältigen, womit das Portal ungeschützt wäre. Dann können sie unser Volk niedermetzeln. Und hier kommt die Prophezeiung ins Spiel.«

Er drehte das Buch herum, so dass Theron es sehen konnte. Zögerlich trat Theron näher und blickte auf die handgeschriebenen Seiten hinab. Es war eine alte Handschrift und, wie er auf den ersten Blick erkannte, in alt-argoleanischer Sprache.

»Frei übersetzt ist hier die Rede von …«, begann der König.

»Einem Schlupfloch in Atalantas Pakt mit Hades«, unterbrach Theron ihn, der die Seite überflog. Es handelte sich um eine dreitausend Jahre alte Chronik, die das Siegel Herakles trug.

Leonidas nickte. »Ja, Hades scherzt ausgesprochen gern, und wie du weißt, hat jeder seiner Verträge einen Haken. Was hier beschrieben wird, ist die Voraussetzung, unter welcher Atalantas Unsterblichkeit endet. In jeder Generation müssen zwei Hälften desselben Ganzen sein, die, werden sie vereint, Atalanta wieder sterblich machen.«

Allmählich begriff Theron. »Sie jagt der Prophezeiung nach, um ihre Unsterblichkeit zu sichern.«

»Ja.«

»Und die Hälften sind menschlich?«

»Nein, mein Sohn, die eine ist ein Halbblut, die andere argoleanisch.«

Theron sah Leonidas an. »Warum hast du nie die Existenz dieser Halbblute anerkannt?«

Der König seufzte. »Weil sie zu wenige sind, als dass

es die Ängste rechtfertigte, die dieses Wissen im Volk auslöst. Sie lernten beizeiten, sich von den Menschen wie auch von uns abzuschirmen. Der erste König glaubte unklugerweise, die Argoleaner wären den Menschen überlegen, wobei er Abkömmlinge von Argoleanern und Menschen miteinschloss. Halbblute leben zumeist länger als gewöhnliche Menschen, besitzen jedoch nicht die Kräfte, über die wir verfügen. Die wenigen von ihnen, die man entdeckte, wurden dringend angehalten, bei ihren menschlichen Eltern zu bleiben.«

»Warum sagte man den Argonauten nichts?«

»Nun, dies war eine Bürde, die jeder König seinem Nachfolger überließ, nämlich die Frage, wie viel er seinen Wächtern erzählen wollte. Ich beschloss vor langer Zeit, dass wir alle sicherer wären, je weniger von der Prophezeiung wüssten. Dir ist wohl bewusst, dass wir einige Argonauten hatten, die sich unserer Sache nicht im selben Maße verpflichtet fühlten wie du und ich. Unter ihnen waren solche, die Regeln missachteten und unsere Leute ungeprüft durchs Portal ließen, was häufig schreckliche Folgen zeitigte.«

Ja, das stimmte. Theron dachte an Demetrius.

»Leider habe ich meine Haltung in diesem Punkt geändert«, sagte der König.

»Warum? Was ist geschehen?«

»Meine Tochter stirbt.« Der König kam um den Schreibtisch herum und stellte sich vor Theron auf, wobei er das Gesicht vor Schmerz verzog. »Callia hat mich von Isadoras schwindender Gesundheit unterrichtet. Ich hatte gehofft, uns bliebe mehr Zeit, aber jetzt wird mir klar, dass es eine Illusion war.«

Der König nahm eine sehr aufrechte Haltung ein, worauf das Majestätische, das er einst fehllos ausstrahlte, wieder um ihn herum aufschien und er beinahe zehn Zentimeter größer wirkte. »Mir bleibt keine Wahl, Theron. Angesichts ihres gegenwärtigen Zustands gehe ich davon aus, dass Isadora niemals herrschen wird, und ohne anderen Erben wird der Rat alles aufheben, was die Könige vor mir und ich unter Verschluss zu halten bemüht waren. Deine Heirat mit ihr wird dieses Problem nicht lösen, es sei denn, sie wird wieder gesund genug, einen Erben auszutragen, was, wie wir beide wissen, nicht eintreten wird.

Der Rat versteht nicht, wie sehr es Atalanta nach Rache gelüstet. Über die lange Zeit hinweg, die der Puffer des Portals intakt war, vergaßen sie, wie böse sie sein kann. Sie wollen die Argonauten auflösen, weil sie keinen Sinn in eurem Dienst sehen, abgesehen vom Beschützen des Portals. Und sie bilden sich dummerweise ein, sie könnten es selbst schützen. Wenn das eintritt, wird unsere Art ausgerottet.

Ich habe lange und ausführlich darüber nachgedacht, und ich möchte, dass du weißt, wie schwer diese Last auf meinen Schultern wiegt, so schwer, dass ich sie niemand anderem aufbürden würde, wenn es nicht unbedingt nötig ist. Isadora trägt das Zeichen des Einen. Ich bin ziemlich sicher, dass meine andere Tochter das des Anderen trägt.«

Mehrere Sekunden verstrichen, in denen Theron über das nachdachte, was der König sagte. Hatte er eben noch die Existenz der Halbblute für einen Schock gehalten, verblasste der nun rapide im Angesicht dessen, was ihm hier eröffnet wurde.

»Ja«, sagte der König leise, »es gibt noch eine Erbin, obgleich sie niemals herrschen wird, weil sie ein Halbblut ist. Es ist sogar sehr wahrscheinlich, dass sie gar nicht ahnt, was sie ist oder wie sehr sich ihr Schicksal wenden wird.«

»Wie …?« Theron hatte immer noch Mühe, alles zu begreifen. »Wie lange weißt du schon von ihr?«

»Seit ihrer Geburt. Ihre Mutter war menschlich, eine Studentin, die ich kennenlernte, als ich Athen besuchte. Gaia war …« Sein Ausdruck wurde merklich weicher. »Freundlich. Isadoras Mutter war nicht lange zuvor gestorben, und Gaia spendete mir den Trost, den ich brauchte. Zwar war es eine kurze Affäre, doch sie bedeutete mir viel. Ich arrangierte alles, damit sie und ihre Tochter gut versorgt waren, und war vorsichtig, nicht preiszugeben, wer oder was ich war. Dennoch glaube ich, dass Gaia es wusste. Sie war eine sehr kluge junge Frau, sinnlich, voller Leben. Und sie interessierte sich für die Geschichte ihres Landes, die Mythen, die Götter. Nach der Geburt des Babys ging sie fort aus Athen. Ich habe mich oft gefragt, was aus ihnen geworden ist, sah sie aber nie wieder.«

Theron wurde ganz mulmig zumute. »Woher weißt du dann, dass jenes Kind das Zeichen trägt?«

»Ich weiß es nicht, sondern ich vermute es, weil Isadora und diese junge Frau derselben Linie entstammen und weil Isadora sich auf die Suche nach ihr machte, nachdem sie vor einigen Tagen den Abschnitt über die Prophezeiung entdeckt hatte.«

Das erklärte, was Isadora in der Menschenwelt gewollt hatte: ihre andere Hälfte finden. Wieder dachte Theron an das, was er letzte Nacht auf Caseys Rücken gesehen hatte. Er fürchtete, das Zeichen war doch mehr als eine gewöhnliche Tätowierung.

»Die Sicherheit unserer Art hängt nun davon ab, dass dieses Halbblut gefunden und nach Argolea gebracht wird, bevor die Dämonen sie aufspüren und töten«, sagte Leonidas streng.

»Und was dann? Falls die Prophezeiung erfüllt und Atalanta sterblich wird, dürfte sie umso brutaler Rache nehmen wollen.«

»Stimmt, aber ihre Macht wäre begrenzt. Und der

Krieg würde richtig beginnen. Ein Krieg, der uns am Ende unsere Freiheit schenkt.«

Theron entsann sich, woran sein Vater geglaubt hatte, und wie abgrundtief er all das verabscheute. »Was ist mit den Menschen? Wird Atalanta sie nicht benutzen, um uns zu treffen?«

Der König versteifte sich sichtbar. »Uns gehen die Wahlmöglichkeiten aus. Jeder bisherige König musste zwischen Zeus' Weisung und dem abwägen, was das Beste für unser Volk ist. Und meine Pflicht ist es, zuallererst an unsere Welt zu denken. Ja, es könnte mehr menschliche Opfer geben, wenn die Prophezeiung erfüllt wird, aber das ist ein geringer Preis für die Sicherheit unseres Reiches. Zudem zähle ich darauf, dass ihr Argonauten eine starke Verteidigung aufbaut und damit Zeus' teure Menschen rettet. Du wirst außerdem deine Königin retten, unsere Monarchie, unser Leben. Und du sorgst dafür, dass nicht der Rat an meiner Statt regieren wird.

Dein Schicksal ruft dich, mein Sohn«, sagte der König nun sanfter. »Du bist der Einzige, dem ich zutraue, zu beenden, was vor Jahrhunderten begann. Das zu tun, wurdest du geboren.«

Theron ließ sich durch den Kopf gehen, was ihm der König erzählt hatte. Obwohl es ihn verletzte, dass ihm all das verheimlicht worden war, verstand er, welche verheerende Wirkung es auf das Volk hätte, würde die Prophezeiung allgemein bekannt. Vom Rat ganz zu schweigen.

Egal wie Theron es betrachtete, jede Möglichkeit barg die Gefahr eines furchtbaren Scheiterns. Sehr viele würden sterben, ehe es vorbei war: Menschen, Halbblute und Argoleaner. Falls er überlebte, bliebe ihm am Ende die Gewissheit, dass seine Entscheidungen zahlreiche Leben gekostet hatten.

»Was geschieht mit der Halbblutfrau, wenn ich sie finde und zu Isadora bringe?«

Der König vermied es, Theron anzusehen, senkte das Haupt und schien wie gebannt von seinen Hausschuhen. »Das lässt sich nicht mit Sicherheit sagen.«

»Aber du weißt es.« Theron ahnte, dass der König log. »Du weißt genau, was mit ihr passiert, und du kannst jetzt nicht einfach schweigen! Nicht, wenn so vieles auf dem Spiel steht.«

Nun blickte der König wieder auf. »Sie stirbt. Ihre argoleanische Seele, jener Teil, den meine Tochter verliert, wird von Isadora absorbiert werden.«

»Bist du dir sicher?«

»Ja.«

»Woher weißt du, dass es nicht andersrum sein kann?«

»Weil Isadoras argoleanisches Erbe, schwach wie sie gegenwärtig sein mag, immer noch stärker ist als das des Halbbluts. Sie wird sich nehmen, was ihr fehlt, und wieder gesund werden.« Der König legte mitfühlend seine Hand auf Therons Schulter, wobei Theron nicht sagen konnte, ob das Mitgefühl ihm galt, Isadora oder der Tochter, die er nie kennenlernte. »Die Frage ist nicht wie, Theron, sondern wann. Du musst diese Frau finden und sie zu Isadora bringen. Bevor es zu spät ist.«

Diese Frau. Theron entging nicht, dass der König es vermied, ihren Namen auszusprechen. War sie tatsächlich die Auserwählte, und Theron wurde geschickt, um sie in den Tod zu führen?

Er hatte schon oft getötet. Der Tod war Teil dessen, wer und was Theron war. Allerdings kam es selten vor, dass er ein Menschenleben nahm, und nur, wenn es unerlässlich war. Noch nie hatte er eine Frau umgebracht.

Was, wenn Casey diese Erwählte war? Könnte er es tun?

Den Gedanken verwarf sofort wieder. Das Zeichen,

das er auf ihren Rücken gesehen hatte, war kein Beweis. Es bestand immer noch die Möglichkeit, dass es nichts weiter war als ein simples Geburtsmal. Er war müde, verletzt und lustbenebelt gewesen, als er bei ihr war. Ja, er hatte letzte Nacht nicht klar denken können.

»Wie erkennst du sie?«, fragte er.

»An dem Zeichen der Erwählten, genauso wie Isadora«, antwortete der König leise. »Manchmal, mein Sohn, muss ein Einzelner ein großes Opfer bringen, damit viele andere überleben. Finde sie, Theron. Und bring sie zu Isadora. Du bist der Einzige, der es kann.«

Neuntes Kapitel

Casey rang die Hände im Schoß, löste die Finger voneinander und musste sich beherrschen, nicht mit den Knöcheln zu knacken. Was zur Hölle dauerte denn so lange?

Sie blickte zur Wanduhr in Dr. Carrows Untersuchungsraum und atmete tief ein, um ihre Nerven zu beruhigen. Es war Montagnachmittag, und sie wartete seit zehn Minuten. *Erst* zehn Minuten. Sie musste sich wirklich zusammenreißen.

Zwei weitere Minuten vergingen. Zwei Minuten, in denen Casey aus der Haut fahren wollte.

Okay, Stillsitzen funktionierte also nicht. Das Papier knisterte, als sie von dem Untersuchungstisch hüpfte und den rosa Krankenhauskittel hinten zusammenhielt. Es war klug von ihr, herzukommen. Das Was-wäre-wenn-Spiel wegen ihrer Erschöpfung und Übelkeit bekam ihr nicht. Es musste eine logische Erklärung dafür geben, wie sie sich in letzter Zeit fühlte. Und es bedeutete nicht zwingend, dass sie wie ihre Großmutter enden würde.

Ein festes Klopfen an der Tür ließ Casey zusammenzucken. Sie drehte sich um. »Herein!«, rief sie und eilte zum Untersuchungstisch zurück.

Dr. Jill Carrow kam in einer Baumwollhose und einer marineblauen Bluse ins Zimmer. Ihr kastanienbraunes Haar war zu einem Pferdeschwanz gebunden, ein Stethoskop hing an ihrem Hals, und sie hielt eine Krankenakte in der Hand. Casey schätzte, dass die Ärztin nicht viel älter als sie war, allerdings ein Selbstvertrauen ausstrahlte, das Casey nie besessen hatte. Und das wiederum fand Casey beruhigend. Ein bisschen zumindest.

Jill lächelte. »Schön, dich zu sehen, Casey. Ist eine Weile her.«

»Ja.« Casey zuckte mit den Schultern. Sie schämte sich, weil sie sich nicht bei der Frau gemeldet hatte, die sich bis zum Ende um ihre Großmutter gekümmert hatte. Die Fäuste zu beiden Seiten von ihr in die Kunstlederauflage gestemmt, dachte sie an die tausend Gründe, die sie nennen könnte, weshalb sie sich nie mit Jill zum Mittagessen getroffen hatte, wie sie bei der Beerdigung vor sechs Monaten versprach. Die hörten sich jetzt allesamt blöd an, also entschied Casey sich für die Wahrheit. »Ich halte mich nicht besonders gern in Arztpraxen auf.«

Jill lachte. »Ja, glaub mir, das weiß ich! Schon okay.« Sie setzte sich auf den Drehhocker, schlug die Krankenakte auf, um ihre letzten Einträge zu überfliegen, und blickte auf. »Also, erzähl mir, was los ist.«

»Nicht viel. Ich meine …« Hier kam die Stelle, an der sie sich wie ein Hypochonder anhörte. Sie überkreuzte die Knöchel und rang wieder die Hände in ihrem Schoß. »Ich habe ein paar kleine Symptome, nichts Gravierendes, nur …« Sie biss sich auf die Unterlippe.

Jill nickte verständnisvoll. »Aber du dachtest, du lässt mich sicherheitshalber mal nachsehen.« Sie stand auf und legte die Akte auf eine Schrankzeile an der Wand. Mit einer Hand holte sie eine Stablampe aus ihrer Tasche und leuchtete Casey in die Augen. »Na gut.«

»Es ist wahrscheinlich gar nichts«, sagte Casey rasch. »Ich meine, ein bisschen Schlaflosigkeit ist eigentlich nichts Dramatisches, und …«

»Casey.« Jill berührte Caseys Arm. »Eine kluge Frau nimmt die Hinweise ihres Körpers ernst. Wenn sie merkt, dass etwas nicht wie sonst ist, lässt sie das untersuchen. Es war richtig, hierherzukommen. Ich bin sicher, dass es nichts ist, aber Nachsehen schadet nie, erst recht nicht in Anbetracht deiner Familiengeschichte.«

Casey blies langsam den Atem aus. Natürlich hatte Dr. Jill Recht. Hatte sie doch immer, dachte Casey und brachte ein mattes Lächeln zustande. »Ja, danke.«

»Okay, also erzähl mir, was los ist.«

Casey schilderte ihre Symptome: Schlafstörungen, Übelkeit, Appetitlosigkeit. Die paar Gedächtnislücken vom letzten Wochenende spielte sie herunter, weil ihre Großmutter dieses Symptom nicht gehabt hatte. Verschweigen konnte sie es allerdings auch nicht, so prüfend wie Jill sie ansah. Und da sie schon mal hier war, konnte sie ebenso gut vollkommen ehrlich sein.

Eine kleine Falte bildete sich zwischen Jills Augen, als sie Casey hinter den Ohren und am Hals abtastete. »Es sind keine Blackouts, sondern?«

»Eher wie kurze Ausfälle, und erst in den letzten paar Tagen.« Ihre seltsamen Träume erwähnte sie nicht, weil sie Angst hatte, die Ärztin könnte sie zu einem Seelenklempner schicken. Stattdessen ergänzte sie: »Ich erinnere mich, dass ich aus dem Club nach Hause kam, aber nicht, wie ich in meinen Wagen stieg oder warum ich früher ging.«

»Hmm, es könnte einfach Erschöpfung sein. Du hast hier ein paar Stellen am Hals.« Sie neigte sich näher zu Caseys Hals. »Die sehen aus wie …«

Casey merkte, wie sie rot wurde. »Ach, ja, die.« Sie hielt ihre Hand über den mysteriösen Knutschflecken von dem mysteriösen Mann, mit dem sie beinahe einen One-Night-Stand gehabt hätte.

Theron. So hieß er. Noch einer ihrer »Ausfälle«. Zwar wusste sie seinen Namen noch, doch sonst praktisch nichts, außer dass er ein wandelnder Sexgott war, der so komisch gesprochen hatte. Ach ja, und dass ihr etwas an ihm seltsam bekannt vorgekommen war. Nicht zu vergessen, dass sie praktisch in dem Moment über ihn herfallen wollte, in dem sie ihn sah.

Aber die wichtigen Dinge, zum Beispiel, wie er in ihrem Haus landen konnte oder wohin er verschwunden war, nachdem sie so wild herumgemacht hatten, waren ihr nach wie vor ein Rätsel.

»Casey?« Sie blinzelte zu Jill auf. »Möchtest du mir etwas sagen?«

Ja, richtig. Casey schüttelte den Kopf. »Nein, ähm, ich meine, das stammt von einem Date.«

Jedenfalls einer Art Date.

Jill schmunzelte. »Tja, zumindest verrät es mir, dass du nicht so krank oder müde bist, dass du dein Privatleben aufgegeben hast. Das ist ein gutes Zeichen.«

Casey runzelte die Stirn. Schön wär's! Ihr Abend mit Theron dem rätselhaften Superhengst war definitiv eine Ausnahme gewesen, denn ihr Liebesleben sah ansonsten recht trübe aus. Quatsch, es war faktisch non-existent.

»Deine Lymphknoten sind geschwollen«, sagte Dr. Jill. »Nichts Schlimmes, also schätze ich, dass dein Körper mit einer Erkältung kämpft und du dich deshalb nicht so gut fühlst. Um sicherzugehen und alles andere auszuschließen, machen wir aber eine Komplettuntersuchung, okay? Laut deiner Krankenakte ist die sowieso mal wieder fällig.«

Casey nickte abwesend. Zu erfahren, dass ihr nicht dasselbe Schicksal wie ihrer Großmutter drohte, war die halbe Stunde Warten und Grübeln wert gewesen. »Okay.«

Jill lächelte. »Ich hole die Schwester und bin gleich wieder da.«

Während Jill den Raum verließ, lehnte Casey sich auf dem angewinkelten Untersuchungstisch zurück und ihren Kopf gegen das Kissen. Unter ihr raschelte das

Schutzpapier. Sie blickte hinauf zu einer winzigen Fee, die an einem Stück Angelschnur von der Decke baumelte, überkreuzte die Hände auf ihrem Bauch und seufzte erleichtert.

Ihr ging es gut. Alles war bestens. Wenn sie hier fertig war, konnte sie genau da weitermachen, wo sie vor dem verrückten Wochenend-Rendezvous mit Theron aufgehört hatte. Sprich: Hauptsächlich überlegen, wie sie den Buchladen ihrer Großmutter über Wasser hielt. Eine andere Wahl hatte sie nicht, oder? Wenn sie das nicht hinbekam, was sollte sie dann anfangen?

Irgendwann musste sie aufhören umherzuwandern und sesshaft werden. Es war an der Zeit, die Suche nach einem flüchtigen Paradies aufzugeben, in das sie hineinpasste und wo sie Wurzeln schlagen konnte. Sie war siebenundzwanzig, Herrgott! Allerhöchste Zeit. Ihre Großmutter hatte diese Stadt geliebt, hatte ihre kleine Buchhandlung geliebt. Und Casey war entschlossen, es diesmal hinzubekommen, sich ein Leben einzurichten.

Kaum fühlte sie sich richtig entspannt, fiel ihr der Beinahe-One-Night-Stand wieder ein. Prompt glühten ihre Wangen. Das war wahrlich nicht das Klügste gewesen, was sie in ihrem Leben getan hatte, doch zum Glück war einer von ihnen noch rechtzeitig zur Vernunft gekommen. Sie würde die ganze Geschichte einfach als Fehlentscheidung abhaken. Außerdem war sie überarbeitet gewesen. Und erschöpft. Eines jedoch war sicher: So etwas passierte ihr nicht noch einmal.

»Casey?« Dr. Jill rief von draußen und klopfte gleichzeitig. »Sind Sie bereit?«

»Ja, zumindest so weit ich es überhaupt sein kann.«

Nick fühlte die Luftveränderung, genau wie er sie vor zwei Tagen gespürt hatte. Er hob seinen Kopf von der Brust, die er gerade liebkost hatte, und erstarrte.

»Gott, hör nicht auf!«, stöhnte Dana unter ihm und bog sich ihm entgegen. »Noch nicht.«

»Schhh.« Er stemmte eine Hand auf das frische weiße Bettlaken und horchte aufmerksam.

Dana kniff die Augen ein wenig zu, als würde sie sich ebenfalls konzentrieren. Natürlich konnte sie gar nichts bemerken, aber sie versuchte es.

»Ich fühle nichts«, flüsterte sie einen Moment später. Ihr Atem wehte über Nicks Wange, so dass er die Überreste von Wodka und Cranberry-Saft roch, mit denen sie ihr Schichtende im XScream begossen hatte. Draußen fuhr ein Wagen die regennasse Straße entlang. Das Quatschen der Reifen auf dem nassen Asphalt drang bis in den ersten Stock, wo Danas Wohnung über dem Waschcenter in der Third Street mitten in Silver Hills lag.

Nick wusste, warum sie hier wohnte und nicht bei den anderen, trotzdem machte es ihm Sorge. Ihre Art sollte zusammenbleiben. Vor allem jetzt, da sich Veränderungen ankündigten. Nicks Narben juckten seit Tagen.

»Nick?«

Ein Anflug von Ungeduld schwang in ihrer Stimme mit, nebst einen Hauch Unbehagen und einer Menge Lust. Nick brauchte keine zwei Sekunden, sich zu entscheiden.

Er löste sich von ihr und schnappte sich seine Jeans. »Ich muss weg.«

Ihr ungläubiger Ausdruck hielt sich nur vorübergehend, dann regte sich Danas berüchtigter Zorn. Sie setzte sich auf, wobei es sie nicht im Geringsten scherte, dass sie splitternackt war. Dana Sampson hatte eine Sirenenfigur, wie ihr durchaus bewusst war. »Kommt nicht infrage. Nicht schon wieder. Ich schwöre bei jedem verkackten Gott, wenn du jetzt gehst, war's das!«

Nick streifte sich sein schwarzes T-Shirt über den Kopf. »Flipp nicht aus, Dana. Das steht dir nicht.«

»Steht mir nicht? Da pfeif ich doch drauf! Ich hasse es, mittendrin hängengelassen zu werden. Erst recht nach der Nacht, die ich hatte. Karl hat sich mal wieder wie der letzte Arsch aufgeführt. Fast hätte ich ihn plattgemacht, als er mich zum zehnten Mal hinter der Bar antatschte, und du weißt, dass ich mir nicht leisten kann, nochmal erwischt zu werden. Deshalb brauche ich das hier genauso dringend wie du. Aber nein, du gibst dir alle Mühe, mich scharfzumachen, und dann haust du einfach ab. Ist das irgendein dämliches Spiel?« Sie sprang aus dem Bett und piekte ihm einen Finger in die Brust. »Wenn du jetzt gehst, lasse ich dich nie wieder in meine Wohnung.«

Er ahnte, dass es ihr ernst war und sie überzeugt war, hier im geweihten Danaland jede Drohung ausstoßen zu dürfen. Allerdings wusste Nick auch, dass er ihren Willen leicht beugen könnte, wenn er es wollte. Doch was immer er an Lust empfunden hatte, war in dem Moment verpufft, als er die Veränderung wahrnahm. Also zuckte er nur mit den Schultern und griff nach seiner Lederjacke auf dem violetten Samtsessel, den Dana in irgendeinem Hippieladen in Eugene gekauft hatte. »Tu, was du tun musst, Babe.«

Sie verschränkte die Arme vor ihren sehr natürlichen, sehr üppigen Brüsten und stierte ihn wütend an. »Ich mein's ernst, Nick. Du bist nicht der verkackte Weltenretter. Wann kapierst du endlich, dass es keinen Arsch kratzt, was du machst? Die Leute da draußen kannst du sowieso nicht alle retten!«

Diese Behauptung enthielt gerade genug Wahrheit, dass Nick unwillkürlich die Zähne zusammenbiss. Dann drehte er sich um und zog seine Jacke über.

»Je eher du denen sagst, dass sie sich verziehen sollen, desto sicherer für sie. Wieso zur Hölle erzählst du denen nicht, was los ist? Wartest du, dass irgendwas Apokalyptisches passiert? Echt, wenn ich es nicht besser wüsste, würde ich sagen, du lauerst sogar auf eine Katastrophe, damit du herbeistürmen und den großen Retter mimen kannst, wie dein Bruder.«

Er wandte sich so schnell zu ihr um, dass ihr keine Zeit blieb, sich zu wappnen. Blitzschnell hatte er die Hände um ihren Hals geschlungen und drückte fest genug zu, dass sie ihn überrascht anstarrte. Keuchend fuchtelte sie mit den Armen und versuchte, seine Hände wegzureißen. In ihren weit aufgerissenen Augen sah er zunächst Verwunderung, dann Unglauben und schließlich pure Angst.

Und so sehr es ihm auch zuwider war, nährte ihre Reaktion den Hass, den Nick in den tiefsten Winkeln seines Innern einsperrte. Jener Teil von ihm, der mit dem finstersten Bösen verbunden war und mit dem er an jedem Tag seines unendlichen Lebens rang.

»Du weißt ja nicht, was du redest.«

Sie streckte sich auf die Zehenspitzen und japste mit offenem Mund nach Luft. In ihren großen, kobaltblauen Augen spiegelte sich der Nick, der er hier und jetzt war: ein schwarzer Fleck, die vernarbte Fratze eines Mannes, wie sie Alpträumen entsprang. Und immer noch ließ er nicht los.

Seine Oberlippe kräuselte sich zu einem verächtlichen Grinsen, während er zusah, wie Dana sich abmühte. Weit hinten in seinem Bewusstsein erkannte er, dass er etwas für sie empfinden sollte, für die verdrehte Beziehung, die sie führten; dennoch konnte er nichts als Ekel aufbringen.

Er war gerade im Begriff, sie freizugeben, als ein Schauer über die Narben auf seinem Rücken lief und er begriff.

Sie würde sterben.

Nicht heute Nacht. Nicht durch seine Hand.

Aber bald.

Er lockerte seinen Griff, woraufhin Dana zu Boden sank und gierig nach Luft schnappte. Gleichzeitig rieb sie sich den Hals. Wahrscheinlich hatte Nick dort Abdrücke hinterlassen, aber das war für Dana nichts Neues.

»Du Scheißkerl«, keuchte sie.

Dem widersprach er nicht. Überhaupt brachte er keine Gefühle für eine Reaktion auf. Also zog er den Reißverschluss seiner Jacke zu und betrachtete Dana mit eisigem Blick. »Geh in die Kolonie.«

»Wieso?« Ihre Wut strahlte in Wellen von ihrem nackten Körper ab, als wäre sie ein Hochofen. »Damit du so was jederzeit wiederholen kannst? Nein danke!«

»Nein, damit du überlebst. Unheil naht.«

Er wusste nicht, welches, doch das einzige andere Mal, dass seine zerschundene Haut so gesummt hatte, war, als sein Halbbruder zum Argonauten berufen wurde. Seitdem hatte er gelegentlich kleine Vibrationen erlebt, hier und da ein Surren, wenn Jäger unterwegs waren, aber nie das, was er die letzten paar Tage spürte. Natürlich wusste er inzwischen, dass die Veränderung damals begonnen hatte, mit Demetrius‘ Weihe, genauso wie ihm klar war, dass sie jetzt stärker wurde, anschwoll wie Wassermassen im offenen Meer, die sich zu einer Flutwelle türmten, unter der alles begraben werden sollte, was Nicks Volk kannte.

Was sollte der Mist, dass er es als Einziger kommen sah?

Er wandte sich wieder zur Tür, entschlossener denn je herauszufinden, was durchs Portal gekommen war und warum zwei Tage nach dem letzten Besuch.

»Warte!«

Er blieb stehen, drehte sich jedoch nicht um.

»Meinst du das ernst?« Sie klang ein bisschen kleinlaut.

Nun sah er doch zu ihr und bemerkte, dass sie sich mit dem Bettlaken bedeckte. Die beiden Furien-Tätowierungen auf ihren Brüsten blitzten auf. Das dritte war auf ihrem Hintern, wie Nick wusste. Gewöhnlich kannte Dana keinerlei Scham, folglich musste sie wohl echte Angst haben.

Endlich.

»Geh in die Kolonie und bleib dort«, sagte er streng. »Ich verspreche dir, dass dir dort nichts passiert. Und ich belästige dich ganz sicher nicht.«

»Nick.« Bedauern huschte über ihre Züge, als sie eine Hand nach ihm ausstreckte.

Ja. Ihre Beziehung war derart verkorkst, schlimmer ging es kaum. Dana mochte es grob, und er war gern grob zu ihr, aber was eben geschehen war, ging zu weit. Und dass sie es nicht erkannte, hatte zur Folge, dass Nick umso schneller wegwollte.

Er war bereits aus der Tür, bevor sie auch nur einen Schritt auf ihn zu machen konnte, und lief zur Hintertreppe. Von dort gelangte man in die Gasse hinterm Haus. Nicks Gehör war nach wie vor auf hypersensibel geschaltet, weshalb er hörte, wie Dana ein Stockwerk über ihm und hinter angeblich lärmdichten Mauern schniefte.

Mist! Das hatte ihm gerade noch gefehlt.

Er schwang ein Bein über seine Harley, die neben dem Müllcontainer parkte, und setzte seinen Helm auf. Nicht dass er unbedingt seinen Schädel schützen wollte, sondern wegen der Vorschriften. Ein rasender Biker ohne Helm zog die Cops an, und die wiederum bedeuteten Ärger.

Das Motorrad sprang wummernd an. Als er aus der

Gasse in die gegen vier Uhr morgens verlassenen Straßen von Silver Hills bog, brachte die Maschine seinen Körper zum Erbeben. Sie und diese seltsamen Schauer, die ihm über die Haut liefen und stärker wurden. Vibrierende elektrische Energie, von solcher Kraft, dass Nick glaubte, unter dem Jeansstoff und dem Leder zu glühen.

Das Portal hatte sich wieder geöffnet, und die Finsternis in ihm konnte es nicht mit dem aufnehmen, was diesmal hindurchkam. Es war tausendfach schlimmer.

Zehntes Kapitel

»Kommt hier auch gewiss kein Sex vor, meine Liebe? Sie wissen ja, was ich von diesen ewigen Betthüpfereien halte.«

Casey setzte ihr freundlichstes Sicher-Ma'am-Lächeln auf, als die Türglocke läutete. Ein Schwall kalter Luft wehte Dana voraus, die in einer engen Jeans, ihren Lieblingsstiefeln und einer blutroten Lederjacke mit glänzenden Silbernietenstreifen an den Ärmeln hereinkam. Casey betete, dass in einem der beiden dampfenden Kaffeebecher, die sie mitbrachte, Valencia-Mokka war.

Sie bedeutete Dana stumm, dass sie sofort bei ihr wäre, und sah auf das Buch, das die Kundin in den Händen hielt. »Überhaupt nicht, Mrs. Colbert. Joan Swan schreibt ausschließlich Krimis. Und ein bisschen Mord und Totschlag macht Ihnen doch nichts aus, oder?«

Adelaide Colbert, eine Dame in den Sechzigern, blickte über den Rand ihrer Lesebrille zu Casey und zog ihre äußerst unfachmännisch rot gefärbten Brauen hoch. »Natürlich nicht. Sehe ich vielleicht prüde aus? Hauptsache, wir verstehen uns, was diese Sex-Geschichte angeht.« Sie drehte das Buch um, blickte auf den Titel und hob die Stimme gerade so weit, dass alle anderen Kunden in Caseys Eckbuchladen sie auch ja hörten. »Ich leite den Frauenverein der Saint Michael's First Episcopalian und habe einen Ruf zu wahren, müssen Sie wissen. Keine Betthüpfereien.« Sie zwinkerte Casey zu.

Casey griff ins Regal und gab Mrs. Colbert ein weiteres Swan-Buch. »Dann empfehle ich Ihnen auch dieses hier. Ganz klar kein Sex.«

»Hmm«, machte Mrs. Colbert und trug die Bücher, die Casey ihr vorgeschlagen hatte, zur Kasse hinten im Laden, wo Mandy, Caseys Teilzeithilfe, alles lächelnd eintippte und mit Mrs. Colbert über das Highschool-Footballteam plauderte.

Grinsend schlenderte Dana auf Casey zu und reichte ihr den Java-House-Becher, den sie von gegenüber mitgebracht hatte. »Ich dachte, die Swan schreibt nur heiße Liebesromane.«

Casey trank genüsslich einen Schluck. Ah, genau wie die Schoko-Orangen-Kekse, die Gigia ihr früher zu Weihnachten schickte! Schon wurde das Leben schöner. Sie leckte sich die Lippen. »Ja, tut sie.«

»Aha. Alles klar.«

Casey wartete, bis die ältere Frau ihren Einkauf beendet hatte und zum Ausgang strebte. Wärme strahlte von dem Becher in Caseys Finger und ihre Arme hinauf. Sie hoffte, dieses wohlige Gefühl würde sich weiter ausbreiten, denn heute fröstelte sie noch mehr als gestern. Sie fror und war müde. Casey hatte ihre gesamte Kraft aufbieten müssen, um aus dem Bett zu kriechen und zum Buchladen zu fahren.

»Packen Sie sich warm ein, Mrs. Colbert. Im Wetterbericht haben sie Unwetter angesagt.«

»Das glaube ich erst, wenn ich es sehe«, murmelte Mrs. Colbert und zog die schwere Glastür auf. »Schönen Tag noch, Casey.«

»Apropos Sturm …« Casey reichte Mandy ein Scheckheft und eine Liste, die sie vorhin geschrieben hatte. »Willst du vielleicht jetzt zu Staples rüber, ehe das Wetter schlechter wird? Ich komme hier allein klar.«

»Sicher?«, fragte Mandy, die schon nach ihrem Mantel am Wandhaken griff.

»Ja, nur zu. Und häng gleich deine Mittagspause dran.«

»Soll ich dir was mitbringen?« Mandy schlang sich ihren Schal um den Hals.

»Nein, danke.«

»Bist du auf Diät?«

Die Frage traf Casey unvorbereitet. Sie wusste, dass sie abgenommen hatte, denn das merkte sie an ihren Sachen, aber sie hätte nicht gedacht, dass es anderen auffiel. »Nein«, sagte sie in betont ruhigem Ton. »Ich habe bloß keinen Hunger.«

»Okay. Dann bis später.« Mandy lächelte Casey und Dana an und ging.

Leider kaufte Dana ihr die Kein-Hunger-Geschichte nicht ohne weiteres ab. Sie musterte Casey eingehend, was diese nur nervös machte. Hatte sie heute nicht genug andere Probleme?

»Danke für den Kaffee«, sagte Casey hastig, um die Gesprächspause zu füllen.

»Gerne.« Dana blickte auf das Buch, das auf dem Tresen lag und runzelte die Stirn. »Sollte ich irgendwas wissen?«

Mist! Casey hatte den Titel aus dem Regal genommen, bevor sie morgens öffnete, und war danach zu beschäftigt gewesen, ihn wieder zurückzustellen. *Gesundheit kommt von innen.* Eilig schob sie das Buch unter den Tresen. »Danach hat eine Kundin gefragt. Wieso bist du eigentlich so früh unterwegs?« Sie sah auf die Uhr – zwanzig vor elf – und wieder zu Dana. »Hast du letzte Nacht nicht bis zum Schluss gearbeitet?«

»Doch.« Dana ließ sich achselzuckend auf den Themenwechsel ein und lehnte sich an den Tresen. »Ich konnte nicht schlafen.«

Die beiden Frauen verabredeten sich eher selten, doch in den letzten paar Monaten hatte Dana sich angewöhnt, spontan im Buchladen vorbeizukommen. Casey hatte nichts dagegen, war sie doch der einzige Mensch im XScream, dem sie sich auch nur ansatzweise nahe fühlte. Als veritable Nachteule kam Dana allerdings selten vor mittags aus dem Bett, daher wurde Casey hellhörig, weil sie so früh aufkreuzte. Aus Gründen, die Casey nicht erklären konnte, verstanden sie sich, seit sie einander erstmals begegneten. Ungefähr vor zwei Monaten hatte Casey aufgehört, darüber nachzugrübeln und sich endlich mit dem ihr wenig vertrauten Gefühl arrangiert, eine Freundin zu haben – wenn auch eine ziemlich unberechenbare. »O-oh, fiese Schicht gehabt?«

»Nicht fieser als sonst.«

Casey nickte verständig und verfluchte Karl im Geiste, wie sie es jedes Mal tat, wenn er Dana auf die Pelle rückte. Der Kerl war ein Ekelpaket, und er führte den XScream-Club, als handelte es sich um seine eigene Playboy-Mansion. Nicht nur Dana wurde häufiger brutal von ihm belästigt, aber sie war die Einzige, die es sich widerwillig gefallen ließ. Warum, wusste Casey nicht, und fragte auch nicht mehr, denn die Antwort war immer dieselbe: *Ich habe meine Gründe.*

Gott sei Dank versuchte Karl nie, ihr selbst zu nahe zu kommen, dachte sie. Ihr war schleierhaft, wie Dana es einfach wegsteckte. »Ich schätze, das erklärt die Male an deinem Hals.«

»Ja, tut es wohl. Die an deinem erklärt es allerdings nicht.«

Verdammt! Casey hatte gehofft, mit dem Make-up und dem hohen Kragen wäre der verblassende Knutschfleck unsichtbar.

Sie zupfte an ihrem Kragen, während Dana idiotisch grinste und rein gar nichts unternahm, um ihre eigenen Male zu verbergen. »Verrätst du mir, woher das ist?«

»Nein.«

»Spielverderberin«, schmollte Dana.

»Tja, Pech.« Casey neigte den Kopf und unternahm einen letzten Versuch. »Erzähl mir bitte, dass das nicht Karl war.«

»Karl war's nicht.« Dana stemmte sich vom Tresen ab. Alles Scherzhafte fiel schlagartig von ihr ab. »Hör zu, ich bin nur vorbeigekommen, weil ich dir Bescheid sagen wollte, dass ich für einige Zeit verreise.«

»Du verreist? Wohin?«

»Weiß ich noch nicht. Ich dachte, ich fahre mal gen Norden, Richtung Kanada. Vielleicht nach Vancouver. Du kannst mitkommen, wenn du willst.« Sie schmunzelte. »Von wegen Gesundheit von innen und so. Wir fahren bei Robeson vorbei, kaufen ein bisschen ein, und dann angeln wir uns ein paar knackige Kanadier. Du weißt ja, was man über kanadische Kerle sagt. Oben im Norden ist alles größer.«

Casey fuhr zusammen und hob eine Hand. »Uuuh! Es ist definitiv zu früh am Morgen, auch nur daran zu denken!« Vor allem, weil sie das alles nur wieder an den mysteriösen Mann erinnerte, der vor zwei Tagen in ihrem Bett gelegen hatte. Den Mann, der ihr den Knutschfleck an ihrem Hals beschert hatte und dessen Hitze ihr die Haut versengte, bevor er sich wortlos bei Nacht und Nebel davonschlich.

Und an die Größe seines … *wollte* sie nicht einmal denken.

»Es ist nie zu früh, an Sex zu denken, wie die unschuldige Mrs. Colbert uns soeben bewies.« Dana blickte über ihre Schulter. »Da fällt mir ein, ich kaufe mir auch eines von diesen Swan-Büchern für unterwegs.«

»Du bist unmöglich!«

»Kann sein.«

Nachdem sie ihr neues Buch bezahlt und ihren Kaffee ausgetrunken hatte, wollte Dana gehen. Zwei Schritte vor der Tür blieb sie stehen und drehte sich wieder zu Casey um. »Was ich dir noch sagen wollte: Mit den meisten Frauen verstehe ich mich nicht.«

»Ach was?«, antwortete Casey spöttisch. »Da wäre ich nie drauf gekommen.« Obwohl Casey sie um gut fünfzehn Zentimeter überragte, war Dana ihr immer größer, eindrucksvoller, einfach lebendiger vorgekommen als jeder andere Mensch, den sie kannte. War Dana da, achteten alle auf sie. Sie besaß diese Art Persönlichkeit, die den Raum um sich herum mit ihrer Präsenz einnahm.

»Weißt du, zuerst mochte ich dich nicht. Irgendwie fand ich dich komisch. Verrückt, was? Die meisten würden das von mir behaupten.«

»Du bist komisch, Dana, wie nicht zuletzt deine Spontanreise nach Vancouver beweist.«

Dana lächelte. »Tja, ist wohl so. Wenn wir alle gleich sind, ist es ja auch langweilig.«

»Und wie.«

»Siehst du? Anders sein ist gut.« So schnell, wie ihr Lächeln erschienen war, schwand es auch wieder, und ein dunkler Schatten zeigte sich in Danas schönen blauen Augen. »Kannst du mir einen Gefallen tun, Casey?«

»Jeden.«

»Pass auf dich auf. Die Leute hier sind nicht, was sie scheinen.«

»Und das heißt?«

»Das heißt, sei vorsichtig. Ted Bundy war ein gut aussehender Knabe, der sich als Serienkiller entpuppte. Glaub nicht alles, was du siehst. Nicht jeder ist so harmlos wie ich.« Ehe Casey fragen konnte, was das nun wieder hieß, wurde sie umarmt. »Und lass dich nicht stressen, weil der Doc irgendwas redet.«

»Woher weißt du …?«

»Ich muss. Wir sehen uns, wenn ich wieder da bin.«

Sowie Dana die Ladentür aufriss, stieß eine Windböe hinein, mit der trockenes Laub vom Gehweg ins Geschäft geblasen wurde, zusammen mit dem Geruch nahenden Regens.

Woher wusste Dana es? Casey sah ihrer Freundin nach, die über die Straße eilte, und versuchte, sich zu erinnern, ob sie den Arzttermin erwähnt hatte. Oder hatte sie ihn irgendwo hier im Laden notiert? Hatte sie Dana von ihren Ängsten erzählt und danach das Gespräch vergessen?

Die Antworten waren simpel: Sie hatte niemandem gesagt, was sie fürchtete, das mit ihr sein könnte, also konnte Dana keine Ahnung haben. Casey hatte es ja kaum sich selbst eingestanden.

Die Leute hier sind nicht, was sie scheinen.

Was zum Teufel sollte das denn heißen?

Eine merkwürdige Vorahnung jagte Casey kalte Schauer über den Rücken, während sie wie angewurzelt dastand und Dana durchs Schaufenster beobachtete, wie sie eilig die Main Street hinabging und in die Halston einbog.

Sie kannten sich erst seit einem halben Jahr. Was wollte Dana ihr sagen? Was wusste sie?

Nichts, entschied Casey. Dana las offenbar nur die Zeichen. Mandys Bemerkung, das Buch, der Anfall von Gefühlsduseligkeit beim Abschied … Vielleicht hatte Dana schlicht Caseys Auto gestern vor der Klinik gesehen.

Ja, das musste es sein.

Energisch verdrängte Casey ihre wirren Gedanken und blickte die Straße entlang. Zwei Wagen parkten am Straßenrand; die Gehwege waren wie leergefegt und der Coffeeshop gegenüber vollkommen verlassen. Jenseits des Marktplatzes, auf dem heute keine Kinder spielten, brauten sich dunkle Wolken zusammen.

Anscheinend hatten die Leute alle die Unwetterwarnung gehört, sie ausnahmsweise ernstgenommen und waren zu Hause geblieben.

Alle außer Casey.

Sie wandte sich zum Kassentresen um und überlegte, ob sie früher schließen sollte. Aber was sollte sie den restlichen Tag allein zu Hause anfangen? Sie war sowieso schon völlig konfus, weil sie auf den unheilvollen Anruf aus der Arztpraxis wartete, und in ihrem Kopf spielten sich unablässig Szenarien davon ab, was sie glaubte, das mit ihr nicht stimmte, und dem, was neulich Nacht geschah.

Das Telefon schrillte in dem Augenblick, als sie an der Lagertür war. Wie erstarrt sah sie zum Tresen. Ein befremdliches Vibrieren zuckte ihr unten durch die Wirbelsäule, ganz nahe an ihrem Geburtsmal.

Glaub nicht alles, was du siehst.

Sie nahm den Hörer auf und bemühte sich, möglichst ruhig zu sagen: »Es war einmal.«

»Casey? Hier ist Jill Carrow.«

Ihre Ärztin. Casey holte tief Luft. »Hi! Ich hatte gehofft, dass du anrufst.«

»Deine Laborergebnisse sind da.«

Jetzt kein Um-den-heißen-Brei-Gerede. Das konnte nichts Gutes verheißen. »Und?«

Jill zögerte, und der Stille entnahm Casey die Antwort schon, bevor sie ausgesprochen wurde. »Und ich denke, du solltest lieber herkommen, damit wir über alles sprechen. Ich fürchte, wir haben etwas gefunden.«

Es war gefährlich, ein Portal an derselben Stelle zu öffnen, an der er erst Tage zuvor schon einmal übergewechselt hatte. Um ungewollte Aufmerksamkeit zu vermeiden, hatte Theron sich eine Stelle fünfzig Meilen entfernt von Silver Hills gewählt und einen schnellen

Wagen aus einer verlassenen Seitenstraße geliehen, mit dem er allein zurück in die Kleinstadt kam.

Mann, es wäre viel einfacher, könnte er sich hier einfach von einem Ort zum anderen »denken«, wie es in Argolea möglich war. Aber nein, das war eine Fähigkeit, die er und die anderen Argoleaner nur in ihrer Heimat genossen. Und um ehrlich zu sein, sähen ihn Menschen einfach so verpuffen, würden sie wahrscheinlich ein größeres Theater veranstalten als bei der Verkündung, dass sich Dämonen in der Gegend tummelten.

Da er sich die meiste Zeit seines Lebens unter Menschen bewegt hatte, kannte er sich mit deren Technik recht gut aus, so dass Fahren für ihn keine Hürde war. Normalerweise stahl er nicht, doch außergewöhnliche Umstände erforderten außergewöhnliche Maßnahmen, und er musste schnellstmöglich nach Silver Hills und diesen kleinen Auftrag erledigen.

Als er die Stadtgrenze erreichte, drosselte er das Tempo und bog in die Main Street. Ladenreihen verliefen links und recht, und kleine Fähnchen, die an verwitterten Lampenstangen flatterten, kündigten das jährliche Erntefest an. Einige wenige Blätter, die noch am Sommer festhielten, hingen von den Ästen über der Straße, aber dem schwarz verfärbten Himmel nach zu urteilen, drohte auch ihnen der Garaus.

Theron vermutete, dass Silver Hills die typische amerikanische Kleinstadt war. Als er vor wenigen Tagen hier durchfuhr, hatte er nicht weiter auf den Ort geachtet, was er jetzt tat. Diese Pfefferkuchenhausfarben, die handgemalten Ladenschilder, die getrockneten, zu Zöpfen geflochtenen Hopfengirlanden um die Türen. Er fragte sich, was die Menschen, die hier lebten, täten, wüssten sie, dass einer seiner Art mitten unter ihnen wohnte.

Seiner Art?

Nein, nicht seiner Art. Diesmal war die Frau, die er suchte, nicht mehr als ein Mensch mit einem gewissen Extra. Und das brauchte Isadora.

Er parkte den Wagen in der Mitte der Main Street und stieg aus. Ein kühler Wind blies, als er den Gehweg entlangging. Der König hatte ihm bloß einen Namen gegeben – Acacia Simopoulos – und ihm von einem Geschäft erzählt, das deren Familie seit gut zwanzig Jahren führt. Theron hielt dies für den besten Ort, mit der Suche zu beginnen.

Ein paar Autos parkten an der Straße, doch für diese Tageszeit waren erstaunlich wenige Menschen unterwegs. Dabei war es ziemlich sicher. Dämonen kamen ungern tagsüber heraus, was jedoch nicht bedeutete, dass sie es nicht manchmal doch taten. Theron blickte sich um und entdeckte das gesuchte Objekt.

Ein kleiner Schauer lief ihm über den Rücken, als er flüchtig an Casey dachte und sich fragte, ob er ihr bei dieser Reise zufällig begegnen würde.

Was er aus mehr als den offensichtlichen Gründen nicht hoffte.

Ein »Geschlossen«-Schild baumelte innen an der Tür. Theron sah in den Laden und stellte fest, dass noch Licht brannte. Seltsam, so früh am Tag zu schließen, aber was wusste er schon über menschliches Verhalten?

Er beschloss, es trotzdem zu versuchen, und zu seiner Verwunderung war die Tür offen.

Eine Klingel läutete über ihm, als er hineinging, wo ihn Wärme sowie der Duft von Papier und Vanille empfingen.

»Bin gleich da!«

Caseys Stimme traf ihn wie ein Fausthieb in den Magen, raubte ihm den Atem und brachte beinahe seine Knie zum Einknicken. Die teuflische Anziehung, die sie von dem Moment an auf ihn ausübte, als er sie zum ersten Mal sah, war sofort wieder da. Er trat ein paar Schritte vor und entdeckte sie weiter hinten im Geschäft, am Ende eines Gangs zwischen zwei Bücherregalen. Dort stand sie auf der dritten Sprosse einer Leiter und hievte schwere, ledergebundene Wälzer in eines der oberen Fächer. Ein Blick genügte, dass sich Therons Körper versteifte und ihn der dringende Wunsch überkam, ihre zarte Haut zu berühren, ihren Körper an seinem zu spüren und dort weiterzumachen, wo sie aufgehört hatten. Und dieser Drang war ebenso stark wie in der Nacht, in der sie zusammengewesen waren.

Nur wurde sein Verlangen nun von der Einsicht überschattet, dass Theron sich geirrt hatte. Diese Frau, an die er seit drei Tagen unentwegt denken musste, war es, nach der er geschickt wurde.

Die verlorene Königstochter.

Die Frau, die sein Volk retten sollte.

Und die er in den sicheren Tod führen musste.

Elftes Kapitel

Sie hätte schockiert sein müssen, ihn wiederzusehen, aber Casey war viel zu benommen, um etwas anderes als Verärgerung zu empfinden, weil sie gestört wurde. »Wir haben früher geschlossen, wegen der Unwetterwarnung.«

»Ich …« Theron räusperte sich. »Ich suche nach Acacia Simopoulos.«

Er wusste nicht einmal, dass er nach ihr suchte? Na, herrlich! Ihr Tag wurde minütlich heiterer.

»Du hast sie gefunden.« Sie konzentrierte sich wieder auf ihre Arbeit und schob das Buch, das sie in der Hand hielt, mit ein bisschen zu viel Wucht ins Regal. »Und übrigens darf mich niemand außer meiner Großmutter Acacia nennen, und die ist unlängst gestorben. Vielen Dank, dass du mich daran erinnerst. Also, wenn das dann alles war, was du wolltest, kannst du auf demselben Weg wieder rausgehen, auf dem du reingekommen bist.«

Er stieß einen Laut aus, der wie ein genervtes Schnauben klang. Sein Frust war ihr herzlich egal.

»Ich würde gern kurz mit dir sprechen.«

Sie bedachte ihn mit einem vernichtenden Blick. »Meine Freunde nennen mich Casey. Aber da du weder ein Freund von mir noch ein Verwandter bist, darfst du mich Miss Simopoulos nennen. Vorausgesetzt, du vergisst meinen Namen nicht gleich wieder.«

Als er nur entgeistert zu ihr aufsah, riss ihr der ohnehin schon sehr brüchige Geduldsfaden. »Mein Gott nochmal, was willst du hier, Theron? Du hast mir neulich unmissverständlich demonstriert, dass du nichts mit mir zu tun haben willst.«

»Du erinnerst dich daran? Ich …«

»Glaub mir, mein Guter, nichts täte ich lieber, als zu vergessen, dass ich dir je begegnet bin.«

»Acacia …«

Sie winkte ab, denn sie war noch lange nicht fertig damit, ihm den Marsch zu blasen, zumal der Druck in ihrer Brust zunahm und all ihre Sorgen und Ängste sie gerade sehr belasteten. »Also gibt es eigentlich keinen Grund für dich, hier aufzutauchen, stimmt's? Geh einfach, denn ich will dich … jetzt … nicht …«

Oh Gott, kippte sie etwa um? Ihr war, als drückte ein zentnerschweres Gewicht auf ihren Oberkörper, und Tränen stiegen ihr in die Augen. Auf keinen Fall würde sie vor diesem Mann weinen! Er sollte nicht denken, dass ihre Verfassung irgendetwas damit zu tun hatte, wie er sie behandelte, denn das hatte sie nicht. Schuld war alles andere, alles, was Jill ihr eben gesagt hatte.

Hastig stieg sie von der Leiter und presste eine Hand auf ihre Brust.

»*Meli.*« Er trat auf sie zu.

»Nicht!«, sagte sie und hob eine Hand. Ihre Stimme musste ziemlich panisch geklungen haben, denn er blieb zwei Schritte entfernt stehen. Casey strengte sich an, ruhig zu atmen, einen klaren Kopf zu bekommen, und sobald sie sich wieder einigermaßen gefasst hatte, öffnete sie die Augen und sah zu ihm auf.

Seine Haut war vollständig verheilt. Keine Spur mehr von den Unfallverletzungen. Er sah, wie sie nun bemerkte, genauso verwegen, gefährlich und sexy aus wie an jenem Abend im XScream. Die Stoppeln an seinem Kinn, das dunkle, seidige Haar, das er sich aus dem Gesicht nach hinten gestrichen hatte, das kantige Kinn und diese tiefschwarzen Augen. Aber er wirkte auch müde.

Erschöpft. Als läge eine schwere Last auf seinen Schultern.

Tja, womit sie schon zwei wären. Und Casey hatte weder die Zeit noch die Energie, sich Gedanken darüber zu machen, was mit ihm sein mochte.

»Ich bat dich, zu gehen, und ich würde es sehr zu schätzen wissen, wenn du wenigstens einmal tust, worum ich dich bitte.«

»Geht es dir gut?«

Ob es ihr gutging? Das war ja wohl ein schlechter Scherz. Sie wollte schreien, *Nein, es geht mir nicht gut. Es wird mir nie wieder gut gehen, du Idiot!* Aber das wäre sinnlos und kindisch, und sie hatte noch zu viel Selbstachtung übrig, als dass sie sich vor ihm blamieren wollte. Das hatte sie schon in jener Nacht getan, als sie fast mit ihm ins Bett ging.

»Bestens«, antwortete sie spitz und riss ihre Hand zurück, ehe er sie anfasste. Wieso ging er nicht?

Er blickte sich im Laden um. »Warum bist du …?« Er zeigte auf die Bücherstapel. »Ich dachte, du arbeitest in dem Club.«

Ach ja, richtig! Sie wäre nicht bloß fast mit diesem Kerl ins Bett gegangen. Sie landete beinahe mit ihm im Bett, *nachdem* sie ihn in einem Stripclub getroffen hatte. Ihr Verstand bewegte sich dieser Tage in Zeitlupe.

»Tue ich, in Teilzeit. Was dich überhaupt nichts angeht.«

Ein mitleidiger Ausdruck erschien in seinem Blick, was Casey noch wütender machte. »Ich hatte wirklich gehofft, dass ich mich irre.«

Irren? Ah, jetzt kapierte er! »Hör zu, ich bin mir nicht ganz sicher, was hier los ist, aber …«

Er drückte seinen Rücken durch. »Ich muss mit dir über etwas sehr Wichtiges sprechen, Acacia«, fiel er ihr streng ins Wort.

»Worüber solltest du mit mir reden müssen?«, fragte sie ein wenig zögerlich.

»Über deinen Vater.«

Okay, sie hatte sich geirrt. Ihn wiederzusehen war noch nicht der Schock ihres Lebens gewesen, denn nun ließ der Fremde die wirklich üble Bombe platzen.

»Mein Vater?«, wiederholte sie ungläubig. »Mein Vater ist tot.«

»Nein, ist er nicht. Er ist sehr lebendig, jedenfalls vorerst noch.«

Casey lehnte sich an das Regal und stützte eine Hand auf einen Bücherstapel. Taschenbücher drückten ihr in den Rücken, was sie jedoch kaum registrierte. Zum ersten Mal, seit Jill ihr die Testergebnisse mitteilte und ihr erzählte, was sie noch alles untersuchen wollten, dachte Casey nicht an sich selbst.

»W-wo ist er?«

»Weit weg. Aber er hat nach dir gefragt. Wo ich herkomme, ist er ein sehr mächtiger Mann. Und uns bleibt nicht viel Zeit.« Theron streckte eine Hand nach ihr aus. »Wenn du mit mir kommst, bringe ich dich zu ihm.«

Casey blickte von seiner starken Hand zu seinen nachtschwarzen Augen und wieder zurück. Er konnte sie zu ihrem Vater bringen, zu dem Mann, der ihre Mutter gekannt hatte. Demselben Mann, der sie hätte großziehen, sie lieben und sich um sie kümmern sollen. Der imstande gewesen wäre, die Scherben ihrer Familie zusammenzufügen, und ihre Fragen danach, wer sie eigentlich war, zu beantworten.

Langsam reichte sie ihm die Hand. Wärme und elektrische Spannung huschten noch vor der Berührung über ihre Haut. Erschrocken sah sie wieder zu ihm auf, und dann erkannte sie es: ein Flackern in seinem Blick, ein winziges Fenster in seine Gedanken. Ihr wurde eiskalt.

Lügen.

Ihre Hand zuckte zurück, ehe er sie ergreifen konnte, und ballte sich zur Faust. »Ich gehe nirgends hin, solange ich nicht weiß, was los ist. Wer bist du?«

Ein bedrohliches Kichern erklang von der Tür. »Ein Held, der im Begriff ist, zu sterben.«

Theron fuhr herum, und was Casey dort mitten in ihrer Buchhandlung sah, musste direkt aus einem Alptraum gekommen sein: eine riesige Gestalt mit Hörnern, Reißzähnen und Klauen so groß wie eine Figur aus *Alien vs. Predator*.

Die Augen der Bestie waren blendend grellgrün. Erst jetzt bemerkte Casey, dass noch zwei weitere solche Monster im Laden waren, die halb im Schatten lauerten.

Sie riss die Augen weit auf. Diese Gestalten hatte sie schon mal gesehen – auf dem Parkplatz hinterm XScream. Bei Theron.

Die neblige Erinnerung, mit der Casey seit Tagen kämpfte, wurde schlagartig glasklar.

Theron schob sich zwischen sie und die erste Bestie. Seine Muskeln wölbten sich, als er sich in Kampfstellung duckte. Blitzschnell griff er über seinen Kopf und zog eine Waffe, die wie eine Mischung aus Dolch und Schwert aussah, so lang wie sein Unterarm. Sie musste hinten in seiner Jacke gesteckt haben.

Casey kam unweigerlich der Gedanke, dass sie durch irgendeinen merkwürdigen Zufall in einem bizarren Science-Fiction-Film gelandet und nichts von dem hier real war. Im nächsten Moment verlor sie die Übersicht. Alles ging zu schnell, als dass sie folgen konnte. Aber sie hörte es: metallene Hiebe auf Haut, Krallenreißen, Zähne, die gegen Knochen schlugen.

Und sie schrie auf, als die Bestie rechts von ihr losstürmte.

Isadora schrak schweißgebadet aus dem Schlaf.

Die Laken unter ihr waren klamm, und ihr Herz raste, als hätte sie eben an einer modernen Olympiade teilgenommen. Sie achtete darauf, richtig zu atmen, während sie sich in dem überfrachteten Raum mit seinen schweren Brokatvorhängen, den antiken Möbeln, dem großen Sitzbereich und der hohen Decke umsah.

Die Burg. Ihr Schlafgemach. Ein Ort, den sie dieser Tage höchst ungern ihr Zuhause nannte.

Sie brauchte eine Weile, bis sie begriff, dass sie nicht in einer kleinen Eckbuchhandlung in der Menschenwelt war, mit Holzregalen an den Wänden, Pflanzen und einem Vanillegeruch, der vom Gestank drohenden Todes überdeckt wurde.

Aber sie wusste mit absoluter Sicherheit, dass Theron gerade dort war. Sie sah ihn so deutlich, als wäre er neben ihr.

Hastig schlug sie die Bettdecken zur Seite und lief zur Tür. Dass sie nur ihr Nachthemd trug und barfuß war, scherte sie wenig. Sie musste zu ihrem Vater, Theron suchen, ihn warnen, bevor er in eine Falle tappte.

Ihre Schlafzimmertür flog auf. Isadora raffte den dünnen weißen Stoff ihres bodenlangen Nachthemds und rannte den Korridor hinunter. Es war Nacht und der Flur nur von Kerzen erhellt. Flüchtig dachte Isadora daran, wie albern es war, dass in diesem Zeitalter mit all seiner Technologie ihr Vater immer noch insistierte, dass in der Burg Kerzen brannten. Er war schrecklich altmodisch.

Mit wehendem Haar bog sie um die Ecke und griff mit einer Hand nach dem Steingeländer. Ihre Oberschenkel brannten, als sie die Marmorstufen hinaufjagte, jeweils eine übersprang, um schnellstmöglich in den dritten Stock zu gelangen. Atemlos kam sie oben an, rannte um die nächste Ecke und kollidierte mit einer Wand aus Muskeln.

Isadora stieß einen stummen Schrei aus und fuchtelte mit den Armen, um sich abzufangen, weil ihr der Boden unter den Füßen schwand. Für einen Sekundenbruchteil hatte sie eine schreckliche Vorahnung, dass sie zu Tode stürzen würde.

Was albern und schlicht falsch war, oder nicht? Sie konnte in jedermanns Zukunft blicken, außer in ihre eigene, also wusste sie nicht genau, wie sie sterben würde. Aber solch ein Tod wie dieser wäre wahrlich unschön.

Starke Finger packten ihre Oberarme, und ehe sie sich aufrichten konnte, wurde sie abermals gegen die harten Muskeln gerissen. Sie erkannte den Geruch des Argonauten, der sie hielt. Und das hämische Lachen, das in seiner Brust vibrierte, würde sie sowieso nie vergessen.

»Ah, Prinzessin! In welch prekärer Lage wir uns heute Nacht befinden.«

Demetrius.

Immer noch war Isadora gefährlich nah an der obersten Stufe. Er bräuchte sie bloß loszulassen, und sie würde nach hinten kippen und sich den Kopf auf dem Marmor aufschlagen, den ihr Vater so sehr liebte.

»Ich gestehe, dass ich in einem Zwiespalt bin«, flüsterte er ihr drohend ins Ohr. »Will ich ein Held sein oder der Schurke, als den Ihr mich bereits bezeichnetet? Fleht mich an, Euch zu retten, Prinzessin, damit ich mich entscheiden kann.«

Isadoras Adrenalinpegel schnellte in die Höhe. All die schrecklichen Gefühle, die sie jemals für Demetrius gehegt hatte, durchströmten sie. Zweifellos würde er sie fallen lassen, nur um sie leiden zu sehen.

»Demetrius!«

Schwere Schritte hallten hinter ihm durch den Korridor. Isadora gab einen kleinen Laut von sich, als sie abermals gegen die unnachgiebige Brust gerissen wurde und Demetrius sie beide umdrehte.

»Was geht hier vor?«

Auch die andere Stimme erkannte Isadora. Zander, einer von Therons Argonauten. Der unberechenbarste, und angeblich der Einzige, den nichts und niemand töten konnte.

Jetzt gerade, am Rande des Abgrunds, nur mit Demetrius zwischen sich und dem Tod, wäre Isadora wirklich gern unsterblich.

»Ich bin bloß der Retter in der Not«, sagte Demetrius, der Isadora noch fester an sich drückte, bis sie fast erstickte. »Anscheinend sind heute Nacht alle auf den Beinen.«

So schnell wie er sie gepackt hatte, ließ Demetrius sie wieder los, und sie schwankte bedenklich. Zander packte ihren Arm, um sie zu stützen. »Ihr seht nicht wohl aus, Prinzessin.«

»M-mir geht es gut.« Isadora wischte sich mit der Hand über die Stirn und schluckte. Dann fiel ihr ein, weshalb sie aus dem Bett gesprungen und hergeeilt war. »Ich muss zu meinem Vater.«

Die beiden Argonauten sahen einander an, und wie immer strahlte Demetrius neben ihr etwas Hartes, Unnachgiebiges aus, von dem sie nicht rasch genug wegkommen konnte.

»Ich fürchte, das ist nicht möglich«, sagte Zander. »Euer Vater schläft.«

»Du verstehst das nicht. Ich muss …«

Zander drehte sie zur Treppe. »Wir bringen Euch zurück in Euer Gemach.«

»Nein, ich …«

»Dies sind gefährliche Zeiten, Prinzessin, und Ihr seid nicht wohl. Euer Vater bat uns, für Eure Sicherheit zu sorgen.«

Gefährliche Zeiten? Was zum Hades meinte er?

Während ihr diese Fragen durch den Kopf gingen, wurde Isadora schon die Treppe hinuntergeführt, weg von ihrem Ziel. Demetrius' Schritte donnerten dicht hinter ihr.

Als sie den ersten Stock erreichten, meldete sich endlich Isadoras Verstand zurück, und sie blieb abrupt stehen. »Nein, wartet! Ich muss Theron suchen, mit ihm reden. Ich muss …«

»Theron ist im Auftrag des Königs abgereist. Er meldet sich bei Euch, sobald er wieder da ist. Alsdann, Prinzessin …«

Nein, verflucht! Isadora biss die Zähne zusammen und bohrte die nackten Fersen in den Marmor. Sie wäre bald Königin, und diese beide Argonauten erzählten ihr nicht, was sie zu tun hatte!

Genau das wollte sie Zander sagen, als sich von hinten die eklig vertrauten Arme um sie legte und sie hochhoben, so dass sie sich plötzlich unsanft an Demetrius' Brust gedrückt wiederfand.

»Das reicht jetzt. Ihr sollt in Euren Gemächern bleiben, bis der König entscheidet, dass Ihr wohl genug seid und aufstehen dürft, *Prinzessin.*«

Das letzte Wort betonte er hämisch. Isadora strampelte und zappelte, doch es war zwecklos. Wenig später lag sie in ihrem Bett, zugedeckt bis zum Kinn, und hörte das Echo der Schritte, als sich die Argonauten entfernten. Dann war sie allein, und das Klicken im Schloss verriet ihr, was sie bereits befürchtet hatte.

Sie wurde nicht beschützt, jedenfalls nicht vor einer Bedrohung von außen oder um ihrer Gesundheit willen. Sie war eine Gefangene, und ihr Vater hatte sie soeben zum Tode verurteilt.

Zwölftes Kapitel

Auf Acacias Schrei hin drehte Theron sich um, und der Dämon, mit dem er gerade kämpfte, rammte ihm eine Faust ans Kinn. Theron brüllte und schwang seine Klinge, die der Bestie einen klaffenden Schnitt quer über die Brust beibrachte. Flüssigkeit sprühte ihm auf die Haut, aber in dem Chaos konnte er nicht sagen, ob es sein Blut oder das des Dämons war.

Er drehte sich wieder um und trat der zweiten Kreatur gegen die Brust, dann trieb er sein Parazonium, den antiken griechischen Dolch von seinem Vater, in die Seite des Unheiligen. Als sich die knapp einen halben Meter lange Klinge vollständig in das Fleisch des Dämons versenkte, ging die Bestie aufheulend zu Boden. Theron wusste sehr wohl, dass keiner der beiden Dämonen tot war, sondern lediglich benommen und binnen Sekunden wieder angriffsbereit.

Ihm blieb keine Zeit, einen oder beide zu erledigen. Stattdessen drehte er sich nach Acacia um und entdeckte, dass sie hinter den Tresen gekrabbelt war, von wo aus sie den dritten Dämon mit Büchern und Bürogegenständen bewarf. Der jedoch näherte sich ihr unbeirrt, denn ihre lachhaften Bemühungen konnten ihm nichts anhaben. Sobald ihr das klarwurde, sprang sie auf, riss den Feuerlöscher von der Wand, richtete die Düse auf den Dämon und sprühte los.

Vorübergehend konnte der Angreifer wegen des weißen Schaums nichts sehen, stürzte sich aber mit einem Brüllen nach vorn. Theron rannte zu den beiden hin und erreichte den Tresen in dem Moment, als Acacia den leeren Behälter schwang und den Dämon seitlich am Kopf erwischte. Dann kletterte sie auf den Tresen und hieb ihm den Feuerlöscher von oben auf den Schädel.

Tatsächlich knickte die Bestie ein. Theron zog seinen Dolch. Gleichzeitig wurde ihm von hinten eine massige Faust in die Niere gerammt, denn einer der beiden anderen Dämonen hatte sich wieder aufgerappelt.

Theron machte eine Drehung, bei der seine Klinge durch Luft und Fleisch schnitt, doch der Dämon attackierte ihn weiter – zwei Meter zehn und dreihundert Pfund pure Muskelmasse. Hinter sich hörte Theron Acacia weiter mit dem Feuerlöscher auf den anderen einprügeln, während ein Knurren aus dem vorderen Ladenteil verkündete, dass der dritte ebenfalls wieder auf den Beinen war.

Skata! Sie steckten in ernsten Schwierigkeiten.

Mit zwei Dämonen wäre Theron noch problemlos fertiggeworden; mit dreien, wäre er allein. Aber nicht mit Acacia, die er schützen musste. Und selbst wenn er es schaffte, sie weit genug von hier fortzubringen, dass er sich konzentrieren und ein Portal öffnen konnte, musste sie freiwillig mit ihm kommen. Sie war menschlich, und Menschen ließen sich nicht über die Schwelle zwingen.

Und sie war nachgerade hysterisch, also wie wollte er sie da überzeugen? Das war ausgeschlossen. Was bedeutete, dass sie echt geliefert waren.

Der Dämon riss ihn um und stürzte sich auf ihn. Theron stieß mit seinem Kopf gegen ihn und warf ihn von sich, als wöge die Bestie nichts, die gegen ein hohes Regal flog. Bücher regneten auf das Monstrum herab, doch es sprang wieder auf und stürmte erneut los. Auch Theron war blitzschnell zurück auf den Beinen und holte mit dem Dolch aus. Mit einem scheußlich knackenden und reißenden Geräusch wurde der Kopf vom Leib des

Dämons abgetrennt und rollte über den blutgetränkten Teppichboden.

Ein entsetzliches Brüllen hallte durch den Raum. Der Dämon, den Theron vorn an der Tür überwältigt hatte, raste in ihn hinein, so dass Theron bäuchlings auf dem Boden landete. Dabei rutschte ihm der Dolch aus der Hand und flog scheppernd gegen den Tresen. Therons Gesicht war auf den Teppich gedrückt, und die Krallen des Dämons rissen ihm die Jacke in Fetzen vom Rücken.

Mist! Jetzt waren sie endgültig erledigt.

Auf einmal vernahm er ein Klopfen, gefolgt von einem Pfeifen. Zugleich spürte er einen warmen Schwall auf seinem Rücken, und dann hörte er ein grelles Aufheulen, als der Dämon von ihm herunterfiel.

Im Handumdrehen stand Theron wieder aufrecht und sah Acacia, die seinen Dolch in die Dämonenbrust gerammt hatte.

Sie zog die Waffe wieder heraus, woraufhin der Dämon rückwärtstorkelte, sich schüttelte und abermals kampfbereit schien.

Rasch nahm Theron ihr die Waffe ab und schob Acacia hinter sich. Aus dem Augenwinkel nahm er wahr, dass sich der zweite Dämon gerade aus den Bergen Feuerlöschschaum erhob. »Zurück!«

»Oh, Scheiße!«, murmelte sie.

Theron duckte sich in Angriffsposition, stürzte sich auf den ersten Dämon, während sich der andere bereits an Acacia heranschlich. Ihm blieb keine Sekunde für die Entscheidung, was er als Erstes tun sollte, und dann wendete sich plötzlich das Blatt.

Von vorn im Laden war das Splittern von Glas zu hören, und ein Mann flog durch die Scheibe, der direkt den zweiten Dämon attackierte.

Waffen krachten; Kiefer knackten; Metall wurde

durch Fleisch und Knochen getrieben; Köpfe rollten, und dann war da nichts mehr als Blut, abgetrennte Körperteile und das ausklingende Pulsieren eines Kampfes, der genauso endete, wie er begonnen hatte.

Schwer atmend und mühsam durch einen Film blinzelnd, wobei Theron hoffte, dass es bloß Schweiß war, nicht sein Blut, richtete er sich auf und musterte den Neuankömmling. Er war menschlich, wenn auch nicht ganz. Und ein Argonaut.

Was überhaupt keinen Funken Sinn ergab.

Der Mann wandte sich zu Acacia, die es irgendwie geschafft hatte, wieder auf den Tresen zu klettern. »Casey, komm da runter.«

»Oh, mein Gott, Nick. Was in aller Welt …?«

Der Blonde mit den Riesenhänden hob Acacia herunter, ehe Theron etwas tun konnte, und stellte sie mitten in den Laden. Dort packte er ihre Schultern und hielt sie fest. »Atme durch, Casey. Es kommen noch mehr.«

»Mehr? Was …?«

Dann, als hätte sie erst jetzt bemerkt, dass sie nicht allein waren, blickte sie zu Theron, und er erkannte an dem Funkeln in ihren violetten Augen, dass sie begriff. Zum ersten Mal, seit er sie kannte, fiel ihm auf, wie sehr ihre Augen denen des Königs ähnelten.

»Diese Dinger«, sagte sie. »Die habe ich neulich bei dir gesehen. Beim XScream.«

Der Mann, den sie Nick nannte, sah zu ihm. »Du hast die hierher geführt? Zu ihr?«

»Nein«, entgegnete Theron und schob seine Waffe in die Scheide an seinem Rücken. Er sollte der Böse sein? Blödsinn! »Ich wurde geschickt, sie zu beschützen.«

Nick runzelte die Stirn. »Von wem geschickt?«

Zunächst zögerte Theron, doch wenn dieser Kerl von den Dämonen wusste, müsste er auch den Rest kennen. »König Leonidas.«

Oh ja, dieser Mann hatte eindeutig eine Verbindung zu Argolea, und die gefiel ihm offenbar nicht, denn bei dem Namen blitzten seine Augen auf und verhärteten sich die Muskeln um sein Kinn.

Acacia sah von einem zum anderen. Eine steile Falte erschien zwischen ihren Brauen, denn sie konnte natürlich nicht verstehen, worüber die beiden sprachen. »Wer ist Leonidas? Was waren das für Dinger? Und woher sind die gekommen? Kann mir bitte mal jemand verraten, was hier los ist?«

Ihre Stimme hatte schon wieder diesen leicht hysterischen Ton, daher musste Theron sich beeilen, sie durch ein Portal zu bringen, bevor sie gar nicht mehr mit sich reden ließ. Er streckte ihr eine Hand hin. »Komm mit mir, dann erkläre ich dir alles.«

Nick packte ihren Arm, ehe sie ihn auch nur anheben konnte, und seine hellbraunen Augen funkelten dunkel. »Sie bleibt. Ich weiß genau, was du bist, Argonaut, und wenn du denkst, ich lasse sie irgendwo mit dir hingehen, hast du dich geschnitten.«

Theron fühlte, wie sich direkt vor der Stadtgrenze ein Portal auftat. Binnen Minuten wären sie umzingelt und wieder zahlenmäßig unterlegen. Und diesmal standen die Chancen sehr schlecht, dass sie heil aus der Geschichte herauskamen. Nick musste es gleichfalls ahnen, denn er umklammerte Acacias Arm fester. »Hast du Streichhölzer?«

Verdutzt starrte sie ihn an. »In der Schublade. Wozu?«

Nick ließ sie los und stampfte um den Tresen herum, wo er Schubladen aufriss, bis er eine große Streichholzschachtel gefunden hatte. Als Nächstes öffnete er einen Wandschrank, aus dem er nach einigem Herumwühlen einen Kanister hervorholte. Dann kam er wieder hinter dem Tresen vor. »Reißt ein paar Buchrücken auf und werft sie auf die Leichen.«

»Moment mal! Wir sollen *was* von meinen Büchern abreißen? Augenblick!«

Theron musste nicht erst fragen und hatte keine Zeit, Acacia aufzuklären. Er griff nach dem nächstgelegenen Taschenbuchstapel und begann, die Seiten herauszureißen, bis sie den ersten Dämon bedeckten. Nick tat es ihm gleich und bespritzte alles mit der Flüssigkeit aus dem Kanister.

Acacias Augen weiteten sich vor Schreck. »Was macht ihr denn da? Wer soll das denn bezahlen? Ihr könnt doch nicht, ooooh!«

Sie schrie auf und machte einen Satz rückwärts, als die erste Leiche in Flammen aufging. Nick zündete die anderen beiden an und warf schließlich die Streichholzschachtel und den Alkoholkanister in die Flammen. Feuer züngelte über den Boden und bis unter die Decke, wo es zu einer schwarzen Wolke verquoll. »Gehen wir.«

Theron stellte sich ihnen an der Tür in den Weg, bevor Nick mit Acacia verschwinden konnte. »Ohne mich geht sie nirgends hin.«

In der Millisekunde, die beide schwiegen, musste Nick klargeworden sein, dass ihm sowohl die Zeit als auch die Optionen ausgingen. Er nickte. »Meinetwegen. Aber wenn du ihr auch bloß ein Haar krümmst, bring ich dich eigenhändig um. Mir und meinesgleichen bedeutet der Anführer der Argonauten nichts.«

Theron blickte zu Acacia. Hinter ihr loderten und rauschten die Flammen, was eine befremdliche Assoziation mit dem Höllenfeuer weckte. »Meinetwegen.«

Sie hatten ihren Buchladen in Brand gesteckt.

Casey wurde auf die Rückbank eines Geländewagens geschoben. Es fiel ihr schwer, sich zu der Verwüstung umzudrehen, zu dem Feuer, das zerstörte, was einst der ganze Stolz ihrer Großmutter gewesen war. Ihr wurde die Brust so eng, dass sie kaum noch atmen konnte, was nichts mit der Aufregung oder dem dichten Rauch zu tun hatte.

Der eine Ort, von dem sie gedacht hatte, dass sie sich an ihm einrichten könnte, war nun ein Flammenmeer.

Nick war hinter den Lenker geschlüpft, während Theron sich zu ihr auf die Rückbank drängte. Beide Männer waren so groß, dass sie sämtlichen Sauerstoff im Wagen zu verbrauchen schienen, und wäre Casey nicht schon kurz vorm Durchdrehen gewesen, hätte allein das gereicht, um sie verrückt vor Angst zu machen.

Die vier Türen klickten gleichzeitig, als Casey sich wieder zum brennenden Gebäude umdrehte.

Oh, mein Gott! Sie haben mein Haus abgefackelt.

»Beeil dich«, rief Theron, der mit einer Hand den Vordersitz packte und sich nach hinten umdrehte. »Sie kommen.«

Casey wurde von unbändigem Zorn erfasst, sobald der Motor des Wagens aufheulte. Sie schlug Theron mit der Faust auf die Schulter. »Du Scheißkerl! Du hast meinen Laden abgebrannt!«

Der Wagen preschte mit einer solchen Wucht los, dass Casey gegen Therons Brust geschleudert wurde. Er umfasste ihre Handgelenke und hielt sie mühelos mit einer Hand fest, damit sie nicht in den Fußraum kippte. »Sollten wir hier heil herauskamen, wirst du uns noch dankbar sein. Nur ein Feuer kann einen Dämonenleib zerstören.«

Interessierte sie das vielleicht? Alles, wofür sie die letzten Monate so hart gearbeitet hatte, war weg!

Natürlich suchte sich der Himmel diesen Zeitpunkt aus, um sein ganzes Elend über der Kleinstadt Silver Hills auszuschütten. Peitschender Regen schüttelte den Wagen durch und klatschte gegen die Seiten, als wäre

Mutter Natur stinksauer auf sie. Casey wollte sich von Theron befreien, was bewirkte, dass er sie noch fester hielt.

Nick legte einen höllischen Fahrstil an den Tag. Er rief Theron irgendwas zu, das Casey nicht verstand. Dann verlagerte Theron sie auf seine Seite und griff in seine Tasche. Bevor sie sah, was er herausholte, rollte er schon das Fenster herunter und warf etwas hinter sie. Im nächsten Augenblick leuchtete ein Feuerball auf der Straße auf, gefolgt von solch scheußlichen Heulern und Brüllern, wie Casey sie einzig in der Hölle vermutet hätte. Und da begriff sie, dass diese Dinger aus ihrem Laden ihnen immer noch folgten. Oder vielmehr neue, die als Verstärkung gekommen waren. Sie hatten den Alptraum also noch nicht überstanden. Noch lange nicht.

Casey gab es auf, sich zu wehren, und klammerte sich stattdessen an Therons Hemd, dessen Baumwollstoff sie in ihren Fäusten knüllte, während Nick in halsbrecherischer Geschwindigkeit aus der Stadt heraus und in den Wald raste. Und Caseys Herz begann schneller zu schlagen, weil ihr erst jetzt allmählich bewusst wurde, in welcher Lage sie sich befand. Sie schloss die Augen und sprach im Geiste jedes Gebet, das sie noch erinnerte, damit sie lebend aus dieser Sache herauskamen.

Sie gab Therons Hemd nicht einmal frei, als er sich zurücklehnte. Und sie sträubte sich nicht gegen seine Hand auf ihrem Rücken oder seinen Arm, der sie an ihn drückte, wie es jede vernünftige Frau getan hätte.

Okay, sie mimte das Weichei schlechthin, aber das war ihr egal. Ihr Buchladen war weg, und sie wurden von irgendwelchen durchgeknallten Monstern gejagt. Bedachte man, was sie seit Jills Anruf morgens durchgemacht hatte, wunderte es nicht, dass ihre Nerven versagten. Entsprechend durfte sie sich nun ja wohl Trost suchen, und sei es bei jemandem wie ihm!

»Ich glaube, wir sind sie los«, sagte Theron, der sich über die Schulter umsah.

Nick stieß ein Schnauben aus.

»Wo bringst du uns hin?«, fragte Theron, nachdem sie eine Weile schweigend weitergefahren waren.

»Zu ihr nach Hause.«

»Dort suchen sie nach ihr.«

»Wieso?«

»Weil sie ihretwegen hier sind.«

Die Stille, die nun folgte, erstaunte Casey nicht minder als die fühlbare Spannung zwischen den beiden Männern. Beides jedenfalls machte sie sicher, dass die zwei sich von irgendwoher kannten. Oder voneinander wussten. Und keiner von ihnen schien besonders froh darüber. Nick riss das Lenkrad herum, fuhr an den Straßenrand und vollführte eine Vollbremsung.

Wieder wurde Casey nach vorn- und zurückgeschleudert, aber Theron hielt sie. »Ohne mich geht sie nirgends hin«, sagte Theron, sowie der Wagen im Leerlauf stand. »Ich wurde gesandt, sie zu beschützen. Und ich will nichts mit dir oder den anderen zu schaffen haben.«

Anderen?

»Mögen die Götter mir beistehen«, raunte Nick, »falls du lügst …«

»Ich lüge nicht.«

Wieder legte sich das Schweigen einer dicken Wolke gleich über sie. Casey wagte nicht, sich zu rühren. Ihr war bewusst, dass diese beiden kurz davor waren, aufeinander loszugehen, und wenn sie nicht aufpasste, würde sie mitten hineingeraten. Was immer sich hier zusammenbraute, dürfte die Schlacht in ihrem Buchladen noch weit in den Schatten stellen.

Schließlich fluchte Nick in einer Sprache, die Casey nicht einmal erkannte, und dann schwang der Wagen mitten auf der Straße herum. Theron stützte sich an der Rückenlehne des Fahrersitzes ab, um sie beide auszubalancieren, während der Wagen eine Neunzig-Grad-Wendung vollführte und in einen Waldweg abbog. Einen Waldweg, der Casey noch nie aufgefallen war.

»Das ändert nichts, Argonaut«, raunte Nick.

»Was ich auch nicht wünschen würde.«

Nick schnaubte wieder und trat aufs Gas. Staub wirbelte um sie herum auf. »In wenigen Minuten wünschst du dir vielleicht, du hättest sie nie gesehen.«

Eine starke Hand rüttelte Casey wach. Sie war nicht sicher, wie lange sie weg gewesen oder wie weit sie gefahren waren, aber als sie die Augen öffnete und den Kopf von Therons Brust hob, um sich umzuschauen, erkannte sie die Umgebung nicht.

Nick war schon aus dem Geländewagen gestiegen und öffnete ihr die Tür. Sie rutschte aus dem Wagen und stolperte auf dem unebenen Weg. Theron fing sie von hinten auf, bevor sie fiel.

»Langsam.«

Sie mochte schwach und müde von allem sein, was geschehen war, aber sie wollte ganz gewiss nicht so vor ihm aussehen! Zwar hatte sie im Wagen Therons Trost angenommen, doch nun fing ihr Gehirn wieder zu arbeiten an, und ehe sie nicht einige Antworten von ihm bekam, wollte und brauchte sie seine Hilfe nicht.

Sie wand ihren Arm aus einer Umklammerung und blickte sich um. Der Weg, sofern man ihn als solchen bezeichnen wollte, war lediglich ein breiter Sandpfad, der abrupt endete. Von fast allen Seiten wurden sie von hohen Bäumen und dichtem Unterholz bedrängt. »Wartet hier«, befahl Nick ziemlich brüsk, stieg wieder in den Wagen und setzte ihn zurück, bis er im Dickicht verschwunden war. Kurz darauf tauchte er wieder auf und wies mit der einen Schulter in das Dickicht vor ihnen. »Ab hier gehen wir.«

Nick marschierte voran, hieb mit seinen Schritten einen Trampelpfad in den Wald, und Casey folgte ihm dicht auf den Fersen. Sie achtete darauf, wo er hintrat, auf sonst nichts. Sie war immer noch zittrig, ein bisschen wacklig auf den Beinen, und das Letzte, was sie wollte, war vor diesen beiden auf dem Hintern zu landen.

Therons Gegenwart hinter sich spürte sie die ganze Zeit deutlich, nahe genug, dass sie ihn berühren konnte, dass sie ihn roch. Warum zog er sich nicht zurück? Und warum machte er sie derart nervös? Vor allem jetzt?

Im Geiste verarbeitete sie immer noch alles, was passiert war, aber eines war absolut klar: Er war zu ihr zurückgekommen. Und er sagte, diese Dämonen suchten nach *ihr*. Was bedeutete, dass er wusste, was sie wollten. Es hieß außerdem, dass er nicht zurückgekommen war, um dort weiterzumachen, wo sie aufgehört hatten, nämlich bei heißem, verwegenem Sex, von dem sie fantasierte, seit er sie fallenließ, um sich anderem zuzuwenden.

Mistkerl.

Der Pfad ging bergan, so steil, dass Casey merkte, wie ihr Atem flacher und schneller wurde. Schweiß rann ihr zwischen den Brüsten hinunter. Sie wischte sich mit der Hand über die Stirn und wünschte inständig, sie würden eine Pause einlegen. Nur für eine Minute, damit sie Luft holen konnte. Aber sie würde gewiss nicht bitten. Ihr kam es eher vor, als hätte Nick es eilig, sie zu ihrem Ziel, was auch immer das sein mochte, zu bringen. Und bei dem Gedanken vollführte ihr Verstand sogleich die Schleife zurück zu dem, wovor sie eigentlich wegrannten.

Sie hob den Kopf, um sich umzusehen, und stolperte prompt über einen Stein. Ihre Hand schnellte automatisch vor, um den Baumstamm rechts neben ihr zu greifen, erreichte ihn jedoch nicht. Im Fallen wurde sie von den Füßen gehoben und an Therons Brust gedrückt.

»Lass mich runter!«, schimpfte sie. »Ich kann allein gehen!«

»Nicht so. Du bist bleich wie Schnee.« Als sie wild zu strampeln begann, umschlang er ihre Arme und Knie nur noch fester. »Hör auf zu zappeln, sonst fallen wir beide hin.«

»Wenn du denkst, ich lasse mich von dir anfassen, nach dem, was du getan hast …«

Der Rest ihrer eloquenten Zurechtweisung verlor sich in einem Kreischen, denn er warf sie einfach über seine Schulter, so dass sie sich plötzlich in einer Position wiederfand, in der sie sich unten an seinem Rücken abstützen musste und ihr Hintern weit nach oben ragte. »So ist es auch für mich angenehmer, *Meli*.« Seine beiden Arme umklammerten ihre Beine an seiner Brust wie Schraubzwingen. »Und die Aussicht ist viel schöner.«

Im ersten Moment wurde Casey rot, dann wütend ob seiner Dreistigkeit. »Wieso …«

»Was gibt's da hinten für ein Problem?«, fragte Nick vor ihnen.

»Kein Problem«, rief Theron. »Acacia ist nur ein wenig geschwächt. Alles bestens.«

Traumatische Erlebnisse hin oder her, dieser Kerl sprach nicht für sie! Casey öffnete den Mund, um ihm energisch zu widersprechen, was sogleich von dem warnenden Vibrieren in der Brust des Mannes unterbunden wurde, der sie trug. »Es wäre klug von dir, zu tun, was ich jetzt sage, *Meli*. Ich weiß nicht, wohin wir gehen, und mit dir zu ringen, so anregend es auch sein mag, lenkt mich ein wenig zu sehr vom Wesentlichen ab.«

»Mir rauscht mein ganzes Blut in den Kopf, du Idiot!«

»Gut so. Dann bekommst du wieder Farbe im Gesicht.«

»Von allen …«

Leise lachend beschleunigte er seine Schritte.

Casey blies sich verärgert das Haar aus dem Gesicht. Natürlich war es sinnlos, ihn zu beschimpfen, und teils war sie gar nicht mal unglücklich, ihre schmerzenden Füße zu entlasten. Aber das würde sie in einer Million Jahren nicht zugeben.

Kaum hatte sie sich ein wenig entspannt, verkrampfte sie sich gleich wieder, weil seine Hand hinten an ihrem Oberschenkel hinaufwanderte. Empört stemmte sie die Hände gegen seinen Rücken. »Vorsicht, Bürschchen!«

»Ich will nur besseren Halt haben.«

Ja, klar, sonst nichts!

Ehe sie ihm sagen konnte, was er mit seinen Händen anfangen durfte, wurde alles dunkler um sie herum, und Casey bemerkte, dass sie sich in einer Art Höhle oder Tunnel befanden.

Theron ließ Casey herunter. »Ist nicht mehr weit«, sagte Nick hinter ihr. »Bleibt zusammen und dicht hinter mir. Hier gehen überall Seitentunnel ab, und ihr verlauft euch hoffnungslos, wenn ihr in den falschen geht.«

Das klang wenig verlockend, wie Casey fand, die nichts weiter wollte als ein warmes Bett, einen starken Drink und die Chance, diesen Alptraum von Tag zu vergessen. Sie folgte Nick und stellte gleich nach der ersten Biegung fest, dass sie sich ohne ihn binnen Sekunden verirren würde.

Das wenige Licht, das durch die Tunnelöffnung hineinfiel, wurde zusehends schwächer und die Dunkelheit immer bedrückender. Casey streckte eine Hand zur Seite, um sich an der Felswand entlangzutasten. Ein erdiger Geruch stieg ihr in die Nase. Weiter vorn sah sie einen kreisrunden Lichtklecks: Nick hatte eine Taschenlampe hervorgeholt. Obwohl der Tunnel hoch genug war, dass sie alle aufrecht gehen konnten, war er sehr schmal, weshalb beide Männer sich seitlich hindurchbewegen mussten.

Nach einer halben Ewigkeit voller Haarnadelkurven und steilen Steigungen, bei denen Casey erneut außer Atem kam, öffnete sich endlich eine große Höhle, die von Hunderten von Fackeln erleuchtet wurde. Casey blinzelte in der unerwarteten Helligkeit und blickte sich staunend um. Zu beiden Seiten waren dreigeschossige Holzbauten, deren Türen, Fenster und Balkone zu einem Teich in der Mitte wiesen, welchen ein breiter Wasserfall speiste. Er prasselte aus der Höhlendecke fast dreißig Meter über ihnen.

»Oh, Mann«, hauchte Casey. Die Leute am Teich unterbrachen, was sie gerade taten, und sahen in ihre Richtung. Auch von den Holzbauten links und rechts wurden sie misstrauisch beäugt.

Vorsichtig trat Casey einen Schritt zurück und stieß gegen Therons Brust. Er rührte sich nicht. Die Augen, die sie anstarrten, waren kein bisschen freundlich, und Casey hatte das ungute Gefühl, sie wäre soeben in die Höhle des Löwen geworfen worden.

Ein kleines Kind, nicht älter als fünf, riss sich von einer Frau los und kam auf sie zugelaufen. »Nick! Nick!«

Nick ging in die Knie und breitete die Arme aus, in die sich die Kleine warf. Zwar fiel ihre Umarmung kurz aus, doch es war nicht zu übersehen, dass die beiden etwas Besonderes verband.

»Ich wusste, dass du wiederkommst«, sagte das Mädchen, das eine Puppe an seine Brust gedrückt hielt. »Minnie hat es mir erzählt.«

»Minnie ist klug«, sagte Nick, der die Kleine ans Kinn stupste und sich wieder aufrichtete.

Das kleine Mädchen sah flüchtig zu Theron, dann zu Casey. Und in dem Moment sah Casey die Male.

Die ganze rechte Gesichtshälfte des Mädchens war

von vorstehenden Narben bedeckt, als hätte es einen Autounfall gehabt und sich dabei schwere Verbrennungen zugezogen. Eine Stoffklappe verhüllte ihr rechtes Auge, und auf der rechten Kopfseite war anstelle langen, dichten Haars nur dünner Flaum.

Dennoch war es nicht ihr Aussehen, das Casey den Atem stocken ließ, als sie die Kleine genauer ansah. Es war Blick in ihrem gesunden Auge, der ein Wissen signalisierte, wie es selbst für einen deutlich älteren Menschen unmöglich schien. Als hätte sie bereits ewig gelebt. Sie schien geradewegs durch Casey hindurch in eine unbekannte Zukunft zu sehen.

»Ich wusste, dass du kommst«, sagte das Mädchen. »Minnie hat es mir erzählt.«

»Wer ist Minnie?«, fragte Casey unwillkürlich.

Das Mädchen hielt seine Puppe in die Höhe. »Minnie weiß alles. Sie hat gewusst, dass Nick heute gegen Monster kämpfen und gewinnen würde und dass er sicher wieder nach Hause kommt. Und sie wusste, dass er dich herbringt, damit du uns alle rettest.«

Casey sah zu Nick, der das kleine Mädchen überrascht anstarrte.

Ein kalter Schauer lief Casey über den Rücken, als sie wieder zu dem Mädchen sah. »Was meinst du mit ›euch alle retten‹?«

»Uns alle.« Die Kleine wies mit ihrer freien Hand hinter sich. »Die ganze Kolonie. Minnie sagt, deshalb bist du hier.«

Obgleich es vollkommen irrwitzig war und überhaupt keinen Sinn ergab, gingen Casey zwei Worte durch den Kopf: *Mein Volk*.

Sie hockte sich vor die Kleine. »Wie ist dein Name?«

»Marissa.«

»Marissa«, wiederholte Casey und betrachtete das Mädchen. »Was hat dir Minnie sonst noch erzählt?«

»Dass du mit ihm kommst.« Sie nickte zu Theron, der direkt hinter Casey stand. »Und dass ich keine Angst vor ihm haben soll.« Sie beugte sich vor und flüsterte: »Die andern verstehen das nicht. Nicht mal Nick. Aber er ist hier, weil er dich beschützen will, und du brauchst ihn genauso doll, wie wir dich brauchen.«

»Warum?«, fragte Casey leise.

Marissa schob ihr die Puppe zu. »Minnie kann es dir zeigen.«

In dem Moment, in dem Caseys Finger die Hand des Mädchens berührten, durchfuhr sie eine Art Stromschlag, und plötzlich rauschte sie durch Raum und Zeit, bis sie an einer großen Klippe stand, von der sie auf eine entsetzliche Szene herabblickte.

Flammen loderten hoch in den Himmel auf; Schreie und lautes Gebrüll hallten jenseits der Feuersbrunst durch die Luft. Das Kind, Marissa, war verwundet und blutete. Ihr Kleid brannte, und Flammen züngelten auf ihrer Haut. Eine Frau versuchte, das Feuer zu ersticken, schaffte es aber nicht schnell genug, um die zarte Kinderhaut zu retten. Hinter ihnen wüteten dieselben Monster, die in Caseys Laden eingedrungen waren, und zerfetzten einen Mann.

Dann erschien Nick auf der Bildfläche und begann, gegen die Kreaturen zu kämpfen, wie in Caseys Laden.

Er war wendig und effizient, seine Kraft und sein Geschick beeindruckend. Das Mädchen und dessen Mutter konnte er retten, doch der Mann wurde vor den Augen des Kindes getötet. Schockiert beobachtete Casey, wie ein Monster in die Brust des Schreienden hieb und ihm das Herz herausriss.

Die Mädchenhand zog an Caseys Arm und holte sie so aus der Vision in die Gegenwart zurück. Der Schmerz in Marissas Augen war noch frisch und real, und nun empfand Casey ihn mit ihr. »Was sie mit dir tun, wird noch schlimmer sein«, flüsterte die Kleine.

»Marissa!«

Bei dem strengen Klang der Frauenstimme richtete Casey sich wieder auf. Sie war erschütterter als sie zugeben würde. Die Frau, die mit halsbrecherischer Geschwindigkeit herbeigerannt kam, war ebenfalls verbrannt und mit Narben übersät. Sie riss Marissa in ihre Arme, bevor sie Theron mit einem bitterbösen Blick bedachte und zu den anderen zurückeilte. Dabei redete sie in einer Sprache, die Casey nicht verstand.

Caseys Herz klopfte wie verrückt, als sie zu Nick sah; doch falls sie erwartet hatte, Antworten in seinem harten Gesicht zu erkennen, täuschte sie sich. Seine hellbraunen Augen waren ein wenig zusammengekniffen und auf sie fixiert, als sähe er sie zum ersten Mal.

»Marissa ist eine Wahrsagerin«, murmelte Nick. »Eine Seherin. Sie benutzt Minnie, ihre Puppe, als Medium, aber sie erahnt auch ohne sie, was in Zukunft geschieht.«

Okay, das half Casey nicht. Denn irgendwie wusste sie, dass sie nicht die Zukunft, sondern die Vergangenheit gesehen hatte.

Casey stieß ein nervöses Lachen aus, das kein bisschen belustigt klang. »Tja, diesmal liegt sie falsch. Sie irrt sich offensichtlich, was mich betrifft. Ich kann ja kaum mich selbst retten, geschweige denn jemand anderen.«

Theron und Nick tauschten verwirrte Blicke, und Casey beschloss, ungeachtet des seltsamen Hellseherkindes, dass es nun Zeit für ein paar Antworten war.

Sie straffte die Schultern. »Was ist hier eigentlich los, Nick? Was waren diese Dinger in meinem Laden, und wo zur Hölle sind wir?« Als Nächstes sah sie zu Theron. »Und wo in aller Welt kommst du wirklich her?« Während sie zwischen beiden Hünen hin- und herblickte, wurde ihr Ton merklich panischer. »Entweder redet ihr endlich, oder ich gehe.«

Nick schaute zu Theron. »Ich schätze, wir wollen alle ein paar Antworten. Aber nicht hier vor den anderen. Reden wir in der Hütte.«

Dreizehntes Kapitel

Bei der Hütte handelte es sich um einen geräumigen Holzbau am anderen Ende der riesigen Höhle. Auf dem Weg durch den großen Hof und vorbei am Wasserfall blieb Theron dicht bei Acacia. Obwohl er fühlte, dass das Unbehagen der Dörfler einzig seiner Anwesenheit geschuldet war, traute er ihnen durchaus zu, ihr seinetwegen etwas zu tun.

Götter, es waren so viele! Er überblickte die Menge, die sich teilte, um ihnen Platz zu machen. Und so viele von ihnen wirkten erschöpft und waren gezeichnet von durchlittenen Schlachten. Wie konnte eine solche Zahl so lange vor den Argonauten geheim gehalten werden?

Es war eindeutig, dass Nick diese Halbblutgemeinschaft anführte. Er strahlte Autorität aus, und alle hier verneigten sich diskret vor ihm. Nicht zum ersten Mal fragte Theron sich, wer dieser verlebte Krieger war. Ihm waren die fingerlosen Lederhandschuhe aufgefallen, die Nick trug, und dasselbe merkwürdige Gefühl, das Theron schon in Acacias Geschäft überkommen hatte, meldete sich erneut: das Gefühl, dass dieser Mann sowohl menschlich als auch ein Argonaut war.

Aber wie war das möglich?

Sie erreichten die Stufen zur Hütte, und Nick ging voraus in eine Art Versammlungsbereich. Ein riesiger eiserner Kronleuchter mit brennenden Kerzen warf goldenes Licht über den Raum. Die Decke bestand aus dicken Balken, welche aus sehr alten Bäumen gefertigt sein mussten, und der Boden war aus starken, honigfarbenen Dielen. Eine gewaltige Treppe gegenüber dem

Eingang führte hinauf in den ersten Stock. Rechts gab es einen Sitzbereich mit Ledersesseln und rustikalen Tischen, die in kleinen Gruppen standen. Nach links gingen Doppeltüren ab.

Nick führte sie hindurch in ein Büro. Sobald sie drinnen waren, schloss er die Türen und zog die Jalousien herunter, womit das Dorf mitsamt seinen neugierigen Einwohnern ausgesperrt war.

Acacia wartete nicht, bis sie gebeten wurde, Platz zu nehmen. Seufzend sank sie auf eines der grünen Ledersofas in einer Ecke des Zimmers. Sie sah gar nicht wohl aus, und wie schon zuvor in ihrem Geschäft spürte Theron, dass die Krankheit an ihr zehrte. Dieselbe Krankheit, unter der Isadora litt.

Skata, er musste sie zurück in die Burg bringen. Und zwar sofort.

Die Schuld, die er wegen seines Auftrags empfand, war unangebracht und sinnlos, weshalb er das Gefühl beiseitedrängte und sich auf die Fakten konzentrierte. »Was ist das hier?«

Nick setzte sich auf den Stuhl hinter einem großen Eichenschreibtisch. Das Leder knarrte unter ihm. »Ein Zufluchtsort. Oder das Beste, was wir finden konnten. Die Höhlen geben uns Schutz. Jeder Dämon, der sich in die Tunnel wagt, verirrt sich im Gangsystem und wird von unseren Wachen ausgeschaltet. Die Kolonie gibt es seit beinahe fünfhundert Jahren, und sie wurde noch nie überfallen.«

Fünfhundert Jahre. Gütige Götter!

»Wie viele leben hier?«, fragte Theron.

»In dieser Kolonie?« Nick zog eine Braue hoch. Obwohl er ihm freiwillig antwortete, funkelten seine Augen herausfordernd. »Zweihundertsiebenundvierzig, in guten Zeiten. Aber die Zahl variiert, wenn Leute von einer Kolonie zur nächsten ziehen.«

Zweihundertsiebenundvierzig? Heilige *Skata*! Und es gab noch andere Kolonien? Von denen der König wusste?

Theron war einen kurzen Augenblick sprachlos. »Warum bleiben sie nicht?«, fragte er schließlich. Wenn diese Festung so uneinnehmbar war, wie Nick behauptete, warum sollten die Halbblute dann riskieren, sich hinaus in die Menschenwelt zu begeben, wo sie entdeckt und getötet werden konnten?

»Wir müssen leben, Argonaut. Auch wenn es dir sicher besser gefiele, wir würden es nicht.«

Theron fühlte die Aggression, reagierte aber nicht darauf. Nicks Augen verengten sich noch weiter. »Kein Leugnen? Dachte ich mir.«

In der angespannten Stille, die folgte, nahm Nick einen Bleistift und tippte damit auf den Rand der Schreibtischplatte.

»Was meinst du mit ›Kolonie‹?«, fragte Acacia vom Sofa aus.

Nick drehte sich zu ihr, und seine Stimme wurde ungleich sanfter. »Was denkst du, das ich meine, Casey?«

Theron beobachtete die beiden aufmerksam. Da war eine Verbindung zwischen ihnen, und zwar eine, die ein befremdliches Ziehen in Therons Brust bewirkte.

Acacia sah Nick misstrauisch an. »Ich … Ich weiß nicht. Aber ich habe das komische Gefühl, dass diese Leute da draußen nicht …«

»Nicht was, Casey? Nicht menschlich sind?«

Ihre Augen huschten zu Theron, und was sie dort erkannte, ließ ihr den Atem stocken.

Der andere nickte Theron zu. »Zeig es ihr.«

Sein Befehl war nicht bloß verblüffend, er war unglaublich. Niemand kommandierte einen Argonauten, erst recht nicht deren Anführer herum; damit sprach man quasi sein eigenes Todesurteil aus. Doch Nick schien einen feuchten Kehricht auf Protokoll oder Gefahr zu geben. Was ihn zu einem brandgefährlichen Gegner machte.

Sein Verstand sagte Theron, dass er bis zum Hals in der Tinte saß. Die Halbblute wusste bereits, wer er war. Acacia hingegen würde es niemals glauben, solange sie es nicht mit eigenen Augen sah. Und er musste ihr Vertrauen gewinnen, wenn er sie überreden wollte, mit ihm zu kommen. Seit dem Zwischenfall in ihrer Buchhandlung guckte sie ihn an, als wäre er selbst ein Dämon.

Widerwillig hielt er die Hände in die Höhe und zeigte ihr die Male auf seiner Haut. Als Argonaut konnte er überall ein Portal öffnen. Sowie sich seine kleinen Finger berührten, strömte ein Energieschwall durchs Zimmer. Seine Hände schimmerten weißlich und betonten die Tätowierungen. In dem Licht öffnete sich das Portal, und ein Bild vom Königreich Argolea erschien an den Wänden, an der Decke und auf dem Fußboden, bis es den ganzen Raum ausfüllte.

Acacia rang hörbar nach Atem. Theron versuchte, es aus ihrer Warte zu betrachten, wie ein Außenstehender. Unzählige Male hatte er das Portal geöffnet, ohne einen Gedanken daran zu verschwenden, denn mit den Jahren hatte er den Blick für das Schöne und Majestätische seines Zuhauses verloren. Jetzt jedoch, da er sich bemühte, die blaugrünen Berge und die weißen Marmorbauten mit den Bronzetürmen mit ihren Augen zu sehen, erkannte er erstmals die Geheimnisse, Lügen, Halbwahrheiten, durch die ein Großteil ihres Volkes gefährdet wurde.

Er nahm die Hände auseinander, und das Portal schloss sich mit einem leisen Rauschen. Das Licht und die Bilder waren ebenso schnell wieder verblasst, wie sie erschienen waren.

Acacia starrte ihn an. »Okay, das war ein bisschen

irre. Auf eine Chriss-Angel-Art irre. W-was zur Hölle war das?«

Theron sah zu Nick. »Chriss Angel?«

»Ein Illusionist. Menschlich. Du kennst ihn natürlich nicht.« Er sah zu Acacia. »Das war Argolea, Casey.«

»Argo*was*?«

»Argolea«, wiederholte Theron. »Meine Heimat und die deines Vaters.«

Sie blickte so hilfesuchend zu Nick, dass es Theron einen Stich versetzte und er Nick gern geschlagen hätte.

Nick stand auf und kam um den Schreibtisch herum. »Theron ist ein Held, Casey.«

»Ein was?«

»Ein Held«, sagte Nick noch einmal. »Deine Großmutter war Griechin, stimmt's?« Acacia nickte. »In der griechischen Mythologie sind Helden Sterbliche mit besonderen Stärken und Fähigkeiten, die der Vereinigung von Göttern und Sterblichen entspringen.«

Acacia sah wieder zu Theron, und so unerwartet wie an jenem Abend, als sie sich zum ersten Mal begegneten, flirrte die Verbindung zwischen ihnen grell und heiß auf. Eine Verbindung, die keinerlei Sinn ergab, bedachte man, wer und was sie war. »Willst du mir etwa erzählen, dass er ein Gott ist?«

»Nein«, sagte Theron rasch. »Ich stamme von einem ab. Die ersten Helden waren halb menschlich, halb göttlich. Die wiederum pflanzten sich fort, und so wurde unsere Art geboren, und die ursprünglichen Linien vermischten sich. Mein Volk entstammt jenen Helden.«

»Welches Volk?«, fragte sie zögernd.

»Man nennt uns Argoleaner. Unsere Heimat liegt in einem anderen Reich, außerhalb der menschlichen Welt.«

Sie bedachte ihn mit einem *Was hast du denn geraucht?*-Blick. »So was wie der Olymp?«

»Nein«, antwortete Theron kopfschüttelnd. »Der Olymp ist das Zuhause der Götter. Argolea ist ein Land, das eigens für uns geschaffen wurde, wo wir leben und frei sein können.«

Nick schnaubte abfällig. »Du meinst, wo ihr euch versteckt.«

Theron ignorierte die Spitze. Um Nick und dessen Halbblutkolonie würde er sich später kümmern. Im Moment zählte einzig, dass Acacia ihm anscheinend nichts von dem glaubte, was er sagte, und er musste es ihr begreiflich machen, wenn er sie dazu bringen wollte, mit ihm zurückzukehren. »Dein Vater entstammt meinem Volk.«

»Was er geflissentlich auslässt, Casey«, mischte sich Nick wieder ein, »ist, dass er nicht einfach irgendein Argoleaner ist. Er ist ein Argonaut, also einer von denen, die man Ewige Wächter nennt. Ihr Anführer, wenn mich nicht alles täuscht. Und abgesehen vom Offensichtlichen, warum er jetzt hier ist, bin ich doch ein bisschen neugierig, was er von dir will.« Nick verschränkte die Arme vor der Brust und sah Theron wütend an.

Der Moment der Wahrheit. Therons Nackenhaare sträubten sich, als er von Acacia zu Nick und wieder zu ihr blickte. Beim Hades, er hoffte inständig, dass sich sein Einsatz lohnte! »Dein Vater ist Leonidas. König Leonidas, der Herrscher meines Königreiches.«

Fluchend nahm Nick die Arme herunter.

Caseys Augen wurden noch größer. »Mein Vater ist ein König?«

Theron nickte.

»So wie roter Umhang, spitze Krone und ein Hofnarr zu seinen Füßen?«

Theron zog eine Braue hoch. Ihr Humor amüsierte ihn. »Die Götter hielten nie viel von Hofnarren, folglich haben wir solch eine Tradition nie übernommen.«

Immer noch starrte sie ihn mit diesem *Du tickst doch nicht richtig*-Blick an, bis sie sich schließlich zu Nick wandte, wobei der Kerzenschein ihr Gesicht in ein warmes Licht tauchte. »Erklär mir, was das hier ist. Und wer sind die ganzen Leute da draußen?«

Theron wurde schlagartig wieder ernst. Was hatte dieses Ziehen in seiner Brust zu bedeuten, dass jedes Mal auftrat, wenn sie sich hilfesuchend an Nick wandte?

Nicks vernarbte Züge wurden weicher, worauf das Ziehen in Therons Brust zu einem schneidenden Stich wurde. »Sie sind wie wir, Casey. Halbblute, so jedenfalls bezeichnet seine Art uns. Halb Argoleaner, halb Menschen.«

»Und wie bezeichnest du sie?«, fragte Casey ruhig.

Nick runzelte die Stirn. »Als echt angeschissene Pechvögel.«

Theron biss die Zähne zusammen, als Nick sich zu ihr auf das Sofa setzte.

»Misos, Casey«, fuhr Nick fort. »Es heißt halb, eben was wir sind. Ich weiß, dass das alles verwirrend ist, aber tu mir einen Gefallen, ja? Hör mir zu und sag mir, wenn ich falschliege. Du bist siebenundzwanzig Jahre alt, und trotzdem kommt es dir vor, als hättest du noch nie irgendwo hingehört. Du bist von Job zu Job gewandert, hast dich nie für irgendwas begeistert. Du hast deine Großmutter geliebt, obwohl du immer das Gefühl hattest, sie würde dich nicht verstehen, weil du anders bist, und sowie du erwachsen warst, gab es für dich keinen Anlass mehr, bei ihr zu bleiben. Deine Freunde haben dich nie richtig akzeptiert, und du passt nicht zu den Leuten, mit denen du zu tun hast. Als du im XScream anfingst und Dana kennenlerntest, hast du zum ersten Mal gemerkt, dass du mit einer anderen Person mehr als oberflächlich bekannt sein kannst – so sehr dich die Arbeit im Club auch anwiderte. Und obwohl ich dir Angst machte und dir allen Grund gab, mich zu fürchten, hast du mir dein Leben anvertraut und nicht einmal infrage gestellt, wer oder was ich bin. Zumindest nicht laut.«

Acacias Brustkorb hob und senkte sich, als sie sich bemühte, ruhig zu atmen. Ihre Augen wichen keine Sekunde von Nicks. »Woher weißt du das alles?«, flüsterte sie.

»Weil ich es selbst erlebt habe. Weil ich früher wie du war, mich fragte, wo ich hingehöre. Die Antwort fand ich hier, bei meinen Leuten. Bei *unseren* Leuten, Casey.«

»Ich … ich verstehe das nicht. Wie …?« Sie blickte zu Theron, und seine Kehle verengte sich angesichts der Fragen, die er an ihrem Gesichtsausdruck ablesen konnte. Sie wollte Antworten von *ihm*. »Wenn du in einer anderen« – sie schluckte – »Welt lebst, wie konnte dann meine Mutter …? War sie eine von euch?«

Theron schüttelte den Kopf. »Soviel ich weiß, lernte dein Vater sie kennen, als er in der Menschenwelt war. Viele meiner Art kommen gelegentlich her, aber es kann gefährlich für sie sein, weshalb man gemeinhin davon abrät.«

Nick stutzte. »Offenbar passiert es häufiger, als die Argonauten zugeben möchten.«

»Gefährlich«, sagte Acacia, der die Feindseligkeit entging, und sah wieder zu Nick. »Wegen dieser Bestien. Was waren die?«

»Dämonen«, antwortete Nick sachlich. »Bestien aus der Unterwelt, die von Hades abstammen und die Kräfte von Halbgöttern besitzen. Sie jagen uns.«

Acacia zog die Brauen zusammen, so dass sich zwischen ihnen eine steile Linie bildete, die so verdammt verführerisch war, dass Theron am liebsten zu ihr gehen und sie küssen wollte.

»Warum? Das kapier ich nicht. Ich meine, ich habe

noch nie von denen gehört. Jagen sie auch Menschen? Ist das irgendeine riesige Verschwörung, von der uns die Regierung nichts sagt?«

Nick legte eine Hand auf ihren Arm, worauf Theron brüllen wollte. Er widerstand dem Impuls, sich auf Nick zu stürzen und den Mann von Acacia wegzureißen, bevor er ihm jeden Knochen brach.

»Du musst aufhören, von dir als Mensch zu denken, Casey«, sagte Nick. »Ich weiß, dass es schwer zu verstehen ist, aber du bist eine von uns, und dadurch ist dein Leben auf andere Weise gefährdet. Die Dämonen wollen die Argoleaner ausrotten und alles, was mit ihnen verbunden ist. Was leider bedeutet, auch uns.«

»Aber wieso? Was haben wir denen denn getan?«

»Nichts«, antwortete Theron, und sie drehte sich wieder zu ihm. Ihre violetten Augen begegneten seinen. Sogleich wechselte der Impuls in ihm von einem Beschützenwollen zu einem Verlangen – genau wie in der Nacht in ihrem Haus am See.

Und in dem Augenblick wurde es ihm klar. Alles auf einmal. Der wahre Grund, weshalb er bei ihrer ersten Begegnung nicht erkannt hatte, wer und was sie war. Nicht seine Wunden waren schuld gewesen. Es lag daran, dass sie seine Eine war.

Er schluckte. Nein, das durfte nicht die Erklärung sein. Sie war nur eine Frau. Sie war *menschlich*, was er schon an guten Tagen schwierig zu verdauen fand, und jetzt erst recht. Und sie sollte seine Art retten, ob sie es wusste oder nicht. Darauf musste er sich konzentrieren. Und nicht auf die … andere Möglichkeit.

»Der Auslöser liegt Jahrhunderte zurück«, sagte er schroffer als nötig. »Eine in Ungnade gefallene Heldin verkaufte Hades ihre Seele im Tausch gegen die Unsterblichkeit. Sie will diejenigen vernichten, von denen sie sich einst schlecht behandelt fühlte. Und sie ließ die

Dämonen in die Welt, um eine Art zu zerstören, die sie hasst.«

»Und deshalb bist du hier«, sagte sie ruhig und fixierte ihn weiter mit ihren faszinierenden Augen. »Um die Art zu schützen.«

»Um *seine* Art zu schützen«, korrigierte Nick mit einem verächtlichen Blick zu Theron. »Das darfst du nicht verwechseln, Casey. Theron ist nicht hier, um die Misos zu schützen. Dein Vater hat in siebenundzwanzig Jahren kein einziges Mal versucht, zu dir Kontakt aufzunehmen, und jetzt will er dich auf einmal sehen? Bevor du dich zu irgendwas bereiterklärst, frag dich mal, was zum Geier er oder sein Wächter von dir wollen könnten.«

Acacia sah von Nick zu Theron und wieder zu Nick. Und dann, als hätte jemand das Licht in ihr gelöscht, schloss sie die Augen und lehnte den Kopf nach hinten an die Couch. Alle Farbe wich aus ihrem Gesicht, was Theron erinnerte, dass sie zwar einen starken Geist besitzen mochte, nicht aber einen starken Körper. »Ich weiß nicht, was ich von alle dem halten soll.«

Nick stand auf und ging zur Tür. Dort drückte er einen Knopf, der mit einem in die Wand führenden Draht verbunden war. »Im Moment musst du nicht darüber nachdenken. Ich möchte, dass du dich jetzt ausruhst. Du siehst nicht gut aus.«

Acacias Lider hoben sich, als die Tür knarrte. Eine Frau, die nicht älter als fünfundzwanzig aussah, kam ins Zimmer. »Ja, Nick?«

Nick half Acacia vom Sofa auf. »Helene, das ist Casey. Bring sie bitte in eines der Zimmer oben. Sie hatte einen ziemlich harten Tag und braucht Ruhe. Falls sie irgendwas möchte, besorg es ihr.«

Helene lächelte Nick an, dass Funken in ihren dunklen Augen blitzten, und erst als sie ganz ins Zimmer kam, bemerkte Theron, dass die Halbblutfrau hinkte.

»Natürlich. Hi, Casey. Wir freuen uns, dass du hier bist.«

Acacia sah Helene, dann wieder Nick an. »Aber …«

»Ist schon okay«, fiel Nick ihr ins Wort. »Theron und ich haben einiges zu besprechen, und du musst schlafen, sonst kippst du um. Hier bist du vollkommen sicher. Ruh dich aus, und wenn du aufwachst, beantworte ich dir deine Fragen.«

Acacia blickte sich unentschlossen im Zimmer um, ehe sie sich zu der dunkelhaarigen Frau wandte. »Ich schätze, ich bin ein bisschen müde.«

Helene grinste breit. »Komm mit. Ich weiß schon, welches Zimmer ich dir gebe.«

Theron beobachtete, wie die beiden Frauen hinausgingen. Ihn überkam ein tiefes Verlangen, Acacia nach draußen und die Treppe hinaufzufolgen – was plötzlich auf kranke Weise einen Sinn ergab.

Nein, nein, nein! Er musste sich irren.

»Genug von dem Bockmist, Held.«

Langsam löste Theron den Blick von der geschlossenen Tür und sah zu dem nun ziemlich aggressiven Halbblut, das bereit schien, bis zum bitteren Ende zu kämpfen. Die Fragen, die Theron zu Acacia hatte, würden wohl warten müssen.

Nicks vernarbtes Gesicht zog sich zu einer wütenden Grimasse zusammen. »Mir reichen die Spielchen. Es wird Zeit, dass du mir verrätst, was du hier tust und was zur Hölle du wirklich von Casey willst.«

Casey entsann sich nicht, jemals so müde gewesen zu sein. Ihr taten die Knochen weh von dem Angriff auf ihren Buchladen, sie war wie betäubt und komplett erledigt. Als sie Helene die Treppe hinauffolgte, versuchte sie, über alles nachzudenken, was Nick und Theron ihr gerade erzählt hatten. Das war doch lachhaft, oder? Andere Arten gab es nicht. Und mythologische Helden waren genau das … *mythologisch,* verdammt!

Doch noch während sie für kompletten Unsinn erklärte, was die beiden vorhin gesagt hatten, nagte die merkwürdige Ahnung an ihr, es könnte doch stimmen. Immerhin konnte es der Grund sein, warum sie war, wer sie war, woher sie kam und weshalb sie noch nie eine richtige Beziehung oder Freundschaft gehabt hatte.

Heiliger Bimbam, man sollte ihr eine Lobotomie verpassen, wenn sie jeden Quatsch so einfach glaubte!

Sie erreichten den ersten Stock, und Helene wies einen langen Flur hinunter, von dem zu beiden Seiten Türen abgingen. Auch hier war alles mit Kerzen in Wandleuchtern erhellt. »Sicher gefällt dir das blaue Zimmer. Es ist so schön ruhig.«

Erst jetzt bemerkte Casey, dass die junge Frau humpelte, und fragte sich, ob sie kürzlich verwundet worden war – womöglich von den Bestien, die Casey heute angefallen hatten. »Geht es dir gut?«

»Ja, bestens«, antwortete Helene lächelnd.

»Aber dein Bein …«

Helene blieb stehen und zog das eine Hosenbein hoch. Ein Metallrohr steckte in einem der Nike-Turnschuhe. »Titan. Es ist ganz neu, und ich muss mich noch daran gewöhnen. Meine letzte Prothese hat mich halb wahnsinnig gemacht. Diese hier ist viel leichter.«

Casey bemühte sich, nicht allzu auffällig hinzustarren, als Helene die Hose wieder nach unten zog und weiterging. »Tut mir leid. Ich wusste nicht …«

»Schon gut«, sagte Helene. »Ich lebe schon hundert Jahre ohne mein Bein.«

Casey stand der Mund offen. »Du bist hundert?«

»Einhundertsechsunddreißig, um genau zu sein.«

Der Korridor schwankte, und Casey streckte einen Arm aus, um sich an der Wand abzustützten. »Wie kann das denn ein?«

Helene umfing sie sofort mit ihren Armen und stützte sie, bis sie mit Casey in einem Zimmer war. »Hoppla! Wie es aussieht, hat Nick dir den Teil bisher noch nicht erzählt.« Sie setzte Casey in einen Sessel, von dem Casey nur flüchtig registrierte, dass er weiß und unglaublich weich war. »Unsere Lebenserwartung ist ziemlich hoch. Nicht so hoch wie die der Argoleaner, aber wir werden alt genug, dass es für uns günstiger ist, hier in der Kolonie statt unter den Menschen zu leben.« Ein trockenes Lächeln huschte über ihr hübsches Gesicht, ehe sie quer durchs Zimmer zu einem Wandschrank ging. Sie öffnete beide Türen, klapperte und klimperte etwas und kam mit einem Becher dampfenden Tees zurück, den sie Casey reichte. »Eine einhundertsechsunddreißigjährige Frau, die wie dreißig aussieht? Das könnte in der Menschenwelt ein bisschen auffallen, meinst du nicht auch?«

Casey nahm den Becher und hob ihn an ihre Lippen. Ein vertrauter Geruch umwehte sie, als sie einen Schluck trank. »Ich rieche Lavendel.«

»Ja. Der hilft dir, Ruhe zu finden.«

»Ihr benutzt Lavendel als Heilmittel«, stellte Casey fest, der Bilder aus der Nacht mit Theron durch den Kopf gingen.

»Unter anderem.« Helene humpelte zu einem riesigen Himmelbett, das von hellblauem Stoff verhangen war, und zog die Vorhänge auf. Die blütenweißen Laken und Decken wirkten verlockend auf Casey. »An der Wand neben der Tür ist ein kleiner Knopf. Falls du irgendetwas brauchst, drück nur darauf, dann kommt jemand.«

»So was Modernes?«, fragte Casey, die an die Kerzen und Fackeln denken musste.

Helene schmunzelte. »Ja, es ist nicht das Ritz, aber

wir haben Strom und fließend Wasser. Ein Hauptgenerator versorgt die Kolonie, aber weil wir uns nicht unabhängig versorgen können und alles Geld kostet, versuchen wir, Strom zu sparen. Kerzen sind billig und ihr Licht wirkt beruhigend, also nutzen wir sie so viel wie möglich. Weiter oben haben wir eine Wachstation mit Videoüberwachung, Satellitentelefon und allem, was nötig ist, um mit der Zivilisation in Kontakt zu bleiben.«

Auf Caseys erstaunten Ausdruck hin kam Helene um das Bett herum. »Ich kann mir vorstellen, dass du noch tausend andere Fragen hast, aber vorher musst du dich ausruhen. Wenn du wieder wach bist, erzählt Nick dir alles, was du wissen willst. Und keine Sorge, heute Nacht kann dir nichts passieren.«

»Danke, Helene.«

Als sie allein war, lehnte Casey sich auf dem gemütlichen Sessel zurück und schaute sich im Zimmer um. Die blassblauen Wände an drei Seiten des Raumes passten farblich zur Überdecke auf dem Bett. Zwei Clubsessel mit einem kleinen Beistelltisch in der Mitte standen in einer Ecke. Ein riesiger Kamin, in dem ein Feuer knisterte, nahm beinahe eine ganze Wand ein. Aber die Wand gegenüber der Tür war es, die Caseys Aufmerksamkeit erregte. Sie war ganz und gar aus Stein, und eine kleine, natürliche Öffnung bildete ein Bullauge, das irgendwie mit Glas versiegelt und von einer Vielzahl Zweigen bedeckt worden war, welche die Öffnung anscheinend von draußen tarnen sollte. Ein Blick hinaus in die Finsternis legte den Schluss nahe, dass die Höhle hier in einer gewaltigen Klippe mündete.

Wie seltsam, in einem Zimmer in einer Höhle zu sein. Ein bisschen wie die Anasazi-Stämme im Südwesten, die ihre Dörfer zum Schutz tief in die Felsen bauten.

Hundemüde kämpfte Casey sich hoch und zog den kleinen blauen Vorhang vor, um die Dunkelheit auszusperren. Dann blies sie die Kerzen an den Wänden aus und fiel ins Bett. Sie wollte nicht darüber nachdenken, was mit den Anasazi geschehen war. Oder über verborgene Orte oder mordlüsterne Jäger. Oder Könige oder Länder oder Götter oder Helden. Sie wollte einfach an … nichts denken.

Aber es funktionierte nicht. Sobald sie die Augen schloss, sah sie den Kampf im Buchladen ihrer Großmutter vor sich. Das Feuer. Und … Theron.

Warum war er wirklich zu ihr zurückgekommen?

Nicht um zu beenden, was sie in ihrem Haus angefangen hatten, so viel stand fest. Und sie würde es sowieso nicht wollen.

Lügnerin!

Casey rollte sich auf die Seite und kniff die Augen fest zu. Was für blöde Gedanken. Was Theron den Wunderhelden betraf, musste sie auf der Hut sein, durfte ihn nicht mehr so nahe an sich heranlassen wie bei ihrer ersten Begegnung. Sie musste sich doch nur erinnern, wie er sich auf der Wanderung hierher benommen hatte! Falls er die Heldenvorstellung seines Volkes verkörperte, wollte sie nicht unbedingt noch mehr über ihre Abstammung erfahren.

Sie atmete seufzend aus, während sich ihre Muskeln langsam entspannten und sie langsam wegdämmerte. Obwohl sie es nicht wollte, stellte sie sich Therons Gesicht vor: seine dunklen Augen, seine vollen Lippen, die perfekt geformte Nase und die kleinen Narben aus all den Schlachten, die er kämpfte und gewann. Klar und deutlich sah sie den glühenden Ausdruck auf seinen gemeißelten Zügen, als er sich vorbeugte und sie ganz sanft küsste, nur streifte. Und sie fühlte ihre Erregung, die ihr Blut in Wallung brachte.

Verdammt, egal, was sie sich einredete, sie steckte in ernsten Schwierigkeiten! Trotz allem, was sie heute verloren hatte, kam es ihr nicht so vor, als hätten die Ereignisse ihre Welt auf den Kopf gestellt. Nein, das hatte *er* getan. Und dieses Gefühl bezog sich nicht auf irgendwelche Dämonen, Helden, Könige oder Halbblute. Es war ausschließlich einem Mann zu verdanken, der es geschafft hatte, sich in dem Moment in ihre Seele zu schleichen, in dem sie ihn zum ersten Mal sah.

Vierzehntes Kapitel

Danas schlechte Laune wurde sekündlich noch schlechter. Sie war auf dem Rückweg nach Silver Hills, in die Stadt, von der sie vor einer knappen Stunde noch glaubte, sie würde sie hinter sich lassen. Stattdessen bog sie in die Old Cornell Road ein, fuhr am XScream vorbei und zeigte dem Gebäude den Vogel.

Sie hatte Karl nicht gesagt, dass sie nicht wieder zurückkäme – nie mehr. Na und? Ihretwegen dürfte er ins Hinterzimmer gehen und sich ins Knie dingsen für all die scheußlichen Sachen, die er zu ihr gesagt und mit ihr zu tun versucht hatte.

Und was zur Hölle bildete Nick sich ein, ihr zu befehlen, in die Kolonie zu gehen? Er mochte ja hin und wieder ein spaßiger Bettgefährte sein, aber das gab ihm noch lange nicht das Recht, ihr Vorschriften zu machen.

Ihr Blutdruck schnellte in die Höhe, als sie sich dem See näherte und an all die Idioten in ihrem Leben dachte. Hatte sie ernsthaft geglaubt, Nick eignete sich für etwas Dauerhaftes? Mann, sie war echt bekloppt! Sie musste unbedingt weg aus dieser Stadt und weg von den Misos, ehe sie noch irgendeinen Blödsinn anstellte, wie zum Beispiel Karl zu ermorden oder gegenüber den Menschen versehentlich was von der Kolonie auszuplaudern.

Als würde sich ihr Leben damit auch bloß einen Hauch verbessern.

Dana blies sich das Haar aus dem Gesicht und bog in Caseys Einfahrt ein. Sie wusste, dass Casey noch nicht wieder zu Hause war, und es war ihr lieber so. Ihr stand der Sinn nicht nach Plaudern, und sie hasste Abschiede, die in die Länge gezogen wurden. Die Verabschiedung im Buchladen war hart genug gewesen. Dana war nur hierher zurückgefahren, weil ihr zu spät wieder eingefallen war, dass sie neulich Abend ihr Handy bei Casey vergessen hatte, und sie brauchte es, um den Weg zur Kolonie zu finden. Nicht einmal Dana war so blöd, sämtliche Verbindungen zu kappen. Das GPS, das Nick jedem auf dem Handy installiert hatte, war Danas einzige Rettungsleine, sollte es in der realen Welt zu heiß für sie werden.

Sie stellte den Motor ab und blickte zu Caseys niedlichem eingeschossigen Haus. Dana dachte daran, wie Casey heute ausgesehen hatte, als sie umgeben von Unmengen Büchern hinterm Tresen gestanden hatte.

Und Caseys Geruch fiel ihr wieder ein. Die Note des Todes, die sie umgab, wurde stärker. Als Dana sie erstmals im Club wahrnahm, hatte sie gehofft, dass sie falschlag, doch seit jener Nacht vor wenigen Wochen war der verteufelte Geruch beständig intensiver geworden.

Schiere Verzweiflung packte sie, und ausnahmsweise wünschte Dana sich, sie wäre eine Vollblut-Argoleanerin und nicht von dämlichen menschlichen Emotionen geplagt. Misos sollten härter im Nehmen sein als Durchschnittsmenschen, doch was Casey anging, traf das auf Dana nicht zu. Verdammt, das war so unfair! Casey war eine der sympathischsten Personen – ob Misos oder menschlich –, die Dana kannte. Der einzige Lichtblick blieb, dass Casey keinen Schimmer hatte, was sie in Wirklichkeit war.

Mann, Dana, deine besonderen Kräfte sind echt zum Kotzen! Von allen Gaben, die Misos mitbekamen, hatte sie die übelste abgekriegt. Sie war keine Heilerin. Sie war überhaupt nichts Besonderes. Sie war schlicht … eine Fühlerin. Die Vorhut des Scheiß-Sensenmannes.

Mürrisch schob sie diesen überflüssigen Gedanken beiseite, stieß die Fahrertür auf und stieg aus ihrem roten Saturn. Sie war achtundneunzig Jahre alt und hatte noch ein paar Jahrhunderte vor sich, ehe sie auf die Inseln der Glückseligen gelangte. *Falls* sie es denn jemals dorthin schaffte, wo die bevorzugten Helden wohnten. Bei ihrem Pech würde sie wahrscheinlich in Tartaros hängenbleiben, weil sie zu viel Mist in dieser Welt verzapft hatte.

Und weil das nun wirklich der Gipfel der depressiven Gedanken war, würde sie wohl nicht mal dort landen.

Sie trottete die drei Verandastufen hinauf und tauchte eine Hand in den Topf mit gelben Chrysanthemen, die Casey eingepflanzt hatte, bis sie den Ersatzschlüssel gefunden hatte. Kopfschüttelnd sagte sie sich, sie müsste Casey erinnern, sich ein besseres Versteck zu suchen. Jeder Zweizeller würde dieses binnen einer Sekunde entdecken. Und prompt überkam sie erneute Verzweiflung, als ihr klarwurde, dass sie beide nie wieder die Gelegenheit zu so einem Gespräch hätten.

Lass das finstere Gegrübel. Das ist sowieso nicht mehr dein Problem.

Das Haus war kalt und leer. Dana schaltete das Licht im Wohnzimmer an und sah zum Couchtisch, wo sie sicher war, ihr Handy liegengelassen zu haben, als sie mit Casey *National Treasure* gesehen hatte und sie dazu eine Flasche Wein leerten.

Kein Telefon.

Dana überlegte, dass Casey es vielleicht in die Küche mitgenommen hatte, und ging durchs Haus, wobei sie den Schlüsselring um ihre Finger kreiseln ließ und ein paar Takte von Linkin Parks »In the End« summte.

Sie war sogar so in Gedanken, dass ihr der Temperatursturz erst auffiel, als es zu spät war. Als sie schon in den Raum trat und ihr Atem vor ihrem Gesicht zu einer weißen Wolke gefror.

Der erste Dämon kam aus der Waschküche, die grünen Augen glühend, und musterte sie von Kopf bis Fuß. »Du bist nicht die Eine«, knurrte er.

Ach du Scheiße!

Vor Panik war Danas Kehle wie zugeschnürt. Sie dachte nicht nach, sondern ließ ihren Instinkt übernehmen, der ihr befahl, umzudrehen und loszurennen. Bis zur Couch im Wohnzimmer war sie schon, als der zweite Dämon aus Caseys Schlafzimmer auftauchte und ihr den Weg zur Haustür versperrte. Er holte pfeifend Atem und sagte ein einziges Wort.

»Misos.«

Oh, Scheiße, Scheiße, Scheiße!

Danas Adrenalin schoss in ungekannte Höhen. Der Dämon aus der Küche war hinter ihr und schnitt ihr damit den einzigen anderen Fluchtweg ab.

»Wo ist die Eine?«, knurrte der zweite Dämon.

Dana wich bis zum Fernsehschrank zurück, machte den Mund auf, war allerdings viel zu verängstigt, um auch nur einen Ton herauszubringen. Sie fing schrecklich zu zittern an.

»Die weiß es nicht«, sagte der erste Dämon.

»Sie weiß es«, knurrte der andere, der näher kam. »Wohin würde sie fliehen?«

Danas Zittern wurde schlimmer.

»In die Kolonie«, sagte der erste, der ebenfalls näher kam. »Wenn du überleben willst, verrate uns, wie wir sie finden.«

»Ich …« Dana schluckte einen Schluchzer hinunter. »Bitte«, hauchte sie. »Ich kann nicht.«

Die beiden tauschten einen Blick aus, ehe sie losprangen.

Dana hatte keine Chance mehr, zu schreien.

Theron war jetzt nicht in der Stimmung, dieses Halbblut in seine Schranken zu verweisen. Vielmehr wollte er endlich einiges erfahren, was weder mit Nick noch der Kolonie zu tun hatte.

»Ich habe dir eine Frage gestellt, Held«, zischte Nick. »Warum interessierst du dich für Casey?«

Theron hatte alle Mühe, seine Ungeduld zu bändigen. Er musste Acacia finden und herausfinden, was zum Hades sie vorhatte; aber Nick wurde zusehends angriffslustiger. Das Halbblut gierte nach einem Kampf, und allem Anschein nach wollte er Theron nicht gehen lassen, ehe er nicht ein paar Erklärungen bekam.

Theron beschloss, ehrlich zu sein – bis zu einem gewissen Punkt. Das wäre wohl das Beste, wenn er Nick so weit bringen wollte, dass er hier rauskam und Acacia suchen konnte. »Der König liegt im Sterben. Er möchte seine Tochter sehen, bevor seine Zeit abgelaufen ist. Ich soll sie unbeschadet nach Argolea bringen.«

Nicks hellbraune Augen verdunkelten sich vor Misstrauen. »Sonst nichts?«

»Sonst nichts.«

»Blödsinn! Entweder sagst du mir die Wahrheit, oder ich lasse dich von meinen Soldaten rauswerfen und bei der Gelegenheit gleich zu Brei schlagen.«

Therons Muskeln zuckten. »Versuch's.«

Nick bleckte die Zähne. »Argonaut hin oder her, du machst mir keine Angst. Wir existieren seit Jahrhunderten ohne eure Hilfe, und ich bezweifle, dass es irgendwas gibt, was der gute alte Leonidas braucht, das Casey ihm geben könnte. Ich glaube dir kein Wort.«

Theron antwortete nicht.

Mit zwei Schritten durchquerte Nick den Raum, so dass er direkt vor Theron stand. Sie waren ungefähr gleich groß, und als er näher kam, hatte Theron abermals dieses seltsame Gefühl, er kennte Nick von irgendwoher, genau wie in Acacias Buchhandlung.

»Du bist dem Tod gefährlich nahe, Halbblut«, warnte Theron ihn leise. »Überleg dir gut, was du jetzt tust.«

»Ich habe keinen Schimmer, was zum Geier hier läuft oder was du eigentlich von Casey willst«, sagte Nick, dessen Gesicht nur Zentimeter von Therons entfernt war, »aber ich finde es heraus. Und das bedeutet, dass sie nicht mit dir oder sonst wem hier weggeht, ehe ich keine befriedigenden Antworten erhalten habe.«

»Nick!« Die Tür flog auf, und zwei Frauen kamen hereingestürmt, die Nick unwissentlich vor der Kastration retteten.

Die erste erkannte Theron von vorher. Es war Helene, die Acacia zu ihrem Zimmer gebracht hatte. Die andere war durchschnittlich groß, aber etwas runder um die Mitte und hatte dunkles, zu einem Zopf geflochtenes Haar. Beide wirkten furchtbar aufgeregt, wobei die Dunkelhaarige regelrecht außer sich war.

Nick sah zu ihnen. »Was ist?«

»Dana!«, sagte Helene. »Seit gestern hat keiner von ihr gehört oder sie gesehen.«

Nicks Blick schwenkte zu der Dunkelhaarigen. »Leila, wann hast du das letzte Mal mit deiner Schwester gesprochen?«

»Gestern Morgen«, antwortete sie und fuhr sich nervös mit einer Hand übers Haar, wobei sie ein paar Strähnen aus ihrem Zopf zurrte. »Sie hat aus der Stadt angerufen. Ich dachte, sie will in ihrer bescheuerten Wohnung bleiben, aber jetzt bin ich mir nicht mehr sicher. Irgendwas stimmt nicht. Sie war ganz neben sich, als sie anrief, faselte etwas von Neuanfang und Veränderung. Sie sagte, dass ich sie notfalls auf ihrem Handy anrufen soll, aber das habe ich den ganzen Nachmittag probiert und sie nicht erreicht. Nick, ihr ist was passiert! Das fühle ich.«

Nick ging hinter den Schreibtisch und klappte einen Laptop auf, der Theron bisher gar nicht aufgefallen war. Unter all diesen Felsen musste er mit einem Satelliten weiter oben verbunden sein. Nicks Finger tanzten über die Tastatur, während er suchend auf den Monitor sah. Dann runzelte er die Stirn. »Das Handy ist in Caseys Haus.«

»Wo?«, fragte Leila.

»Das Haus der Frau, die heute mit Nick herkam«, erklärte Helene.

Leilas panischer Blick wanderte zwischen Nick und Theron hin und her, als hätte sie jetzt erst registriert, dass Theron hier war. »Was macht Dana dort? Sie weiß doch, dass sie hierherkommen soll!«

Nick klappte den Laptop mit einem Knall zu und zog seine Jacke von der Stuhllehne. »Ich habe nicht gesagt, dass sie da ist, sondern nur ihr Handy. Ich sehe nach.«

Tatsächlich wirkte Nick sehr besorgt, wie Theron bemerkte. Wer diese Dana auch sein mochte, sie war allein dort draußen, und wenn sie zu Acacia nach Hause gefahren war, könnte sie auf Dämonen getroffen sein.

Er packte Nicks Arm, als das Halbblut an ihm vorbeieilte. »Ich komme mit dir.«

»Das glaube ich kaum.«

Theron packte seinen Arm nur noch fester. »Sei kein Idiot. Du brauchst meine Hilfe.«

»Blödsinn!«

Als Theron ihn nicht losließ, starrte Nick ihn wütend an, und aus seiner Miene sprachen Verachtung und ein über Jahrhunderte kultivierter Hass. »Ich kenne deine Art, Argonaut. Und ich habe gesehen, wie ihr helft.« Er wies zur Tür. »Jeder Misos in dieser Kolonie weiß, wie eure *Hilfe* aussieht. Sie haben Narben, die es beweisen.«

Ja, die verstümmelten Gesichter draußen in der Kolonie waren Theron nicht entgangen. Und ihm fiel wieder ein, wie der König zugab, dass die Existenz der Halbblute geheim gehalten wurde, weil sie zu wenige und folglich zu unbedeutend waren.

Er blickte Nick in die Augen. »Ich wusste nichts von dieser Kolonie oder anderen wie dieser, bis ich herkam, um Acacia zu suchen. Wenn ich wieder in Argolea bin, werden die Argonauten diese Angelegenheit prüfen.«

»Woher weiß ich, dass du uns nicht deine Leute schickst, um uns alle zu töten?«

Theron wurde klar, dass Nicks Hass auf die Argonauten und Argolea weit tiefer reichte, als es ihm zunächst erschienen war. Zwischen diesem Misos und Therons Welt musste eine Verbindung bestehen, von der niemand in der Kolonie auch nur ahnen dürfte. Und Theron würde herausfinden, welche das war.

Aber nicht jetzt.

»Du hast mein Wort als Anführer der Argonauten. Wir werden dir und deinen Leuten kein Leid zufügen.«

Nick betrachtete ihn prüfend, während beide Frauen schwiegen, so dass nur das leise Ticken der Wanduhr zu hören war. Schließlich gab Theron Nicks Arm frei, wandte jedoch nicht den Blick von ihm ab. Ebenso wenig wie Nick.

»Du bleibst hier, Held«, sagte Nick. »Ich will nicht auch noch aufpassen müssen, dass du mir nicht in den Rücken fällst.« Er zog sich seine Jacke über. »Casey muss freiwillig durch das Portal gehen, und bedenkt man, was sie heute schon deinetwegen durchgemacht hat, würde ich schätzen, dass sie vorerst nirgends mit dir hingehen will. Also bleib hier, bis ich zurück bin.« Wieder funkelte er Theron wütend an und schritt an den Frauen vorbei. »Und glaub mir, dann bringen wir das ein für allemal zu Ende.«

Er sah Leila an. »Ich melde mich, sowie ich sie gefunden habe.«

Nachdem er fort war, wandte sich die Frau zu Theron. »Bist du wirklich …?«, begann sie und sah zu Helene. »Ist er wirklich … ein Argonaut?«

Helene nickte. »Sieht so aus, nicht?«

Leila schien sprachlos. Beide Frauen starrten ihn an, als hätte er ein drittes Auge auf der Stirn. Offenbar wusste keine von ihnen, was sie sagen sollte.

Dann trat Leila einen Schritt vor, spuckte Theron ins Gesicht und rannte aus dem Zimmer.

Theron wischte sich die Wange ab und sah die andere Frau an, die dumm oder verdutzt genug war, allein bei ihm zurückzubleiben. »Wo ist Acacia?«, fragte er so ruhig er konnte.

An ihrer ungerührten Miene erkannte er, dass sie keineswegs dumm, sondern vielmehr stark war. »Oben. Sie schläft.«

Er lief Richtung Tür, blieb jedoch stehen, als er bemerkte, dass sie keinerlei Anstalten machte, ihn aufzuhalten. »Warum hast du keine Angst vor mir?«

»Ich habe zu viel gesehen, um mich vor jemandem wie dir zu fürchten.«

»Dein Hass auf mich und meinesgleichen ist deutlich zu spüren. Du könntest mich von ihr fernhalten.«

»Nichts kann dich von ihr fernhalten.«

Sie weiß es. Er drehte sich um und sah sie an. Dann schüttelte er langsam den Kopf.

»Also macht es keinen Unterschied, ob ich dir helfe oder nicht«, sagte Helene. »Aber eines solltest du bedenken, Argonaut. Selbst die Urhelden waren teils menschlich wie wir. Misos von Anbeginn. Sie ist nicht so anders als du. Und wir sind es auch nicht.«

Mit diesen Worten ging sie an ihm vorbei und ließ ihn allein in der Tür stehen, wo er über ihre Worte nachdachte, während sich ein merkwürdiges Gefühl von Unbehagen und dunklen Ahnungen in ihm ausbreitete.

Halb menschlich. Wie ich.

Er sah zur Treppe. Seine menschliche Seite war seit zweihundert Jahren unterdrückt worden. Könnte sie es sein, die nun in ihm wach wurde? Und falls ja, war Acacia der Grund?

Zwei Stufen auf einmal nehmend, lief er die Treppe hinauf. Gleichzeitig rieb er sich über das Brustbein, wo er wieder dieses seltsame Ziehen spürte.

Binnen weniger Minuten hatte er Acacia in einem Zimmer hinten auf dem Flur entdeckt. Helene hatte Recht, dass er sie auch ohne ihre Hilfe fand. Dazu brauchte er bloß tief einatmen und sich konzentrieren.

Sobald er ins Zimmer kam und den vertrauten Lavendel- und Vanillegeruch wahrnahm, wurde ihm heiß, und der Traum, der in ihrem kleinen Haus beinahe Realität geworden war, holte ihn ein.

Warmer Lichtschein fiel von den glühenden Scheiten im Kamin auf ihren Körper. Sie lag auf der Seite, ins Kissen geschmiegt und die dicken Decken verdreht auf ihren langen Beinen. Das Hemd war ihr nach oben geruscht, so dass ein klein wenig Haut zwischen Jeansbund und dem blauen Baumwoll-T-Shirt hervorlugte. Therons Blick wanderte über ihre bloße Haut, tiefer zu ihren Hüften und der weichen, süßen Rundung ihres Pos. Dank der heißen Nacht in ihrem Haus wusste er genau, wie dieser Po aussah … nackt und schön und gezeichnet. Blut pulsierte in seinen Lenden.

Sie ist die Eine.

Die fremde Stimme in seinem Kopf ließ ihn die Stirn runzeln. Ja, das dachte er sich doch bereits, nicht wahr?

Er zwang sich, die Augen von ihrem wunderschönen Hinterteil abzuwenden, wobei sein Blick zwangsläufig über ihren Bauch und die gewölbten Brüste streifte, ehe er ihr Gesicht erreichte. Am besten sah er nur ihr Gesicht an, ehe seine Erregung ihn vollends durchdrehen ließ. Erschöpfungsfalten zeichneten sich auf ihrer vollkommenen Haut ab, und bläuliche Schatten hatten sich unter ihren Wimpern gebildet. Für Theron jedoch war sie genauso umwerfend schön wie in der Nacht, als sie ihn vor den Dämonen beim Club rettete.

Genauso wunderschön, nur dünner.

Erst jetzt fiel ihm auf, dass Nick Recht hatte. Sie wirkte geschwächt. Ihre Haut hatte den rosigen Ton verloren, und in den letzten paar Tagen musste sie mehrere Pfund abgenommen haben.

Sie ist die Eine.

Die Stimme in seinem Kopf wurde lauter, als er dastand und sie ansah. Waren die Parzen tatsächlich so grausam, ihm ein Halbblut, das bestimmt war, sein Volk zu retten, zur Seelenverwandten zu erwählen?

Sein Herz wummerte, als er ins Bad ging und eine kalte Dusche nahm, die ihn kein bisschen abkühlte. Natürlich verfluchten ihn die Parzen. Er entstammte Herakles' Linie. Der des einzigen Helden, der bis heute von manchen verehrt, von den meisten aber geächtet wurde. Herakles' Indiskretionen waren so zahlreich wie seine Erfolge, und jeder Argonaut, der von ihm abstammte, wurde für seine Selbstsucht bestraft. Warum sollte es bei Theron anders sein?

Allerdings war es immer noch möglich, dass er sich nur wegen der Umstände, unter denen sie sich kennenlernten, zu ihr hingezogen fühlte. Und weil sie tabu war, was ihren betörenden Reiz steigerte. Sollte sie dennoch *seine* Eine sein, gab es eine sichere Methode, das herauszufinden.

Schon bei dem Gedanken wurde er wieder heiß und hart. Beim Abtrocknen überlegte er, welche Möglichkeiten er hatte. Die überzeugendste war nicht ideal, doch er musste es wissen. Hatte er die absurde Idee erst aus seinem Kopf verbannt, konnte er sich wieder dem eigentlichen Grund widmen, aus dem er hier war.

Nachdem diese Entscheidung gefallen war, zog er sich seine Hose an und schlich leise ins Zimmer zurück. Acacia schlief nach wie vor, hatte aber ihre Position gewechselt. Todmüde stieg Theron zu ihr in das breite Bett und deckte Acacia vorsichtig bis zur Taille zu. Dann legte er sich auf die Seite, nahm behutsam eine Locke auf, die Acacia über die Schulter fiel, und hielt sie sich an die Nase.

Bei dem Grapefruit-Duft erinnerte er sich an das Shampoo in ihrer Dusche. Ihr Haar fühlte sich weich und seidig an. So seidig wie das zwischen ihren Schenkeln. Das Brüllen in seinem Kopf hob von neuem an, und seine Erektion reagierte auf das Bild in seinem Geist. Er atmete langsam aus, um seine Erregung zu bändigen.

Selbst wenn sie deine Eine ist, sie ist krank! Und sie ist die Tochter des Königs. Es wäre also gleich.

Ja. Das war's. Und die Tatsache, dass Ehre und Pflicht an erster Stelle kamen, egal, was geschah.

Obwohl es ihn fast umbrachte, zwang er sich, ihr Haar loszulassen, wobei er ihre Schulter sacht berührte. Sie stöhnte im Schlaf und rückte näher zu ihm, als suchte sie die Berührung. Und ehe er begriff, was geschah, war ihr wunderschönes Hinterteil an seinen Hüften, und die Erektion, die er so dringend bezähmen wollte, wurde steinhart.

Sein Blut rauschte gen Süden.

Nimm sie. Jetzt. Finde es heraus.

Sein Schwanz drängte sich in die Poritze, als hätte er einen eigenen Willen; dort pochte und pulsierte er, bettelnd nach Erleichterung. Ein Seufzer entfuhr Acacia, der nach unbewusster Zustimmung klang. Prompt wurde Therons Lust noch heftiger. Er legte einen Arm um ihre Mitte und zog sie dichter an sich. Er hatte alle Mühe, ihr nicht die Jeans herunterzureißen, nicht ihre Hüften anzuheben und tief in sie einzutauchen, um zu entdecken, was an ihr ihn so wild machte.

Und, ja, er war bereit. Er wollte sie. Brauchte sie. Doch als er sie gerade umdrehen wollte, wehte ihm ihr Duft entgegen, die süße, vertraute Mischung, die sämtliche Nerven seines Körpers flutete und ihm bis in die Seele drang.

Und sogleich wirkte ihr Duft seltsam beruhigend auf ihn. So wie es auch schon in ihrem Haus gewesen war. Theron wurde ruhig genug, dass sein Verstand sich zurückmeldete. Sein Schwanz zuckte noch vor Verlangen nach ihr, aber Theron konnte es kontrollieren. Er war imstande, bei ihr zu liegen und die Wärme ihres Körpers an seinem zu genießen, ohne den brennenden Drang, sich zu nehmen, was er wollte.

Sie sollte zu ihm kommen, wie sie es schon einmal getan hatte.

Sein Herzschlag verlangsamte sich, bis er die Augen schloss und langsam atmete. Er war so müde wie … seit Ewigkeiten nicht mehr. Und in dem Moment hörte er die Stimme wieder.

Sie ist die Eine.

Fünfzehntes Kapitel

Noch bevor sie die Augen öffnete, wusste Casey, dass sie nicht allein war. Das rhythmische Atmen hinter ihr war ein eindeutiges Zeichen. Wie auch die harte Erektion an ihrem Po.

Jede normale Frau wäre in Panik geraten, vor allem angesichts der Umstände. Aber Casey war nicht normal, nicht mehr, und außerdem war es Theron, der sich an ihren Rücken geschmiegt hatte. Sein dunkler, würziger Geruch überwältigte ihre Sinne. In der Stille wurde das Gewicht seines Arms auf ihrer Hüfte so real wie der Pulsschlag, der in ihrem Kopf hallte.

Was zur Hölle tat er in ihrem Bett?

Vorsichtig, damit sie ihn nicht weckte, rollte Casey sich auf den Rücken, so dass sein Arm auf ihren Bauch rutschte und Funken entlang ihrer Nervenbahnen entzündete. Sie setzte sich auf und griff nach seiner Hand, um sich aus seiner Umarmung zu befreien. Doch sie hielt inne, sowie ihre Finger ihn berührten.

Ein elektrischer Schlag durchfuhr sie, und alles drehte sich. Plötzlich war sie nicht mehr in dem Schlafzimmer, sondern in einem dunklen, kalten Wald, umgeben vom Geruch des Todes.

Sie stieß einen stummen Schrei aus und schaute sich um. Wie war sie hierhergekommen, und wo war Theron? Kanonendonner ertönte hinter ihr, weswegen sie zusammenfuhr und sich erschrocken umdrehte. Trockenes Laub raschelte unter ihren Füßen. Rufe, Fluchen und schaurige Schreie waren aus der Ferne zu hören.

Gütiger Gott, sie befand sich mitten in einem Kriegsgebiet! Ihr Adrenalinpegel schoss in die Höhe. Sie blickte nach links und rechts, während ihr Herz raste wie verrückt. Wo war Theron?

Gewehrschüsse hallten, gefolgt von einer Stimme, die Casey sehr gut kannte. Sie kam aus dem Wald, keine zwanzig Meter vor ihr.

»Patéras!«

Ohne nachzudenken, rannte Casey in die Richtung, blieb jedoch abrupt stehen, als sie eine kleine Lichtung erreichte und sah, was dort vor sich ging.

Zwei Dämonen lagen übel zugerichtet und leblos auf der harten Erde nahe einem kleinen, gurgelnden Bach. Frisches Blut sickerte aus ihren Wunden, rann über ihre grotesken Gesichter und färbte den Boden unter ihnen. Ein Mann – derselbe, von dem Casey geträumt hatte, nachdem sie Theron begegnet war – lag ein Stück weiter. Er blutete aus einer klaffenden Brustwunde. Seine Augen und sein Mund waren offen, als stünde er unter Schock. Auf der anderen Seite des kleinen Bachs stand ein Junge, nicht älter als vierzehn, der einen zerschlissenen grauen Mantel trug. Mit tellergroßen Augen und offenem Mund starrte er herüber. In seinen Armen hielt er ein qualmendes Gewehr.

Theron stürmte aus dem Wald rechts von Casey herbei und sank neben dem alten Mann auf den Boden, sein Gesicht ungläubig verzerrt. »*Patéras*. Nein!«

»Theron«, hauchte der Mann, der eine blutige, zitternde Hand nach Therons Hemd ausstreckte. »Du musst sie vernichten.«

»Das werde ich. Ich … *Patéras*.« Er legte beide Hände auf die Brustwunde. »Wir müssen dich zurückbringen. Sofort. Wir …«

»Ochi«, sagte der alte Mann, was trotz seiner Schwäche streng klang.

Therons Züge gefroren, als hätte er sich verhört.

»Ochi«, wiederholte der Alte nun milder. »Meine Zeit ist gekommen und vergangen. Du musst«, er verzog das Gesicht vor Schmerz, »sie vernichten.«

Theron blickte hinüber zu den Dämonen, die, wie Casey entsetzt feststellte, sich wieder regten, obwohl ihre Gliedmaßen nur noch blutigen Stümpfe waren.

»Dies ist, wofür du geboren wurdest«, sagte der alte Mann, der Therons Aufmerksamkeit wieder auf sich lenkte. »Du nimmst meinen Platz ein.«

»Nein!«

»Du tust, was der König befiehlt. Stell seine Autorität nicht infrage. Vertrau ihm, wie du mir vertraust. Vergiss nicht, dass wir«, der Alte atmete zittrig ein, »derselben Linie entstammen.«

»Patéras«, flüsterte Theron.

Die Hand des alten Mannes sank auf die Erde. Seine Lider flatterten, und die Stimme wurde so matt, dass sie kaum zu hören war. *»To prepōmenon phugein adunaton, gios mou.«*

Dann sackte sein Kopf zur Seite, und in der Stille, die nun folgte, beobachtete Casey, wie eine einzelne Träne über Therons Wange lief, sein Kinn hinabrollte und dem alten Mann aufs Gesicht tropfte.

Obwohl die Dämonen inzwischen kehlig knurrten und stöhnten, während sie sich aufrichteten, bewegte Theron sich langsam und methodisch. Behutsam schloss er die Lider des Toten, ehe er über den Bach zu dem Jungen blickte, der immer noch starr vor Entsetzen herübersah.

Ohne Therons Gesicht zu sehen, wusste Casey, dass Mordlust in seinem Blick funkelte. Der Junge musste es erkannt haben, denn er machte sich in die Hose, ließ sein Gewehr fallen und rannte so schnell weg, wie ihn seine kurzen Beine trugen.

Casey schrie warnend auf, als der erste Dämon losstürzte. Doch ihre Angst war unbegründet. Im nächsten Augenblick griff Theron die Bestie an, zog eine lange Klinge von irgendwo unter seinem Mantel hervor und köpfte den torkelnden Dämon mit einem kraftvollen Hieb.

Der andere Dämon, schwer verwundet, richtete sich zu seiner beängstigenden Größe von über zwei Metern auf und stieß ein furchteinflößendes Knurren aus. »Dafür bezahlst du, Argoleaner.«

»Ich bin kein gewöhnlicher Argoleaner«, raunte Theron. »Und du wirst Hades persönlich begegnen.«

Casey erschrak angesichts seiner hasserfüllten Miene und trat unwillkürlich zurück, bis sie mit dem Rücken an einen Baumstamm stieß. Sie hielt eine Hand vor die Augen, um nicht mitansehen zu müssen, was sich vor ihr abspielte. Diesen Dämon schickte Theron nicht auf schnellstem Wege zu Hades. Nein, er schlachtete die Bestie langsam ab, hackte ihr ein Glied nach dem anderen ab, tobte all seinen Hass und Kummer an ihr aus.

Als es vorbei war, Theron von seinem eigenen Schweiß und Blut sowie dem des Dämons troff, der verstümmelt vor ihm lag, streckte er sich und blickte auf das hinab, was er getan hatte.

Entsetzt linste Casey durch ihre Finger. Sie wagte nicht, sich zu bewegen oder etwas zu sagen, weil sie fürchtete, sein Zorn könnte sich gegen sie wenden. Doch was sie sah, erschreckte sie. Zwar war das mörderische Funkeln aus seinen Augen verschwunden, aber sie konnte keinen Hauch von Bedauern erkennen. Eine weitere Träne lief ihm die Wange hinunter. Ohne auf sie zu achten, köpfte er den Dämon genauso wie den anderen zuvor.

Und dann, als bemerkte er sie jetzt erst, wischte er sich mit der blutverschmierten Hand die Träne fort und guckte perplex auf die klare Flüssigkeit. Fast wollte man glauben, er hätte noch nie zuvor geweint.

Tatsächlich, das musste es sein, dachte Casey.

Ihr war eiskalt, als sie blinzelnd wieder zu sich kam. Sie war nicht in einem dunklen Wald, umgeben von Krieg, sondern in dem Bett, in dem sie vor Stunden eingeschlafen war.

Verwirrt betrachtete sie den schlafenden Theron, dessen Hand sie fest umklammerte. Sie brauchte nicht zu fragen, ob das real war, was sie eben gesehen hatte. Es war dasselbe gewesen wie die Vision von dem kleinen Mädchen im Dorf, die sie bei ihrer Ankunft gehabt hatte.

Okay. Diese Neuigkeit, zusätzlich zu allen anderen, reichte aus, um sie ernsthaft nervös zu machen. Klopfenden Herzens schlüpfte sie vorsichtig unter Therons Arm heraus und stieg aus dem Bett. Es war noch dunkel, trotzdem wollte Casey dringend die Sonne sehen, ihre Wärme fühlen und die Kälte weit hinter sich lassen.

Sie ging zu dem kleinen Bullauge und öffnete die Vorhänge. Der Mond war untergegangen, und die ersten Morgenstrahlen erhellten bereits den Horizont.

Langsam atmete sie ein, und als sie sich besser fühlte, blickte sie zurück zum Bett.

Wie lange hatte sie geschlafen? Und wann war Theron hereingekommen?

Ihr sogenannter Held hatte sich auf den Rücken gedreht, eine Hand an seiner Seite, die andere auf seiner breiten, nackten Brust. Er trug nur eine schwarze Hose mit tiefem Bund, die seinen straffen Bauch und die dünne Haarlinie betonte, so dass Caseys Aufmerksamkeit nach unten gelenkt wurde. Ganz bewusst richtete sie ihren Blick nach oben, weg von der Verlockung, zu seinen muskulösen Armen. Im Dämmerlicht waren die Male auf seinen Handrücken nur schwach zu sehen, und Casey dachte an seinen Auftritt in Nicks Büro.

Rasch wandte sie sich wieder zum Fenster. Ähm. Okay. Ja. Sich an *das* ganze Spektakel zu erinnern, beruhigte ihre Nerven auch nicht.

»Es geht dreihundert Fuß nach unten.«

Ihr Herz begann wild zu klopfen, als sie seine samtige Stimme hörte, doch sie drehte sich nicht um. Er mochte ein Sexgott sein, der ihr seit der Nacht in ihrem Haus nicht aus dem Kopf gehen wollte, aber er war auch der Mann … Argonaut … was auch immer … der sie entführt hatte. Sie wollte Antworten. Sofort. »Wie bitte?«

Das Bett knarrte. »Vorm Fenster. Dreihundert Fuß. Mindestens. Ich habe schon hinausgesehen. Falls du einen Fluchtweg suchst, der empfiehlt sich nicht.«

Nun sah sie doch über ihre Schulter. »Wenn ich gehen wollte, könntest du mich nicht zurückhalten.«

»Wer redet dir so einen Quatsch ein?«

Sie funkelte ihn wütend an, was er mit einem fragenden Blick quittierte. Verärgert nahm sie die Hände vom Fenster und drehte sich ganz zu ihm. »Du arrogantes …«

Lachend schwang er die Beine über die Bettkante. »Ich sehe, wir stehen wieder mit beiden Füßen auf dem Boden. Die Ruhe hat dir offenbar gutgetan.«

Sie schloss den Mund.

»Ich sehe außerdem, dass dein kleines Köpfchen randvoll ist. Nur zu, frag mich, was du willst.«

Ihr »kleines Köpfchen« war kurz davor, zu platzen. »Macht es dir überhaupt nichts aus, dass du mich verschleppt und meinen Laden zerstört hast? Ganz zu schweigen davon, dass du mich in jener Nacht in meinem Haus ausgenutzt hast, als ich bloß versuchte, dir zu helfen.«

Er seufzte müde. »Ich habe dich nicht entführt, sondern gerettet. Und falls du dich damit besser fühlst, ich bedaure, dass deine Buchhandlung zerstört wurde. Je weniger die Menschen in deiner Stadt von den Dämonen und unserem Krieg wissen, umso sicherer sind sie. Und fürs Protokoll, ich war es nicht, der dich in jener Nacht ausnutzte. Vielmehr glaube ich zu erinnern, dass jemand anders den ersten Schritt machte.«

Ihre Wangen glühten, und sie wurde erst recht wütend. »›Alles, was ich brauche‹«, äffte sie ihn nach.

Ein schiefes Grinsen trat auf sein Gesicht. »Ah, das weißt du noch?«

»Selbstverständlich weiß ich das noch! Und mir wird es nun sehr viel klarer als vorher. Du hast mich hypnotisiert.«

Er beugte sich vor und stützte die Unterarme auf seine Knie. »Es heißt *Élencho*, und es ist eher eine Technik, den Geist zu beeinflussen, keine Hypnose. Und wie du bewiesen hast, *Meli*, wirkt sie bei Halbbluten nicht sonderlich gut.«

Sie ignorierte diese Bemerkung, denn daran, dass sie ein Halbblut war, schien nicht mehr zu rütteln zu sein; womit die Schuld an dem, was passiert war, wieder ihr zufiel. »Du sagst dieses Wort, *Halbblut*, als wäre es etwas Schmutziges.«

»Das ist nicht meine Absicht.«

»Dann sprich es anders aus. Und, fürs Protokoll, ich glaube, sie werden lieber Misos genannt.«

Als er sie stumm ansah, war da ein Hauch von Reue in seinem Blick, der Casey sogleich milder stimmte.

Verdammt, sie wollte doch wütend auf ihn sein! Aber wenn er sie so anguckte, fiel ihr wieder ein, wie er im Kerzenlicht in ihrer Küche ausgesehen hatte, wie er sich auf ihrer Couch angefühlt, wie er geschmeckt hatte. Dasselbe wie dort könnte sie jetzt und hier wieder empfinden, würde sie zu ihm gehen.

»Gibt es etwas, das du von mir brauchst, *Meli*?«, fragte er leise.

In seinen tiefschwarzen Augen spiegelte sich ihr Verlangen.

»Nein, nichts.«

Er lächelte, als wüsste er, dass sie log. »Wenn du soweit bist, sag mir einfach Bescheid.«

»Vergiss es!«, konterte sie verärgert.

Er lachte. »Ach, *Meli*, du gefällst mir! In jener Nacht in deinem Haus warst du allerdings weniger widerspenstig.«

Casey setzte eine sehr gelangweilte Miene auf. »Da war ich ein bisschen abgelenkt. Ich dachte, du stirbst. Und was heißt das überhaupt, wie du mich dauernd nennst, *Meli*? Meine Großmutter hat das früher auch manchmal zu mir gesagt.«

»Hat sie?«

»Ja, und sie hat mir mal gesagt, dass es der Kosename meiner Mutter war.«

Für einen Moment wirkte er nachdenklich. »Es ist Argoleanisch und heißt frei übersetzt ›Liebes‹.«

»Und woher soll meine Mutter das gekannt haben?«

»Vielleicht hat dein Vater sie so genannt.«

Casey zog eine Braue hoch. »Mein Vater der König? Mhm. Na gut. Also, was läuft hier? Gibt es nicht genug argoleanische Frauen, dass die Männer herkommen, um sich welche zu suchen?«

Wieder lachte er und rieb sich mit einer Hand den Nacken. Ihn schien das mächtig zu amüsieren, was Casey nicht im mindesten witzig fand. »Nein, es gibt reichlich Frauen in unserer Welt. Bei uns heißen sie *Gynaíkes*.«

»Das ist Griechisch.«

Er nickte. »Vieles bei uns hat griechische Wurzeln. Was deinen Vater betrifft, sagte ich dir ja schon, dass manche unserer Leute diese Welt besuchen, obwohl es nicht gern gesehen wird.«

»Könnt ihr sie nicht davon abhalten?«

»Es ist nicht meine Aufgabe, sie zurückzuhalten. Dein Vater … reiste häufig in diese Welt. Menschen faszinieren ihn.«

»Dich hingegen nicht.«

Seine Gesichtszüge spannten sich an, doch er antwortete nicht.

Ihre Vision vorhin im Bett fiel ihr wieder ein. Instinktiv wusste sie, dass er nicht darüber reden würde, sollte sie es ansprechen. Und sie war sich nicht sicher, ob sie wissen wollte, was ihn antrieb.

Trotzig wandte sie sich wieder dem Sonnenaufgang zu. »Dann solltest du mich auf keinen Fall *Meli* nennen. Immerhin wissen wir beide, dass du es nicht meinst.«

»Acacia …«

»Ah, und ehe ich's vergesse: Was tust du in meinem Bett?«

»Gefällt es dir, mich in deinem Bett zu haben?«, fragte er ruhig.

Ein Kribbeln regte sich in Caseys Brust. Sie sah sich kurz über die Schulter um und bereute es sofort. Das Verlangen, das sie plötzlich wieder durchfuhr, schien in jede Vertiefung und jede Ebene seines schönen Gesichts gemeißelt.

Oh ja, dieser Mann war zweifellos ein Sexgott. Und er spielte meisterlich mit ihr.

»Ich mag es, wenn du mich ansiehst, *Meli*. Das bringt mein Blut zum Pochen. Aber lieber noch als deine Blicke hätte ich deine Hände auf mir, die mich so streicheln wie in jener Nacht bei dir.«

Bei der Erinnerung beschleunigte sich ihr Herzschlag. Vor Erregung wurden ihre Wangen heiß und Wärme strömte zwischen ihre Schenkel. Zugleich spürte sie, wie sie in den tranceartigen Zustand glitt, in den sie bei ihm schon einmal verfallen war. Die Hitze seines Körpers, der Duft seiner Haut, der verführerische

Akzent: Alles zusammen ließ sie vor ihm dahinschmelzen.

Er streckte eine Hand nach ihr aus. »Komm her, *Meli*. Lass mich deine Erinnerung auffrischen.«

Ihr Blick fiel auf seine Hand. Auf dieselbe Weise hatte er sie gestern im Laden nach ihr ausgestreckt. Und ihr fiel wieder ein, dass sie für einen flüchtigen Moment Unsicherheit in seinen Augen gesehen hatte.

Ein Held, der wusste, was er wollte, wäre niemals nervös. Was nur eines bedeuten konnte: Er war nicht ehrlich zu ihr.

Schlagartig lichtete sich der Nebel der Begierde in ihrem Kopf, und sie reckte das Kinn. »Netter Versuch. Zum Glück bin ich nicht so blöd, zwei mal darauf hereinzufallen.« Sie verschränkte die Arme vor der Brust. »Ich denke, es ist Zeit, dass du mir ein paar Fragen beantwortest.«

Er atmete seufzend aus und ließ seinen Arm sinken. »Was willst du wissen?«

Das geht zu einfach. Vorsicht! Sie neigte den Kopf zur Seite. »Was genau ist ein Argonaut? Nick sagte, dass du ein Wächter bist. Ist das so etwas wie ein General?«

»Kennst du die Geschichten von den ersten Argonauten?«

»Aus der griechischen Mythologie? Klar. Sie waren eine Horde von Kriegern, die mit Jason auf der *Argo* segelten und nach dem Goldenen Vlies suchten. Es waren fünfzig, wenn ich mich recht erinnere.«

»Fünfundfünfzig. Sie sind sozusagen die Gründer unseres Volkes, größtenteils Männer. Es gab auch einige Frauen, die zwar nicht mit Jason segelten, aber dennoch als Heldinnen galten. Ihre Nachkommen wurden als Argoleaner bekannt, benannt nach dem Reich, das die Götter uns gaben, als offensichtlich wurde, dass sich die Helden fortpflanzten.« Casey setzte sich auf einen Sessel, während er weitersprach. »Die stärksten sieben – Herakles, Achilles, Theseus, Odysseus, Perseus, Jason und Bellerophon – wurden als Wächter der Art auserwählt und erhielten den Titel ›Argonauten‹. In jeder Generation wird einer ihrer unmittelbaren Nachkommen ausgesucht, der die Wächtertradition fortführt. Meine Linie geht auf Herakles zurück.« Ein spöttisches Lächeln trat auf seine Züge. »Oder, wie ihr Amerikaner ihn lieber nennt, Herkules.«

»Der größte der Heroen«, sagte Casey, die überlegte, wie viel sie über die Argonauten wusste. »Bist du deshalb der Anführer?«

»Ja.«

»Gehörte das Schiff nicht Jason?«

Er zuckte mit den Schultern. »Ein geringfügiges Detail.«

Ein Blick, den sie nicht deuten konnte, blitzte in seinen Augen auf. Sie glaubte, dass er nicht alles sagte, doch vorerst brannten ihr andere Fragen auf der Zunge. »Also gibt es sieben von euch?«

»Ja, meine Waffenbrüder. Jeder von uns besitzt eine besondere Stärke, die auf unseren jeweiligen Vorfahren zurückgeht. Meine ist große Kraft. Alle Argoleaner haben irgendwelche Stärken, aber die der Argonauten übersteigen sie um ein Vielfaches.«

Diese Antwort verdaute Casey noch, als sie weiterfragte: »Und was macht ihr so … du und deine Brüder?«

»Wir schützen die Art.«

»Indem ihr Dämonen jagt?«

»Unter anderem.«

»Aber nicht nur das, oder? Sonst wärst du jetzt nicht hier.«

»Ja«, sagte er zögernd. »Wir haben noch andere Aufgaben.«

Sie wartete, dass er es näher erklärte, doch nachdem

mehrere Sekunden vergangen waren, ohne dass er etwas sagte, begriff sie, dass sie in einer Sackgasse steckte. Sie winkelte ihre Beine unter sich an und probierte eine neue Taktik aus. »Also, wie alt bist du?«

»Zweihundertzwei.«

Ihr fiel der Kinnladen herunter, und erst als ihr bewusst wurde, wie dämlich sie aussehen musste, schloss sie den Mund wieder. »Oh, mein Gott! Ist das dein Ernst?«

Er nickte.

»Wie lange lebt ihr denn?«

»Argonauten und Königliche werden ungefähr siebenhundert Jahre alt«, antwortete er achselzuckend. »Einige ein bisschen älter. Wir sind die Stärksten der Art.«

»Wow«, war das Einzige, was Casey dazu sagen konnte. Sie runzelte die Stirn. Nein, da war noch etwas … vielleicht. »Wie lange werde ich leben?«

»Die meisten Argoleaner leben etwa fünfhundert Jahre. Ich würde schätzen, dass Halbblute … Misos«, korrigierte er sich rasch, ehe sie es tat, »ähnlich alt werden.«

Okay, da war unverkennbar Ekel in seinem Ton. Hielt er sich für den Menschen überlegen? Das war schlicht … borniert. Nicht dass es sie sonderlich interessierte. Sollte er doch glauben, was er wollte! Was sie brauchte, waren weitere Antworten.

Also konzentrierte sie sich auf das, was er ihr bisher erzählt hatte. Ihr kam Jills Anruf gestern in den Sinn, wegen all der Tests, die sie noch machen wollte. Fünfhundert Jahre. Sie war erst siebenundzwanzig. Wenn sie dieselbe Krebserkrankung hatte wie ihre Großmutter …

Auf einmal hatte sie einen Kloß im Hals. »Kann man früher sterben?«

»Du meinst, ob wir sterblich sind?«

Sie nickte.

»Ja, sind wir. Wir können genauso getötet werden wie Menschen. Aber wir widerstehen Krankheiten sehr viel besser und heilen schneller.«

Gott sei Dank! Sie atmete erleichtert aus.

»Ich vermute allerdings, dass das für Misos nicht zutrifft.«

So viel zu ihrer Erleichterung. Nein, sie würde wohl kein Glück haben.

»Nun, ich schätze, das erklärt deine wundersame Heilung in meinem Haus.« Es erklärte hingegen nicht die Vision, die er im Schlaf auf sie projizierte.

»Wenn das stimmt«, fügte sie stirnrunzelnd hinzu, »wieso konnte dein Vater dann nicht geheilt werden?«

»Was?« Zum ersten Mal, seit er die Augen aufschlug und Funken quer durchs Zimmer schoss, die sie aufleuchten ließen wie einen Weihnachtsbaum, schien er benommen.

»Dein Vater. Wieso verheilte die Schusswunde nicht bei ihm? Ich habe gesehen, wie du dich von einer beinahe genauso üblen Verletzung erholt hast. War er zu alt?«

Verwirrt zog er die dunklen Brauen zusammen. »Wie … woher weißt du von seinem Tod?«

»Du hast es mir gezeigt.« Er starrte sie an, als wüchsen ihr Schlangen im Haar, deshalb fügte sie hinzu: »Als du schliefst. Ich sah die Dämonen, die du gejagt hast, und einen Jungen an einem Bach. Er wollte deinen Vater nicht erschießen, nicht wahr? Er hat versucht, auf die Bestien zu schießen, gegen die ihr gekämpft habt.«

Sämtliche Farbe wich aus Therons Gesicht, und er fragte sehr leise: »Hattest du schon vorher solche Träume, Acacia?«

»Ich würde sie nicht Träume nennen. Das sind eher so was wie Visionen. Aber, ja, ich hatte schon vorher welche.«

»Wann?«

Bei seinem veränderten Tonfall schrillten die Alarmglocken in Caseys Kopf, und um ihr Geburtsmal unten am Rücken begann es zu kribbeln. »In der Nacht, als wir uns zum ersten Mal begegnet waren. Nachdem ich dich zusammengeflickt hatte und du eingeschlafen warst. Ich hatte mich auf die Couch gelegt, und da hatte ich eine Vision von dir und deinem Vater, wie ihr auf ein Schlachtfeld blicktet.« Sie sah ihm in die Augen. »Oh, mein Gott! Das war der Sezessionskrieg, stimmt's? Ich konnte blaue und graue Uniformen erkennen.«

Er stand langsam auf. »Ja. Wann noch? Wann hast du sonst noch solche Visionen gehabt?«

Okay, dieser irre Blick in seinen Augen beruhigte ihre Nerven kein bisschen. Vielmehr machte er ihr Angst. sie wusste, dass er übermenschliche Kräfte besaß, sie hatte es selbst gesehen. Die Argonauten verfügten über Fähigkeiten, um die Menschen sie nur beneiden konnten. Doch wenn sie seine Reaktion richtig deutete, war nicht nur er es gewesen, der ihr diese Bilder telepathisch übertragen hatte. Und das wiederum hieß, dass sie die Visionen irgendwie von allein bekommen hatte.

Das Kribbeln an ihrem unteren Rücken nahm zu. »Gestern. Als wir hier ankamen. Das kleine Mädchen kam zu uns gelaufen, weißt du noch? Ich ... als ich ihre Hand hielt, sah ich ihre Familie und Dämonen, die ihr Zuhause überfielen.« Theron erstarrte, und sicherheitshalber setzte Casey sich richtig hin, damit sie jederzeit aufspringen konnte. »Ich dachte, ich würde halluzinieren. Na ja, nach allem, was gestern passiert war.«

Er betrachtete sie mit großen Augen, blieb aber stumm.

»Was?«, fragte sie schließlich und stand auf.

»Du hast die Gabe, in die Vergangenheit zu blicken.«

In die Vergangenheit? Nun, das hörte sich nicht so übel an. »Das ist gut, oder?«

Er antwortete nicht. Sie bemerkte jedoch, wie ein Ausdruck von Verwirrung über seine Züge huschte, ehe er sich umdrehte und sich im Zimmer umschaute, als sähe er alles zum ersten Mal. »Ich muss Nick suchen.«

Nick, das Halbblut, das er nicht ausstehen konnte? Nein, das klang gar nicht gut.

Er schnappte sich sein T-Shirt, das er über eine Sessellehne gehängt hatte, und zog es über. Als Nächstes stieg er in seine Stiefel und setzte sich auf die Bettkante, um sie hastig zuzuschnüren.

»Theron, was ist los?«

Ein Aufruhr draußen auf dem Flur lenkte sie ab. Beide sahen einander kurz an, bevor er aufsprang und die Tür öffnete. Er achtete darauf, Casey abzuschirmen, so dass sie nichts sehen konnte.

Helene kam hereingelaufen. Theron packte sie beim Arm. »Was ist passiert?«

Die Frau blickte direkt zu Casey. »Marissa ist verschwunden. Wir können sie nirgends finden. Sie sagen, dass sie einen Suchtrupp los…«

»Nein!«, fiel Theron ihr streng ins Wort.

Casey drängte sich an ihm vorbei und ergriff Helenes Hand. »Wo wurde sie zuletzt gesehen?«

»In ihrem Zimmer.« Helenes zartes Gesicht war von Angst verzerrt. »Ihre Mutter hat sie gestern Abend ins Bett gebracht, und als sie heute Morgen aufstand, war Marissa weg.«

Casey dachte an das kleine Mädchen von gestern und an dessen Worte: *Minnie wusste, dass er dich herbringt, damit du uns alle rettest.*

Sie drückte Helenes Hand. »Ich hole meine Jacke.«

Eilig hastete sie zurück ins Zimmer, schlüpfte in ihre Schuhe und nahm ihre Jacke. Dass sie weder ihre Zähne geputzt, noch ihre Haare gekämmt oder ihren ersten Kaffee gehabt hatte, kümmerte sie nicht. Als sie sich jedoch wieder zur Tür wandte, stand dort ein Koloss von einem Mann, der ihr den Weg versperrte.

»Du gehst nirgends hin, Acacia. Das hier betrifft dich nicht.«

Es betraf sie nicht? Oh, verdammt! »Dies hier sind meine Leute! Das Mädchen gehört zu *meiner* Art! Wage ja nicht, mir zu sagen, es ginge mich nichts an!«, fuhr sie ihn wütend an. Die Luft zwischen ihnen knisterte, doch Casey wich nicht zurück. Zum ersten Mal in ihrem Leben hatte sie etwas, für das es sich zu kämpfen lohnte.

»Du kannst mich hier nicht einsperren, Theron. Ich helfe ihnen so oder so, nach Marissa zu suchen. Also entweder bewegst du deinen Arsch zur Seite, oder du machst dich nützlich und hilfst uns.«

Sechzehntes Kapitel

Sie drehte langsam aber sicher durch.

Isadora ging zum Fenster, machte kehrt und rang die Hände, als sie am kleinen Sofa vorbeikam. Vier Schritte weiter passierte sie die Wandschranktür, dann die Kommode mit dem hohen Aufsatz und ging wieder um das Himmelbett herum. Dieses Zimmer war für sie immer eine Zuflucht gewesen, in der sie Frieden fand und allein sein konnte. Das war es nicht mehr. Jetzt wollte sie sich am liebsten mit bloßen Fingern durch den Stein und Mörtel graben, um rauszukommen.

Sie zuckte zusammen, als leise angeklopft wurde. »Ja?«

»Ich bin's nur, Mylady«, sagte Saphira, die ihren Kopf zur Tür hereinsteckte. »Darf ich reinkommen?«

Isadora atmete auf, denn sie hatte schon befürchtet, es wäre Demetrius oder einer der anderen Argonauten. Für einen Haufen *Ándres*, die bei jeder Gelegenheit blanke Verachtung für die Burg äußerten, hielten sie sich neuerdings ziemlich oft hier auf. Was in jeder Hinsicht schlecht war. »Ja, ja, komm rein.«

Als Saphira die Tür weiter aufmachte, erheischte Isadora einen Blick auf ihren neuesten Wächter, Cerek, dessen kurzes dunkles Haar und die breiten Schultern im Salon vor ihrem Schlafzimmer nicht zu übersehen waren.

Wut brodelte in ihr, aber sie bändigte sie, als Saphira die Tür mit einem leisen Klicken schloss. Die junge Frau hatte ein Tablett mit Essen bei sich: Suppe, Kräcker, eine Schale frisches Obst. Bei dem Geruch von gekochtem Huhn und Gemüse rebellierte Isadoras Magen. Sie legte eine Hand auf ihren Bauch und winkte ab. »Ich habe keinen Hunger.«

Saphira stellte das Tablett auf einen niedrigen Tisch am Kamin. »Ihr müsst essen, Mylady.«

Essen war das Letzte, was Isadora wollte. Und sie wusste, dass es ihr sofort wieder hochkäme, wenn sie es versuchte. »Ist Theron zurück?«

Saphira sah zur Tür, als hätte sie Angst, belauscht zu werden, kam näher und flüsterte: »Nein, Mylady. Noch nicht.«

Verflucht! Zwar war es nicht Isadoras innigster Wunsch gewesen, an Theron gekettet zu werden, aber wenigstens würde er sie nie in ein Zimmer einsperren und sie dort vergessen, wie es ihr Vater und die übrigen Söldner taten. »Was ist mit dem König?«

»Unverändert. Callia war mehrmals bei ihm, doch es tritt keine Besserung ein.«

Isadora legte einen Finger an ihre Lippen und ging zum Fenster. Das Gewand, das sie trug, hing bleiern an ihren Schultern, und nicht zum ersten Mal schwor sie sich, die archaischen Traditionen der Monarchie – allen voran die Kleidung – umgehend zu ändern, wenn sie Königin wurde.

»Weißt du, wo Theron ist?«, fragte sie.

Saphiras Stimme klang ein bisschen mitleidig, was Isadoras angegriffenen Nerven nicht bekam. »Angeblich erledigt er etwas Wichtiges für Euren Vater. Niemand scheint zu wissen, wohin er ist. Und seit ständig ein Argonaut vor Eurer Tür wacht, reden die Leute in der Burg weniger, schon gar nicht über Gerüchte, die sie gehört haben.«

Isadora schloss die Augen. Er tat ihrem Vater also einen persönlichen Gefallen. Was nur eines bedeuten konnte. Isadora hatte eine ziemlich klare Vorstellung davon, wo Theron war – und bei wem. Die Frage war, ob er sie überreden konnte, mit ihm nach Argolea zu kommen. Und falls ja, wäre es schon zu spät?

Isadora betrachtete ihre knochigen bleichen Hände. Sogar sie selbst wusste, dass sie dahinsiechte. So wie ihre Kräfte neuerdings schwanden, schätzte sie, dass ihr noch eine Woche, höchstens zwei blieben, ehe sie den Kampf endgültig verlor.

Vor ihrem geistigen Auge erschien die Prophezeiung, die sie zufällig in den Büchern ihres Vaters entdeckte, als sie neben seinem Krankenlager wachte.

Zwei gebe es in jeder Zeit
Geboren von Gott, Mensch und Erde.
Eine voll Kraft, eine voll Schneid,
zwei Hälften, auf dass ein Ende werde.

Erkennt sie an dem besonderen Zeichen,
zu einen im siebenundzwanzigsten Jahr.
Die Schwache muss der Stärkeren weichen,
Dass das Leben erlösche immerdar.

Ein Schauer lief Isadora über den Rücken, als sie daran dachte, was ihr Vater tat. Aber wie konnte er sich des Ausgangs sicher sein? Und wie konnte er eine Tochter für die andere opfern?

Erst vor wenigen Tagen hatte sie von ihrer Halbblutschwester erfahren. Ob sie irgendetwas gemeinsam hatten? Wenn sie sich zufällig auf der Straße begegnet wären, hätten sie einander erkannt? Existierte eine Verbindung zwischen ihnen?

Sie wusste es nicht. Eines jedoch war sicher. So leicht wie es ihrem Vater und den Argonauten gefallen war, sie in diesem Zimmer einzukerkern, war mehr als deutlich, dass sie Isadora lediglich als Pfand betrachteten. Als ein

Nutztier, das man fütterte, ruhig hielt und pfleglich behandelte.

Die Enge in ihrer Brust, gegen die sie seit Tagen kämpfte, wurde schlimmer denn je. Und als sie in den Burghof hinabsah, wurde ihr klar, was sie tun musste. »Saphira, ich brauche deine Hilfe.«

»Was immer Ihr wünscht, Mylady.«

Isadora schritt quer durchs Zimmer und nahm ein Blatt Papier aus der obersten Schublade ihres Schreibtisches. Hastig notierte sie etwas und sagte »Such Orpheus und gib ihm diese Nachricht.«

»Orpheus?«, fragte Saphira verwundert. »Aber wieso? Er ist Lucians Neffe.«

Da Lucian ein sehr mächtiges Ratsmitglied war und Isadora kein bisschen freundlich gesonnen, war die Frage berechtigt. Was Saphira allerdings nicht verstand, war, dass Isadora Orpheus' dunkelstes Geheimnis kannte. Und er würde alles tun, damit es nicht ans Licht kam.

»Weil er mir etwas schuldig ist.« Sie überflog das Geschriebene, war zufrieden, endlich die Dinge ins Rollen zu bringen, und unterschrieb, bevor sie den Bogen faltete, in einen Umschlag steckte und ihn mit ihrem königlichen Siegel versah. Dann reichte sie Saphira den Brief. »Bring ihn sofort zu ihm. Und pass auf, dass nur Orpheus ihn bekommt. Kein anderer darf ihn sehen.«

Saphira nickte und ließ den Umschlag in ihrer Jacke verschwinden. »Sehr wohl, Mylady.«

Wieder allein, blickte Isadora noch einmal hinunter in den Hof und holte tief Luft. Dann dachte sie abermals an ihre Schwester.

Zwei Wochen. Höchstens. Ihr blieben zwei Wochen, ihren Plan umzusetzen, dann starben sie beide.

Sie betete nur, dass sie das Richtige tat.

Siebzehntes Kapitel

Die Frau war so widerspenstig wie die stacheligen Bäume, nach denen sie benannt war.

Finster dreinblickend folgte Theron Acacia auf dem engen Pfad. Er hatte ihr nicht ausreden können, nach dem Kind zu suchen. Obwohl ihm widerstrebte, sie draußen im Freien zu wissen, erkannte er, wann er gegen eine Wand aus Trotz rannte, und er lernte schnell, dass Acacia ausgesprochen trotzig sein konnte.

Da er niemandem außer sich selbst ihre Sicherheit anvertrauen wollte, musste er mit ihr gehen. Vor über einer Stunde hatten sie sich von anderen getrennt, und Theron beobachtete den Wald links und rechts von ihnen. Wahrscheinlich war das Kind bereits tot, und weshalb ihm das zu schaffen machte, war ihm ebenso schleierhaft wie die Tatsache, dass er nicht aufhören konnte, sich auszumalen, wie er zwischen Acacias Schenkel sank.

Konzentriere dich, verdammt!

Es gab tausend Dinge, auf die er sich konzentrieren musste, allen voran die Frage, wie zum Hades es möglich war, dass ein Halbblut in die Vergangenheit blicken konnte. Aber das Einzige, was ihm einfiel, war, wie weich ihre Haut sich letzte Nacht angefühlt hatte und wie wunderbar sich ihre Kurven an ihn schmiegten.

»Du machst das schon wieder«, sagte sie vor ihm.

Er hob den Kopf. »Was mache ich?«

»Dieses Gemurmel in einer anderen Sprache. Hat man dir nie beigebracht, dass das unhöflich ist?«

Theron betrachtete den sanften Schwung ihrer Hüften beim Gehen. Ihr Po füllte die Jeans sehr hübsch aus. »Wäre es dir lieber, ich würde meine Gedanken auf Englisch äußern?«

Das rauchige Timbre musste ihr aufgefallen sein, denn sie blieb unvermittelt stehen und drehte sich zu ihm um. Ihre Wangen waren rosig von der kühlen Morgenluft, aber da war eine Hitze in ihr, die nichts mit der Außentemperatur zu tun hatte. Ihr Blick wanderte über sein Gesicht, hinab zu seiner Brust und verharrte dort, bis sein Blut vor Erregung kochte.

»Lass dir ruhig Zeit, *Meli*«, flüsterte er.

Sofort sah sie wieder in sein Gesicht, machte auf dem Absatz kehrt und ging weiter. »Ich mag dich nicht.«

Grinsend schritt er ihr nach. Sie war eine erbärmliche Lügnerin, wie er gleich zu Anfang feststellen durfte. Und das fand er reizend. »Doch, tust du. Du magst mich sogar sehr.«

»Habe ich vielleicht … mal.« Sie hob einen Zweig, um darunter hindurchzugehen, und ließ ihn gerade rechtzeitig los, dass er Theron ins Gesicht peitschte.

Lachend rieb er sich die brennende Wange. Ihm gefiel es, wie sie sich gegen ihn behauptete. In Argolea gab es weit und breit keine *Gynaíka*, die es wagen würde, ihm zu sagen, was er tun sollte. Würde er hier draußen feststecken, könnte er sich niemanden vorstellen, mit dem er es lieber täte. Die Frau musste vollkommen erschöpft sein, nachdem sie fast eine Stunde marschiert waren, und dennoch war sie wild entschlossen und ließ sich nichts anmerken. Jedes Mal, wenn er vorschlug, dass sie in eine andere Richtung suchen sollten und dass es ungewöhnlich für ein solch kleines Kind war, so weit zu laufen, hatte sie ihm lediglich einen Blick zugeworfen und war weitergegangen.

»Das heißt«, fügte sie hinzu und unterbrach seine Gedanken, »vielleicht mochte ich dich, bevor du dir vornahmst, mich zu verführen, um dann sang- und klanglos abzuhauen.«

Autsch. »Acacia.« Er stoppte sie, indem er ihren Arm festhielt. Dies war weder die Zeit noch der Ort, näher darauf einzugehen, aber er verspürte den überwältigenden Drang, ihr zu erklären, was in jener Nacht geschehen und warum er verschwunden war.

Wie sie allerdings verstehen sollte, was er selbst bis dato nicht recht begriff, war ihm ein Rätsel.

»Was zwischen uns geschah, hatte nichts damit zu tun, weshalb ich jetzt hier bin. Ich wusste nicht, wer du bist. Ich wurde es erst gewahr, als ich zu dem Buchladen kam.«

»Erwartest du, dass ich das glaube?«

»Es ist die Wahrheit. Sieh mir in die Augen, dann erkennst du, dass ich nicht lüge.«

Sie tat es. Im nächsten Moment röteten sich ihre Wangen. Also erinnerte sie sich sehr gut daran, was zwischen ihnen vorgefallen war.

War ihm eben noch wohlig warm gewesen, wurde ihm nun glühend heiß. Sein Verlangen war derart fordernd, dass es jedwede Vernunftregung blockierte, und spätestens dieser Effekt sollte ihm eine Warnung sein.

Bevor er es sich anders überlegen konnte, hatte er ihren zweiten Arm eingefangen. »Glaubst du an das Los?«

»Du meinst, wie Schicksal?« Er nickte, woraufhin sie den Kopf schüttelte. »Nein. Man fällt seine eigenen Entscheidungen.«

»Aber du glaubst, dass uns das Schicksal eine Wahl lässt, und es bei uns liegt, wie wir uns entscheiden?«

Ihre violetten Augen verengten sich. »Wieso fragst du mich das?«

Was konnte er ihr erzählen? Wie viel *wollte* er sie wissen lassen? Dass ihre Lebenserwartung womöglich nur noch Tage, nicht Jahre betrug? Dass sie bestimmt war, einen Krieg einzuläuten, der hoffentlich Freiheit für sein Volk brachte? Dass er zu glauben begann, sie wäre seine Seelenverwandte, und ihn der Gedanke, abgesehen von den lüsternen Fantasien, die ihm durch den Kopf spukten, ziemlich ängstigte?

Nichts davon klang wie etwas, das sie glauben oder auch bloß verstehen würde, also wählte er die drängendste Frage und beschloss, dass ein wenig Ehrlichkeit nicht schadete. »Ich denke, das Schicksal spielt mit uns. Ich hatte diese … seltsame Empfindung … dass du und ich aus einem Grund zusammengeführt wurden, der nichts mit deinem Vater zu tun hat.«

Diese Erklärung quittierte sie mit einem Blick, der so unsagbar verführerisch war, dass Theron sie sehr, sehr gern geküsst hätte. »Hörst du Stimmen?«

Ja. »Nicht direkt. Es ist schwer zu erklären.«

»Schizophrenie kommt recht häufig vor. Versuch's mal mit Pillen.«

Schlaumeierin. »Ich glaube nicht …«

»Ich auch nicht«, unterbrach sie ihn schmunzelnd. »Mein sogenannter *Vater* brachte uns zusammen, weil er irgendwas von mir will. Das ist kein Schicksal, Theron, sondern Berechnung.«

»Und wie nennst du diese … diese Anziehung zwischen uns?«

Sie neigte den Kopf zur Seite. »Dein Problem?«

»Ich nenne sie eine Chance. Eine Chance, zu sehen, ob die Parzen uns wirklich ein gemeinsames Los bestimmt haben. Und es gibt nur einen Weg, das herauszufinden.«

Sie runzelte die Stirn. »Wie?«

Er ging näher zu ihr, so dass sein Körper ihren hauchzart streifte, und fühlte, wie sie erschauerte. Oh ja, was hohe Spieleinsätze anging, suchte der hier seinesgleichen. »Es bedarf nur einer Nacht.«

Sie blinzelte zweimal. »Ist das dein Ernst?«

»In meiner Welt kann ein *Ándras* sagen, ob eine *Gynaíka* seine Seelenverwandte ist, indem er das Bett mit ihr teilt.«

»Seelenverwandte, verstehe. Und ich nehme an, dieses ›Bett mit ihr teilen‹ ist im biblischen Sinne gemeint.«

»Gibt es noch einen anderen?«

Sie starrte ihn so lange an, dass sein Blut schon in Wallung kam, nur weil sie darüber nachdachte. Er malte sich aus, wie er sie in die Kolonie zurückbrachte, sie langsam und genüsslich auszog, als würde er ein kostbares Geschenk auspacken. Dann würde er sie auf das weiche Bett drücken, das sie letzte Nacht nicht richtig geteilt hatten, und herausfinden, ob sie sein war oder nur eine Schwärmerei, über die er bald hinwegkäme.

Diese Vorstellung war so real, dass ihm die Hose zu eng wurde und sein Herz raste. Er wartete, dass sie näher kam, sich auf Zehenspitzen stellte, auf dass ihre Münder sich berühren und ihre Körper sich aneinanderschmiegen könnten.

Aber sie lachte nur. Der melodische, volle Klang kam aus ihrem Bauch und riss Theron geradewegs aus seiner Fantasie, um ihn in die Wirklichkeit zurückzukatapultieren.

Ihr Lachen dauerte an, bis er die Brauen zusammenzog. Als sie endlich abbrach, um Atem zu schöpfen, liefen ihr schon Tränen über die Wangen. Acacia wischte sie weg. »Oh, mein Gott! Das war der dämlichste Anmachspruch, den ich je gehört habe. ›Schlaf mit mir, und ich verrate dir, ob du mein Schicksal bist.‹ Echt klasse, Theron!« Immer noch kichernd, entwand sie sich ihm und ging weiter.

»Ich hätte nicht gedacht, dass es so ulkig ist«, murmelte Theron hinter ihr.

»Das kann unmöglich dein Ernst sein«, sagte sie und winkte mit beiden Händen ab, ohne sich zu ihm umzudrehen. »Ehrlich, einen lahmeren Spruch habe ich noch nie gehört! Und vergessen wir nicht, dass ich in einem Stripclub gearbeitet habe und schon richtig ärmlich angemacht wurde.«

»Warum warst du dort?«, fragte er, denn ihre Bemerkung brachte ihn auf die Frage, die ihn schon länger beschäftigte.

»Wieso arbeitet irgendwer in einem Stripclub? Es wird gut bezahlt.«

»Ich dachte, deiner Familie gehörte die Buchhandlung?«

Ein wehmütiger Seufzer entfuhr ihr, weil sie offenbar an das Feuer und alles dachte, was sie verloren hatte. »Die Krankenhausrechnungen meiner Großmutter waren ziemlich happig. Ich musste zwei Jobs machen, damit ich über die Runden kam.«

»Was diesen Club angeht, hast du … bist du …?«

»Was, Theron?«

Ihre Belustigung machte ihn nur noch unglücklicher. Er blieb stehen, unsicher, wie er seine Frage formulieren sollte. »Wie viel hast du verdient?«

Sie blieb ebenfalls stehen, drehte sich zu ihm und tippte sich nachdenklich mit einem Finger an die Wange. »Tja, kommt drauf an. In einem Club wie XScream hängt der Verdienst nämlich davon ab, welche Leistung eine Frau bringt, und ich war gut. Sehr, verdammt gut in dem, was ich tat.« Ein verschlagenes Lächeln trat auf ihre wundervollen Lippen. »Frag doch Nick.«

Eifersucht fuhr ihm stechend durch Brust und Bauch. Aber Argonauten wurden nicht eifersüchtig! Derlei Gefühle kamen nur bei Menschen vor.

Und dann lächelte sie. Nein, sie grinste triumphierend und auf sehr entzückende Weise. Sie spielte mit ihm und genoss es!

»Du warst keine Tänzerin«, raunte er und musterte

ihren Körper, während ihn eine unbeschreibliche Erleichterung überkam. »Ich glaube nicht, dass du dich vor fremden Männern ausziehst, egal, für wie viel Geld.«

Sie verdrehte die Augen und ging weiter. »Ich habe es vor dir getan, weißt du noch? Und umsonst. Dabei warst du mir fremder als irgendwer sonst.«

»Acacia!« Wieder packte er ihren Arm, um sie aufzuhalten. Als er sie zu sich drehte, rief die Stimme in seinem Kopf, *Halt den Mund!* Aber er konnte nicht. »Vor dreitausend Jahren, als Zeus unserem Volk Argolea gab, spielte Hera uns ihren grausamsten Streich.«

»Zeus' Frau? Warum sollte sie sich für dich und dein Volk interessieren?«

»Sie hasste Herakles aus einer Vielzahl von Gründen, aber vor allem weil Zeus sie mit ihm am schamlosesten betrog. Und Zeus' Zuneigung zu den Heroen insgesamt hatte zur Folge, dass sie gleich alle Argonauten hasste. Und wie hätte sie wirksamer an uns Rache üben können, als indem sie die Parzen überredete, dafür zu sorgen, dass wir niemals glücklich wurden?«

»Was soll das heißen?«

»Jedem Argonauten, mich eingeschlossen, wurde genau eine Seelenverwandte bestimmt. Nur eine. Und sie ist immer die letzte Person, nach der wir suchen würden. Die meisten Argonauten finden ihre Seelenverwandte ihr ganzes Leben nicht. Seit ich dir begegnet bin, weisen alle Zeichen darauf hin, dass du meine bist.«

»Welche Zeichen?«

Sag es ihr nicht!

Er blickte sich wieder im Wald um, weil er sich erinnerte, dass es nicht sicher war, im Freien zu sein, nur konnte er jetzt nicht aufhören. »Wir fühlen uns zueinander hingezogen, um nur eines zu nennen. Wir sind beide erregbar, wenn wir zusammen sind.« Wieder röteten sich ihre Wangen, was ihn ermunterte. »Die Tatsache, dass ich, schon als ich dachte, du wärst menschlich, glaubte, etwas Einzigartiges und Verlockendes in dir zu erkennen, das ich bei keiner anderen gesehen hatte.«

»Dass ich menschlich bin, macht dich nicht gerade an, was?«

Darauf konnte er nicht antworten.

Sie blickte auf seine Brust, dann in seine Augen, und falls er glaubte, einen Anflug von Enttäuschung wahrzunehmen, überspielte sie es gut. »Und mit wie vielen Frauen musst du schlafen, um diese Seelenverwandte zu finden?«

Ihr Sarkasmus verriet ihm, dass er auf einen gefährlichen Abgrund zusteuerte. »So ist es nicht.«

»Ach nein?«, fragte sie überzogen unschuldig. »Heißt das, du willst keinen Sex mit mir haben?«

Er beugte sich näher zu ihr und senkte die Stimme. »Ich möchte sehr gern mit dir zusammen sein, das weißt du. Du siehst es in meinen Augen.«

»Um herauszufinden, ob ich deine Seelenverwandte bin«, sagte sie schlicht.

»Ja.« Sie wurde verärgert. »Nein«, korrigierte er sich rasch. Gütige Götter, sie wollte ihn bei einer Lüge ertappen! »Ich möchte bei dir liegen, weil ich seit jener Nacht in deinem Haus in einem fort daran denke, wie du dich anfühlst, wie du schmeckst.«

Nun neigte sie den Kopf. »Und eine willige, zahme Gefangene ist so viel leichter zu handhaben als eine widerspenstige, nicht wahr?«

»Acacia …«

»Weißt du was, Theron? Versuch nicht mal, dich rauszuwinden.« Sie klopfte ihm auf die Schulter. »War aber ein netter Versuch. Ich bin sicher, dass er bei manchen Frauen wirkt. Nur eben nicht bei mir.« Mit einem kecken Hüftschwung drehte sie sich um und marschierte weiter.

Während sie sich entfernte, fluchte Theron leise und schalt sich für seine Blödheit. Warum, in Zeus' Namen, hatte er ihr von den Seelenverwandten erzählt? Sie würde nie deren Bedeutung verstehen oder die Tatsache, dass den Argonauten anscheinend ihre eigene Menschlichkeit versperrt blieb. Das entsprach Heras ursprünglichem Plan. Selbst wenn sich die Argonauten ihrer menschlichen Züge inne wurden, war das Desaster dadurch garantiert, dass ihre andere Hälfte das Gegenteil dessen war, was sie sich wünschten. Und was war mit einem Argonauten, der seine verwandte Seele fand und sie dann verlor? Er könnte sich ebenso gut die Pulsadern aufschneiden und langsam ausbluten. Denn fortan bliebe ihm nichts als innere Leere. Theron wusste es, weil er diesen Effekt seit zehn Jahren bei Zander mitansehen musste. Und das wollte er niemals am eigenen Leib erfahren.

Natürlich würde Acacia es nie begreifen. Verdammt, sie hatte ja noch nicht einmal richtig akzeptiert, wer und was sie war! Und da musste er hingehen und ihr erzählen, er würde erfahren, ob sie einander bestimmt waren, indem er sie vögelte? Ja, prima gemacht! Er konnte von Glück reden, dass sie ihm nicht einen Tritt dorthin verpasst hatte, wo es am meisten wehtat.

Vor lauter Grübelei bemerkte Theron gar nicht, dass Acacia ihre Schritte beschleunigte, bis sie um eine Biegung lief und er sie nicht mehr sah. Ein Schauer jagte ihm über den Rücken, als er ihr nachrannte. Er kam um die Biegung und fand sich einer Lichtung gegenüber, auf der einmal eine kleine Siedlung gestanden hatte.

Hatte, denn es waren nur noch wenige ausgebrannte Gebäude übrig, halb eingestürzte Mauern, verkohlte Trägerbalken und zerborstene Fenster.

Acacia stand am Rande des Dorfes und betrachtete die Szenerie, als Theron zu ihr kam. »Hier ist es passiert«, sagte sie, hob einen ihrer dünnen Arme und zeigte auf das vierte Haus aus ihrer Warte. »Das war ihr Zuhause.«

Die Siedlung befand sich in einem Tal. Berge erhoben sich zu drei Seiten, und ein Bach schlängelte sich am Dorfrand entlang, dessen Wasser in der wärmer werdenden Morgenluft leise gluckerte. »Sie kamen von den Bergen. Die Dorfbewohner hatten nicht einmal Zeit, zu reagieren.«

Theron sah sie an, und der Schmerz in ihren Zügen traf ihn wie ein Fausthieb. Gleichzeitig war er erneut verblüfft angesichts ihrer Stärke, ihrer Entschlossenheit. Ehrfürchtig aber machte ihn ihre Loyalität gegenüber einem Volk, das Acacia eben erst entdeckt hatte, und die Selbstverständlichkeit, mit der sie den Leuten helfen wollte. Ihm wurde klar, selbst wenn sie sich nicht als seine Seelenverwandte herausstellen sollte, hätte er seine liebe Not, eine andere *Gynaíka* zu finden, die ihn so faszinierte und erstaunte wie Acacia.

Er blickte hinüber zu den niedergebrannten Häusern und stellte sich vor, was die Halbblutfamilien bei diesem brutalen Überfall durchleiden mussten. Dämonen kannten keine Gnade. Und der König wusste seit Jahrhunderten vom Leid dieser Leute.

Ihm wurde die Brust eng. In der Kolonie hatte er sich noch einreden können, dass ihn die Probleme der Misos nicht betrafen. Aber hier, in Anbetracht dieser Verwüstung, dachte er nur: *Wir hätten etwas tun können.*

»Acacia, ich …«

»Schhh.« Sie legte eine Hand an seine Brust, worauf die Haut unter seinem Hemd zu kribbeln begann. »Hast du das gehört?«

Er horchte, hörte jedoch nichts als das Heulen des Windes in den Douglas-Tannen. Die Luft war warm, also konnte sie keine Dämonenhorde bemerkt haben. »Ich höre nichts.«

»Das.«

Den Kopf leicht seitlich gewandt, lauschte er aufmerksam. Und vernahm ein sehr leises Geräusch. »Das ist …«

»Eine Stimme«, flüsterte sie spürbar aufgeregt.

»Acacia, warte …«

Was sie natürlich nicht tat. Stattdessen lief sie auf das einzig intakte Gebäude in der Siedlung zu. Es war eine alte Scheune am anderen Ende des Dorfes, aus deren Obergeschoss ein Tau herabhing und sanft in der Morgenbrise schwankte.

»Marissa?«, rief Acacia. »Süße, antworte mir, wenn du da bist. Ich bin es, Casey. Marissa? Wir machen uns alle Sorgen um dich.«

Stille.

Als sie bereits im Begriff war, in die dunkle Scheune zu gehen, holte Theron sie ein und packte ihren Oberarm. Dann neigte er sich zu ihr und flüsterte ihr zu: »Du bleibst dicht bei mir. Und darüber wird nicht verhandelt!«

Sie nickte und ließ ihn vorangehen, rief jedoch weiter nach Marissa. Theron hielt sie nicht zurück, weil er hoffte, dass das Kind ihr antwortete.

»Marissa? Wir sind weit gegangen, um dich zu finden. Viele Leute suchen nach dir und sorgen sich. Hab keine Angst, Süße. Sag uns, wo du bist.«

Ein Rascheln ertönte über ihnen. Acacia tippte Theron an und wies nach oben.

Links von ihnen stand eine Leiter, über die man auf den Heuboden gelangte. Theron griff mit einer Hand nach einer oberen Sprosse, stellte einen Fuß auf eine untere und betete, dass sie hielten. Als er sich gerade nach oben stemmen wollte, erklang eine kleine Stimme von oben.

»Casey, bist du das?«

Acacia seufzte dankbar. »Ja, Süße, ich bin's.«

»Bist du alleine?«

Sie sahen einander an, und Theron schüttelte den Kopf, weil er fürchtete, dass die Kleine aus Angst vor ihm fliehen könnte. Doch Acacia ignorierte seine Warnung. »Nein, Marissa, ich bin nicht allein. Theron ist bei mir.«

»Ach ja?«

»Ja.«

Stille.

Theron blickte nach oben und lauschte auf Bewegungen, die darauf hindeuteten, dass Marissa die Flucht ergriff.

»Wenn das so ist«, sagte Marissa plötzlich leise, »dürft ihr beide raufkommen und mit mir und Minnie Tee trinken.«

Acacias Lächeln berührte etwas in Therons Innern, und er fühlte sich ungleich leichter, als er die klapprige Leiter hinaufstieg – er war in diesem Augenblick zufriedener denn je.

Er hatte den vagen Verdacht, dass es an Acacia lag.

Auf dem Heuboden war es heller, denn Sonnenlicht fiel durch die Öffnung am Ende des Bodens hinein. Theron wartete, bis Acacia oben war. Marissa war ein Stück weiter weg, lächelte und winkte ihnen zu, als wären sie alte Freunde, die sich im Park trafen. Sie saß auf einem Heuballen, neben sich ihre Puppe Minnie. Eine umgedrehte Kiste diente ihr als Tisch, und neben ihr lag ein weiterer Heuballen. Auf der Kiste standen zwei winzige, angeschlagene Teegedecke.

Acacia kniete sich vor Marissa und nahm das Mädchen in die Arme. »Das war gar nicht gut, Marissa. Deine Mutter ist krank vor Sorge um dich, wie alle in der Kolonie.«

Marissa verdrehte die großen braunen Augen. »Den anderen passiert nichts.«

»Woher weißt du das? Überall sind Leute auf der Suche nach dir.«

»Ich weiß das, weil Minnie es mir gezeigt hat.«

Acacia sah zu Theron auf, der seitlich von ihnen stand, dann zu Marissas Puppe. »Was hat sie dir gezeigt?«

»Die kleine Frau in den langen Gewändern und mit dem hübschen Faden. Sie hat gesagt, dass ihr beide mich holen kommt, wenn ich hierherkomme.« Auf Acacias erstaunte Miene hin beugte Marissa sich vor und flüsterte ziemlich laut: »Siehst du? Ich musste das machen, damit ihr beide Zeit allein verbringt.«

Acacia wurde sichtlich misstrauisch. »Wie meinst du das?«

Theron hielt den Atem an, glaubte er doch, die Antwort bereits zu kennen. War dies noch ein Zeichen? Oder hatte das Kind bloß eine zu lebhafte Fantasie?

Marissa strahlte breit. »Das seht ihr noch.«

Die Luft wurde kühler, und Therons Nackenhaare sträubten sich, bevor er das Kind befragen konnte. Er vergaß das Schicksal und schlich sich an das obere Tor, von dem aus man auf das verbrannte Dorf sah. Dann fluchte er leise.

»Marissa«, fragte Acacia streng, »hat Theron dich dazu überredet?«

So schnell und lautlos wie möglich, eilte er zu ihr und zog sie beiseite. »Wir haben ein Problem«, flüsterte er ihr zu.

Sie sah ihn verärgert an. »Was ist?«

»Drei Dämonen. Sie scheinen auf Patrouille zu sein.« Acacia wurde kreidebleich. »Ich vermute, sie beobachten die Gegend in der Hoffnung auf Nachzügler, die sie zur Kolonie führen.«

»Oh, Mist!«, flüsterte sie.

»Acacia«, raunte er schroff, als sie zu zittern begann. »Hör mir zu!« Sie starrte ihn mit riesigen violetten Augen an, in denen die blanke Angst stand. Offenbar dachte sie an die letzte Begegnung mit Atalantas Schlägern.

Verdammt, das war genau, was er von dem Moment an befürchtet hatte, in dem sie sich auf die Suche nach dem Kind machte! »Mit den Dämonen werde ich allein fertig. Aber du musst Marissa in Sicherheit bringen.«

Sie sah sich nach links und rechts um. »Alle drei? Du kannst nicht … Im Laden …«

»Ich kann«, unterbrach er sie. »Im Laden hatte ich Angst um dich. Vertrau mir. Ich weiß, was ich tue. Aber wir müssen zusammenarbeiten.«

»Oh Gott!« Als sie gegen ihn sank, fürchtete er, dass sie ohnmächtig würde.

Er legte seinen Arm fest um sie, während er zugleich auf das lauschte, was draußen vor sich ging. Die Dämonen kamen näher. Ihm lief die Zeit davon. »Du musst dich jetzt zusammenreißen, denn ich will noch all die anderen Gründe erfahren, weshalb du dich nicht zu mir hingezogen fühlst.«

Sie hob den Kopf und schluckte. Als sich ihre Blicke begegneten, spürte er jene Verbindung zwischen ihnen bis in die Tiefen seiner Seele. Er wusste, dass sie es ebenfalls fühlte. Genauso wie er wusste, dass er, sollte ihr hier etwas zustoßen, nie wieder derselbe wäre.

Sie nickte ein Mal, zwei Mal und nahm all ihren Mut zusammen. »Ich … ich fühle mich nicht zu dir hingezogen.« Dabei klammerte sie sich jedoch vorn an sein Hemd und machte keinerlei Anstalten, ihn loszulassen.

»Lügnerin«, flüsterte er, neigte sich zu ihr und küsste sie.

Es war ein schneller Kuss, nicht annähernd so intensiv, wie Theron ihn sich wünschte. Doch für mehr fehlte ihnen die Zeit.

Als Nächstes zog er den dornenbesetzten Dolch von seinem Knöchel, nahm den Halfter ab und schnallte ihn an ihre Wade. Er klappte die Waffe auf, die wie ein Bowie-Messer geformt war und scharfe Dornen an der Knaufunterseite hatte. »Nimm den. Und halte ihn so.« Er drückte ihre Finger um den Knauf. »Falls es welche an mir vorbeischaffen, nützt dir der Dolch erst, wenn sie nahe sind. Dann schwingst du ihn so, weg von dir.« Er bewegte ihren Arm, um es ihr vorzumachen. »Die Dornen reißen die Haut auf, und die Klinge erledigt den Rest. So tötest du zwar keinen Dämon, aber ein kräftiger Hieb schaltet ihn lange genug aus, dass ihr wegrennen könnt.«

»Theron, ich …«

»Wir haben keine Zeit.« Er steckte eine Taschenlampe in ihre Tasche, packte Marissa und schob sie zu Casey. »Wartet, bis ich vorne raus bin, dann steigt die hintere Leiter nach unten und lauft zu den Bergen jenseits des Baches. Versucht eine Höhle oder irgendein anderes Versteck zu finden. Ich komme euch nachher holen.«

Zitternd steckte Acacia den Dolch in das Halfter, hob die verängstigte Marissa in ihre Arme und wiegte sie an ihrer Brust. »Wie kannst du wissen, wo du uns findest?«

Er war bereits zur Luke gegangen und blickte aus dem Schatten hinunter zu den Dämonen, von wo aus er sich kurz zu Acacia umdrehte. »Ich finde dich immer, Acacia. Das ist ein Versprechen.«

»Theron …«

Er wartete nicht auf ihre Antwort. Stattdessen trat er aus dem ersten Stock und landete unten auf der kalten Erde. Alle drei Dämonen wandten sich zu ihm um. Ihre grünen Augen glühten erstaunt.

»Hallo, Jungs«, sagte er, während er nach dem Parazonium hinten an seinem Rücken griff. »Ihr seht aus, als hättet ihr euch verlaufen. Ich zeig euch, wie ihr wieder in die Hölle kommt.«

Achtzehntes Kapitel

»Lauf!« Casey stellte Marissa ab und schubste die Kleine zur Leiter hinten auf dem Heuboden. Sie konnte Marissas Angst fühlen, aber zum Glück widersprach das Kind ihr nicht.

Casey stieg als Erste nach unten, streckte dann beide Hände nach oben und hob Marissa die letzten Sprossen hinunter. Draußen mischte sich das Knurren der Dämonen mit Therons Ächzen und dem Klatschen von Waffen gegen Haut.

Caseys Instinkt drängte sie, nach vorn zu laufen und Theron zu helfen, obwohl sie wusste, dass es nutzlos wäre. Was konnte sie schon tun, das er nicht konnte? Aber, oh Gott, was, wenn er getötet wurde, weil sie darauf bestanden hatte, hierherzukommen?

So etwas darfst du nicht denken. Vor ihrem geistigen Auge tauchte ein Bild von ihm auf, wie er in ihrem Buchladen gegen Dämonen kämpfte.

Er weiß, was er tut.

Marissas Hand fest in ihrer haltend, schlich sie auf Zehenspitzen zur Rückseite der Scheune. Ein Blick um die Ecke bestätigte ihr, dass dort niemand war. Sie sah zu den Bäumen, die dreißig Meter entfernt standen und die Untergrenze des bewaldeten Berghangs bildeten. Wie standen ihre Chancen, unbemerkt dort hinüberzulaufen?

Noch mehr Kampfgeräusche tönten von vorn herüber. Ein übles Krachen hallte durch die Luft. Marissa schrie auf, als ein Körper durchs Scheunentor und in einen Haufen Heu und Mist flog.

Casey packte das Mädchen und riss es dicht an sich, so dass die Schreie von ihrer Kleidung gedämpft wurden, als sie die Kleine in den Schatten zog. Sie hatte erkannt, dass es Theron gewesen war, der bereits wieder aufsprang, anscheinend unbeeinträchtigt von dem Hieb, und sich aufs Neue in die Schlacht stürzte.

Ihr Herz klopfte ihr bis zum Hals, doch Casey hob Marissa hoch. »Halt dich gut an mir fest.«

Marissa nickte mit ihrem kleinen Köpfchen an Caseys Wange. Dann atmete Casey tief durch, blickte sich um und rannte los, sowie sie sah, dass die Luft rein war.

So schnell sie konnte, raste sie über die Lichtung und hatte es fast zu den Bäumen geschafft, als aus dem Nichts ein Dämon vor ihr auftauchte.

Casey stieß einen stummen Schrei aus und erstarrte. Die Dämonenaugen blitzten grün, als er sich vorwärtsbewegte. Er holte rasselnd Atem und sagte ein einziges Wort.

»Du!«

Rasch stellte Casey Marissa hin und sich vor das Kind, so dass sie die Kleine abschirmte. Dann langte sie nach dem Messer an ihrem Unterschenkel.

Der Dämon kicherte scheppernd, als fände er das hier ungeheuer witzig. »Du hältst mich nicht auf, Halbblut. Atalanta wartet auf dich.«

In diesem Moment stieß Marissa einen gellenden Schrei aus. Er war so hoch und schrill, dass Casey und der Dämon zusammenzuckten und einen Augenblick wie gelähmt waren. Und der Schrei dauerte an, bis Casey schließlich den Kopf schüttelte und das Messer zog, wie Theron es ihr gezeigt hatte.

Die Bestie spannte die Muskeln, um sich auf sie zu stürzen.

Caseys Hand mit dem Dolch zitterte heftig, doch noch während sie sich auf den Aufprall gefasst machte, segelte Theron über sie hinweg und in das Monster hinein.

Beide rollten über die Erde. Fäuste flogen, Reißzähne blitzten auf. Der Dämon gewann die Oberhand und drückte Theron nieder, sein massiges Bein in dessen Brust gestemmt. Casey bemerkte, dass Theron bei dem Zusammenstoß mit der Bestie seinen Dolch verloren hatte.

»Theron!«

Er sah zu ihr, als sie ihm das dornige Messer zuwarf. Zentimeter neben seiner Schulter bohrte sich die Klinge in den Sand. Blitzschnell griff er danach, anscheinend unbeeinträchtigt von dem Dämon, der auf ihm hockte. Dann konnte Casey nichts mehr erkennen, nur dass die Klinge das Sonnenlicht reflektierte, ehe Blut aus einer Wunde des Dämons sprühte, Theron ihn unter sich brachte und mit dem Messer köpfte.

Casey drückte Marissa an sich, damit sie es nicht mitansehen musste.

Danach war Theron völlig besudelt von einer Mischung aus Blut und Schweiß, und er atmete schwer, schien jedoch nicht verletzt. Er machte einen Schritt auf sie zu, als ein Brüllen aus der Scheune hallte. Eilig drückte Theron ihr das Messer wieder in die Hand und schubste sie Richtung Bäume. »Lauft!«

Casey stellte keine Fragen. Sie schnappte sich Marissa und rannte. Ihr Herz schlug heftig.

Zwar brannten ihre Beine, und die Lunge tat ihr weh, aber sie achtete nicht darauf. Als Marissa an ihrem Hals »Minnie!« schrie und eine Hand nach hinten ausstreckte, hielt sie das Kind nur fester an sich gedrückt. Für nichts würde sie umkehren, schon gar nicht wegen der albernen Puppe, die das Mädchen verloren hatte. Sie lief weiter, so schnell sie konnte, um Felsen herum, zwischen Bäumen hindurch, und wurde erst langsamer, als sie keine Kampfgeräusche mehr hörte und nichts roch außer Kiefernharz, Moos und feuchtem Wald.

Marissas Gesicht war tränenüberströmt, als Casey sie endlich herunterließ. Das Kind rollte sich neben einem Findling zusammen. Trösten musste Casey sie später; im Moment war es wichtiger, ein Versteck zu finden.

Nach Atem ringend, blickte Casey sich um. Die Bäume standen sehr dicht, doch weiter vorn links schien eine Felsenformation zu sein, die aussah, als könnten sie sich dort verstecken.

Sie hob Marissa wieder hoch. »Komm, Marissa. Wir sind fast da.«

Eine Gruppe von mannshohen Findlingen war in einer Reihe angeordnet. Zwischen den ersten beiden fand sich eine kleine Öffnung, hoch genug, dass ein Erwachsener hindurchkrabbeln konnte, und führte offenbar geradewegs in den Berg.

Casey hasste enge Räume, aber wenn sie die Wahl hatte, würde sie eine modrige dunkle Höhle dem vorziehen, was sich hier unter den Bäumen verbarg. Sie stellte Marissa wieder hin und kniete sich vor sie. »Hier rein, Süße.«

Marissa zögerte. »Da ist es dunkel.«

»Ich weiß, aber ich bin bei dir.« Marissa blickte über Caseys Schulter und sah nachdenklich aus. Casey nahm ihre Hand. »Ich pass auf, dass dir nichts passiert. Versprochen.«

Das schien Marissa zufriedenzustellen. Nach einem weiteren kurzen Blick sank Marissa auf die Knie und krabbelte hinter Casey durch die Öffnung.

Der Tunnel war keine anderthalb Meter hoch, aber zum Glück auch nicht lang. Nach zehn Metern glaubte Casey, hohe Decken und weiten Raum zu spüren. Sie zog die kleine Taschenlampe hervor, die Theron ihr mitgegeben hatte, und knipste sie an. Prompt entfuhr ihr ein erstauntes Hauchen.

Stalaktiten hingen von der Decke und schimmerten in allen Regenbogenfarben. Der zirka drei Meter im Durchmesser messende, runde Raum war so hoch, dass Casey aufrecht stehen konnte, ohne von den gigantischen Salzsteinen durchbohrt zu werden. Von diesem Raum ging ein kleinerer ab, der jedoch keinen Ausgang nach draußen hatte, wie es schien. Und glücklicherweise wirkten beide Räume verlassen – abgesehen von ein paar Krabbeltieren, über die Casey nicht weiter nachdenken wollte.

Sie nahm wieder Marissas Hand und führte sie so weit in den Berg hinein, wie sie konnte: in den kleineren Raum und dort um eine Biegung, damit sie nicht zu sehen waren, sollte jemand kommen und nach ihnen suchen. Nachdem sie das Kind in ihre Jacke gewickelt hatte, lehnte sie sich mit Marissa in den Armen gegen die Felsen.

Schniefend schmiegte sich die Kleine an sie. »Ich will Minnie«, flüsterte sie.

»Ich weiß, Süße.« Casey strich ihr übers Haar.

»Können wir sie nicht holen?«

»Nein, Marissa, das ist zu gefährlich.«

»Casey«, flüsterte Marissa. »Hast du Angst?«

Casey zögerte, ehe sie nickte. Ihr brannten Tränen hinter den geschlossenen Lidern. »Ja, Süße, ich habe Angst.«

»Musst du nicht. Theron kommt dich holen.«

Zittrig holte Casey Atem und dachte daran, wie schnell sich alles ändern konnte. Vor Stunden wollte sie nichts, als von ihm wegzukommen. Jetzt betete sie, das Kind möge Recht haben.

Der Gestank des Todes schlug Nick entgegen, sowie er den Motor abgestellt und seinen Helm abgenommen hatte.

Caseys Haus war dunkel, doch noch bevor er hineinging, wusste er, was er vorfinden würde.

Ihm wurde übel, als er durchs Haus ging und feststellte, dass die Hintertür aus dem Rahmen gerissen war und schief an ihren Angeln hing. Die Küche war sauber und aufgeräumt, aber selbst hier konnte Nick riechen, was ihn weiter vorn im Haus erwartete.

Er zwang sich, den Raum zu durchqueren, wo seine Stiefel auf dem Dielenboden knarzten. Als er den Bogendurchgang zum Wohnzimmer erreichte, blieb er stehen und schluckte die Übelkeit hinunter, die in ihm aufstieg.

Die Couch war zerschlitzt und umgekippt, der Couchtisch nur noch ein Haufen Kleinholz. Bücher und zerbrochener Nippes waren auf dem Boden verteilt, und mittendrin lag Danas entsetzlich zugerichtete Leiche.

»Oh, Scheiße, Dana!«

Er kniete sich neben sie und betrachtete Danas große, leere Augen und ihr blutiges, zerschlagenes Gesicht. Eines ihrer Beine war unnatürlich gekrümmt, und der Knochen hatte sich durch die Haut wie die Jeans gebohrt. Überall auf ihrem Körper waren blutige Kratzer. Das Widerlichste aber war, was Nick schon befürchtete, als er herkam, nämlich das klaffende Loch in ihrer Brust, wo früher ihr Herz gewesen war.

Er hielt sich die Hand vor den Mund, schloss die Augen und verfluchte sich, weil er sie im Stich gelassen hatte. Er hatte doch geahnt, dass ihr Tod nahte, und zu wenig getan, um sie zu schützen. Hätte er sie selbst in die Kolonie gebracht, hätte er energischer darauf beharrt … Verdammt, hätte er die Augen offengehalten und sie verstanden, wäre sie jetzt noch am Leben!

»Hätte« und »wäre« ist doch für'n Arsch! Sie ist tot, und das ist nicht allein deine Schuld.

Er sah sie an. Ihre Beziehung war in mehr als einer Hinsicht verkorkst gewesen, aber auf seine Weise hatte Nick sie gemocht. Vielleicht mehr als irgendjemanden sonst in seinem Leben. Sie hatte ihn und seine Bedürfnisse verstanden und nie Nein gesagt, nicht einmal wenn selbige Bedürfnisse ziemlich abgedreht waren. Und was hatte sie von ihm bekommen? Das hier.

Sie hatte ihm einen Götterkomplex vorgeworfen. Womit sie natürlich Recht hatte. Aber nicht einmal ein Gott würde einen solchen Mist bauen.

Sein Handy vibrierte. »Was?«, fragte er, sowie er den Knopf gedrückt hatte.

»Nick, hier ist Helene. Wir haben ein Problem.«

Er richtete sich langsam auf, während die verfluchten Narben auf seinem Rücken zu ziepen begannen. »Was ist jetzt wieder?«

»Marissa ist heute Morgen weggelaufen. Wir suchen in Gruppen nach ihr. Aber die Frau, die du gestern hergebracht hast, weißt du noch? Casey? Sie und der Argonaut sind auch draußen und suchen nach ihr. Und sie sind die Einzigen, die noch nicht wieder zurück sind.«

Nicks Hand drohte, das Handy zu zerdrücken. »So eine Scheiße!«

»Ja, ich weiß. Es tut mir leid. Ich konnte sie nicht davon abhalten, mitzusuchen.«

»Ich komme sofort zurück.«

»Hast du Dana gefunden?«

Wieder sah Nick auf Dana herab und vergrub den Schmerz tief in sich, wie er es tat, seit eine seiner Kolonien abgeschlachtet wurde. Ihr Tod würde ihm länger zusetzen als andere, aber er war zur Hälfte ein Argonaut. Seine Schweinehundader würde schon bald wieder übernehmen. »Ich habe sie gefunden.«

»Ist sie …«

»Bereite die Feuer vor, Helene.«

Er klappte sein Handy zu, als Helene zu weinen begann.

Neunzehntes Kapitel

Stunden um Stunden vergingen. Casey wusste nicht, wie lange sie mit Marissa in dieser Höhle kauerte, aber sie war sicher, dass es draußen inzwischen dunkel war. Sie mussten seit mindestens sechs Stunden hier drinnen sein, und immer noch hatte sie nichts von Theron gehört oder gesehen.

All die furchtbaren Dinge, die ihm zugestoßen sein konnten, hatte sie sich längst vorgestellt. Ihr war klar, dass er draußen Entsetzliches durchmachte, während sie sich hier versteckte, brachte sich aber nicht dazu, aufzustehen und nachzusehen. Er hatte ihr gesagt, dass sie sich verstecken sollte. Und jedes Mal, wenn sie überlegte, gegen seinen Befehl zu verstoßen, kam ihr Marissas befremdliche Warnung von gestern wieder in den Sinn.

Was sie mit dir tun, wird noch schlimmer sein.

Warum sie? Dieser Dämon, der vor ihnen auftauchte, als sie von der Scheune wegliefen, hatte anscheinend gewusst, wer sie war. Und wenn sie genauer darüber nachdachte, hatten sich die Monster, die in ihrem Buchladen gewesen waren, ebenfalls so aufgeführt, als hätten sie es gezielt auf sie abgesehen. Wie war das möglich? Und was bedeutete es?

Ein Schaben vorn am Tunneleingang schreckte sie auf. Automatisch griff sie nach der Taschenlampe neben sich auf dem Boden. Vor Stunden hatte Casey sie ausgestellt, um die Batterie zu schonen, aber sie wollte doch sehen, was da auf sie zukam. Mit zitternden Händen ertastete sie das Messer und schlich vorsichtig um die Ecke in die Haupthöhle.

Was immer da kommen mochte, es war groß. Casey hörte, wie es sich ächzend durch den schmalen Tunnel arbeitete. Nun wagte sie nicht, die Taschenlampe anzuschalten, und betete, dass sie mit dem Messer in die richtige Richtung zielte.

Das Schleifen und Schaben stoppte. Caseys Herz pochte so laut, dass sie sicher war, es würde sie verraten. Wer oder was das auch war, richtete sich auf und holte tief Luft.

»Schneide mich nicht, Acacia.«

»Theron!« Sie ließ Messer und Taschenlampe fallen und stürzte auf die Stimme zu.

Seine starken Arme umfingen sie und zogen sie dicht an ihn. Casey musste ein Schluchzen unterdrücken. Nie hatte sie sich mehr gefreut, jemanden zu sehen, wie in diesem Moment.

Ein leises Lachen vibrierte in seiner Brust, Casey konnte es bis in die Zehenspitzen spüren. »Hast du mich vermisst, *Meli*?«, flüsterte er in ihr Haar.

Oh Gott! Der Klang seiner Worte war wie Musik. Sie klammerte sich mit beiden Händen an sein klammes Hemd. »Das hat Stunden gedauert. Was hast du …?«

»Wo ist das Mädchen?«

»Sie schläft. Endlich. Theron, mein Gott, wie hast du uns gefunden?«

Er strich ihr mit einer Hand übers Haar. »Ich habe dir doch gesagt, dass ich dich immer finde.«

Sie hatte keinen Schimmer, was er damit meinte, und es interessierte sie momentan auch nicht. Sie war einfach nur froh, dass er hier war, und lehnte ihre Stirn an seine breite Brust. »Theron, ich hatte solche …« Nein, sie wollte nicht »Angst« sagen, denn dann klänge sie wie ein Schwächling. Auch wenn sie halb wahnsinnig vor Angst um ihn gewesen war. Doch sie schüttelte den Kopf. »Was ist passiert?«

»Das habe ich dir schon erzählt. Das ist es, was ich tue.«

Wie, sein Job? Und erwartete er von ihr, dass sie nicht ausflippte, wenn Monster aus einem Stephen-King-Roman auf ihn losgingen? Offenbar ja.

»Es hat so lange gedauert. Ich dachte …«

»Sie wurden zu Hades zurückgeschickt, kurz nachdem du mit dem Mädchen weg warst. Es bestand kein Grund, sich Sorgen zu machen.«

Kurz nachdem? Casey stemmte sich von seiner Brust ab und sah zu ihm auf. In der Dunkelheit konnte sie sein Gesicht nicht erkennen – und er zum Glück auch nicht ihres. »Und was zur Hölle hast du danach gemacht? Warst du zur Pediküre?«

»Ich habe gewartet. Ich wollte sicher sein, dass keine Nachhut unterwegs war.«

Ausgerechnet jetzt schnellte ihr Adrenalinspiegel erneut in die Höhe. Von wegen besorgt! Sie war wütend. »Während ich hier die letzten sechs Stunden hockte, mir vorstellte, du würdest gevierteilt und geköpft, und halb irre vor Angst war?« Mistkerl! »Tausend Dank!« Sie wich zurück, holte mit einem Bein aus und trat ihm, so fest sie konnte, gegen das Schienbein. Dann machte sie kehrt und eilte auf den Durchgang zur Nebenhöhle zu – hoffend, dass sie ihn nicht verfehlte. Es würde zu ihr passen, dass sie geradewegs in die Felswand rannte.

Er fing sie allerdings ab, ehe sie auch bloß drei Schritt weit gekommen war, und hob sie hoch.

»Lass mich runter!«, zischte sie, um Marissa nicht zu wecken. »Mir reicht es allmählich, dass alle meinen, sie könnten mich herumschubsen!«

»Halt dich fest, *Meli.*« Er verlagerte ihr Gewicht, damit sie ihn nicht wieder treten konnte, und umfing sie so, dass ihre Arme ebenfalls eingefangen waren. Sie wehrte sich, doch es war sinnlos. Er war schon tausendmal stärker als sie, wenn sie gesund war. Und jetzt, mit ihrer Angst, ihrer Erschöpfung und der Krankheit, die an ihren Kräften zehrte, war sie so schwach wie ein Zahnstocher im Wind. »Ich wäre früher zu dir gekommen, hätte ich es für sicher gehalten.«

»Ja, klar. Jetzt hingegen ist es hier nicht sicher für *dich*, also zieh einfach wieder Leine.«

Er lockerte seinen Griff, ohne ihr mehr Bewegungsfreiheit zu geben. *»Meli.«*

Verdammt, wieso bewirkte dieses eine blöde Wort, dass ihr Inneres sich in Wackelpudding verwandelte? Erst recht, wenn er es so sanft sagte.

Jeder Widerstand in ihr verpuffte, und sie musste sich auf die Lippe beißen, um nicht wie ein Baby loszuheulen. »Du hast keine Ahnung, was ich durchgemacht habe.«

»Schhh.« Er drehte sie behutsam zu sich. »Noch dazu im Dunkeln«, murmelte er und strich ihr das Haar aus dem Gesicht. Die zärtliche Geste rührte sie so sehr, dass sie dankbar für die Dunkelheit war. Zwei Mal hatte er inzwischen ihr Leben gerettet, und obwohl sie ihn nicht ansatzweise verstand, hegte sie den unschönen Verdacht, dass er Recht haben könnte: Irgendeine Bestimmung oder ein Schicksal, das sie weder kannte noch wirklich akzeptieren wollte, brachte sie beide zusammen.

Blieb die Frage, warum?

»Es ist vorbei, *Meli.*«

»Für dich«, flüsterte sie und dankte Gott für die Anonymität der Dunkelheit. »Aber diese Dinger … Sag mir die Wahrheit, Theron. Sie suchen nach mir, stimmt's?«

Dass er stumm die Arme fester um sie schlang und sie an sich drückte, musste wohl Ja heißen. Aus Gründen, von denen sie keine Ahnung hatte, jagten diese Dämonen sie. Und sie vermutete, dass es mit ihrem Vater zu tun hatte, dem sie nie begegnet war, und einer Welt, die ihr so fremd war wie China.

»Was ist mit der Taschenlampe, die ich dir gegeben habe?«, fragte er.

Casey war klar, dass er absichtlich das Thema wechselte, doch sie war zu erledigt, um zu protestieren. Sie löste sich aus seinen Armen und lehnte sich an die Felswand – die Alternative wäre gewesen, dass sie auf ihren Hintern fiel. »Ich habe sie vorhin fallen gelassen.«

Seine Stiefel schabten über den Boden, und Sekunden später schien ein greller Lichtkegel auf. Theron leuchtete in der Höhle herum.

Dann zeigte Casey auf den kleinen Durchgang und sagte leise: »Da drinnen schläft Marissa. Ich habe ihr meine Jacke gegeben.«

Theron richtete das Licht in die Richtung. »Das ist gut. Draußen ist es inzwischen dunkel. Lassen wir sie die Nacht schlafen. Sie sollte sich ausruhen, ehe wir in die Kolonie zurückgehen.« Er drehte sich um und hob etwas vom Boden auf. Minnie.

Ausgerechnet diesen Moment wählten Caseys Tränendüsen, um eine heftige Überproduktion einzuleiten. Im Alleingang gegen drei Monster anzutreten, war ihm offenbar nicht heroisch genug. Nein, Theron, der Anführer der Argonauten und Nachfahre von Herakles, dem größten Helden aller Zeiten, musste auch noch die blöde Puppe retten und sie dem kleinen Mädchen bringen, das sie bitter vermisste.

Casey hockte auf dem Felsboden, den Rücken an eine Höhlenwand gelehnt, und wischte sich hektisch über die Wangen, als er aus der Nebenhöhle zurückkam, wo er die Puppe neben Marissa gelegt hatte. Die Sorge in seinem Gesicht ärgerte sie, und sie wünschte, sie hätte die verfluchten Taschenlampenbatterien längst aufgebraucht. Dass er sie so sah und auch noch besorgt um sie war, hatte ihr gerade noch gefehlt. Sie hatte sowieso schon das Gefühl, dass sie ziemlich nahe dran war, sich in ihn zu verlieben.

In einen Helden, na fabelhaft! Von allen dämlichen Sachen, die sie jemals verzapft hatte, würde diese den Vogel abschießen. Hatte sie etwa vergessen, dass sie zwei vollkommen verschiedenen Welten entstammten? Und selbst ohne die Rangunterschiede würde sie ihm niemals genügen. Sie hatte ihm den Ekel angesehen, wann immer er sich erinnerte, dass sie menschlich war. Und seit sie gesehen hatte, was mit seinem Vater geschehen war, konnte sie es sogar verstehen.

»Nicht weinen, *Meli.*« Er sank neben ihr auf den Boden und hob sie auf seinen Schoß. Zunächst wollte sie sich weigern, aber dann dachte sie, *Was soll's? Ich bin viel zu groggy, um mich gegen ihn zu wehren, und die Chancen stehen nicht schlecht, dass ich hier so oder so nicht lebend rauskomme.* »Ich ertrage es nicht, dich so traurig zu sehen.«

»Ich heule doch nicht wegen dir, du blöder Idiot!« Wieder wischte sie sich über die Augen und boxte ihm mit dem bisschen Kraft, das sie noch besaß, gegen die Schulter. »Ich bin bloß … müde.«

Er stellte die Taschenlampe aus und legte sie neben sich. In der Stille hörte Casey seinen kräftigen Herzschlag. »Du hast das da draußen gut gemacht«, sagte er. »Du hast mich schon wieder gerettet. Lass das lieber nicht meine Leute sehen, sonst feuern die mich und nehmen dich als Argonautin auf.«

Seufzend lehnte sie sich gegen ihn. Gott, er fühlte sich wunderbar an! Warm, herrlich, obwohl er klamm war von Schweiß und anderem, das sie sich nicht mal vorstellen wollte. »Ich hasse diese Dinger.«

Er strich ihr übers Haar und drückte behutsam, bis sie ihren Kopf an seine Schulter neigte. »Das tun wir alle.«

Casey sprach die Frage aus, die ihr schon seit der Schlacht in ihrem Laden durch den Kopf ging. »Warum benutzt ihr keine Gewehre?«

»Beim Kampf?«

»Ja.«

»Wir haben alle möglichen Schusswaffen ausprobiert. Bisher konnten die Dämonen jede Kugel mühelos abschütteln. Eine Klinge richtet mehr Schaden an. Titus, einer meiner Argonauten, experimentiert allerdings dauernd mit neuen Waffen.«

Interessant. »Wer ist Atalanta?«

Seine Hand auf ihrem Haar erstarrte. »Woher weißt du von ihr?«

»Der Dämon, der uns den Weg abschnitt, hat sie erwähnt. Er sagte, ›Atalanta wartet auf dich.‹«

Sein Schweigen ängstigte sie. Als sie gerade den Kopf heben und ihn fragen wollte, was er ihr verheimlichte, sagte er: »Sie ist diejenige, die Hades ihre Seele im Austausch gegen Unsterblichkeit und die Herrschaft über die Dämonen gab. Sie glaubte, die Argonauten hätten sie verstoßen, weil sie eine Frau war.«

»Gehörte sie zu den ersten fünfundfünfzig auf der *Argo*?«

»Einigen Sagen zufolge ja.«

»Und, wurde sie verstoßen?«

»Wahrscheinlich. Vor dreitausend Jahren dachte man noch anders über Frauen als heute. Und ein weiblicher Argonaut besitzt nicht die gleiche Kraft wie ein männlicher. Deshalb waren die Wächter, die ausgewählt wurden, im Allgemeinen männlich.«

»Eine Frau kann Präsidentin werden und beim Militär dienen, aber sie darf nicht kämpfen. Ich schätze, der Sexismus überspringt alle kulturellen Barrieren, was?«

Er lachte, und das Beben ging ihr durch und durch. »Acacia, du machst dir ein falsches Bild. *Gynaíkes* sind die Mütter, Frauen und Töchter, die unser Volk gedeihen lassen. Kein *Ándras*, der seine Sinne beisammenhat, würde seine Gemahlin bei den Argonauten dienen lassen. Und kein Argonaut dächte im Traum daran, seine Seelenverwandte in die Nähe eines Schlachtfeldes zu bringen.«

»Hatte Atalanta einen Seelenverwandten?«

Er veränderte seine Position unter ihr, so dass sie dichter an seine Lenden rutschte. Obwohl sie nicht sicher war, glaubte sie, seine beginnende Erektion an ihrer Hüfte zu fühlen. Aber das konnte doch nicht sein. Nach dem Kampf müsste er entkräftet und müde sein, und sie redeten ja nicht einmal über irgendetwas Zweideutiges.

»Manche sagen, sie hatte. Ihr Vater wollte sie verheiraten, sie weigerte sich, und so veranstaltete er einen Wettlauf, um sie zu ärgern. Der Verehrer, der schneller lief als sie, sollte sie zur Frau bekommen. Hippomenes konnte sie als Einziger besiegen, und so heirateten sie schließlich. Aber viele glauben, er wäre nicht ihr Seelenverwandter gewesen.«

»Wieso nicht?«

»Weil es für jeden Argonauten nur einen gibt. Eine Strafe, wie ich dir schon erzählte, die sich Hera und Lachesis ausdachten, eine der Parzen. Es ist kein Geheimnis, dass Herakles über eine schier unstillbare Lüsternheit verfügt. Er verführt Männer wie Frauen, Götter und Sterbliche, und nie scheren ihn die Folgen. Als Zeus ihm und den Argonauten Argolea schenkte, sorgte Hera dafür, dass sie ihr Schicksal mitbestimmen durfte.«

»Indem sie ihnen einen Seelenverwandten zugedachte? Für mich klingt das wie ein Segen.«

»Indem sie ihnen einen einzigen Seeleverwandten vorbestimmte, der außerdem das genaue Gegenteil dessen war, was der jeweilige Argonaut wünschte oder brauchte. Als wäre das noch nicht schlimm genug, richtete Hera es so ein, dass ein Argonaut seine Seelenverwandte nur erkennt, wenn er sich auf seine Menschlichkeit besinnt. Und wir alle sind trainiert, genau das nicht zu tun.«

»Warum? Das verstehe ich nicht.«

Er atmete langsam aus. »Weil wir auf die Weise Gefühle zulassen, die uns in unserer Pflichtausübung stören. Unsere Götterseite ist … nun, sagen wir, sie sorgt sich nicht übermäßig um Recht oder Unrecht, um Gewissen oder Uneigennutz. Wir verehren die zwölf Götter des Olymps nicht. Sie sind nichts als gefallene Engel, die sich zum eigenen Vorteil vom Schöpfer abwandten. Wahre Gefühle – Liebe, Hass, Opferbereitschaft – sind ihnen fremd und unbegreiflich. Zumindest in ihrer reinsten Form. Wir unterdrücken sie, weil wir so jene Seite von uns eindämmen, die uns verwundbar und schwach macht. Nur sehr wenige Argonauten sind imstande, sich ihrer Menschlichkeit zu öffnen und trotzdem weiter als Wächter zu dienen. Deshalb finden die meisten nie ihre Seelenverwandte.«

Casey dachte darüber nach. Sie war menschlich, und er verabscheute diesen Aspekt eindeutig. Könnte ihm das Schicksal eine menschliche Seelengefährtin bestimmt haben, bloß um ihn zu quälen?

Ihr Verstand sträubte sich gegen diesen Gedanken. Sie glaubte diesen ganzen Quatsch doch nicht ernsthaft? Mit einem leichten Kopfschütteln konzentrierte sie sich wieder auf das Gespräch. »Aber Atalanta hatte einen, und der war nicht Hippomenes?«

»Nein. Viele denken, dass ihr Seelenverwandter Meleager war, ein griechischer Prinz und berüchtigter Krieger, der zahlreiche Männer tötete, um Atalanta auf sich aufmerksam zu machen. Aus Gründen, die keiner recht versteht, wies sie seine Liebe ab, bis es zu spät war und er getötet wurde. Danach wanderte sie über Jahre wie in einem Nebel umher. Sie war selbst eine große Kriegerin, aber ohne Herz. Letztlich trieb ihr Vater sie mittels seiner List in die Ehe mit Hippomenes, doch sie liebte ihn nicht, und auch er wurde später ermordet. Manche behaupten, ihr Kummer ob des Verlusts beider Männer machte ihren Zorn, von den Argonauten übergangen zu werden, ungleich größer. Und das wiederum bewegte sie, den Pakt mit Hades einzugehen.«

»Was passiert, wenn ein Argonaut seine Seelenverwandte nie findet?«

»Dann existiert er weiter wie immer: als lebendige, atmende Tötungsmaschine, geprägt von Ehre und Pflicht.«

Seine Sachlichkeit jagte ihren einen kalten Schauer über den Rücken. Zugleich verriet sie Casey eine Menge darüber, wer er war und warum er sich so verhielt. Ihr fiel die Szene mit seinem Vater wieder ein. »Was ist mit Kindern?«

Er zuckte mit den Schultern. »Wir können welche zeugen, und man sieht es sogar gern, wenn wir uneheliche Kinder bekommen. ›Zieht aus und mehret euch‹ war und ist schließlich das Motto der Götter, das sie dahingehend auslegen, alles zu vögeln, was ihnen vor die Nase kommt. Diese Haltung wurde uns über Generationen weitergegeben. Doch am Ende bedeutet sie nur, dass wir den Akt nur um des Vergnügens und der Fortpflanzung willen vollziehen … sofern die Zeit für eine *Gynaíka* die richtige ist. Ein ungebundener Argonaut geht keinerlei emotionale Bindung zu seinen Kindern ein. Ihn verbindet nichts mit ihnen.«

Dieses Bild entsprach so gar nicht dem Mann, den sie allmählich ein bisschen besser kennenlernte. Ihr waren durchaus zärtliche Momente bei ihm aufgefallen, schon in ihrem Haus, als sie noch nicht wusste, was er war.

Ein Argonaut, der sie von Anfang an mit »Liebste« ansprach, konnte doch unmöglich so gefühllos sein.

Dann kam ihr ein Gedanke, bei dem sich ihr Magen verkrampfte und ihr fast schlecht wurde. »Hast du Kinder?«

»Nein.«

»Aber du sagst doch …«

»Mein Vater war einer der Glücklichen, *Meli*. Er fand seine andere Hälfte, so dass ich im Gegensatz zu vielen meiner Waffenbrüder in einem liebevollen Haus groß wurde. Wenn, *falls* ich Kinder zeuge, dann nur mit der *Gynaíka*, die meine Seelenverwandte ist. Mit keiner anderen.«

Sie war maßlos erleichtert, obwohl sie nicht sagen konnte, warum seine Antwort sie so froh machte. Und sie wollte lieber nicht über die Gründe nachdenken, weshalb sie die Vorstellung von ihm mit einer anderen nicht ertrug. Jedenfalls nicht jetzt, da sie auf seinem Schoß saß und seine Hände ihr auf diese träge, beruhigende Weise über den Rücken strichen, dass sie ihn am liebsten beißen wollte.

In dem Moment erinnerte sie sich wieder, was er bei der Wanderung hierher gesagt hatte.

Zum Glück bekam er nicht mit, dass sie knallrot wurde. »Also, ähm, was das betrifft, als wir hierher gingen, hast du gesagt, dass es eine Methode gibt, wie du erkennst, ob eine Frau deine Seelenverwandte ist. Ich schätze, das heißt, dass du bei der ganzen Seelenverwandtensuche reichlich Übung hast.«

Wieder bewegte er sich unter ihr, und … oh ja, diesmal war es eindeutig seine Erektion, die gegen ihre Hüfte drückte. An der Stelle fing ihre Haut zu kribbeln an, denn sie wusste noch sehr gut, auf wie erotische Weise er sie in jener Nacht in ihrem Haus berührt hatte. Wenn sie sich ein klein wenig drehte und das eine Bein über seine schwang, säße sie genau auf seinem harten Glied. Und plötzlich wollte sie nichts sehnlicher als das.

»Ich hatte noch nie Grund zu der Vermutung, irgendeine könnte es sein«, sagte er leise. »Bisher.«

Caseys Herz schlug schneller, und sie konnte hören, dass seines ebenfalls heftiger pochte. »Wieso nicht?«, fragte sie, auch wenn sie wusste, dass sie sich auf heikles Terrain begab.

»Weil ich dir nicht begegnet bin. Und ich wagte nicht einmal, daran zu denken, meine andere Hälfte in der Menschenwelt zu suchen.«

Ach du Schreck! Hatte er gerade gesagt, was sie glaubte, dass er gesagt hatte? Okay, verdrängte sie vorerst den Teil, dass sie womöglich seine – *schluck* – Seelenverwandte sein sollte, war es möglich, dass er noch nie mit einer menschlichen Frau geschlafen hatte?

Bei der Vorstellung wurde ihr sehr heiß. Casey war nicht blöd. Der Mann war über zweihundert Jahre alt und hatte eine sexuelle Ausstrahlung, bei der selbst die stärkste Frau versucht war, sich die Kleider vom Leib zu reißen. Und soweit es ihr lückenhaftes Gedächtnis zuließ, hatte Casey wohl exakt das getan. Was wiederum bedeutete, dass er reichlich Erfahrung im Hinblick auf jenes pure Vergnügen haben dürfte, das er vorhin erwähnte. Aber hatte er es ausschließlich bei Frauen seiner Art gesucht und nicht bei menschlichen? Nun, dieser Gedanke hatte etwas Elektrisierendes und machte Casey schwindlig vor Verlangen.

Immerhin hieß es, dass das hier für ihn nicht minder neu war wie für sie.

Ein langsames Pulsieren regte sich in ihrem Bauch und wanderte tiefer, bis sie die Schenkel zusammenpressen musste, um nicht laut zu stöhnen.

Was für ein Liebhaber wäre er? Hart, heiß und fordernd, keine Frage. War sie dem gewachsen? Und würde es ihr überhaupt etwas ausmachen, wenn er sich im Bett so dominant gebärdete wie überall sonst?

Erotische Bilder huschten ihr durch den Kopf: sein Mund auf ihrem; seine Haut, die sich an ihrer rieb; sein Körper, der sich auf der Couch über ihren beugte, wie er es schon einmal getan hatte, um tief in sie einzudringen.

Seine eine Hand glitt von ihrem Rücken ihren Arm hinunter auf den Oberschenkel. Ein Schauer lief ihr über den Körper, und sie konnte an nichts anderes denken als daran, wie gut es sich anfühlen würde, seine Hände auf ihrer bloßen Haut zu spüren.

»Ich kann dein Herz hören«, flüsterte er in die Stille.

Ach, wirklich? Casey biss sich auf die Unterlippe, während er ein Muster auf ihrem Schenkel malte.

»Geht es dir gut?«

Nein, ganz und gar nicht. Sie war erschöpft und schwach. Die Auswirkungen ihrer Krankheit wurden umso schlimmer, da sie seit fast zwei Tagen nichts gegessen hatte. Außerdem würde sie liebend gern einen Monat durchschlafen. Aber all das war egal, denn jetzt gerade war ihre gesamte Restenergie auf das konzentriert, was er allein mit einer sachten Berührung in ihr auslöste.

»Acacia?«

Sein warmer Atem wehte über ihr Gesicht. Er war so nahe, dass eine minimale Bewegung ausreichen würde, und sie könnte seinen Mund berühren. Seine Finger glitten weiter hinauf, bis sie die Beuge zwischen Caseys Schenkel und ihrer Hüfte erreichten. Sie hielt die Luft an und wartete.

»Fürchtest du dich vor mir?«, fragte er.

Ein Millimeter. Sie bräuchte sich nur einen Millimeter vorzubeugen, dann konnte sie ihn küssen.

»Was sagt es?«, flüsterte sie.

»Was sagt was?«

»Mein Herz.«

Wieder streifte sein Atem ihre Wange, und seine Finger tanzten hinauf zu ihrem Brustkorb. Dort verharrten sie gleich über ihrem Herzen. »Hoffentlich dasselbe wie meines.«

Sie schluckte. Nun gab es kein Zurück mehr. »Hast du denn eines? Ein Herz, meine ich.«

»Vor gar nicht langer Zeit hätte ich es geleugnet. Aber nun bin ich mir nicht mehr sicher.« Er zögerte, strich federleicht mit seinen Lippen über ihre und legte seine Hand auf ihren Arm. »Küss mich, *Meli*. Küss mich so wie …«

Sie ließ ihn nicht ausreden, sondern presste ihren Mund auf seinen, bis ihr ganz schwummrig wurde. Wie von selbst wanderten ihre Hände über seine Brust nach oben und um seinen Hals, wo sie ihm das seidige Haar nach hinten strich. Seine Muskeln spannten sich an, und er schlang die Arme um sie und zog sie fest an sich.

Ein Stöhnen drang aus seiner Kehle. Er neigte leicht seinen Kopf, zeichnete mit der Zungenspitze ihre Lippen nach und bat sie, sich ihm zu öffnen. Für einen kurzen Moment fragte Casey sich, ob sie einen Riesenfehler beging. Dann seufzte sie erstickt, als er sie weiter zu sich drehte, und ergab sich ganz dem Kuss. Sie verdrängte die abertausend Gründe, weshalb es falsch war, und genoss einfach, wie gut es sich anfühlte – wie gut *er* sich anfühlte.

Und das bezog sich nicht nur auf ihre Haut und ihren Körper, sondern auch auf etwas in ihrer Seele. Diese rätselhafte Verbundenheit mit ihm, die sie vom ersten Moment an gespürt hatte, intensivierte sich in dem Kuss. Und Therons wohliges Stöhnen befeuerte ihr Verlangen, so dass sie beide Hände an seine Wangen legte, ihn noch leidenschaftlicher liebkoste und seine zunehmende Lust genoss.

»*Meli*«, raunte er. »Ich habe davon geträumt, dich wieder so zu berühren.«

Hatte er? Oh, Gott! Ihre Selbstbeherrschung schwand rapide, und es störte sie nicht einmal. Küssend bewegte sich sein Mund zu ihrem Ohr. Sein heißer Atem auf ihrem Hals brachte ihren ganzen Körper zum Erbeben. Ohne die Hände von seinen Wangen zu nehmen, bog sie ihren Kopf leicht zurück, ihm ihren Hals entgegenreckend, und gab sich seinen Zärtlichkeiten hin.

Jedes Zeitgefühl kam ihr abhanden. Die Umstände, die sie hergeführt hatten, wurden nichtig. Sie wollte nur noch die Kleider loswerden, die sie beide trennten, und über seinen nackten Leib gleiten, bis er sie vollständig ausfüllte.

Während er weiter ihren Hals küsste, tauchten seine Hände unter ihr T-Shirt und strichen über ihren Bauch, dass sich ihre Muskeln dort anspannten. Sie drehte ihren Kopf, fing seinen Mund erneut ein und seufzte tonlos, sowie seine Finger ihre Brustspitzen streiften.

Sie veränderte ihre Position, so dass sie rittlings auf ihm saß. Mit einer Hand neckte er weiter ihre Brüste, während die andere hinab zu ihren Hüften glitt und sie näher zog, bis sie direkt über seiner Erektion saß und er sie dort rieb, wo sie es am meisten wollte.

»*Meli.*« Seine Stimme klang ungeduldig; sein Mund wurde fordernder. Bevor sie registrierte, dass seine Hände sich bewegten, hatte er ihre Jeans aufgeknöpft und schob eine Hand in Caseys feuchtes Schamhaar. »Ich muss fühlen, wie du kommst.«

Sie schlang die Arme um seinen Hals und quittierte seine erotischen Worte mit einem wonnigen Stöhnen. Mit geschlossenen Augen stemmte sie sich weit genug nach oben, dass er zwischen ihre Schenkel dringen konnte. Bei der ersten Berührung erbebte sie heftig. Kaum tauchten seine Finger in ihre Schamlippen ein, durchfuhr sie ein Schauer vom Kopf bis zu den Zehenspitzen.

Er lachte leise, streichelte sie langsamer und reizte sie mit seinen Liebkosungen. »Götter, wie du mir gefällst!«

Ihre Brust hob und senkte sich unter ihren angestrengten Atemzügen. Eigentlich müsste sie verlegen sein, denn sie war noch nie so schnell gekommen. Aber dieser Mann … Argonaut … was auch immer, hatte seltsamerweise die völlige Kontrolle über sie.

»Bilde dir ja nicht zu viel darauf ein.«

Wieder lachte er, wobei ihr wohlig warm wurde. Noch wärmer wurde ihr, als er ihren Hals und ihr Ohr küsste, bevor er aufs Neue ihren Mund einnahm.

Seine Hand blieb in ihrer Hose, wanderte allerdings zu ihrem Po, denn er zog sie näher zu sich, so dass seine Erektion gegen ihre Jeans drückte. Dann vertiefte er den Kuss, und in der Stille zwischen ihnen hörte Casey sein starkes, regelmäßiges Herzpochen, das im selben Rhythmus ging wie ihres.

Ja, er besaß ein Herz! Würde ihn nur interessieren, dass er bekam, was er wollte, hätte er sich die Mühe gespart, sie als Erste zu verwöhnen. Und nun, da sie nach ihrem Orgasmus in einem wohligen Dämmerzustand war, könnte er sie mit Leichtigkeit auf den Rücken kippen und in sie eindringen, wie ihm klar sein dürfte. Doch er tat es nicht. Stattdessen küsste und streichelte er sie sanft weiter, als wollte er vor allem ihren Genuss verlängern. Als wäre sie ihm wichtig.

Sie griff nach seinem Hosenbund, denn sie wollte ihn in sich spüren. Nicht weil sie wissen musste, ob er ihr Seelenverwandter war, nein, einfach nur, weil sie es brauchte. Weil sie ihn immerfort begehrte.

»Ja, *Meli*«, murmelte er. »Berühre mich. Ich möchte deine Hände auf mir fühlen. Tu mit mir, was immer du willst.«

Ihr Puls raste. Ihre Kehle wurde eng vor Verlangen. Als sie eben die Finger in den offenen Hosenbund tauchen und die Dinge in die Hand nehmen wollte, fragte eine zaghafte Stimme hinter ihr: »Casey? Wo bist du?«

Casey erstarrte. Prompt meldete sich ihr gesunder Menschenverstand zurück, und wie ein Teenager mit einem verdammt schlechten Gewissen kletterte sie hastig von Theron und richtete ihre Kleidung. Wieder einmal war sie feuerrot, als ihr bewusst wurde, was sie beinahe getan hatte. Wie konnte sie vergessen haben, dass sie nicht allein waren? Sie dankte dem Himmel dafür, dass es stockfinster war.

Da sie ein bisschen zu eilig aufstand, schwankte sie zunächst leicht. Theron packte von hinten ihre Arme und hielt sie. Der Mann bewegte sich so lautlos wie ein Schatten. Sie hatte nicht einmal gehört, wie er aufgestanden war.

»Casey?«, fragte Marissa nochmals und hörbar verängstigt.

»Ich bin hier, Süße.« Eine Hand ausgestreckt, ging Casey vorsichtig auf Marissas Stimme zu. Sobald sie die Kleine ertastet hatte, legte sie einen Arm um sie. »Ich bin bei dir. Alles ist gut.«

Marissa drückte ihr Minnie an den Bauch. »Guck mal! Minnie hat uns gefunden!«

Casey hockte sich vor das Mädchen. »Ich weiß. Theron hat sie hergebracht.«

»Ist Theron hier?«

Hinter ihnen leuchtete die Taschenlampe auf. Für einen Moment brannte das grelle Licht in Caseys Augen, aber als sie wieder etwas erkennen konnte, drehte sie sich zu Theron um, der an der gegenüberliegenden Höhlenwand stand: ganz der dunkle, sexy Held, mit dem sie beinahe sehr verruchte Sachen angestellt hätte.

Und natürlich wurde sie bei dem Gedanken wieder

rot, so dass sie rasch zu Marissa sah. Das Mädchen lächelte ein klein wenig neunmalklug, als es zwischen ihnen beiden hin und her blickte. Dabei konnte das Kind unmöglich ahnen, was fast passiert wäre, oder doch?

»Ich hab dir ja gesagt, dass er zu dir zurückkommt«, sagte Marissa und stupste Casey mit ihrer Schulter an. »Die alte Frau mit der Schnur hat mir das erzählt.«

Casey zog die Brauen zusammen. »Die, die du schon mal gesehen hast?«

Marissa nickte.

Sprach das Kind von Lachesis, der Parze, die den Lebensfaden abmaß? Angenommen, Casey glaubte diesen irren Kram mit der griechischen Mythologie und Marissa konnte tatsächlich in die Zukunft sehen, kannte sie womöglich die Antwort auf Therons brennende Frage. Vielleicht konnte sie ihnen gleich hier und jetzt sagen, ob es ihnen bestimmt war, zusammen zu sein …

Casey nahm Marissas Hand. »Marissa, Süße, was hat die Frau mit der Schnur dir sonst noch erzählt?«

Marissas eines graues Auge war umwölkt, als sie Casey ansah. »Über dich?«

Casey schüttelte den Kopf. »Nein, über uns. Über Theron und mich.«

Marissa starrte Casey stumm an, und als Casey schon eine Hand vor dem Kindergesicht schwenkte wollte, um die Trance zu brechen, in die Marissa gefallen zu sein schien, weitete sich deren Pupille, bis nur noch ein großer schwarzer Kreis inmitten von Weiß übrig war. »Sie sagte, dass du zu Tartaros gehst. Und dass du wegen Theron hingehst.«

Zwanzigstes Kapitel

Isadora schrak auf, als lautstark an ihr Fenster geklopft wurde.

Es war fast Mitternacht. Gryphon wachte vor ihrer Tür und plauderte mit jedem, der zufällig vorbeikam. Das letzte Mal, als Isadora nachgesehen hatte, flirtete er ziemlich hartnäckig mit der Küchenhilfe, die Isadoras Abendessen heraufbrachte – eine junges Mädchen von kaum mehr als dreißig Jahren.

Isadora hatte von drinnen das Lachen gehört und natürlich nachgucken müssen. Nun dachte sie daran, wie sich der riesige blonde Argonaut eine rote Locke der *Gynaíka* um den Finger gewickelt hatte und ihr dabei mit einem verwegenen Funkeln in die Augen sah. Und wie fasziniert das Mädchen von ihm gewesen war … noch bevor er seinen betörenden Mund öffnete und ihr etwas ins Ohr flüsterte.

In Isadoras Welt lag einiges entsetzlich im Argen. Die stärksten und männlichsten Wesen hier waren die Argonauten. Und zufällig waren sie auch die attraktivsten und gefährlichsten – in mehr als einer Hinsicht. Oh ja, sie kannte die Gerüchte über ihre Fähigkeiten als Liebhaber und darüber, wie sich *Gynaíkes* ihnen angeblich zu Füßen warfen, doch Isadora hatte es nie mit eigenen Augen bezeugt.

Bis jetzt. Gütige Götter, zwischen den beiden brannte buchstäblich die Luft, und zwar heiß genug, dass Isadora es sogar durch die geschlossene Tür fühlte.

Reagierte Theron so auf andere *Gynaíkes*? War es das, was sie erwartete, wenn sie verheiratet waren? Dass er mit anderen flirtete und sich mit ihnen verabredete? Sie wusste, dass sie keine Chance hatte, den Wächter jemals zufriedenzustellen. Vielmehr war es gut möglich, dass er in diesem Augenblick bei einer anderen war. Und wenn er mit jener anderen fortging?

Erstaunlicherweise machte diese Vorstellung sie nicht traurig. Ganz im Gegenteil: Sie schöpfte neue Hoffnung. Denn sollte dort draußen eine andere für ihn existieren, wollte er sie vielleicht doch nicht heiraten.

Stirnrunzelnd blickte sie zur Tür. Sie hatte gesehen, wie Gryphon das Mädchen berührte. Und sie hatte diesen lustvollen Ausdruck auch schon bei Männern aus dem Stripclub der Menschen wahrgenommen, in dem sie nach ihrer Schwester gesucht hatte.

Ihre Haut kitzelte, als sie an die Kunden in dem zwielichten Etablissement dachte. Was für Männer gingen in solche Clubs? Bei ihrem Besuch waren jede Menge raubeiniger Kerle, ein paar eindeutig gutsituierte Männer und eine ganze Horde Jungs – Studenten? – dort gewesen, die sich offensichtlich amüsieren wollten. Aber der eine Mann, der sich ihr besonders eingeprägt hatte, sie regelrecht erschütterte, war der narbengesichtige, verwegene Blonde, mit dem Acacia an jenem Abend kurz sprach.

Wer war er? Woher kannten die zwei sich? Und warum hatte er Acacia immerfort angestarrt?

Das Klopfen an ihrem Fenster riss Isadora aus ihren Gedanken. Sie blickte zu dem dunklen Glas und konnte nichts sehen. Im nächsten Moment knallte etwas Hartes gegen die Scheibe, und Isadora fiel fast aus dem Sessel.

Zögernd stand sie auf, wischte sich die Hände in ihrer Robe und ging zum Fenster. Das Glas zeigte ihr Spiegelbild, dünn und blass. Sie bemühte sich, durch das Bild hindurch zu den blinkenden Lichtern der Stadt zu sehen. Doch selbst mit ein wenig zusammengekniffenen Augen konnte sie nichts erkennen.

»Rot steht dir, Isa.«

Isadora fuhr so schnell herum, dass sie beinahe das Gleichgewicht verlor.

Mitten im Zimmer stand Orpheus und lachte. »Erzähl mir nicht, du hättest mich nicht erwartet.«

Isadora presste eine Hand auf ihren Bauch. »Du hast mich erschreckt, sonst nichts. Du weißt, dass ich es nicht leiden kann, wenn du aus dem Nichts erscheinst.«

Orpheus zuckte mit den Schultern, wobei ihm das hellbraune Haar ins Gesicht fiel. »Manche *Ándres* heben große Gebäude hoch. Ich fliege einfach durch ihre Mauern. Es gibt schlimmere Talente.«

Ja, die gab es zweifellos. Am schlimmsten allerdings war, gar keines zu besitzen.

Diesen liebreizenden Gedanken schob sie schnell beiseite und musterte Orpheus. Seine Statur ähnelte der der Argonauten: Er war so groß, dass sie den Kopf nach hinten lehnen musste, um ihm ins Gesicht zu sehen. Seine Schultern waren breit, die Hüften schmal, sein ganzer Körper von straffen Muskeln konturiert. Da er Perseus' Linie entstammte, hätte er bei den Wachen dienen können, wäre er nicht zugunsten seines jüngeren und stärkeren Bruders Gryphon übergangen worden.

Wie überaus passend, dass Gryphon gerade jetzt draußen vor ihrer Tür stand! Isadora war froh, dass Orpheus in ihrem Schlafgemach statt in ihrem Salon erschienen war, denn sie konnte gewiss keine Prügelei mitten in ihrem Wohnzimmer gebrauchen.

Orpheus' sandfarbenes Haar war vorn länger als hinten, so dass es ihm über die Augen fiel. Er trug ein schwarzes T-Shirt, eine schwarze Jeans, schwere Militärstiefel und einen langen, schwarzen Leder-Trenchcoat. Wie alle Argoleaner – vielleicht *mehr* noch als andere – war Isadora fasziniert von der Mode der Menschen und linste gern durch ein Portal, nur um zu sehen, was sie taten und anzogen. Doch anders als der Rest von ihnen wechselte Orpheus gewohnheitsmäßig und unbemerkt zwischen beiden Welten hin und her, um seinen bizarren Vergnügungen nachzugehen, und ihm war gleich, was irgendwer von ihm dachte. Das signalisierten schon seine Sprache und seine Kleidung. Nicht zu vergessen seine Körperhaltung, die ständig so wirkte, als wollte er auf jeden losgehen, der ihn schief anguckte. Wenn er nicht aufpasste, würde ihn das einmal sein Leben kosten.

Orpheus neigte seinen Kopf zur Seite. »Du siehst nicht gut aus, Isa. Du hast doch hoffentlich keinen Liebeskummer wegen deines Argonauten? Man erzählt, er hätte dich sitzengelassen.«

Isadora wurde wütend. »Nicht dass es dich etwas angeht, aber Theron hat Wichtiges zu erledigen … Argonautenangelegenheiten vor unserer … Vermählung.«

Die Andeutung eines Lächelns huschte über Orpheus' Züge, und Isadora wollte sich ohrfeigen, weil sie gestammelt hatte. Womit sie ihm bewies, welche Panik sie vor dieser Heirat hatte. Und vor Orpheus Schwäche zu zeigen, war gar nicht klug.

»Klingt spannend. Sowohl das Wichtige als auch die Vermählung, auf die er sich offenbar nicht vorzubereiten gedenkt. Du verzeihst mir sicher, dass ich nicht hinkomme. Aber wenn nicht einmal der Bräutigam ihr oberste Priorität einräumt, warum sollte ich?« Er ließ sich auf den weißen Sessel fallen. »Ich meine, seien wir realistisch, Isa. Würde der große böse Hengst sich um *familiäre* Angelegenheiten kümmern, wäre ich jetzt nicht hier, oder?«

»Du bist ein Arsch.«

Grinsend legte Orpheus seine Füße auf den niedrigen

Glas-Couchtisch. »Aber, Isa, du verletzt mich. Wirklich. Hier bin ich, verzichte auf meinen kostbaren Schlaf, um dir zu helfen – wieder einmal – und was tust du? Du schleuderst mir Beleidigungen entgegen.« Er schüttelte den Kopf. »Es bricht mir das Herz, glaube mir.«

Orpheus war nicht hier, weil er sich sorgte, dass sie sein Geheimnis ausplauderte, sondern weil er wusste, dass sie verzweifelt genug war, um ihn zu rufen. Und das wiederum brachte ihn in die überlegene Position. Trotzdem weigerte Isadora sich, ihm gegenüber Schwäche zu zeigen, und reckte ihr Kinn. »Was soll es mich kosten?«

»Kommt drauf an.« Er zog eine Braue hoch. »Was genau wünschst du?«

Sie überlegte kurz. »Persephone.«

Sein rollendes Lachen klang wie das Geräusch von Fingernägeln, die über eine Schiefertafel kratzten. »Warte mal.« Er hielt einen Finger in die Höhe und blickte sich um, als würde er lauschen; dann schüttelte er den Kopf. »Stimmt. Nein, sie schenkt dir nicht einmal fünf Minuten.«

»Dir würde sie«, entgegnete Isadora rasch und ignorierte dabei seinen Sarkasmus. »Wenn du sie bittest.«

Er schien skeptisch. »Selbst wenn ich es tue, wird ihr Scheißkerl von Ehemann es verbieten.«

»Er muss nichts davon erfahren.«

Orpheus dachte nach. »Und wie willst du verhindern, dass Hades etwas erfährt? Hat dein Argonaut dir dieses Jedi-Gedankenverschwurbeln beigebracht?«

Auch diese Bemerkung überging sie, zumal sie nicht genau wusste, was er meinte. Außerdem musste sie niemandes Gedanken beeinflussen, wenn sie Orpheus' Tarnumhang hatte. Er benutzte ihn, um sich in die Betten menschlicher Frauen zu schleichen, und er hatte ihn Isadora geliehen, damit sie ungesehen durch das Portal konnte, als sie in der Menschenwelt nach Acacia suchte. Der Umhang war so gut, dass er sowohl Menschen als auch Götter täuschte.

»Oh nein«, sagte Orpheus, der offenbar ahnte, was sie dachte. »Nie im Leben!«

»Mir bleibt nicht mehr viel Leben, und du bist der Einzige, der mir helfen kann, Orpheus.«

Seine Augen blitzten dämonisch grün auf, ehe sie wieder ihr übliches Grau annahmen. Für einen Moment bekam Isadora Angst, doch sie unterdrückte sie. Sie war die Einzige, die seine wahre Herkunft kannte – sie und sein Vater, ein früherer Argonaut, der praktischerweise inzwischen tot war. Nicht einmal Gryphon wusste, dass sein Bruder zur Hälfte ein Dämon war. Isadora hatte die Wahrheit nur entdeckt, weil sie ihm eines Nachts heimlich in den Wald gefolgt war. Sie hatte nicht gewusst, warum er so häufig allein durch den Wald streifte, und in der Hoffnung, dass er ihr helfen würde, war sie ihm nachgegangen. Da hatte sie gesehen, zu was er werden konnte.

Bei der Erinnerung erschauderte sie innerlich. Sie hätte sich fortschleichen, hätte auf die Burg zurückkehren und ihn verraten können. Doch eine Vision hielt sie davon ab. Es war die letzte Zukunftsvision gewesen, bevor ihre Kräfte schwanden, und in ihr hatte Orpheus sie in seiner Dämonengestalt gerettet.

Er blickte zum dunklen Fenster. »Ich schulde dir einen Dreck.«

Natürlich log er, denn ihm durfte klar sein, dass sein Schicksal in ihren Händen lag. Ein Wort von ihr, und man richtete ihn hin. Die argoleanische Diskriminierung aller Menschen war nichts gemessen an dem, was sie mit Dämonen taten.

Das Schweigen zwischen ihnen dauerte an. Fast rechnete sie damit, dass Orpheus einfach wieder verpuffte, da sagte er: »Erzähl mir, warum.«

»Es ist persönlich.«

»So ein Scheiß! Wenn du willst, dass ich für dich den Bettler mime und Persephone herhole, vergiss den Mist von wegen ›persönlich‹!«

Isadora nagte unentschlossen an ihrer Unterlippe. Letztlich blieb ihr keine andere Wahl.

Und ehe sie der letzte Rest Mut verließ, den sie noch besaß, hob sie den Saum ihres Rockes, so dass er das Mal oben auf ihrem rechten Schenkel sehen konnte: das geflügelte Omega-Symbol. Jenes Zeichen, dessen Bedeutung ihr bis vor kurzem ein Rätsel gewesen war.

Orpheus machte große Augen und fluchte in seiner Muttersprache.

Ja, anscheinend wusste er, was das Zeichen bedeutete. Nun, als Halbdämon sollte er das wohl.

Sie ließ den Rock wieder fallen. Sein selbstzufriedener Gesichtsausdruck wich einem anderen, den Isadora nie vergessen würde.

»Heilige *Skata*«, entfuhr es ihm.

»Ich muss Persephone sprechen, denn sie ist die Einzige, die Hades dazu bringen kann, den Pakt zu ändern.«

Langsam wanderten seine schreckerfüllten Augen von ihrem Rock zu ihrem Gesicht. Wenn ein Wesen in Argolea auf keinen Fall wollte, dass die Prophezeiung wahr wurde, dann Orpheus. »Und wenn er sich weigert?«

»Dann sterben wir wahrscheinlich beide«, antwortete sie. »Was ist, hilfst du mir oder nicht?«

Sie brachen im Morgengrauen auf. Theron ließ Acacia vorangehen und hielt Ausschau nach lauernden Dämonen.

So weit, so gut. Er wusste, dass keiner der drei vom Vortage imstande gewesen war, Atalanta Nachricht über ihren Aufenthaltsort zu schicken. Irgendwann würde man sie vermissen, aber Theron hatte Marissa und Acacia hoffentlich weit weg aus diesem Tal und in Sicherheit gebracht, ehe jemand in Tartaros bemerkte, dass drei Dämonen fehlten.

Götter, ihm wollten die Worte des kleinen Mädchens nicht aus dem Kopf! Jedes Mal, wenn er Acacia ansah, erinnerte er sich an ihren Schrecken ob Marissas Andeutung. Er verstand, dass Acacia ihr nicht glaubte, nur leider tat er es sehr wohl.

Ein bleiernes Gewicht drückte auf seine Brust und machte ihm das Atmen schwer. Obgleich ihm klar war, was man von ihm erwartete, er sogar akzeptierte, was er für seine Art tun musste, hatte er Acacias Bestimmung nie infrage gestellt. Die elysischen Gefilde, ja, möglicherweise die Inseln der Glückseligen, auf denen die gesegneten Helden ihr Nachleben verbringen durften, denn immerhin war sie königlichen Geblüts. Aber nicht im Traum hätte er es für denkbar gehalten, dass sie nach Tartaros verbannt werden könnte.

Und warum eigentlich nicht? War es nicht folgerichtig, dass ein von Hades geschlossener Pakt im Abgrund der Verlierer endete?

»Ich glaube, wir sind bald da«, sagte Acacia vor ihm.

Jäh aus seinen Gedanken gerissen, blickte er auf und sah den sanften Schwung ihrer Hüften beim Gehen. Sie hatten es recht schnell geschafft, bedachte man, dass sie ein kleines Kind dabeihatten. Trotzdem war ihm nicht entgangen, dass Acacias Schritte über die letzten Meilen merklich schwerfälliger geworden waren. Sie wurde zusehends schwächer. Und er konnte ihr nicht helfen.

Ein Kloß bildete sich in seiner Kehle, und das Gewicht auf seiner Brust wurde um ein Vielfaches schwerer. Marissa saß auf seinen Schultern, ihre Hände und die Wange an seinen Kopf gepresst. So schlief sie schon seit beinahe einer Stunde. Das Kind auszubalancieren, hatte ihn eine ganze Weile von seinen finsteren Gedanken abgelenkt – um Acacia und das, was er ihr antat.

Er hätte sie niemals berühren dürfen: weder in ihrem Haus noch in ihrem Zimmer in der Kolonie noch letzte Nacht in der Höhle. Allein daran zu denken, wie sich ihr Körper anfühlte, so weich, feucht und willig, machte ihn hart und ließ ihn darüber fantasieren, wie es wäre, in ihr zu versinken und den Rest der Welt zu vergessen. Nie zuvor war er einer *Gynaíka* – oder einer Frau – begegnet, bei der er all seine Pflichten vergaß.

Warum musste sie es sein?

»Hörst du das?« Acacia blieb stehen. Beinahe wäre Theron in sie hineingerannt, ehe er begriff, dass sie aufmerksam in die Ferne horchte. Zum Glück hatte sie eine Hand nach hinten gestreckt, um ihn zu stoppen. Leider reichte schon das flüchtige Streifen ihrer Finger auf seiner Brust, dass er wie elektrisiert war.

Er zwang sich, nicht an das zu denken, was diese Finger anstellen könnten, und holte tief Luft. Der Geruch von frischem Holz und Feuer sowie die eindeutige Note von verbrennendem Fleisch.

Alarmglocken schrillten in seinem Kopf, noch während Acacia sich fragend zu ihm umsah und er erkannte, dass sie dasselbe roch. »Was ist das?«

Er hatte das ungute Gefühl, dass er es wusste. Und, *Skata*, er wollte es ihr nicht sagen.

»Acacia!«

Über ihm erwachte Marissa vor Schreck und richtete sich auf. »Was passiert?«

»Nichts, Kind. Wir sind fast da«, presste Theron zwischen zusammengebissenen Zähnen hervor, als er schon hinter Acacia herrannte und sich dabei bemühte, Marissa zu halten.

Sie erreichten eine Lichtung, wo sich die Bäume einer Stelle ohne Gehölz, Sträucher und Dickicht öffneten. Felsen bildeten einen Kreis um die Lichtung, in deren Mitte sich ein hoher, geschwärzter Stein knapp anderthalb Meter hoch erhob, der ungefähr mannslang und oben flachgemeißelt war, so dass er eine Art Altar bildete. Unten um den Stein herum waren Scheite aufgestapelt, aus denen Flammen zu dem Körper aufzüngelten, der auf dem Altar lag und dort im Morgenlicht verbrannte.

Trauernde. Das Verbrennen des Leichnams sollte die Seele für das Nachleben freigeben, vorausgesetzt, das Herz war noch in dem Leib vorhanden.

Lass das Herz da sein!

»Oh, mein Gott«, hauchte Acacia neben ihm.

Theron hob Marissa behutsam von seinen Schultern, als auch schon eine Frau auf sie zulief. Er erkannte sie von dem Tag wieder, als sie in die Kolonie gekommen waren.

»Marissa!«, schrie die Frau.

Das Mädchen flog seiner Mutter in die Arme. Die Frau murmelte unzusammenhängende Worte des Trostes, während ihr Tränen übers Gesicht strömten und sie das kleine Kind fest umklammerte. Sie sagte stumm »Danke« zu Acacia und Theron, ehe sie sich wieder den Trauernden zuwandte.

Nick drehte sich langsam in ihre Richtung, und Theron sah, was er in den Armen hielt: Eine leuchtend rote Lederjacke mit blitzenden Silbernieten entlang der Ärmel.

Acacia sah es ebenfalls, schlug sich eine Hand vor den Mund und wurde bleich. »Dana! Oh, Gott, Dana! Nein!«

Sie schwankte bedenklich. Theron fing sie auf, ehe sie umkippte, und fluchte im Geiste über sich und die verdammten Dämonen. Hilfesuchend blickte er zu Nick, denn er begriff nicht, was Acacia mit dieser Toten verband, ahnte aber, dass sie befreundet gewesen sein mussten.

Nick schüttelte den Kopf, und bei aller Mordlust ob dessen, was geschehen war, lag da auch echtes Bedauern in seinem Blick. Dann wandte er sich wieder zum Feuer um.

»*Meli*«, sagte Theron sanft und bugsierte sich zwischen sie und das Feuer. »Sieh nicht hin.«

»Nein!« Sie packte seine Arme. Tränen liefen ihr über die Wangen, und der Kummer, den er in ihren Augen sah, brach ihm fast das Herz. »Das darf nicht Dana sein! Sie kann es nicht sein. Sie wollte die Stadt verlassen. Sie war bei mir im Laden. Kurz bevor du kamst. Kurz bevor diese Dinger …« Sie kniff die Augen zu und krallte beide Hände in sein T-Shirt. »Glaubst du, sie haben sie … meinetwegen gefunden? Theron! Sie können sie doch nicht wegen mir …«

Er zog sie dicht an seine Brust, um den Rest der Frage zu ersticken. Zunächst wehrte sie sich, doch er war unnachgiebig. Wie konnte er ihr sagen, dass genau das geschehen war? Sein Geruchssinn war außergewöhnlich gut, und er hatte in diesem Feuer keine Note von einem Herzen wahrgenommen. Was bedeutete, dass die Dämonen es der Misos als Bezahlung für Hades herausgerissen hatten, bevor sie sie töteten. Das entsprach ihrer Vorgehensweise. Aber unter keinen Umständen konnte er es Acacia sagen. Ebenso wenig wie er ihr erzählen konnte, wo er die Seele ihrer Freundin vermutete.

Seine Stimme war belegt, er wurde von Gefühlen erfasst, die er bisher nie gekannt hatte, als er antwortete: »Komm mit. Hier können wir nichts tun.«

Ihr Elend war mit Händen zu greifen, dennoch drehte sie sich um und ging mit ihm auf die Bäume zu. »Ich verstehe diese Welt nicht, in der du lebst«, murmelte sie, während sie sich über die Augen wischte.

Nein, das konnte sie gar nicht. Manchmal verstand er sie ja selbst nicht einmal. Er ging näher zu ihr.

»Ich bin so müde, Theron«, flüsterte sie.

Er hob sie in seine Arme, und als sie nicht widersprach, wusste er, dass sie geschwächter war, als sie zugeben wollte.

Ein Stich fuhr ihm durchs Herz. Sie baute sehr schnell ab, und die Ereignisse der letzten Tage hatten ihr Siechen nur beschleunigt.

Sie waren etwa zehn Meter in den Wald vorgedrungen, als er spürte, wie sich die Luft veränderte. Acacia musste es auch bemerkt haben, denn sie versteifte sich in seinen Armen. »Ich habe kein gutes Gefühl«, flüsterte sie an seinem Hals.

Er auch nicht. Behutsam ließ er sie herunter.

Der erste Schrei explodierte hinter ihnen, ehe sich auch nur einer von ihnen umgedreht hatte.

Einundzwanzigstes Kapitel

Eines musste Isadora Orpheus lassen: der *Ándras* wusste Dinge, von denen niemand sonst eine Ahnung hatte. Wie beispielsweise, wo die Götter sich aufhielten und wie man in ihr heiligstes Refugium eindrang.

»Ich kann nicht mit dir reingehen«, sagte Orpheus, als er sich die Kapuze seines schwarzen Umhangs über seinen Kopf zog, um sein Gesicht zu verbergen. »Dieser Umhang funktioniert nur für einen, und ich lasse mich nicht ums Verrecken im Olymp erwischen. Zeus hat mal wieder eines seiner kotzlangweiligen Gipfeltreffen einberufen, also versammeln sich alle Götter in seinem Tempel und überschlagen sich sicher, um den eingebildeten Großmotz zu beeindrucken. Dir ist der Unterschied zwischen einem Schleimscheißer und einem Arschlecker ja wohl bekannt, nicht wahr, Isa?«

Isadora runzelte die Stirn.

»Tiefenwahrnehmung«, kicherte Orpheus über seinen eigenen Witz.

»Was ist mit Persephone?«, fragte sie.

Sein Grinsen verschwand. »Sie ist da, wo ich gesagt habe.«

»Woher weißt du das? Vielleicht ist sie …«

»Vertrau mir, sie wird da sein. Wann immer sie von ihrer Mutter wegkommt, rennt sie zu den Bäumen. Dort gibt es mehr zu zerstören.«

Orpheus zu vertrauen, widerstrebte Isadora zutiefst, aber ihr blieb keine andere Wahl. Überhaupt gingen ihr die Möglichkeiten aus, und wenn dies hier nicht funktionierte …

Sie achtete nicht auf die Übelkeit, die ihr wie eine Faust im Magen lag, und reckte ihr Kinn. »Wo finde ich dich hinterher?«

»Ich verstecke mich hier draußen, wie es sich für ein niederes Wesen wie mich gehört.« Er bedachte sie mit einem strengen Blick. »Wenn du das vermasselst, Isa, sind wir beide geliefert.«

Sie nickte. »Werde ich nicht.«

Nachdem sie tief Luft geholt hatte, was auch nichts gegen das fiese Gefühl in ihrem Bauch half, zog sie sich ihre Kapuze über den Kopf und wandte sich zu den Pforten, hinter denen der Olymp lag. Bei allem, was heilig war, sie war im Begriff, geweihte Erde zu betreten!

Und sie hoffte inständig, dass der sagenumwobene Zeus sie nicht erwischte. Der Gott war nicht gerade berühmt dafür, verständnisvoll zu sein. Und seine Temperamentsausbrüche waren schlimmer als alle sieben Argonauten zusammen – an einem schlechten Tag.

Isadora hielt den Atem an und ging vorsichtig auf die Pforten zu. Dass keiner der Wächter in ihre Richtung blickte, bestätigte ihr, dass sie wirklich unsichtbar war. Orpheus' Tarnumhang wirkte, was sie ein klein wenig zuversichtlicher stimmte. Sie schlüpfte an den Wachen vorbei und blieb unten an dem Weg stehen, der sich zum Tempel hinaufschlängelte.

Bitte, lass Orpheus Recht haben …

Sie ging nicht den Weg entlang, sondern folgte einer niedrigen Steinmauer links an Weizenfeldern und Olivenhainen vorbei, bis sie zum Wald gelangte. Hohe Bäume, die sie nicht erkannte, sperrten das Sonnenlicht aus, während Büsche und Rankpflanzen den Boden bedeckten.

Isadora wanderte eine Viertelmeile im Dämmerlicht, ehe sie bemerkte, dass die Sträucher und Pflanzen um sie herum kränklich und welk aussahen. Als sie tiefer in den Wald kam, wurde die Erde schwarz, beinahe wie verbrannt, und die wenigen Pflanzen wirkten tot und vertrocknet.

Ein Summen vor ihr ließ sie erschrocken stehenbleiben. Sie linste zwischen den dunklen Baumstämmen hindurch zu einem kleinen Teich. Das Gras am Ufer war bräunlich verdorrt, und die Äste, die sich über die einst grüne Oase streckten, waren kahl. Dieser Ort strahlte eine beklemmende Traurigkeit aus. Und mitten auf dem Teich, Zentimeter über der Oberfläche, lag Persephone auf dem Rücken. Einzig ihre Finger berührten das Wasser.

Sogar liegend und scheinbar entspannt, strahlte sie etwas durch und durch Majestätisches aus, die Königin der Unterwelt. Eine Königin des Todes und der Zerstörung, ja, die war sie.

Isadoras Nerven flatterten. Sie blickte zurück auf den Pfad, den sie gekommen war, und Angstschauer schüttelten sie. Die Göttin war allein, genau wie Isadora es gewollt hatte, doch auf einmal war ihre Zunge geschwollen, fühlte sich ihre Kehle staubtrocken an.

Persephones Haar war dunkel, ihr Körper geschmeidig und anmutig. Sie sah wie eine Sirene aus, nur tausend mal stärker und eine Million mal gefährlicher. Zudem war sie weit furchteinflößender als Isadora erwartet hatte.

»Ich fragte mich schon, wie lange es dauert, bis du kommst.«

Isadora erstarrte und blickte sich abermals um. Die Göttin konnte unmöglich sie meinen!

»Natürlich spreche ich mit dir«, sagte Persephone, drehte ihren Kopf zur Seite und fixierte Isadora mit Augen vom Dunkelgrün irischer Wiesen. »Denkst du, ich weiß nicht, was du und dein Dämonenfreund vorhabt? Du kamst bloß an den Wächtern des Olymp vorbei, weil ich fand, dass jemand, der so verzweifelt ist wie du, angehört werden sollte. Und weil mich deine Angst amüsiert.« Sie seufzte theatralisch. »Hier ist es so entsetzlich langweilig.«

Isadora öffnete den Mund, brachte jedoch keinen Ton heraus.

»Nun, anscheinend doch nicht mehr so verzweifelt.« Persephone schaute wieder gen Himmel. »Und ich hatte gehofft, es würde unterhaltsam. Offenbar hat du das Feuer deines Vaters nicht geerbt.«

»M-mein Vater?« *Ah, glänzend, Isa! Prima, wie du gleich zum Wesentlichen kommst!*

»Es ist siebenundzwanzig Jahre her, seit König Leonidas an der Stelle stand, wo du jetzt stehst und mich fast dasselbe fragte.«

Plötzlich schien es nicht mehr wichtig, zum Punkt zu kommen. »Warte. Mein Vater kam zu dir?«

Persephone sah verärgert zu Isadora. »Habe ich das nicht gerade gesagt? Hör zu, Mädchen!«

Soweit Isadora wusste, hasste ihr Vater jede Einmischung der Götter. Eigentlich tat er alles, um sie aus den Angelegenheiten Argoleas herauszuhalten. »Warum war mein Vater hier?«

»Hmm«, machte Persephone und hob eine Hand, so dass Wasser von ihren langen, eleganten Fingern tropfte. »Um mich zu bitten, meinen Einfluss bei Hades geltend zu machen. Bist du nicht auch deswegen hier?«

Sieh an! Das war Isadora neu.

»Ja«, antwortete sie verblüfft. »Aber ich verstehe immer noch nicht, weshalb mein Vater bei dir war.«

Persephone verdrehte die Augen und rezitierte mit monotoner Stimme: »Zwei gebe es in jeder Zeit, geboren von Gott, Mensch und Erde. Eine voll Kraft, eine voll Schneid, zwei Hälften, auf dass ein Ende werde. Erkennt sie an dem besonderen Zeichen, zu einen im siebenundzwanzigsten Jahr. Die Schwache muss der Stärkeren weichen, dass das Leben erlösche immerdar.«

Ein zartes Lächeln trat auf Persephones Züge. »Ziemlich morbide, nicht wahr? Aber so ist mein Gemahl eben. Obwohl das nicht der Originaltext war. Ursprünglich lautete er: ›zu einen im vollendeten Jahr.‹ König Leonidas kam her und bat mich, eine Fristverlängerung auf siebenundzwanzig Jahre auszuhandeln.«

Isadora musste sehr erstaunt geguckt haben, denn Persephone machte erneut »Hmm« und fügte hinzu: »Bisher gelang es Atalantas Dämonen stets, die menschliche Hälfte der Gleichung rechtzeitig aufzuspüren und so zu verhindern, dass die Prophezeiung wahr wird.«

Isadora drehte sich der Magen um. »Er handelte ein längeres Leben für sie aus, damit sie umgebracht werden konnte?«

»Alles für einen guten Zweck«, fügte Persephone zynisch hinzu. »Erzähl mir nicht, du nimmst dir menschliches Leid zu Herzen. Diese Wesen entspringen einer solch … niederen Klasse.«

»Sie ist nicht irgendein Mensch. Sie ist meine Schwester!«

»Pure Biologie.«

In diesem Moment wurde Isadora klar, dass die Göttin ihr nicht helfen würde. Sie schrieb ihre Pläne in den Wind und sprach aus, was ihr auf der Seele brannte. »Nein, ich halte nichts davon, einen Menschen zum Wohle anderer zu opfern. Im Gegensatz zu dir und den anderen Göttern hier in eurer Traumwelt betrachte ich Menschen nicht als Schachfiguren, die ich umherschieben kann, wie ich lustig bin. Mein Vater ist ein Feigling und ein Lügner, und es war offensichtlich ein Fehler von mir, zu dir zu kommen.« Sie kehrte der Göttin den Rücken zu.

»Sehr gut, Prinzessin.« Bei dem Gelächter der Göttin

blieb Isadora stehen. »Vielleicht gibst du doch noch eine passable Königin ab.«

Isadora blickte über die Schulter zum Teich, wo Persephone sich aufgerichtet hatte, aber nach wie vor über dem Wasser schwebte. »Wie sehr mich deine Zustimmung freut!«, konterte sie bissig.

Sie wollte weitergehen, als Persephone plötzlich vor ihr auftauchte. Von Angesicht zu Angesicht wirkte sie noch majestätischer. »Ich sagte ›vielleicht‹. Es hängt ganz davon ab, was du als Nächstes tust.« Sie neigte ihren Kopf. »Ich glaube, ich gönne dir eine Audienz bei Hades. Ja, ich bringe dich sogar zu ihm.«

Persephones Augen funkelten, weil sie einen Vorwand gefunden hatte, ihren Mann wiederzusehen. Um sie herum erwachten der Teich und der Wald zum Leben. Die Farbenpracht und die Düfte waren schier überwältigend. Isadora, die nicht recht wusste, wie sie zu dieser Ehre kam, stockte der Atem. »Aber natürlich ist nichts umsonst, und wir haben noch nicht über die Bezahlung gesprochen.«

»Ich besitze nichts …«

»Ich will deine Gabe, in die Zukunft zu sehen.«

»Aber ich …«

»Was? Du hast sie nicht? Im Moment nicht mehr, aber sie kommt wieder. Und wenn sie wieder da ist, will ich sie. Für einen Monat.«

Isadora wurde misstrauisch. »Du bist doch eine Göttin. Etwas so Simples wie meine Gabe brauchst du überhaupt nicht.«

Persephone zuckte abfällig mit den Schultern, obwohl Isadora ihr ansah, wie viel es ihr bedeutete. »Der Fluch der Götter. Wir verfügen über große kosmische Kräfte, können jedoch nicht in Zukunft blicken. Keiner der Götter kann es. Wegen des freien Willens und derlei Humbug. Aber vorauszusehen, was immer ich will?«

Ein verschlagenes Grinsen ging über ihr Gesicht. »Das würde mich mit Zeus gleichstellen.«

Ein eisiger Schauer lief Isadora über den Rücken. »Nein, so funktioniert meine Gabe nicht. Ich bestimme nicht, was ich voraussehe. Und wenn ich etwas aus der Zukunft sehe, weiß ich nicht, wann es sich ereignet.«

Persephones' Iris nahm einen glühenden Jadeton an, und ihre vollkommenen Züge verzerrten sich für einen Moment. »Mach dir darüber keine Gedanken, Prinzessin. Deine Kräfte werden in meinen Händen ganz andere sein, das garantiere ich dir.«

Furcht regte sich in Isadora. Wäre es klug, der Königin der Unterwelt solch eine Macht zu geben? Was genau hatte die Göttin damit vor?

»Entscheide dich jetzt. Deiner Schwester bleibt noch ein Monat, und diese Unterhaltung beginnt, mich anzuöden.«

Ein Monat. In einem Monat konnte eigentlich nichts allzu Schreckliches passieren, oder? Isadora hoffte es jedenfalls nicht, auch wenn ihr letztlich egal war, was die Götter anstellten. Ihre Welt war weit entfernt von dieser. Und das Leben ihrer Schwester sowie vieler Argoleaner stand auf dem Spiel.

Also schob sie ihre Angst beiseite und sagte: »Bring mich zu Hades.«

»Nie wurden süßere Worte vernommen.« Verschlagen schmunzelnd, reichte Persephone ihr die Hand. »Wie du wünschst, meine sterbende Königin in spe.«

»Hast du die Waffe noch, die ich dir gab?«

Adrenalin schoss durch Caseys Kreislauf, als sie sah, wie eine Horde Dämonen aus dem Wald auf der anderen Seite der Lichtung gestürmt kam und auf die Trauernden zurannte.

»Acacia!« Theron zog seinen Dolch mit der breiten Klinge von seinem Rücken und sah hinauf in die Bäume.

Vor lauter Angst hatte Casey einen Kloß im Hals, während überall auf der Lichtung Geschrei und Gefechtslärm ausbrach. Aber wenigstens schaffte sie es, zu nicken, nachdem sie sich vergewissert hatte, dass das Messer an ihrer Wade war, wo sie es heute Morgen wieder festgeschnallt hatte.

»Kannst du klettern?«

»Klettern? Wie …?«

Er sah wieder nach oben. »Ich hebe dich das erste Stück. Kletter so weit nach oben, wie du kannst. Und wenn irgendwas hinter dir herkommt, schrei. Laut.«

»Soll das ein Witz sein?« Ausgerechnet jetzt entdeckte er seinen Sinn für Humor?

Er hob sie hoch, als wöge sie nichts, und zwang sie so, nach dem untersten Ast der Douglas-Tanne zu greifen. »So hoch du kannst, Acacia. Benutze die Waffe nur, wenn du musst, und schrei. Ich bin dann sofort bei dir.«

Ließ er sie allein?

»Warte!« Panisch griff sie nach seinem Arm, als er sie höher in das Geäst des Baumes schob. Ihr blieb keine andere Wahl; sie musste klettern. »Theron …«

Er hielt ihre Hand und sah ihr in die Augen, bis es sich anfühlte, als blickte er in den finstersten Winkel ihrer Seele. »Ich lasse nicht zu, dass dir etwas passiert, *Meli*. Marissa hat sich geirrt. Ich werde nie erlauben, dass dir etwas zustößt. Sag mir, dass du mir glaubst.«

Sie nickte und flüsterte: »Ich glaube dir.«

Ein letztes Mal betrachtete er sie prüfend, ehe er nach oben nickte. »Geh. Los.«

Casey zögerte nur einen winzigen Moment, um Theron nachzusehen, der sich in den Kampf auf der Lichtung stürzte. Ganz Muskeln und tödliche Entschlossenheit, gesellte er sich zu Nick, der mit einigen anderen

Männern aus der Kolonie gegen die Dämonen antrat. Etwa ein Dutzend der Monster überfielen die Leute während der Bestattung!

Oh Gott, Dana!

Waffen kollidierten mit Klauen und Reißzähnen; Rufe und Schreie vermengten sich mit fauchenden Grunzlauten, wenn Fäuste auf Knochen trafen. Als Theron auf den Rücken geworfen wurde und ein Dämon sich auf ihn stürzte, kniff Casey die Augen zu und wandte den Kopf ab.

Das Herz schlug ihr bis zum Hals, doch sie griff zum nächsthöheren Ast. Das Messer von Theron war ein ziemliches Gegengewicht an ihrem Bein.

Guter Gott, lass es bitte nicht verrutschen und runterfallen!

Sie war nicht unbedingt wild darauf, sich in dieser Höhe aufzuhalten, und kam sich ziemlich blöd vor, weil sie sich in einem Baum versteckte, während unten Leute starben. Aber wenn diese Monster es auf sie abgesehen hatten, war sie gewiss nicht so dumm, sich ihnen auf dem Silbertablett zu präsentieren.

Ihre Hände brannten von der Rinde, die ihr die Haut wundscheuerte. Und sie stöhnte vor Schmerz in den Armen, als sie sich höher hievte. Sollte sie lebend hier rauskommen – und Dr. Jill eine Heilung für das finden, was mit ihr nicht stimmte –, würde sie auf jeden Fall mit diesem Workout anfangen, das sie sich schon lange vorgenommen hatte. Der Kampflärm wehte zu ihr hinauf, doch sie achtete nicht darauf und versuchte nicht, Therons Stimme herauszuhören. Eines jedoch vernahm sie sehr deutlich: ein bestialisches Knurren unter ihr am Baum.

Sie erstarrte und hoffte, dass sie inmitten der Äste und Zweige nicht zu sehen war. Gleichzeitig betete sie, sie würde sich das nur einbilden.

Leider wurde das Knurren lauter. Dann begann der Baum zu schwanken.

Casey schrie. Sie umklammerte den Ast über sich fester, als sie auch schon den Halt unter den Füßen verlor.

»Du kannst nirgends hin, Halbblut«, fauchte der Dämon unter ihr. »Komm runter.«

Casey fuchtelte mit den Beinen und fand schließlich einen Ast, der sich unter ihrem Gewicht ein bisschen durchbog. Eilig zog sie sich höher. Nur noch ein Stück bis zu dem dickeren Ast über ihr. Dort könnte sie sich mit einer Hand halten und mit der anderen das Messer ziehen.

»Komm runter!«, donnerte die Bestie.

»Leck mich!«

Mit einem scheußlichen Brüllen packte der Dämon den Baumstamm und rüttelte heftig. Casey kreischte, als der Ast brach, auf dem sie stand. Rinde schabte ihr die Handflächen blutig. Ihre Fingernägel gruben sich in das Holz, wobei ihr Splitter ins Fleisch stachen, doch sie hielt sich mit aller Kraft fest. Ihr Körper wurde nach links und rechts geschleudert, als sich der Baum unter dem energischen Rütteln des Dämons bog.

Und dann geschah das Unfassbare: Das Messer rutschte aus dem Halfter. Hektisch versuchte sie, es mit dem Fuß abzufangen, aber es war zu spät. Ihre einzige Waffe fiel im selben Moment nach unten, in dem ihre Hände auf dem Ast über ihr zur Seite rutschten.

Der Dämon sah, wie sie kämpfte, und der Mistkerl lachte.

Ach du Schande!

Schweißperlen traten ihr auf die Stirn. Sie würde stürzen. Sie war zwanzig Meter über dem Boden, ohne Waffe, und keine Rettung in Sicht. Andererseits brauchte sie die vielleicht gar nicht mehr, wenn sie erst unten angekommen war.

Oh Mist, oh Mist, oh Mist!

»Theron!«

Der Ast, an dem sie hing, brach durch wie ein Reisigzweig. Und sie fühlte nichts außer Luft.

Hades war nicht allein. Den penetranten Blumenduft würde er überall wiedererkennen.

Er hob den Kopf und sprang so hastig von seinem Thron, dass er beinahe die fünf Marmorstufen hinunterstolperte. Bis zum Türbogen schaffte er es, bevor die Holzflügeltüren aufflogen und Persephone sich in seine Arme warf.

»Meine Liebe«, raunte er, zog sie näher und küsste ihre Hand. Schon umfing sie seine Wangen, presste ihren Mund auf seinen und wärmte die kälteste Stelle in seinem Innern. »Ich habe dich … so vermisst.«

Stöhnend schmiegte sie sich an ihn, fasste ungeduldig unter sein Hemd und strich über seinen Oberkörper. »Mein Gott!«

Er lachte, drehte sie um und schob sie zu seinem Thron und dem steinernen Tisch links daneben, von dem er wusste, dass sie ihn sehr gern hatte. »Der bin ich. Dein allein. Und jetzt verrate mir, wie du der furchtbaren Kuh des Westens entwischen konntest.«

Die Hände in seinem Nacken verschränkt, neigte sie kichernd den Kopf nach hinten, während er ihren Hals küsste. »Rede nicht so über meine Mutter. Du weißt, dass ich es nicht mag, wenn du diesen Ton anschlägst.«

Da sie alles andere als empört klang, leckte er ihren Hals ab, packte ihren Hintern und hob sie an, um sie schnellstmöglich auf den Tisch zu bekommen.

»Hades, warte. Wir müssen erst Geschäftliches besprechen.«

»Geschäftliches?« Erst jetzt bemerkte er die zarte Kreatur in der Ecke, gleich neben der Tür. Er ließ seine Königin wieder herunter und drehte sich um. »Sie ist menschlich.«

»Argoleanisch«, sagte Persephone, die eine zarte Hand auf seine Brust legte. »Die künftige Königin von Argolea, um genau zu sein.«

Ah, das war interessant!

Er blickte hinab auf die zierliche *Gynaíka* mit den großen braunen Augen und dem fast weißen Haar. Ihm entging nicht, dass sie krank war, dennoch strahlte sie eine gewisse Autorität aus. Das faszinierte ihn, zumal er den Eindruck hatte, dass es ihr gar nicht bewusst war. »Tritt näher«, befahl er schroff.

Zögernd kam sie zu ihnen.

Im helleren Licht war sie nicht mehr schön, sie war betörend. Für einen Augenblick musste ihm seine Begeisterung anzusehen gewesen sein, ehe er sie maskieren konnte. Und sofort rammte ihm Persephone unsanft ihren Ellbogen in den Bauch. »Nicht sie! Und nicht, wenn ich neben dir stehe, du Unhold, sonst wird es euch beiden leidtun.«

Hüstelnd rieb Hades sich den Bauch und lachte, als die *Gynaíka* verängstigt abwechselnd ihn und seine Königin ansah. »Sie ist viel zu klein. Sicher würde ich sie in zwei Hälften spalten. Außerdem habe ich Jungfrauen schon im letzten Jahr aufgegeben.« Er blickte wieder zu seiner Frau. »Ehrlich, Persephone, falls du vorhattest, mir einen Leckerbissen zu bringen …«

Wieder knuffte sie ihn, und er krümmte sich lachend. Sie war das einzige Geschöpf auf der ganzen Welt, dem es erlaubt war, die Hand gegen ihn zu erheben, und er liebte es.

Persephones Augen blitzten. »Denk mal ausnahmsweise zehn Sekunden mit deinem Kopf statt deinem … Sie ist wegen des Pakts hier.«

Das ließ ihn aufmerken. »Mein Pakt?«

»Gibt es noch einen anderen?«

Er musste unweigerlich grinsen. »Ah, also das ist wahrlich interessant. Was willst du, kleine Königin?«

Die *Gynaíka* kam zwei Schritte näher und blieb stehen. Furcht schien in ihren Augen auf, trotzdem reckte sie ihr Kinn und wirkte schon jetzt wie die Königin, die sie einst werden sollte. »Ich … ich bitte dich, den Pakt aufzuheben. Oder ihn zumindest aufzuschieben.«

Amüsiert ob der Kühnheit der Argoleanerin, zog er seine Königin an seine Seite. »Und warum sollte ich das tun?«

»Weil …« Die *Gynaíka* schluckte. »Weil ich eine Hälfte der Prophezeiung bin.«

Na, so was! Er hatte es sich bereits gedacht, war aber fasziniert genug, dass er sich anhören wollte, was sie noch zu sagen hatte. »Und die andere Hälfte?«

»Meine Schwester.«

»Aha. Lass mich raten«, sagte er und strich langsam mit einer Hand Persephones Rücken hinauf und hinunter. »Du bist hergekommen, um mich zu bitten, das menschliche Leben zu verschonen.«

»Sie ist nicht bloß menschlich. Sie ist ein Misos.«

»Noch besser.« Hades schnaubte verächtlich. »Nutzlos. Ich begreife nicht, warum deine Art den Schwanz nicht in der Hose behalten kann.« Persephone knuffte ihm in den Arm, und er wandte sich zu ihr. »Mach das noch einmal, Weib, und du wirst es teuer bezahlen.«

Verlangen leuchtete in ihren Augen auf. »Versprochen?«

Er stieß ein kehliges Knurren aus und beugte sich zu ihr, um sie zu küssen.

Der Argoleanerin räusperte sich, worauf er verärgert den Kuss unterbrach und die enervierende Kreatur mit einem strengen Blick bedachte. »Warum, bei allem Bösen in meinem Reich, bist du immer noch da?«

»Hades!«, ermahnte Persephone ihn.

Seufzend fügte er sich der Tatsache, dass er nicht in seine Königin käme, ehe er sie zufriedengestellt und diese Angelegenheit geregelt hatte. »Na schön. Dir sind die Konsequenzen bekannt, nehme ich an.«

Die *Gynaíka* nickte.

»Und dir ist bewusst, dass du mit deiner Einmischung Dinge in Bewegung setzt, die sich nicht mehr aufhalten lassen?«

Unsicher blickte die Kleine zwischen ihnen beiden hin und her, bevor sie abermals stumm bejahte.

Hades zuckte mit der Schulter. »Gut. Das menschliche Leben wird verschont.« Als die *Gynaíka* erleichtert ausatmete, fügte er hinzu: »Allerdings zu einem Preis.«

»Aber Persephone sagte …«

Er tätschelte das Kinn seiner Königin. »Was immer du an Handel mit meinem intriganten Weib ausgemacht hast, betrifft nur euch zwei. Ich verlange meinen eigenen Lohn. Eine Seele. Deine oder ihre, welche, ist mir egal.«

»Jetzt?«

»Jetzt könnte spannend sein«, antwortete er schmunzelnd, »aber ich entscheide nicht über den Zeitpunkt.«

Die *Gynaíka* sah aus, als würde ihr schlecht. Was ihm gefiel, sehr sogar.

»Nun?«, fragte er. »Was sagst du?«

Sie blickte auf ihre Hände, schien einen inneren Kampf auszufechten, dann schloss sie die Augen. »Meine«, flüsterte sie.

Sein Lachen kam aus den Tiefen seiner Seele, als er ihren zarten, sehr weiblichen Körper musterte. Oh, was würde er nicht genussvoll damit anstellen – Persephones Zustimmung hin oder her!

»Mach es dir bequem, kleine Königin.« Seine Hand

glitt auf Persephones Hintern. »Die Vorführung beginnt gleich.«

Das zierliche Ding riss die Augen weit auf, und ihr Entsetzen brachte ihn auf eine ganze Reihe neuer Tauschangebote. Solcher, die nicht bloß ihn, sondern auch sein Weib miteinbezogen. »Gehe ich nicht nach Hause?«

»Noch nicht«, antwortete Hades mit einem breiten Lächeln. Auch Persephone lächelte. »Noch nicht. Erst wenn wir beide mit dir fertig sind.«

Zweiundzwanzigstes Kapitel

Sie roch Lavendel ... und Leder ... und etwas, das sie für Thymian hielt.

Was seltsam war, denn eigentlich konnte sie Thymiangeruch nicht ausstehen. Heute aber roch es himmlisch.

Casey atmete tief ein und versuchte, sich umzudrehen. Dabei durchfuhr sie ein stechender Schmerz, und sie öffnete die Augen. Was zum Teufel war hier los?

Das Erste, was sie bemerkte, war ein knisterndes Feuer im riesigen Marmorkamin an der gegenüberliegenden Wand. Ein rascher Blick nach unten verriet ihr, dass sie in einem Bett mit frischen weißen Laken und einer weichen Decke lag. Sie war sauber, ihre Füße waren angenehm warm, ihr Kissen weich, aber das hier war nicht das Zimmer, in dem sie schon einmal geschlafen hatte.

Sie versuchte, sich aufzusetzen, als ihr Gehirn langsam wieder den Dienst antrat. Das Letzte, woran sie sich erinnerte, war, dass sie hoch oben in dem Baum hing, den der Dämon erbarmungslos schüttelte, dass ihre Finger abrutschten und ...

Sie wandte den Kopf und sah Theron schlafend in einem Sessel neben ihrem Bett.

Sein Haar war feucht, als hätte er kürzlich geduscht, und er trug eine ausgeblichene Jeans zu einem engen schwarzen T-Shirt. Seine vollkommenen Füße waren nackt und ruhten seitlich auf der Matratze. Sein Kopf war zur Seite geneigt, und er hatte die Augen geschlossen. Ja, er schlief eindeutig, und dabei sah er so engelsgleich aus, dass Caseys Herz einen Purzelbaum vollführte.

Bei näherem Hinsehen entdeckte sie allerdings die blauen Flecken und Risse an seinen Armen und in seinem Gesicht, die sie daran erinnerten, wie er auf der Lichtung gekämpft hatte. Gleichzeitig wurde ihr klar, dass er keineswegs ein Engel war. Er war ein Krieger. Und irgendwie hatte er sie wieder einmal gerettet.

Blöder Heldenkomplex!

Sie wackelte an seinem Zeh. »Wach auf, Dornröschen.«

Prompt schrak er hoch und schwang seine Füße auf den Boden. Mit schläfrigen, ein wenig glasigen Augen sah er sie sehr sexy an. Dann bewegte er sich so schnell, dass Casey es gar nicht richtig mitbekam. Eben war er noch in dem Sessel gewesen und blinzelte, als wüsste er nicht, wer sie war, und im nächsten Augenblick war er neben ihr in dem breiten Bett, nahm sie in die Arme und zog sie dicht an sich.

Okay, das war kein übles Erwachen. Caseys Herz schlug schneller, sowie seine Hände ihren Rücken streichelten und er ihr in einer Sprache ins Ohr flüsterte, die sie nicht verstand.

Oh, Mann, in Fremdsprachen war sie immer schon erbärmlich gewesen!

»Entweder habe ich sehr viel länger geschlafen, als ich dachte, oder du freust dich einfach nur, mich zu sehen«, sagte sie.

Er lachte nicht über ihren Scherz, entspannte sich aber fühlbar. »Du hast fast acht Stunden geschlafen, *Meli*. Ich war besorgt.«

Acht Stunden klangen eigentlich nicht dramatisch. Bedachte man allerdings, dass sie mitten in einem Schlachtengetümmel eingenickt war …

»Wo sind wir?«

»In meinem Zuhause.«

Bei ihm? Tatsächlich?

»Hier bist du vollkommen sicher. Die Dämonen können nicht nach Argolea kommen.«

Konnten sie nicht? Sie wollte fragen, warum, wurde aber von einem anderen Gedanken abgelenkt. Sie war in Argolea!

Wow. Das war … verrückt.

»Wie bin ich hergekommen? Hatte Nick nicht gesagt, dass ich freiwillig durch das Portal gehen muss? Ich erinnere mich nicht, zugestimmt zu haben.«

Er strich ihr das Haar aus dem Gesicht. »Du warst ein bisschen weggetreten von dem Sturz. Nick hat mir geholfen, dich herzubringen. Ja, du hast zugestimmt, doch du wurdest immer wieder ohnmächtig, deshalb wundert mich nicht, dass du es nicht mehr weißt.«

»Ist Nick hier?«

Er schüttelte den Kopf. »Er ist gleich wieder zurück.«

Zurück. In die Schlacht. Zu den Dämonen, die seine Leute angriffen. *Ihre* Leute.

Sie packte seinen Unterarm. »Marissa …«

»Ihr geht es gut. Nick und die anderen konnten die Dämonen überwältigen. Sie machen das schon sehr lange, *Meli*.«

War da ein trauriger Ton in seiner Stimme, oder bildete sie es sich bloß ein?

Dann fiel ihr Dana ein.

Sie senkte den Kopf an seine Brust, als sie eine Welle von Kummer überrollte. »Wo hat er Dana gefunden?«

Langsam malte seine Hand Kreismuster auf ihren Rücken. »Das weiß ich nicht.«

Doch, er wusste es. Das hörte sie, und sie fühlte es, denn die Haut nahe ihrem Geburtsmal kribbelte. Genauso wie sie spürte, dass er ihr keine Einzelheiten erzählen würde – weil es etwas mit ihr zu tun hatte. »Ich wusste nicht einmal, dass sie eine von ihnen war. Uns.

Das hätte ich ahnen müssen. Mir war die ganze Zeit klar, dass sie anders war. Sie …« Casey schloss die Augen. »Wir haben sie zur Kolonie geführt.«

»Nein. Was geschehen ist, ist nicht deine Schuld. Was mit deiner Freundin passiert ist, ist nicht deine Schuld. Es waren … die Umstände. Manchmal ereignen sich schreckliche Dinge einfach grundlos.«

Wie Recht er hatte! Ihr ganzes Leben bestand aus diesen verfluchten Umständen, was es nicht leichter machte, die Wirklichkeit zu akzeptieren. Und ihr fehlte Dana so schmerzlich, dass sie nicht sicher war, ob sie es je verwinden würde.

Als sie nach einer ganzen Weile wieder zu ihm aufsah, erinnerten die Kratzer und blauen Flecken in seinem Gesicht sie wieder an das, was er getan hatte. Behutsam glitt sie mit den Fingerspitzen über seine Wange. »So wie du aussiehst, könnte man glauben, du hattest einen Ringkampf mit einem Puma.«

Bei seinem traurigen Lächeln ging ihr das Herz auf. »Mir geht es gut, *Meli*. Du warst diejenige …« Er brach mittendrin ab und räusperte sich. »Als ich dich schreien hörte … Ich hätte dich nicht allein lassen dürfen.«

Caseys Herz schlug heftig gegen ihre Rippen. Sie legte ihre Hand auf seine, und als ihre Finger sich miteinander verwoben, sah sie Bilder aus der Schlacht: Wie er gegen einen Dämon nach dem nächsten kämpfte, Misos rettete, ihren Schrei hörte und gerade rechtzeitig zum Baum rannte, um sie aufzufangen, bevor sie auf der harten Erde aufschlug. Sie sah ihren Körper in seinen krachen, sie beide zu Boden gehen, wobei er ihren Aufprall mit seinem Leib abfederte. Blitzschnell war er wieder auf den Beinen und stürzte sich auf den Dämon, der sie töten wollte.

Mein Held.

Die zwei Worte hallten durch ihr Denken, als sie ihn

ansah. Und in dem Moment wusste sie es. Ob sie ihm bestimmt war oder nicht, war bedeutungslos. Sie hatte sich in diesen ungewöhnlichen Helden verliebt, der in ihr Leben getreten war und ihre ganze Welt auf den Kopf gestellt hatte. Vor zwei Tagen war sie so wütend auf ihn gewesen, dass sie kaum klar denken konnte. Aber jetzt …

»Was?«, fragte er.

»Nichts. Ich habe bloß …«

Jetzt liebte sie ihn.

Ihre Brust fühlte sich eng an. Heiliger Bimbam, war das möglich? Konnte sie … jemanden lieben? Noch dazu ihn? Er war ein Argonaut, einer der Wächter seiner Art. Und sie war nicht sicher, weshalb er sie hierher gebracht hatte. Nicht zu vergessen, dass er Menschen verabscheute.

»Alles in Ordnung, *Meli*?«

Nein, nichts war in Ordnung! Sie war drauf und dran, wahnsinnig zu werden. Casey schüttelte den Kopf, um wieder ganz klar zu werden, und blickte hinab auf ihre Hände. Ihr fiel die Vision von ihm und seinem Vater ein. »Was hat er gesagt?«

»Wer?«

»Dein Vater. Bevor er starb, sagte er, ›*To peprōmenon phugein adunaton, gios mou.*‹ Was heißt das?«

Sein Gesicht nahm einen verstörten Ausdruck an, doch er wandte sich nicht ab. »Er sagte, ›Du kannst dem nicht entfliehen, was bestimmt ist, mein Sohn.‹«

Casey sah wieder auf ihre beiden Hände. *Was bestimmt ist.*

War bestimmt, dass sie herkam? War es Schicksal, dass sie ihm begegnete? Sie glaubte diesen Unsinn über Seelenverwandte und den einen Menschen nicht, der für einen vorgesehen war. Zugleich aber konnte sie nicht ignorieren, dass sie etwas zu Theron drängte, und das war von Anfang an da gewesen. Etwas, das sich ihrer Kontrolle zu entziehen schien.

War das Liebe?

Seine Finger schlossen sich vollständig um ihre, und er streichelte sie mit seinem Daumen. »Das ist ein altgriechisches Sprichwort und soll uns erinnern, dass wir alle zu einem Zweck geboren wurden.«

Ein Zweck, aha. »Und welches ist deiner, Theron?«

Sein Daumen verharrte, und als Theron sie ansah, wollte sie in seinen dunklen Augen versinken. »Solange ich lebe, drehte er sich um das, wozu ich ausgebildet wurde. Aber jetzt … Jetzt bin ich mir nicht mehr sicher.«

Ihr Herz setzte einen Schlag aus. Und noch einen. Und einen weiteren.

Da wurde es ihr vollkommen klar.

Sie liebte ihn. Was gleichermaßen beängstigend und elektrisierend war, denn sie war noch nie verliebt gewesen. Trotzdem hatte sie sich in den letzten paar Tagen auf eine Weise in diesen großen bösen Wächter verliebt, von der sie sich wohl nie erholen würde. Und die Tatsache, dass er noch damit rang, es zu begreifen, war irgendwie rührend.

Nicht zu vergessen, dass es ihr eine gewisse Macht gab.

Sie musste etwas tun, bevor sie der Mut verließ.

Ohne auf den Schmerz in ihrer Seite, der vom Aufprall herrührte, zu achten, lehnte sie sich vor und küsste ihn. Er hielt den Atem an, als sich ihr Mund seinem näherte, und auch noch, als ihre Lippen seine streiften. Dann erst entspannte er sich.

Ein Lächeln huschte über seine Lippen. Wie faszinierend, dass ein solch starker Krieger zu Wachs in ihren Händen wurde, wenn sie ihn nur küsste. Und wie erstaunlich.

So hatte noch niemand auf sie reagiert. Ja, sie hatte eine Handvoll Liebhaber gehabt – auf dem College und später, als sie herumreiste –, aber keiner von ihnen hatte sie so entflammt wie Theron. Und bei keinem hatte sie den Eindruck gehabt, er könnte gar nicht genug von ihr bekommen.

Er neigte den Kopf und vertiefte den Kuss, womit er die Regie übernahm. Seine Hand tauchte in ihr Haar, als er sie näher zu sich zog, bis sie an seiner Brust lehnte und halb auf seinem Schoß hockte, wie vor kurzem in der Höhle.

Oh ja, daran könnte sie sich gewöhnen! An die Art, wie er sich auf sanfte Art nahm, was er wollte. Beinahe konnte man glauben, ihr Genuss wäre ihm wichtiger als sein eigener. Warum hatte sie dem nicht schon früher nachgegeben?

»*Meli*«, flüsterte er und legte sie behutsam zurück aufs Bett. »Was machst du mit mir? Oh, Götter.«

Das Verlangen in seiner Stimme brachte sie zum Erbeben. Sie streckte die Arme nach ihm aus, und er kam zu ihr. Immer noch war er sehr sanft, stützte sein Gewicht auf seinen Ellbogen ab, während er sich so auf ihr positionierte, dass seine Erektion zwischen ihre Schenkel drückte. Doch statt ihr die Kleider vom Leib zu reißen und in sie einzudringen, wie sie es erwartet hätte, strich er ihr das Haar aus dem Gesicht und sah sie so lange an, dass das Kribbeln unten an ihrem Rücken von neuem begann.

Irgendwas stimmte hier nicht.

»Du bist so wunderschön«, raunte er und fuhr sacht mit dem Daumen über ihre Schläfe. »So wunderschön und so zerbrechlich. Wie ein sehr kostbares Kristall.«

Okay, das war ja süß, aber … da war noch mehr, was er nicht sagte. Sie erkannte es in seinen Augen. Als wüsste er etwas, von dem sie nicht einmal ahnte. Fragend musterte sie sein Gesicht, wobei ihr seine Worte durch den Kopf wirbelten. Wunderschön. Zerbrechlich.

Das waren nicht die Adjektive, mit denen sie sich selbst beschreiben würde. Es sei denn, sie war krank.

Und plötzlich ergab alles einen Sinn.

Was, wenn diese mysteriöse Krankheit, die Dr. Jill bei ihr entdeckt hatte, gar nicht so mysteriös war? Was, wenn sie mit ihrer argoleanischen Hälfte zu tun hatte? Es würde erklären, warum ihr verschollener Vater auf einmal nach ihr suchte. Und warum Theron sie unbedingt herbringen wollte, bevor ihre Zeit abgelaufen war.

Heiliger … *Mist*. War ihre Zeit fast um?

Abermals sah sie ihn in der Hoffnung auf irgendein Zeichen an, dass sie sich irrte. Doch da war keines. Alles, was sie sah, war … Mitleid. Ein Kloß bildete sich in ihrem Hals. »Wie lange habe ich noch?«

Falls ihre Frage ihn überraschte, verbarg er es gut, was ihren Verdacht bestätigte. »Ich weiß es nicht«, sagte er leise.

Wow. Also das war ein echter Stimmungskiller. Casey war viel zu geschockt, um etwas anderes als Ungläubigkeit zu empfinden, als sie ihre Finger durch sein dunkles Haar gleiten ließ. Es fühlte sich wie Seide an: weich und griffig, so wirklich.

»Ich werde alles tun, was ich kann, um dir zu helfen, Acacia. Nichts hat sich geändert. Ich beschütze dich immer noch.«

Seinem entschlossenen Blick nach war er ein Mann, der stets bekam, was er wollte. Scheitern war ihm fremd.

»Aber du kannst es nicht, oder? Weil das, was mit mir geschieht, nicht zu ändern ist.«

Er sah zu ihrem Haar und spielte mit einer verirrten Locke. Und nun war es nicht mehr nur Mitleid, was sie in seiner Miene las. Sie erkannte außerdem Geheimnisse. Und Kummer.

»Lass mich nicht am ausgestreckten Arm verhungern, Theron. Wenn du weißt, was mit mir los ist, will ich es auch wissen.«

Er seufzte. Offenbar wollte er nicht antworten, begriff jedoch, dass er nicht drum herum kam. »Ich weiß es nicht. Jedenfalls nicht genau.«

»Dann sag es mir ungenau.«

Er zögerte so lange, dass sie bereits fürchtete, er würde überhaupt nichts mehr sagen. »Wenn ich raten sollte, würde ich sagen, dein Körper ist nicht stark genug, um all die Veränderungen zu verkraften, die du momentan durchmachst.«

Die Veränderungen. Er meinte wohl ihre argoleanische Seite, die aus dem Nichts auftauchte und sich behauptete. Deshalb konnte sie neuerdings in die Vergangenheit sehen. »Sind solche Wandlungen bei Leuten deiner Art normal?«

Stumm verneinend, schaute er ihr wieder in die Augen, und sie erblickte einen entsetzlichen Schmerz darin. »Nein, aber für einen Misos kann es anders sein. Nick müsste es wissen. Wir könnten ihn fragen.«

Wir. Das eine Wort erfreute und ängstigte sie zugleich, wollte sie doch so viel mehr in es hineinlesen, als er wohl meinte.

Schön blöd von ihr, bedachte sie, dass sie täglich schwächer wurde. Nick konnte ihr nicht helfen, sonst hätte er es längst getan. Und das wiederum hieß, dass sie diese Schlacht schon verloren hatte. Wie Theron klar sein dürfte. Diese Erkenntnis war derart beklemmend, dass Casey nur noch vergessen wollte.

Sie fuhr ihm mit der Hand durchs Haar und zog ihn näher. »Küss mich einfach, Theron.«

Es war unübersehbar, dass er hin- und hergerissen war zwischen dem, was er er wollte, und dem, was er für richtig hielt. Aber sowie ihre Finger seine Wange berührten, gab er seine Zurückhaltung auf. Er küsste sie leidenschaftlich, rieb seine Hüften an ihren und nahm nicht bloß ihren Mund ein, sondern ihr Herz und ihre Seele gleich dazu.

»Ja, ja, ja«, hauchte sie. Das war es, was sie brauchte. Was sie von dem Moment an gewollt hatte, in dem sie ihm begegnet war, aber nicht zu wünschen wagte. Und jetzt? Nun gab es keinen Grund mehr, sich irgendetwas zu versagen. Ihre Hände wanderten seinen Rücken hinauf, und sie stöhnte, als er sein Gewicht verlagerte, so dass die Wölbung seiner Erektion an jene eine Stelle drückte, wo sie sich nach seiner Berührung verzehrte.

Seine Zunge spielte mit ihrer, streichelte sie, erregte sie. Er knabberte zärtlich an ihrer Unterlippe, biss hinein und leckte sie, dass Casey dahinschmolz. Als sie schon dachte, seine Neckereien keine Sekunde länger ertragen zu können, malte er eine Spur von Küssen bis zu ihrem Ohr, während seine Hand unter ihr T-Shirt tauchte und über ihren Bauch glitt, so dass ihr ein Funkenregen über den Oberkörper sprühte. »Du bist ein Geschenk, Acacia«, murmelte er küssend, leckend und liebkosend. »Eines, das ich nie erwartet hätte.«

Sie stand schon in Flammen, und dabei hatte er sie bisher lediglich geküsst. Und das war noch nicht genug. Sie drehte sein Gesicht wieder zu ihrem. »Nein, du bist eines.«

Offenbar gefiel es ihm, denn er presste seine Lippen auf ihre. Beide stöhnten im Chor, als seine eine Hand ihre Brust umfing.

Wenigstens in diesem Moment war sie weder erschöpft noch schwach. Nein, sie war mächtig. Sie liebte, was er mit ihrem Mund und mit ihren Brüsten anstellte, doch sie wollte mehr. Sie wollte alles, was er ihr geben konnte, solange er es ihr geben konnte. Und sie wollte es ihm zehnfach vergelten.

»Theron«, flüsterte sie. »Ich will dich. Jetzt und hier. Kein Warten mehr.«

Er hob den Kopf gerade so weit, dass er sie ansehen konnte. »Ich möchte dir nicht wehtun.«

Sie strich mit einem Finger über das entblößte V seiner Brust. »Tja, ich habe eine recht klare Vorstellung davon, womit ich es aufnehme.« Sie bog ihm die Hüften entgegen und beobachtete, wie Verlangen in seinen mitternachtsschwarzen Augen aufloderte. »Und ich bin ziemlich sicher, dass ich es verkrafte.« Nun glitten ihre Finger hinab zu seinem Jeansbund. »Ich weiß, was ich will.«

Stöhnend drückte er seine beachtliche Erektion gegen ihren empfindlichsten Punkt, dass sie erschauerte. »Du spielst mit mir, *Meli*.«

Sie lächelte, als sie sich mit dem Jeansknopf abmühte. »Nein, Wächter, ganz gewiss nicht.«

Ein träges Grinsen trat auf seine Züge, dann küsste er sie wieder. Er fand den Vorderverschluss ihres BHs und öffnete ihn, so dass er endlich ihre bloße Haut berührte, wie sie es sich gewünscht hatte. Ihre Brustspitzen wurden hart. Kühle Luft wehte über sie hinweg, als er ihr das T-Shirt hochzog und sein Gesicht über ihren Busen beugte. Und als seine Zunge sie dort berührte, standen ihre sämtlichen Nervenzellen unter Strom.

Unwillkürlich bog sie ihren Rücken durch, bot sich ihm schamlos an und jammerte unglücklich, sowie er ihre Brust freigab und sich halb aufrichtete.

»Nicht aufhören, Theron …«

»Schhh.«

Sie riss die Augen auf und bemerkte, dass er aufmerksam lauschte.

Beide schienen gleichzeitig das schwere Donnern von Stiefeln draußen zu hören. Theron löste sich rasch von Casey und war mit drei großen Schritten an der Tür. »Bleib hier. Ich bin gleich zurück.«

Theron verließ das Zimmer und schloss die Tür fest hinter sich. Benommen legte Casey sich auf die Kissen zurück, zog ihr Hemd herunter und richtete die Laken. Dann horchte sie. Sie konnte Therons Bariton ausmachen, gefolgt von zwei anderen Männerstimmen, die sie nicht kannte. Was sie sprachen, konnte Casey nicht verstehen.

Theron hatte gesagt, die Dämonen konnten nicht nach Argolea und dass Nick direkt zur Kolonie zurückgekehrt wäre. Mit wem also redete er?

Die Schritte entfernten sich, bis alles still war. Casey wartete, dass Theron wiederkam, aber er kam nicht.

Schließlich siegte ihre Neugier. Sie stieg aus dem Bett, zupfte ihre Kleidung zurecht und ging zur Tür.

Vom Zimmer aus gelangte sie auf einen langen Flur. Durch Oberlichter in der gewölbten Decke fiel Sonnenlicht hinein und warf lange Schatten auf den Boden. Barfuß lief Casey über die dunklen Dielen in die Richtung, in der sie den Hauptteil des Hauses vermutete. Bald hörte sie wieder Stimmen: Therons und die der beiden anderen.

Hier war der Thymiangeruch intensiver. Casey atmete tief ein, als sie das Flurende erreichte und in einen riesigen Wohnraum trat, der ganz in maskulinen Grün- und Bordeauxtönen gehalten war. Die Decke war mindestens sechs Meter hoch mit klobigen Kiefernbalken. Überhaupt wirkte alles sehr rustikal. Ein großer Kamin aus Flussgestein nahm beinahe eine ganze Wand ein. Daneben blickte man durch Panoramafenster in ein Märchenland aus Wäldern von wilden Oliven- und Myrtenbäumen und hohen Erdbeersträuchern.

Ihr stockte der Atem angesichts dieser überwältigenden Schönheit, und sie blieb stehen. Aus dem Augenwinkel nahm sie eine Bewegung wahr und drehte ihren Kopf in die Richtung. Zwei Männer standen mit Theron neben den Fenstern und gafften sie an, als wäre sie ein Monster mit drei Köpfen.

»Heilige Hera«, sagte der blonde Mann. »Sie ist menschlich!«

»Acacia.« Theron war im Nu bei ihr. »Warum bist du nicht im Bett? Du darfst nicht aufstehen und herumlaufen.«

»Ich ...« Sie blickte von ihm zu den beiden anderen, die mindestens so erstaunt waren, sie zu sehen, wie umgekehrt, und wusste nicht, was sie sagen sollte.

Die beiden Männer waren fast so groß wie Theron und trugen die gleichen seltsamen Zeichen auf ihren Handrücken. Der Blonde war eher so ein David-Beckham-Typ mit seinem jugendlichen Gesicht und dem schelmischen Funkeln in den silbernen Augen. Sein kurzes Haar war ungekämmt, und der schmale Schnauzer sowie der zarte Kinnbart wirkten verblüffend sexy.

Der andere hingegen war dunkel und wirkte mysteriös. An seinem Blick spürte Casey, dass er schon weit mehr gesehen hatte, als er jemals verraten würde. Eine dünne Narbe durchschnitt seine Oberlippe, und seine goldene Haut schimmerte im einfallenden Tageslicht.

Allerdings war es nicht ihr verwegen gutes Aussehen, das Casey erschreckte; nein, es war die Macht, die die beiden ausstrahlten. Sie ließ buchstäblich die Luft um sie herum flirren. Casey begriff sofort, dass sie zu Therons Wächtern gehörten. Zwei Argonauten, live und in Farbe. Hatte Theron nicht behauptet, Frauen würden sich ihnen zu Füßen werfen? Ja, jetzt verstand sie es.

Der Blonde kam auf sie zu. Prompt erschien Theron zwischen ihr und dem Wächter und sagte etwas in einer Fremdsprache. Seltsam. Sie klang griechisch und auch wieder nicht.

Der blonde Wächter blieb stehen, linste an Theron vorbei zu ihr, während Theron weiter in strengem Ton auf ihn einredete, was hoffentlich eine Warnung sein sollte, ihr nichts zu tun. Der andere Wächter stand noch immer stocksteif beim Fenster und starrte zu ihr herüber. Doch obwohl sich keiner von ihnen rührte, war Casey mulmig zumute. Wenn sie wollten, könnte sie jeder von ihnen wie ein lästiges Insekt zerquetschen.

Als Theron verstummte, blickte der Blonde kurz ihn, dann wieder Casey an. Und tat etwas, womit sie im Leben nicht gerechnet hatte: Er ging vor ihr auf ein Knie und senkte den Kopf.

Casey war verblüfft, kam jedoch nicht dazu, zu fragen, was hier los war, denn Theron packte einen Arm des Wächters und zog ihn nach oben. »Das reicht, Zander.«

Zander richtete sich zwar zur vollen Größe auf, neigte den Kopf allerdings noch einmal. »Ich bitte vielmals um Entschuldigung. Mir war nicht bewusst, wer sie ist.«

Theron warf einen skeptischen Blick in ihre Richtung und wandte sich erneut an seine Wächter. Wieder sprach er in dieser komischen Sprache, die Casey allmählich auf die Nerven ging, und schließlich sagte der Dunkle etwas.

»Leonidas möchte dich sehen.«

Ihr Vater?

Theron wurde misstrauisch. »Woher weiß er, dass ich hier bin?«

»Er wusste es nicht«, antwortete Zander. »Cerek und ich sollten nachsehen, ob du zurück bist. Falls nicht, sollten wir durchs Portal und nach dir suchen, aber das ist ja nun nicht mehr nötig.« Er nickte zu Casey. »Du nimmst sie mit, vermute ich.«

Wieder sprach Theron schnell und in einer für sie unverständlichen Sprache, worauf beide Wächter verwirrt schienen. Casey hatte keinen Schimmer, was vor sich ging, aber sie spürte, dass etwas nicht stimmte.

Was verbarg Theron vor ihnen? Vor ihr?

»Theron«, sagte der, der Cerek hieß. »Es ist nicht klug …«

»Schluss«, donnerte Theron, dass Casey zusammenzuckte. »Darüber diskutieren wir nicht.« Er sah zu dem Blonden. »Zander kommt mit mir. Cerek, du bleibst hier.«

Casey blickte zu dem dunklen Wächter, der von dem Befehl genauso angetan zu sein schien wie sie.

Zaghaft berührte sie Therons Arm. »Theron, ich …«

Er drehte sich zu ihr um, und da sah sie den Mann, der er an dem Tag gewesen war, als er in ihren Buchladen kam: hart, kalt, auf seine Pflicht fixiert, die nichts mit ihr zu tun hatte. Ihr war gar nicht klar gewesen, wie viel weicher er sich ihr gegenüber inzwischen verhielt – bis jetzt.

Als wüsste er, was sie sah, nahm er sanft ihre Hand. »Komm, *Meli.* Du musst dich ausruhen.«

Sie ließ sich von ihm wegführen; teils, weil ihr die Energie fehlte, ihm zu widersprechen, und teils, weil sie immer noch Mühe hatte, dieses merkwürdige Treffen eben zu verstehen. Hinter sich hörte sie Cerek sagen: »*Skata!* Hast du mitbekommen, wie er sie eben genannt hat?«

Das Kribbeln unten an ihrem Rücken setzte ein, als Theron sie in das Schlafzimmer brachte, sie dort in das breite Bett legte und zudeckte.

»Ich kann mit dir gehen, falls du …«

»Nein«, fiel er ihr ins Wort.

Sie schrak zusammen, worauf er sich auf die Bettkante setzte und wieder ihre Hand nahm. Mit dem Daumen rieb er über die Innenfläche, während er ungleich sanfter sagte: »Nein, das ist Angelegenheit der Argonauten. Und außerdem möchte ich, dass du Ruhe bekommst.«

»Du hast gesagt, die Dämonen können nicht in Argolea eindringen.«

»Können sie auch nicht. Das Portal ist gut bewacht.«

»Und warum hast du Cerek befohlen, hierzubleiben?«

Sein Daumen strich über ihr Handgelenk. »Weil ich beruhigter bin, wenn er hier ist, weiter nichts. Du musst dir keine Sorgen machen, *Meli*.«

Ja, klar, das glaubte sie ihm glatt! Sie wollte ihn gerade fragen, was wirklich los war, als sie nach unten sah, wo er sie berührte. »Du machst doch nicht wieder dieses Gedankenverwirrspiel mit mir, oder?«

Er lachte. »Ich hab's versucht. Wirkt es?«

»Nein.«

Nun schenkte er ihr dasselbe verführerische Grinsen, bei dem sie bereits einige Male dahingeschmolzen war: in ihrem Haus, in der Höhle, hier und jetzt. »Ich war nie besonders gut darin.«

Im nächsten Moment war sein Lächeln fort und er stand auf. »Ich bin bald wieder da. Wenn du irgendetwas brauchst, frag Cerek. Er tut dir nichts.«

Diese letzte Bemerkung fand Casey irgendwie beängstigend, doch noch ehe sie nachfragen konnte, was er meinte, beugte er sich zu ihr und unweigerlich hob sie ihm das Gesicht zum Kuss entgegen ... um sogleich enttäuscht zu werden, als er ihr einen Schmatzer auf die Stirn gab und verschwand.

Stirnrunzelnd lehnte Casey sich zurück. Sie konnte Theron noch riechen, so deutlich, als läge er neben ihr. Der Thymianduft andererseits war in diesem Zimmer nicht sonderlich ausgeprägt, aber durchaus noch präsent, folglich musste die Quelle hier im Haus sein.

Sie schloss die Augen und überlegte, was hier vorgehen mochte. Warum war Theron nicht ehrlich zu ihr?

Ihr schwirrte der Kopf vor lauter Möglichkeiten, die ihr in den Sinn kamen, doch ehe sie länger darüber nachgrübeln konnte, wurde sie vom Schlaf überwältigt.

Dreiundzwanzigstes Kapitel

»Schwachköpfe!«

Atalanta brüllte ihren Frust heraus und klatschte mit den Händen auf den Altar ihres Tempels. Der Stein brach mit einem bebenden Krachen auseinander und bröckelte ihr zu Füßen.

Zwei Stufen tiefer, vor dem nun demolierten Altar, senkte Deimus unterwürfig sein Haupt. Ein gutes Stück hinter ihm standen drei Dämonen, die es ihm gleichtaten.

Sie waren Idioten. Allesamt wie sie da waren. Und sie verhagelten ihr ihre Pläne.

Atalanta schritt um die Trümmer herum, dass ihr blutroter Rock hinter ihr aufwehte. »Sie lebt, und die Halbblute haben überlebt. Du bist ein nutzloser Wicht, Deimus!«

Er hob weder den Kopf, noch versuchte er, sich zu verteidigen, nicht einmal als sie nach dem Schwert an seiner Hüfte griff, die Klinge herauszog und sie ihm mit einem Hieb tief in die Brust rammte.

Langsam blickte er auf, und seine grünen Augen weiteten sich, bis nur noch das Weiße zu sehen war. Sein schockierter Ausdruck befeuerte sie nur in ihrem Hass, als sie das Schwert drehte, auf dass es ihm so viel Schmerz wie möglich bereitete.

Er stieß einen stummen Schrei aus und sank auf die Knie. Wütend stemmte sie einen Fuß gegen seine Brust und riss das Schwert heraus, bevor sie es seitlich schwang und Deimus' Kopf vom Hals abtrennte. Mit einem scheußlichen Poltern kullerte er die Steinstufen hinunter. Atalanta biss die Zähne zusammen und stieß mit dem Fuß zu, bis der kopflose Körper hinterherrollte und unten an der Tempeltreppe neben dem Kopf liegen blieb.

Die anderen drei Dämonen blickten entsetzt zu Boden.

»Thanatos!«, schrie sie. »Tritt vor!«

Der Dämon in der Mitte sah ängstlich auf; nach einem winzigen Moment des Zögerns folgte er dem Befehl und trat an die Stelle, an der Deimus zuvor gestanden hatte.

Ihr gefiel, dass er nicht zitterte, obwohl er vor Angst vergehen musste. »Schwör mir deine Untertanentreue, hier und jetzt.«

Er kniete sich halb hin und neigte den Kopf. »Ich schwöre, der Göttin bis in den Tod zu dienen.«

Seltsamerweise beruhigte sein Eid sie, so dass sie die Schultern hob und ihren Rücken durchdrückte. »Wer ist dein Herr und Meister?«

»Das seid Ihr, meine Königin.«

»Wie lautet dein Auftrag?«

»Argolea und alles, wofür es steht, zu zerstören.«

Atalanta atmete einige Male ein und aus. Wegen Deimus' Unfähigkeit hatte sie das Halbblut verloren. Was jedoch nicht bedeutete, dass es vorbei war. Sie kannte Heras Fluch und musste lediglich darauf vertrauen, dass die Argonauten nicht so weit gingen, die Erwählten zusammenzubringen. Und ihr blieben immer noch andere Mittel zur Rache.

Sie zog Thanatos' Schwert aus der Scheide und legte die flache Klinge auf seinen Kopf. »Du, Thanatos, Todesdämon, wirst hiermit zum kommandierenden Ritter meiner Armee geschlagen.« Ein Britzeln fuhr aus ihrer Hand durch die Klinge und in Thanatos hinein, als die zusätzliche Kraft, die sie ihrem Erzdämon verlieh, in seinen Körper strömte. »Enttäusche mich nicht, denn meine Geduld ist bereits bedenklich strapaziert.«

Sie hob das Schwert und hielt es ihm hin. »Nun erhebe dich, gehe hin und töte. Ich will, dass Blut fließt.«

»Zu Befehl, meine Königin.« Thanatos verneigte sich, drehte sich um und stieg ohne einen Blick nach unten über Deimus hinweg.

Als sie allein war, blickte Atalanta zur geschwärzten Säule rechts von ihrem Tempel. »Komm näher, Maximus.«

Stille. Doch sie spürte seinen Atem. Und seine Angst, die sie nährte, wie sie es immer tat.

Langsam schlurften zwei Füße hinter der breiten Säule vor, und das Kind trat aus dem Schatten, die Augen tellergroß und das Gesicht verzerrt vor Entsetzen.

Seine verblüffende Ähnlichkeit mit dem Vater erschrak sie immer wieder aufs Neue: das blonde Haar, die Züge, die wie gemeißelt waren. Die Kraft. Mit zehn Jahren war er groß für sein Alter, konnte man ihm bereits den Krieger ansehen, zu dem er einst würde. Ihr Krieger, ausgebildet, geformt und genährt von ihr. »Näher.«

Er kam vorsichtig auf sie zu, und sie bemerkte, dass er nur sie ansah und nicht Deimus' verstümmelte Überreste. Als er nahe genug war, ergriff sie seine Hand und strich dabei über die Zeichen, die an seinen Unterarmen begannen und sich bis zu den Handrücken erstreckten. Dann zerrte sie ihn die Stufen hinunter, bis er über Deimus' Leiche stand, seinen Rücken fest an ihren Bauch gepresst. Ihre Hände hielten seine Schultern wie in einer Schraubzwinge.

Sie fühlte sein Zittern und lächelte, als sie sich herabbeugte und ihm zuflüsterte: »Sieh genau hin, *Yios*, und sag mir, was du siehst.«

»Ich … ich sehe … U-unfähigkeit.«

Er hatte schon so viel gelernt, aber es gab noch weitaus mehr. »Unfähigkeit, *was?*«

»Unfähigkeit«, er schluckte, »*Matéras*.«

Mutter. Ihr Lächeln wurde breiter. »Und was ist deine *Matéras*, mehr noch als alles andere, Maximus?«

Sie fühlte, dass er mit sich rang, jenen inneren Krieg ausfocht zwischen Gut und Böse, die in ihm wohnten und heftig miteinander kämpften. Diesen Konflikt würde sie aus ihm herausprügeln, bis er sich vollständig und gewissenlos auf ihre Seite schlug. »G-gnädig.«

Ihr Lächeln verblasste, als sie die Arme um seine Brust schlang und ihn dichter an sich zog. Er bekam keine Luft mehr, und dennoch drückte sie ihn weiter wie eine Boa constrictor, weil sie wusste und ihm zeigen wollte, dass sie die Kontrolle über ihn besaß und stets haben würde. »Ja, *yios*, deine *Matéras* ist gnädig«, zischte sie ihm ins Ohr. »So gnädig, dass ich die Einzige bin, die dich retten kann. Du weißt, dass es wahr ist, und tust gut daran, es nicht zu vergessen. Nie!«

Sie hielt ihn so lange, bis sie sicher war, sich ihm verständlich gemacht zu haben – und ließ ihn los, bevor er erstickte. Seine Muskeln spannten sich an, aber er war nicht so dumm, sich gegen sie zu wehren, wusste er doch, dass ihm dann noch viel, viel Schlimmeres blühte.

Als sie ihn losließ, holte er japsend Luft und kippte nach vorn, so dass er auf allen Vieren auf Deimus' geköpftem Leichnam landete. Blut befleckte seine Haut und seine Kleidung, als er sich eilig aufrappelte, stolperte und über das Monster fiel. Dann jedoch drehte er sich keuchend zu ihr um, und in seinen silbernen Augen, die endlich zu ihr aufsahen, funkelte keine Furcht mehr, sondern nur noch Entschlossenheit.

Entschlossenheit und der Hass, den sie dort gepflanzt hatte.

Stolz erfüllte sie. Oh ja! Es war höchste Zeit, dass er seinen rechtmäßigen Platz an ihrer Seite einnahm und das ganze Ausmaß ihrer Macht kennenlernte. Vor allem jetzt, da er der Schlüssel zur Verwirklichung ihrer Pläne sein könnte.

»Morgen gehst du mit Phobus zum Training.«

Die Aussicht, in wenigen Stunden gegen Dämonen wie den verstümmelten zu seinen Füßen zu kämpfen, entlockte ihm keinen Anflug von Gefühl – keine Furcht, kein Entsetzen, kein Ekel oder Sorge, weil er noch ein Kind war. Da war schlicht … nichts. Atalantas Stolz schwoll an. Ihm fehlte jetzt schon die Menschlichkeit, die den Argonauten angeboren war und die letztlich deren Untergang wäre. Seine Ausbildung würde alles abrunden, so dass er am Ende ganz wie sie war.

»Geh jetzt.«

Er gehorchte. Ohne ein einziges Wort. Seine Schultern gerade, den Kopf erhoben, von einem Selbstbewusstsein, wie es der Wächterklasse von Geburt gegeben war. Atalanta sah ihm nach, bis er die äußere Tempelmauer passiert hatte, ehe sie sich schließlich abwandte und die Stufen zu ihrem Altar hinaufstieg. Dabei warf sie einen flüchtigen Blick zum Styx, jenem Fluss, der dieser Tage so oft ihre letzte Quelle des Vergnügens war.

»Er ist eine Belastung, Meleager«, seufzte sie. »Aber bald schon wird er der Sohn sein, den wir hätten haben sollen.«

Nichts. Aber sie erwartete sowieso nicht, dass Meleager ihr antwortete. Das tat er nie.

Fröstelnd strich sie sich über die kalten Arme und dachte an alles, was der Tag gebracht hatte.

Es war noch nicht vorbei. Sie war die größte Heldin, die je auf Erden wandelte. Ihr Vater hatte es gewusst. Meleager hatte es gewusst und war deshalb gestorben. Und die anderen wussten es ebenso.

»Bald«, murmelte sie zum Wasser hin, »bald bekomme ich meine Rache.«

Eine Sackgasse erkannte Zander auf Anhieb. Verdammt, er war eine wandelnde Sackgasse, oder etwa nicht? Und hatte er Theron nicht genau das schon Tausend Mal gesagt, was der ihm gerade weismachen wollte – dass es ihm bestens ginge und er ihn bloß in Ruhe lassen sollte?

Ja, hatte er. Aber hier ging es nicht um Zander. Es ging eigentlich nicht einmal um Theron. Das hier betraf die Argonauten und die Auserwählten. Mithin die Zukunft eines jeden ihrer Art.

»Was macht Phineus vor Isadoras Gemächern?«, fragte Theron, der im Vorbeigehen zu Isadoras Zimmern sah und sich vergebens bemühte, das Thema zu wechseln. Wieder mal.

»Der König befahl, dass sie bewacht wird«, sagte Zander, der Theron aufmerksam beobachtete, als sie sich den Königsgemächern näherten. Seit sie sein Haus verließen, hatte Theron nicht viel gesagt, und dass er die Erwählte *Meli* genannt hatte, ging Zander nicht aus dem Kopf.

Er hoffte inständig, dass hier nicht geschah, was er annahm. Für Theron gab es nichts als die Pflicht. Er war immun gegen menschliche Regungen. Und er würde sich niemals in eine Frau verlieben, in die er sich nicht verlieben sollte. Nicht so wie Zander.

Sein Gefährte schnaubte nur kurz auf und stieg weiter die Treppe in den dritten Stock hinauf. Dabei wurden seine Schultern mit jedem Schritt merklich angespannter, und seine Miene wirkte wie eine tickende Zeitbombe. Mehr bedurfte es nicht, um Zanders Verdacht zu bestätigen. Er raunte einen Fluch.

Ja, der Anführer der Argonauten hatte sich in die Frau verliebt – die noch dazu eine Auserwählte war. Von allen dämlichen, sinnlosen Fehltritten … Hatte er denn gar nichts aus Zanders Fehlern gelernt?

Zanders Frust wuchs mit jedem ihrer donnernden Schritte auf dem Marmorboden, als sie den Flur vor den königlichen Gemächern erreichten. Allerdings verflog er in dem Moment, in dem Theron die Tür zum Vorzimmer öffnete und Callia aus dem Schlafzimmer des Königs trat. Schlagartig loderte Hitze in Zanders Brust auf wie von einer glühenden Klinge, die ihm tief ins Fleisch getrieben wurde.

Genau deshalb hasste er es, in die verfluchte Burg zu gehen.

Eine Dienerin sprang hinter ihrem Schreibtisch auf und verneigte sich. »Der König erwartet euch, Wächter.«

Callia blickte auf, sah erst Theron, dann Zander an und wandte das Gesicht so schnell ab, als könnte sie seinen Anblick nicht ertragen. Aber wieso machte es ihn so wütend? Und wieso war da wieder dieser Schmerz, von dem er glaubte, ihn schon vor Jahren hinter sich gelassen zu haben?

Er war unsterblich, verdammt, ein gefährlicher Kämpfer, der sich vor nichts fürchtete. Und dennoch reichten fünf Minuten in dieser Burg, und er wollte schreiend weglaufen wie eine kleine *Gynaíka*.

Seine Stimmung verdüsterte sich bis ins Unermessliche. Ach, welch ein Glück für ihn, dass er die ganze Ewigkeit hatte, um über das hier hinwegzukommen!

Theron, der neben Zander stand, zog die Brauen zusammen und blickte zwischen den beiden hin und her. Offenbar merkte er … etwas. Aber wie Theron zuvor, wollte Zander nichts dazu sagen. Er schüttelte den Kopf und murmelte, »Frag nicht.«

Theron fragte nicht. Jedenfalls nicht Zander, sondern Callia: »Wie geht es ihm?«

Callia hob den Kopf. »Er ruht sich aus. Nicht zu lange, ja? Ich will nicht, dass er sich noch mehr aufregt als ohnehin schon.«

Theron nickte. »Wir bleiben nicht lange.«

Nachdem sie einen kurzen Blick zu Zander geworfen hatte, eilte Callia über den langen Korridor davon, wie sie es immer tat, wenn sie einander begegneten. Ihre Schuhe klackerten leise auf dem polierten Stein.

Zanders Wut drängte gleichsam von allen Seiten auf ihn ein und zwang ihn, den Köder zu schlucken. Er wollte ihr nicht nachgeben, doch als Theron die Tür zum Königszimmer öffnen wollte, fielen Zander sämtliche Fehlentscheidungen ein, die er in seinem Leben getroffen hatte. Ohne nachzudenken, hielt er Theron zurück. »Warte. Bevor du da reingehst.« *Das ist nicht dein Problem!* »Was zum Hades läuft zwischen dir und dem Halbblut?«

»Nichts«, antwortete Theron gereizt.

»Nichts?« Zander nahm die Hand von Therons Arm, wich jedoch nicht zurück. Von wegen »nicht sein Problem«. Auf keinen Fall wollte er zulassen, dass einer seiner Gefährten durchmachte, was er hinter sich hatte. »Für Cerek und mich sah es nicht wie nichts aus.«

Therons Wangenmuskel zuckte. »Das geht nur mich und den König an, nicht dich. Lass es gut sein, Argonaut.«

»Es geht mich nichts an?« Zander trat zwischen Theron und die Tür, bevor der Argonautenführer ihn abwimmeln konnte. Das Blitzen in Therons Augen sollte ihm eine Warnung sein, doch Zander war nicht in der Stimmung für Spielchen. Verflucht noch eins! Zander hatte jede Form von Eiertanz gründlich satt. Erst recht nach den letzten paar Minuten. »Und ob es mich etwas angeht, Theron, es geht uns alle an. Wir reden hier über unsere Zukunft!«

Theron schürzte die Lippen und machte einen Schritt

rückwärts. Auf sein Schweigen hin beharrte Zander: »Was zur Hölle machst du da, Mann? Sie ist ein Halbblut!«

»Ich weiß.«

»Und die Auserwählte.«

Theron neigte den Kopf und rieb sich die Stirn. »Ich weiß.«

Mitleid regte sich in Zanders Brust. Mitgefühl mit dem Gefährten, dessen Haltung offensichtlich zwiegespalten war. Doch Theron musste wissen, dass ihn seine übermenschliche Kraft diesmal nicht retten würde. Er war im Begriff, sehr tief zu stürzen. Wegen einer Frau. Und Zander wusste nur zu gut, wie verflucht weh das tat. »Lass sie gehen, Theron. Das hier wird nicht gut ausgehen, wie dir klar sein dürfte. Du schiebst bloß das Unvermeidliche auf und machst es schlimmer.«

Theron hob den Kopf wieder, und Feuer leuchtete in seinen Augen. »Für wen schlimmer, Wächter? Für den König? Er stirbt. In wenigen Wochen schert es ihn einen Dreck, was aus uns wird. Für Isadora? Niemand weiß, was mit ihr geschieht. Für unsere Art?« Er schnaubte. »Die meisten in diesem Königreich begreifen nicht einmal, was wir für sie tun. Dafür sorgt der Rat. Warum also sollte ich mich für sie interessieren?«

Therons untypische Reaktion erschreckte Zander. »Weil es deine Pflicht ist.«

»Meine Pflichten haben sich geändert.«

»Theron …«

»Nein!« Theron griff nach der Tür. »Ich bin es leid, still dazusitzen, während er Gott spielt. Ich habe keine Ahnung, was er getan hat, Zander. Nicht den blassesten Schimmer.«

Mit diesen Worten drängte er sich an Zander vorbei und warf die Tür zum Königsgemach auf. Sofort wehten ihnen die Gerüche von Heilkräutern und Krankheit entgegen. Widerwillig folgte Zander ihm hinein, obwohl er Theron lieber etwas Vernunft eingeprügelt hätte, bevor der Wächter den größten Fehler seines Lebens beging.

Die schweren Samtvorhänge waren zugezogen, so dass nur an den Rändern ein wenig Licht hineinfiel, das den Raum nicht erhellen konnte. Ein Rascheln war vom Bett her zu vernehmen. »Wer ist da?«, fragte eine schwache Stimme.

Zander brauchte einen Moment, um vertraute Züge an dem gebrechlichen Mann zu erkennen, der in einem Berg von Kopfkissen lehnte. Die Wangen des Königs waren eingefallen, die Augen lagen tief in ihren Höhlen. Seine Haut hing ihm faltig von den Knochen, und sein Haar war schlohweiß. Er sah aus, als wäre er binnen weniger Tage um fünfzig Jahre gealtert.

»Sprich«, befahl der König. »Wer ist da? Ich mag vielleicht nicht mehr sehen, aber ich weiß, dass ich nicht allein bin.«

»Du hast nach mir geschickt«, sagte Theron ungerührt. »Hier bin ich.«

Prompt wurden die Gesichtszüge des Königs weicher. »Theron. Da bist du ja, mein Junge. Ich fing an, mir Sorgen zu machen.«

Therons Miene spannte sich an.

»Sag mir, hast du sie gefunden?«, fragte der König hörbar aufgeregt.

Theron sah zu Zander, der das stumme Signal verstand: *Du hältst den Mund!*

Mist. Hier bahnte sich eine Katastrophe an, und Zander konnte rein gar nichts tun, um sie zu verhindern.

»Ich habe sie gefunden«, antwortete Theron knapp und konzentrierte sich auf den König.

Der seufzte erleichtert. »Hera sei Dank. Hast du sie mitgebracht? Wo ist sie? Wir müssen sie mit Isadora zusammenbringen. Meiner Tochter geht es schlecht.«

»Sie sind *beide* deine Töchter«, sagte Theron.

Der König erstarrte. Nervös ging Zander einen Schritt weiter ins Zimmer.

Der Blick, mit dem Theron ihn bedachte, hätte Blut zum Kochen bringen können, aber Zander ignorierte ihn. Er wollte einfach nur sichergehen, dass Theron den König nicht verdrosch. Was für eine Ironie! Er selbst war derjenige, dessen Rage gewöhnlich im Zaum gehalten werden musste, nicht Theron.

Therons wütender Blick richtete sich auf den König. »Bist du überhaupt nicht neugierig auf sie?«

Der König lag stumm und regungslos da, und seine Gefühlskälte entzündete einen Zorn in Theron, wie Zander ihn noch nie zuvor erlebt hatte.

Die kohlrabenschwarzen Augen des Argonauten wurden so groß, dass sie beinahe sein halbes Gesicht einnahmen; seine Hände ballten sich zu Fäusten, und jeder seiner Muskeln schien kampfbereit. »Nun, dann erzähle ich dir ein bisschen von ihr. Sie hat dunkles Haar und violette Augen, genau wie du. Sie ist groß und schlank, athletisch. Das Gegenteil von Isadora. Ihre Statur ähnelt eher deiner. Sie hat ein eigenes Geschäft und ist schon überall in der Welt herumgereist. Sie ist freundlich, sanft und klug genug, mich in meine Schranken zu verweisen. Und es gibt nicht vieles, was ihr Angst macht. Als sie von Dämonen umringt war, verlor sie nicht die Nerven. Sie hatte sogar die Kraft, mir den Arsch zu retten, und das mehr als einmal.«

»Das reicht«, sagte der König.

»Sie nimmt sich selbst nicht wichtig, würde ihr letztes Hemd hergeben, wenn jemand anders es nötiger bräuchte. Und sie besitzt mehr Humor, Güte und Leben, als du oder ich uns jemals vorstellen können.«

»Das ist genug«, sagte der König mit zusammengebissenen Zähnen.

Mist. *Mist!* Zander wusste ja bereits, dass Theron in das Halbblut verliebt war, aber dass es den Argonauten so übel erwischt hatte, war ihm nicht klar gewesen. Dachte der Kerl denn nicht nach?

»Theron«, mischte sich Zander ein, um die Situation zu entschärfen, obwohl er der Letzte im Universum war, dem eine solche Aufgabe zufallen sollte. Cerek war ein Friedensstifter, Zander nicht. »Lass es gut sein.«

Theron quittierte es mit einem vernichtenden Blick. »Leck mich, Zander.«

Hoppla. Die Rage, mit der Zander Tag für Tag kämpfte, erreichte explosive Ausmaße, so dass er die Nägel in seine Handflächen grub, tief durchatmete und sich ermahnte, seinen Groll nicht gegen einen Gefährten zu richten. Theron litt, und mit diesem Elend konnte Zander sich identifizieren, selbst wenn es ihn daran erinnerte, was für ein Blödmann er einst gewesen war.

»Ich sagte, es reicht«, wiederholte der König in strengem Ton.

»Tja, weißt du was?«, konterte Theron bissig. »Ich finde nicht, dass es reicht.« Er trat einen Schritt näher ans Bett. »Hast du eigentlich eine Vorstellung, wie sie reagierte, als sie herausfand, dass sie zur Hälfte argoleanisch ist? Sie hat den Misos geholfen – einer Art, von deren Existenz sie vorher nichts gewusst hatte. Dieselbe Art, von der du mir sagtest, es gäbe sie nicht. Dabei sind sie Abkömmlinge von uns, die in der vordersten Linie gegen die Dämonen kämpfen, während wir uns zurücklehnen und nichts tun. Nichts! Weißt du, wie viele da draußen sind? Wie viele starben oder verstümmelt wurden? Was sie deinetwegen durchmachen?«

Der König antwortete nicht, und Zander ertappte sich dabei, wie er seinen Gefährten anstarrte. Er konnte nicht glauben, was er hörte.

»Hunderte«, sagte Theron. »Allein in der einen Kolonie. Tausende auf der ganzen Welt.«

»Heiliger Hades«, murmelte Zander.

»Das reicht!«, schrie der König.

Er war unübersehbar mitgenommen. Schweißperlen standen ihm auf der Stirn, doch Theron gab nicht nach. »Hätte sie gewusst, warum ich sie herbringen sollte, hätte sie sich wahrscheinlich für dich und deine gute Sache geopfert. Weil sie ein vollkommen selbstloser Mensch ist. Aber ich lasse es nicht zu.«

Erstmals sah der König blinzelnd auf. »Was hast du gesagt?«

»Ich sagte, dass ich sie nicht in Isadoras Nähe bringe«, antwortete Theron ruhig. »Betrachte deine Prophezeiung als null und nichtig.«

Zander hielt den Atem an.

»Du weißt ja nicht, was du redest«, sagte der König, der aschfahl wurde. »Isadora stirbt.«

Theron neigte den Kopf. »Und warum kümmert dich das, Leo? Etwa weil du deine Thronerbin verlierst oder gar weil sie deine Tochter ist? Denn solange ich dich kenne, hat dir Isadora ungefähr so sehr am Herzen gelegen wie die Misos. Und wir alle wissen, wie viel dich irgendjemand schert, der außerhalb dieser heiligen Mauern lebt.«

Das Gesicht des Königs wechselte von Kreideweiß zu Purpurrot, und er versuchte, sich im Bett aufzurichten. »Du weißt ja nicht, was du sagst!«

»Ich sage die Wahrheit!«

In der folgenden Stille war Zander nicht sicher, was er tun sollte. Therons Zorn brodelte dicht unter der Oberfläche, der Wächter bebte buchstäblich vor Wut. Zander könnte es ihm nicht einmal verdenken, dass er den Alten an die Wand klatschen wollte. Er verstand sowohl diese Wut als auch den Drang, sie herauszulassen. Schließlich lebte er tagtäglich damit. Und er spürte sie jetzt bei seinem Freund wie bei sich selbst. Seine eigene Wut indes rührte von Callia, die ihm eben vor dieser Tür die kalte Schulter gezeigt hatte, und von den unerwünschten Empfindungen, die ihr Verhalten in ihm weckte.

»Ich habe sie gesehen«, sagte Theron kopfschüttelnd. »Ich habe gesehen, was sie durchmachen mussten. Doch du hast nichts unternommen. *Wir* haben nichts unternommen! Und jetzt willst du Atalanta aus Tartarus befreien, damit du deinen kostbaren Krieg richtig beginnen kannst? Die Dämonen freilassen? Das erlaube ich nicht. Keiner stirbt mehr, um deine verquere Prophezeiung zu erfüllen. Nicht einmal für Isadora. Ruf meinetwegen alle Götter des Olymps um Hilfe an, aber eines verspreche ich dir: Du bleibst Acacia fern. Eher sterbe ich, als sie dir auszuliefern.«

Der König rang hörbar nach Atem, als Theron sich schon zur Tür umdrehte.

»Dein Vater begriff seine Rolle«, rief ihm der König nach. »Er hatte mehr Ehrgefühl in seiner rechten Hand als du in deinem ganzen Leib.«

Therons Faust krachte so fest in die Wand neben der Tür, dass sie einen fenstergroßen Krater hineinsprengte. Er zog seinen Arm aus dem Schutt und blickte über die Schulter zum König. »Mein Vater ist tot, du Dreckskerl. Und wenn es nach mir geht, darfst du dich zu ihm gesellen.«

Theron stürmte aus dem Zimmer. Die angespannte Atmosphäre, die er zurückließ, wälzte sich einer Flutwelle gleich über Zander. Das Band zu seinem Vorvater Achilles wie auch zu Theron verlangte, dass er dem Gefährten folgte und der Welt ein »Ihr könnt mich mal!« entgegenschleuderte. Aber jener Teil von ihm, der mit dem kämpfte, was richtig war und von ihm erwartet wurde, bewirkte, dass er wie angewurzelt stehen blieb.

»Argonaut«, keuchte der König. »Bist du noch hier?«

Ja, er war noch hier. Genau wie immer. Er verbrachte die Ewigkeit mit dem Kampf gegen dieselben verfluchten Dinge, gegen die er schon die letzten achthundert Jahre seines endlosen Lebens gekämpft hatte. »Ich bin hier.«

»Du bist soeben zum Anführer der Argonauten ernannt worden. Ruf die anderen Wächter zusammen. Ich will, dass die Auserwählte umgehend zu Isadora gebracht wird. Und stellt Theron sich euch in den Weg, habt ihr meine Erlaubnis, jede Gewalt anzuwenden, die nötig ist, um ihn zu entfernen.«

Heiliger ... Mist! Schockiert runzelte Zander die Stirn. Das war es nicht, was er wollte. Ganz und gar nicht. Er war ein Kämpfer, kein Anführer. Niemals.

»Ich glaube ...«

»Geh jetzt«, unterbrach ihn der König. »Wenn du keine Befehle befolgen kannst, finde ich jemand anderen, der es kann.«

Er wurde weggeschickt? Einfach so? Wohl kaum. Es war unerheblich, dass der Befehl vom König kam, denn in diesem Moment blitzte eine Erinnerung in Zanders Kopf auf. An einen anderen *Ándras*, der ihn ganz ähnlich abfertigte – als wäre er ein Niemand.

Und auch damals war es wegen einer Frau gewesen.

Seine Rage bäumte sich gegen seine Selbstbeherrschung auf. »Theron ist stärker als alle Argonauten zusammen. Und falls das, was er gerade sagte, wahr ist, hat er allen Grund, sich gegen Euch zu stellen, Eure Hoheit.«

Auf das entrüstete Grunzen des Königs hin wandte er sich zur Tür. »Ich bin nicht Euer Prügelknabe. Eurer nicht und niemandes. Sucht Euch einen anderen Wächter.«

Casey warf die Bettdecken zurück und stieg aus Therons großem Bett. Sie konnte nicht schlafen. Körperlich war sie erschöpft, doch ihre Gedanken überschlugen sich. Und das kurze Nickerchen, das sie gemacht hatte, verschlimmerte ihre Schlaflosigkeit.

Zudem wollte das verdammte Kribbeln an ihrem Rücken nicht aufhören.

Nach einer heißen Dusche, die sie kein bisschen entspannte, nahm sie sich ein weißes T-Shirt aus Therons Kommode, das ihr bis zu den Knien reichte. Das Ding war riesig, und sie musste lächeln, als sie es sich über den Kopf zog. Es roch nach ihm und fühlte sich weich an, was immerhin ein Trost war.

Barfuß ging sie den langen Korridor hinunter, um sich ein bisschen umzusehen, wo sie schon allein in seinem Haus festsaß. Am Eingang zum großen Wohnzimmer blieb sie stehen. Erst als sie Cerek nirgendwo entdecken konnte, wagte sie sich hinein und schaute sich alles genauer an.

Der Thymianduft war hier sehr ausgeprägt und kam offenbar von einer Weihrauchlampe. Casey ging hinüber und schaute nach. Ja, hier wurde Thymian verbrannt. Seltsam.

Sie drehte sich einmal um die eigene Achse, betrachtete die Einrichtung und war unglaublich froh, dass nirgends eine weibliche Note zu entdecken war. Die Farben, Möbel, sogar die Kunstwerke an den Wänden waren ausnahmslos sehr maskulin mit ihren klaren Linien und kräftigen Mustern. Keine Freundin hatte ihm dieses Zimmer eingerichtet. Das war er eindeutig selbst gewesen.

Sie strich mit der Hand über den Couchtisch und entsann sich, was er im Wald zu ihr gesagt hatte. *In meiner Welt kann ein Ándras sagen, ob eine Gynaíka seine Seelenverwandte ist, indem er das Bett mit ihr teilt.* Der alberne Gedanke brachte sie zum Kichern. Dann wurde sie ernst, ihre Wangen röteten sich, und Wärme durchströmte ihre Bauchregion.

Es ergab keinen Sinn. So krank wie sie war, sollte sie nicht einmal daran denken, Sex mit einem solch kräftigen Wächter wie Theron zu haben. Trotzdem tat sie es. Wenn sie ehrlich war, wollte sie genau das. Ihr ging nicht aus dem Kopf, wie er sie küsste, bevor Zander und Cerek auftauchten. Wie er sie berührte. Was geschehen wäre, hätten die beiden sie nicht gestört.

Casey brauchte dringend Ablenkung, also ging sie in die Küche und sagte sich, dass sie etwas zu essen wollte. Theron hatte Recht: Sie musste bei Kräften bleiben für das, was ihr bevorstand. Und vor allem für die Nacht, die sie sich mit ihm wünschte, wenn er zurückkam. Über alles andere konnte sie hinterher nachdenken.

Sie öffnete die große Kühlschranktür und lugte hinein. Sandwich-Zutaten, etwas, das wie ein Pastarest aussah, irgendein Stück Fleisch, das sie nicht einmal näher ansah, Wasserflaschen, Bier, Saft. Keine Limonade. Ein Schmunzeln trat ihr auf die Lippen, als sie nach dem Saftkarton griff und sich an das gemeinsame Essen mit Theron in ihrer Küche erinnerte. Vieles in dieser Welt schien ihr ziemlich normal – bis auf die fehlenden Softdrinks.

Sie schenkte sich gerade ein Glas ein, als sie gedämpfte Stimmen draußen vorm Küchenfenster hörte. Cerek war auf der Veranda und sprach mit jemandem, den sie nicht sehen konnte. Ihr Puls ging schneller, und sie versuchte, an Cereks massiger Gestalt vorbeizulinsen. Wer konnte das sein?

Die Antwort bekam sie einen Moment später, denn da schwang die Küchentür auf, und Theron marschierte herein.

Sie wandte sich vom Fenster ab und lächelte ihn an. »Hi, Schatz. Wie war dein Tag?«

Ein Blick in seine finsteren Augen genügte, dass ihr Lächeln erstarb. *Okay, war wohl kein so toller Tag.*

Er ging zum Kühlschrank und knallte die Tür zu, die sie offengelassen hatte. »Wieso bist du nicht im Bett? Ich habe dir gesagt, dass du dich hinlegen sollst.«

»Mir war nicht bewusst, dass das ein Befehl war.«

»War es nicht. Es war ein Vorschlag. Ein sehr ernst gemeinter. Jetzt geh wieder ins Bett.«

Casey starrte ihn an. Das Kribbeln wurde stärker denn je. Es musste einen Grund geben, weshalb er so eine miese Laune hatte. Und sie konnte ihm entweder Paroli bieten oder versuchen, ihn zu beruhigen. Letzteres klang eindeutig reizvoller.

»Hör auf, dich zu sorgen, Theron. Mir geht es gut.« Sie rang sich ein Lächeln ab. »Du hast mir gefehlt.«

Sein Ausdruck wurde ein klein wenig weicher, also raffte sie ihren Mut zusammen und ging zu ihm. Sie nahm seine Hand, um sie zu küssen, als ihr die geschwollenen, aufgeplatzten Knöchel auffielen. »Was ist passiert?«

»Nichts.« Rasch zog er seine Hand zurück und trat ans Spülbecken, wo er das Wasser aufdrehte und sich die Hände wusch. Die Seife in den offenen Wunden musste brennen, denn er verzog das Gesicht.

»Das ist nicht nichts.«

»Lass es, Acacia«, sagte er, ohne sie anzusehen. »Es geht dich nichts an.«

Es ging sie nichts an? Hallo? Moment mal! Sie liebte ihn und wollte ihm helfen, zu richten, was immer falsch sein mochte, und er sagte, es ginge sie nichts an? Er war bei ihrem Vater gewesen und kam nicht bloß mit miserabler Laune, sondern auch noch mit lädierten Händen zurück, und *das* ging sie nichts an?

»Du bist ein verdammter Lügner, Theron.«

»Argonauten können nicht lügen. Es ist ein Fluch.«

»Dann sind sie verflucht gut darin, Dinge auszulassen. Du jedenfalls bist der König der Leerstellen.«

Er ignorierte die Spitze und holte sich ein Geschirrtuch aus der Schublade. »Es gibt einiges, was ich erledigen muss. Du solltest dich wirklich hinlegen und ein bisschen schlafen.«

Das war's. Ihr platzte der Kragen.

»Aaahhh!« Sie stampfte durch die Küche, packte ihn beim Arm und zog so fest sie konnte, bis er sich zu ihr drehte. Dann stieß sie ihn in die Brust, so dass er mit dem Rücken zur Arbeitsplatte stand. »Deine kleinen Geheimnisse bringen mich allmählich echt auf die Palme! Und ich schwöre bei Gott, wenn du mir noch ein einziges Mal sagst, ich soll mich hinlegen, schlitze ich mir die Pulsadern auf! Oder dir.«

Er machte große Augen. Ja, wahrscheinlich sah sie total irre aus, aber das war ihr egal. Ihr reichte es endgültig.

»Acacia.«

Sie ahmte seinen verwirrten Ausdruck nach und boxte ihn in die Schulter. »Theron!« Schmerz schoss ihr in den Arm hinein, doch sie biss die Zähne zusammen und starrte ihn wütend an.

Langsam zog er die Brauen zusammen. »Neckst du mich … mal wieder?«

Ihn necken? Himmelherrgott! Er mochte einer der besten Wächter aller Zeiten sein, aber der Mann hatte keinen blassen Schimmer.

»Wollte ich dich necken, Theron, würde ich es sehr viel geschickter anstellen. So zum Beispiel.«

Kurzentschlossen zerrte sie sich das T-Shirt über den Kopf und ließ es auf den Boden fallen, so dass sie splitternackt vor ihm stand. Seine staunenden und zugleich sündhaft verführerischen Augen weiteten sich, bis Casey befürchtete, sie könnten aus ihren Höhlen hüpfen.

Und so aufgebracht, wie sie im Moment war, wäre ihr das nur recht.

»Ich weiß, dass ich für dich bloß ein Job bin, aber du musst dringend an deinen Fähigkeiten als Gastgeber arbeiten. Die sind nämlich zum Kotzen. Ach, und für's Protokoll, ich bin überhaupt nicht müde. Aber danke für den Vorschlag.« Sie machte auf den nackten Fersen kehrt und marschierte aus der Küche.

Vielleicht hätte sie es bis ins Schlafzimmer zurückgeschafft, wäre nicht auf der Hälfte des Flurs von hinten ein Güterzug in sie hereingerast. Zumindest fühlte es sich so an. Eben war sie noch raschen Schrittes gegangen, im nächsten Augenblick wurde sie vom Boden gerissen und gegen eine Wand gedrückt.

Mit einem »Umpf« wich ihr sämtliche Luft aus dem Brustkorb. Sie hatte nicht einmal gehört, dass er sich bewegte. Irgendwie fing er ihren Kopf blitzschnell auf, so dass ihr Gesicht nicht an die Wand schlug. Doch obwohl er achtgab, sie nicht zu verletzen, stockte ihr der Atem.

»Du bist nicht bloß ein Job für mich«, knurrte er ihr ins Ohr, während er ihre Beine spreizte und sich fest an sie presste. Heiße Schauer liefen ihr über den Rücken. »Und ich erzähle dir bestimmte Dinge nicht, weil ich dich nicht gefährden will, nicht etwa weil ich dir gern etwas verheimliche.«

Ihre Herzfrequenz stieg ins Unermessliche. Zu spät begriff sie, wie kindisch ihr kleiner Ausbruch gewesen war, und dass sie gerade zweihundertfünfzig Pfund Argonautenkrieger mit der Kraft eines Bulldozers erzürnt hatte. »Ich …«

»Und dein Hemd auszuziehen, war eine schlechte Idee, *Meli*, denn jetzt weiß ich, wie jeder Millimeter von dir aussieht.« Er schloss die Lippen um ihr Ohrläppchen und sog daran.

Casey erbebte. Genauso hatte sie es sich ausgemalt: schnell und wild, hart und brutal – absolut fantastisch.

»Theron …«

Weiter kam sie nicht, denn er zog sie zu sich herum, packte ihr Kinn und nahm ihren Mund zu einem Kuss ein, als wollte er sie mit Haut und Haaren verschlingen.

Ein Luftzug wehte ihr über den Rücken, doch erst als sie auf die Matratze fiel, wurde ihr klar, dass er sie den ganzen Weg zu seinem Schlafzimmer getragen hatte.

»Füße aufs Bett«, befahl er.

Ihr Gehirn versagte den Dienst, also stellte sie keine Fragen, sondern die Fersen auf die Matratze. Ein erstickter Schrei drang aus ihrer Kehle, als er sich hinunterbeugte, um sie wieder zu küssen, und gleichzeitig ihre Schenkel weit auseinanderdrückte. Seine Zunge glitt weit über ihre, sog an ihr und zog sich zurück. Es war eine Andeutung dessen, was er mit ihrem Körper zu tun gedachte. Eine kleine Stimme in ihrem Hinterkopf warnte sie, dass grober, zügelloser Sex kein guter Plan war, aber als sich seine Lippen küssend, leckend und saugend abwärtsbewegten, fiel Casey das Zuhören schwer.

Seine Hand war auf ihrer rechten Brust, sein Mund auf der linken. Er sog intensiv an ihr, bis elektrische Ströme durch ihren Körper zuckten, geradewegs in ihren Schoß, und sie sich ihm ungeduldig entgegenbog. Als hätte er ihre Gedanken gelesen, wanderten seine Lippen über ihren Bauch und tiefer. Dann spürte sie seine Hände an ihren Fesseln, wo er sie hielt, damit sie sich nicht rühren konnte, als er den Kopf zwischen ihre Schenkel beugte und mit einem Zungenstrich über ihre Schamlippen glitt.

Sie erbebte, musste sich auf die Lippe beißen, um nicht zu schreien, als er es wieder tat. Ihre Hände verkrallten sich in der Decke neben ihren Hüften, während er sie mit seiner Zunge verwöhnte. Als er jedoch dort an ihr saugte, war es zu viel. Sterne explodierten hinter ihren Lidern, und die Welt erzitterte.

Er ließ nicht locker, brachte sie wieder und wieder bis kurz vor den Orgasmus.

Schließlich erreichte sie den Höhepunkt und kam allmählich wieder zu sich, als sein unglaublicher Mund ihre Hüfte liebkoste, ihren Bauchnabel und ihren Brustkorb unmittelbar unter ihrem Busen. Nun war er sanfter, weniger wild. Man wollte beinahe glauben, er hätte tausend Jahre Zeit und wollte jede Sekunde auskosten.

Viel zu erschöpft, um sich zu rühren, murmelte sie: »W-was war das?«

Er schmiegte seine Wange an ihren Bauch und atmete tief ein. »Habe ich dir wehgetan?«

Die Veränderung, die sie an ihm wahrnahm, war so dramatisch, dass sie nicht wusste, was sie davon halten sollte. Wie konnte er eben noch verrückt vor Lust nach ihr sein, nun aber vollkommen ruhig?

Das Kribbeln meldete sich zurück. »Theron?«

»Ja?«

»Was ist los?«

Die Stille war beklemmend, ehe er endlich antwortete. »Nichts. Alles ist gut. Genau wie es sein soll.« Nur klang er nicht gut. Vielmehr hörte er sich … traurig an.

Er stützte sich auf einen Ellbogen und sah sie an. »Bist du sicher, dass ich dir nicht wehgetan habe?«

Wie konnte sie ihm klarmachen, dass seine Geheimnisse sie mehr schmerzten als alles andere? »Ja. Ich mag es, wie du mich berührst. Es hat sich schön angefühlt. Als würdest du mich wollen.«

Seine Augen wurden eine Nuance dunkler. »Ich will dich.«

»Dann zeig es mir.«

Zunächst geschah gar nichts, und Casey fürchtete

schon, er würde es sich anders überlegen, da beugte er sich zu ihr und küsste sie auf eine Weise, dass all ihre Zweifel verpufften.

Sie schmeckte sich, ihn und eine nie gekannte Lust, als ihre Münder sich vereinten. Er knabberte an ihrer Unterlippe, sog sie ein, und Casey dachte daran, wie sich seine Lippen auf ihrem Busen angefühlt hatten. Gespannte Vorfreude vibrierte in ihr und machte ihr eine Gänsehaut.

Blind tastete sie nach seinem Jeansbund, während er den Kuss vertiefte. Er war hart und heiß, als sie ihre Hand hinter den Bund tauchte. Vor allem aber war er viel größer als in ihrer Erinnerung.

»Zieh die aus, Theron.«

»Das muss ich nicht«, raunte er an ihrer Schulter und küsste sie dort. Seine Hand kehrte zu ihrer Brust zurück. »Mir reicht das Vergnügen vollends, dich kommen zu sehen.«

Das Kribbeln an ihrem Rücken wurde stärker, und in der Stille, die nun eintrat, begriff sie, was los war. »Geht es hier um die Seelenverwandtengeschichte?«

Er küsste die Innenseite ihrer rechten Brust. »Nein. Die Antworten kenne ich bereits.«

Ach ja? Sie wartete, dass er weitersprach, doch er küsste sie nur wieder. Und als klar wurde, dass er nicht vorhatte, richtig mit ihr zu schlafen, regte sich neue Wut in ihr. Prima. Sollte er doch seine dämlichen Geheimnisse für sich behalten! Auf die konnte sie im Moment sowieso verzichten.

Sie umfasste sein Gesicht, so dass er sie ansehen musste. »Ich will dich in mir, jetzt sofort. Also, entweder du wirst deine Hose los, oder ich muss dir nochmal die Drohung mit den Pulsadern ins Gedächtnis rufen.«

Er sah sie verwundert an. »Bist du sicher? Ich …«

»Theron, zieh dich aus, oder ich hole mir Cerek, damit er das hier zu Ende bringt.«

Nun blitzten seine Augen. »Darüber darfst du nicht scherzen, *Meli*. Es sei denn, du willst, dass der Wächter stirbt.«

Sein Kuss war hart und besitzergreifend, aber so gut! Wissend, dass sie gewonnen hatte, packte sie sein T-Shirt und zog es ihm über den Kopf. Er half ihr, ohne seine Lippen von ihren zu lösen, und streifte als Nächstes seine Jeans ab.

Wohlgeformte Muskelberge wölbten sich unter ihren Händen. Als er sich aufrichtete und Anstalten machte, aus dem Bett zu steigen, setzte Casey sich auf und hielt ihn fest. »Du gehst nirgends hin.«

Grinsend schlang er einen Arm um ihre Taille und beugte sich mit ihr zum Nachtschrank. »Kondome.«

»Du hast Kondome hier?«

»Natürlich. Unsere Biologie ist die gleiche, schon vergessen?«

Stimmt. Das hätte sie wissen müssen. Im Grunde war er sterblich wie sie. Es gab so viele Übereinstimmungen zwischen ihnen ... und so viele Unterschiede.

Sie schüttelte den Kopf. »Du brauchst keines.«

»Doch ...«

»Nein, es ist die falsche Zeit im Monat für mich, Theron. Und angesichts meines rapiden Verfalls dürfte uns beiden wohl klar sein, dass ich nicht schwanger werden kann.«

Er hielt inne und sah sie an. Eindeutig pflichtete er ihr bei, und es machte sie nicht einmal traurig oder wütend. So seltsam es war, bestärkte es sie nur in ihrem Entschluss.

Vor allem wollte sie in diesem Punkt vollkommen ehrlich zu ihm sein. »Ich hatte drei Liebhaber in meinem Leben. Keiner von ihnen bedeutete mir sehr viel, und ich war immer vorsichtig. Bei dir möchte ich mir solche Sorgen nicht machen.«

»Meli«, raunte er und strich ihr so sanft mit dem Finger über die Wange, dass es ihr seltsam bange ums Herz wurde. »Du ehrst mich.«

Mit einem Achselzucken vertrieb sie die Gefühle, die in ihr aufwallten. »Ich will nur ohne Hindernisse mit dir zusammen sein. Selbst wenn es bloß für diese eine Nacht ist. Ich weiß, dass morgen alles anders sein wird und du mich dorthin bringst, wo immer wir hinmüssen. Und dann, wer weiß? Aber heute Nacht will ich an nichts davon denken. Ich will einfach egoistisch sein."

»Du bist der selbstloseste Mensch, den ich kenne.«

»Nein, bin ich nicht«, widersprach sie mit einem matten Lächeln. »Ich bin schwierig, dickköpfig und eine Wanderin ohne Ziel. Du kennst mich eben nicht sehr gut.«

»Ich weiß alles, was ich wissen muss«, flüsterte er. »Ich weiß, dass du perfekt bist.«

Sie sah ihn an, und die Gefühle, die sie gern im Zaum gehalten hätte, brachen sich Bahn. Jedes Mal, wenn sie dachte, sie würde kapieren, wie er tickte, musste er sich von einer völlig unerwarteten Seite zeigen. Hatte sie bis gerade eben noch wilden Kriegersex erwartet, war er auf einmal ganz anders, worauf ihr das Herz aufging und sie sich gleich noch hoffnungsloser in ihn verliebte.

Verdammt! Er war wirklich ein Held. Ihr Held.

»Schlaf mit mir, Theron«, hauchte sie. »Schlaf einfach mit mir. Heute Nacht. Jetzt.«

»Meli.«

Dem Himmel sei Dank, tat er ausnahmsweise, worum sie ihn bat. Er neigte sie auf die Matratze, küsste sie sanft und legte sich zwischen ihre Schenkel. Mit Fingern und Lippen erregte er sie aufs Neue. Sein Mund war an ihrem Ohr, an ihrem Hals, auf ihren Brüsten; seine Finger tauchten in ihre feuchten Schamlippen ein. Er umkreiste ihre Brustspitzen mit seiner Zunge, während er ihre Klitoris mit dem Daumen streichelte. Als er mit einem Finger in sie eindrang, hob sie ihm stöhnend die Hüften entgegen.

Er brachte sie abermals bis unmittelbar vor den Orgasmus und fand tief in ihr jene Stelle, die sie beinahe aus der Haut fahren ließ. Sie jammerte, als er sich wieder zurückzog, doch dann spürte sie die Spitze seines Glieds, die an ihren Schamlippen entlang und um ihre Klitoris strich, dass Casey erschauerte.

»Theron …« Sie hob den Kopf und sah hinunter, wo er sie berührte. Der Anblick war unsagbar erotisch: seine starke Hand, die seinen dicken Schaft führte, während er sie beide halb rasend vor Verlangen machte, und seine Augen, die auf das gerichtet waren, was zwischen ihren Schenkeln geschah. Die Adern an seinem Hals und den Schultern traten vor Anstrengung hervor, so sehr beherrschte er sich. Seine Züge waren verdunkelt vor Lust.

Alles ihretwegen.

»Theron, oh, Gott!« So erregt war sie in ihrem Leben noch nie gewesen, und es war so unglaublich gut, wie sein Schwanz ihre Schamlippen auf und ab glitt, um ihre Klitoris herum, wieder und wieder. Aber es genügte ihr nicht. Nicht annähernd. Sie bog den Rücken, wollte ihn dorthin führen, wo sie ihn am dringendsten brauchte, und stöhnte laut, als er endlich in sie eintauchte.

»Ah, Götter, *Meli*! Du bist so eng, so feucht. So …« Er zog die Hüften ein wenig zurück und stieß erneut zu. »Vollkommen.«

Sie hätte Bedenken haben müssen. Schließlich wusste sie noch, wie riesig er in jener Nacht in ihrem Haus gewesen war, als er verletzt und nackt auf der Tagesdecke ihrer Großmutter lag, hatte gefühlt, wie er in ihrer Hand anschwoll, als sie ihn streichelte. Und sie hatte schon lange keinen Sex mehr gehabt. Doch kaum fühlte sie, wie er Zentimeter für Zentimeter in sie drang, wobei sie beide seufzten und stöhnten, schien es nur noch wunderbar und richtig.

Oh ja!

Sein Kuss war heiß, feucht, sündig. Er bewegte sich langsam weiter vor, bis er vollständig in ihr war und sie beide innehielten, um Atem zu schöpfen.

Das war es, was sie brauchte: ihn, vereint mit ihr. Und die Welt um sie herum war nichts als eine schemenhafte Erinnerung.

Er sah sie mit einer Zärtlichkeit an, die ihr bis in die Seele strahlte. Lächelnd strich sie ihm über sein stoppeliges Kinn. »Theron.«

Er wich zurück, drang erneut in sie und blickte ihr in die Augen. Unterdessen wurden seine Stöße fester, tiefer und länger. Seine Gesichtszüge verhärteten sich, und in einer Ader an seinem Hals war ein deutliches Pulsieren zu sehen. Schweiß lief ihm über die Schläfe und tropfte auf Caseys Brust. Sie warf den Kopf nach hinten und stöhnte vor Wonne, als er sie vollständig ausfüllte. Kurz vor ihrem Orgasmus rollte er sich mit ihr herum, so dass sie auf ihm hockte, und führte ihre Hüften in einen Rhythmus, bei dem sie fast doppelt sah.

Ihr Höhepunkt kam schnell und mit ungeheurer Wucht. Und da er sie nach wie vor führte, blieb ihr keine andere Wahl, als loszulassen und sich der rauschenden Welle von Hochgenuss hinzugeben. Sie brach über sie herein, einmal, zweimal, dreimal, bis sie überzeugt war, es nicht mehr auszuhalten. Aber es hörte nicht auf. Das Feuerwerk in ihr erfasste jede einzelne Nervenzelle, drohte, ihren Leib zu sprengen.

Mit demselben Feuer, das eben noch ihre Wut entfachte, verlegte sie sich nun darauf, diesen Orgasmus auszukosten. Sie hörte, wie Theron ihren Namen schrie, spürte, wie sein Glied in ihr pulsierte, bevor sie auf seine

Brust sackte. Während sie nach Luft rang, gruben sich seine Finger in ihre Seiten und hielten sie fest, als sein Körper unter ihr erzitterte.

Er atmete ebenfalls angestrengt und wurde weicher in ihr. Sie umklammerte ihn mit ihren Schoßmuskeln, weil sie ihn noch nicht hergeben wollte.

Er stöhnte. »*Meli*, wenn du das weiter mit mir machst, kriegst du heute Nacht gar keinen Schlaf.«

Schmunzelnd entspannte sie ihre Muskeln, um ihn sogleich aufs Neue zu umklammern. Sein Stöhnen hatte eine elektrisierende Wirkung auf sie.

»Schlaf wird sowieso überbewertet.«

Er strich ihr über den Rücken. »Ich glaube, das erwähntest du schon einmal. Flüchtig.«

Gott, sie liebte es, wie er sie berührte! Casey seufzte zufrieden. »Falls alle Argoleaner solchen Sex haben, verstehe ich, wieso ich deine erste menschliche Frau bin.«

Seine Hand umfing sanft ihren Po, bevor er sich mit ihr herumrollte. Ein Stoß seiner Hüften bestätigte ihr, dass ihre kleine Muskelübung die erwünschte Wirkung zeitigte.

Er küsste ihren Hals, ihr Kinn, ihre Lippen. »Vertrau mir, wenn ich dir sage, dass das nicht normal war, nicht mal für einen Argonauten.« Er malte die Konturen ihrer Lippen mit der Zungenspitze nach, bis sie ihm ihren Mund öffnete, dann intensivierte er den Kuss. »Ich hoffe, dir war es ernst damit, dass du nicht müde bist, denn ich scheine mich bei dir nicht beherrschen zu können.«

Sie hielt ihn umschlungen, als er in sie hineinstieß, sich zurückzog und wieder mit diesen fantastischen Hüften und der wachsenden Erektion in sie drang. Gleichzeitig bemühte sie sich, nicht allzu viel in seine Worte hineinzudeuten. »Ach, Theron, ich find's klasse, wie schnell du dich erholst!«

Er lachte leise. »Tatsächlich?«
»Oh ja!«
Sein Grinsen wurde breiter. »Ich auch.«
Dann gab sie sich ganz seinem Kuss hin und ignorierte das Prickeln an ihrem Geburtsmal, das nun explosive Ausmaße annahm.

Vierundzwanzigstes Kapitel

Lange nachdem Acacia eingeschlafen war, lag Theron da und starrte an die Decke.

Götter, dies hier gefiel ihm! Sie in seinem Bett, versteckt vor der Welt, warm und wohlig und sein. Es gefiel ihm viel zu gut.

Sein. Das war das entscheidende Wort, dessen Ironie einem Messerstich in den Magen gleichkam.

Er drehte sich auf die Seite, damit er sie betrachten konnte, wusste er doch, dass ihnen nicht viel Zeit blieb. Der König hatte wahrscheinlich schon den Rest der Argonauten zusammengerufen. Was Theron in seinem Gemach gesagt hatte – mit Zander als Zeugen –, würde als Hochverrat angesehen. Folglich rechnete er damit, dass jeden Moment einer seiner Gefolgsleute kam und ihn wegzerrte.

Ihre Gespräche konnte er sich lebhaft vorstellen: Cerek, der Friedensstifter, würde die anderen überreden, nichts zu unternehmen, ehe es Morgen wurde. Sie kämen, sowie die Sonne aufging. Und sie würden an Therons Ehrgefühl appellieren. Wenn das nicht wirkte, würde Gryphon einen lahmen Scherz machen, dass sie den König bei Laune halten mussten, um die Stimmung zu entkrampfen. Zander wäre gleich, was geschah, solange das, was mit Theron passierte, ihn nicht betraf. Und Demetrius ... ja, Demetrius würde darauf drängen, dass Theron gehängt wurde.

Zu spät wurde Theron gewahr, dass er seinen Argonauten nie gesagt hatte, wie sehr er sie schätzte. Obwohl sie gemeinsam dienten und Seite an Seite kämpften, waren sie einander keineswegs nahe. Und als er nun Acacia ansah, die mit verschränkten Armen auf dem Bauch lag und schlief, das Gesicht zu ihm gewandt, ihre Beine noch mit seinen verwoben, wurde ihm klar, dass er seine Argonauten eigentlich nie als individuelle Wesen gesehen hatte. Für ihn waren sie bislang nicht mehr gewesen als Kämpfer in einem Krieg, für den sie alle trainiert worden waren. Was hatte sich geändert? Offenbar waren ihm die Augen geöffnet worden.

Er streifte sanft Acacias Wange mit einer Fingerspitze und beobachtete, wie sich ihr Rücken unter ihren Atemzügen hob und senkte; sah ihre Wimpern an, die kleine Halbmonde auf ihren blassen Wangen bildeten. Ihr Mut versetzte ihn immer noch in Ehrfurcht. Letzte Nacht war sie bereit gewesen, es mit ihm aufzunehmen. Im ganzen Universum fand sich kein anderes weibliches Geschöpf, das wagen würde, ihm Paroli zu bieten, wenn er richtig mies gestimmt war, doch sie hatte es nicht geschreckt. Sie war furchtlos. Und so selbstlos, wie er dem König gesagt hatte. Sprich: Sie verkörperte alles, was er nie gewollt hatte, und dennoch konnte er sich nicht mehr vorstellen, ohne das zu leben.

Er hatte gewusst, dass sie sein war, als er sie zum ersten Mal kostete. Lange bevor er tief in sie hineinglitt. Wäre ihm seine menschliche Seite nicht derart entfremdet gewesen, hätte er es wohl schon bemerkt, als er erstmals in ihrem Haus ihren Rücken küsste. Doch er hatte es nicht, weil er diese Seite in sich, die er immerzu unterdrückt hatte, erst befreien musste.

Sie war sein Fluch, seine Seelenverwandte und sein Leben. Und es gab verdammt nochmal nichts, was er dagegen tun konnte, dass sie starb!

Seine Finger glitten über ihre Schulter und ihren Rücken, bis sie gegen die Decke stießen, die ihren wunderbaren Hintern verhüllte. Er nahm den Baumwollstoff und zog ihn nach unten. Dann stützte er sich auf einen Ellbogen und sah ihr Zeichen an.

Götter, es verblasste. Binnen Tagen wäre es fort.

Seine Brust wurde eng, und obwohl er nichts lieber täte, als erneut in sie zu gleiten, sie damit sanft zu wecken, wusste er, dass er es nicht konnte. Nicht durfte. Sie musste ihre Kräfte schonen, sollte sie nicht vergeuden, indem sie ihm Wonne bereitete.

Ein Blick zum Fenster verriet ihm, dass der Mond unterging und der Morgen nicht mehr weit war. Vorsichtig, um sie nicht zu wecken, zog er die Decke bis zu ihren Schultern hoch und schlüpfte aus dem Bett. Dann ging er unter die Dusche.

Ihr Duft überall an seinem Körper war verstörend und erregend zugleich. Er seifte sich ein, spülte sich ab und sagte sich derweil ununterbrochen, dass er richtig handelte.

In einem Punkt hatte der König Recht gehabt: Manchmal war ein großes Opfer unumgänglich.

Theron drehte das Wasser ab, griff sich ein Handtuch und rubbelte sich das Haar trocken. Nachdem er sich bis zu den Beinen abgetrocknet hatte, zog er eine frische Jeans an, hängte sich das Handtuch um die Schultern und erstarrte.

Jemand war draußen auf seiner Veranda.

Skata! Er hatte sich geirrt. Sie waren schon hier, um ihn zu holen.

Ein männlicher Basston drang durch die geschlossenen Türen, gefolgt von Acacias überraschter, müder Stimme.

Therons Herz schlug mit verdoppelter Kraft.

Nein, er hatte sie geirrt. Sie waren gekommen, sie zu holen.

Casey spürte, dass sie nicht allein war, bevor sie richtig wach wurde.

Sie fuhr erschrocken hoch und starrte in die Dunkelheit. Eine Kerze flackerte auf einem niedrigen Tisch gegenüber dem Bett und tauchte einen Mann in ihren Lichtschein, der am Kamin saß.

»Lass dich in deinem Schlaf nicht von mir stören«, sagte er mit tiefer Stimme. »Ich genieße es so sehr, die Unschuldigen zu betrachten.«

Casey zog sich die Decke bis zum Hals. Das Kribbeln an ihrem Geburtsmal wurde so intensiv, dass es sich buchstäblich ihre Wirbelsäule hinauf- und hinabschraubte. Aber sie gab keinen Mucks von sich, denn irgendein verborgener Instinkt warnte sie, es nur ja nicht zu tun.

Der Mann erhob sich langsam, und selbst im Dämmerschein der Kerze sah er wie mindestens zwei Meter fünfzehn groß aus, zudem schien allein seinem kleinen Finger genügend Macht innezuwohnen, um sie und jeden anderen in diesem Haus auszulöschen.

Das war kein Argonaut. Dieser Mann … dieses Wesen … war ein Gott!

Und, oh, Scheibenkleister … Das bedeutete, dass all der Kram wahr war!

Er trat an ihr Bett. »Ja, bin ich. Möchtest du raten, welcher?«

Casey bemühte sich, den Kloß herunterzuschlucken, der sich in ihrem Hals bildete, und drückte die Decke fester gegen ihre Brust. Ihr war schmerzlich bewusst, dass sie unter der Decke splitterfasernackt war, und ihr kam ein furchtbarer Gedanke.

Was wenn … was wenn er einfach durch die Decke durchgucken kann?

Sein Lachen war tief und bedrohlich. »Natürlich kann ich. Aber keine Sorge. Ich bin nicht wegen deines Geschlechts hier, Mensch, habe ich doch genügend eigene Schlampen zur freien Verfügung. Außerdem war die Besucherin, die nach Tartarus kam, um Gnade für deine Seele zu erbitten, ausreichend argoleanisch für mich.«

»Hades«, flüsterte sie.

Sein übles Grinsen wurde breiter, und er verneigte sich spöttisch. »Wie er leibt und lebt. Ich würde ja gern behaupten, es freut mich, dich kennenzulernen, aber das wäre eine Lüge. Und ich lüge nie.« Er beäugte sie prüfend. »Also, frag mich, wer meine Besucherin war.«

Ihr Herz hämmerte an ihren Rippen. Sie sah sich nach Theron um, konnte aber nur feststellen, dass er wirklich nicht in der Nähe war. Nachdem sie nochmals geschluckt hatte, wandte sie sich wieder zu Hades. »Niemand würde meinetwegen zu dir gehen.«

Seine schwarzen Augen blitzten auf. »Niemand außer deiner Schwester.«

Die Badezimmertür flog auf. Theron, barbrüstig und nur in einer tief sitzenden Jeans trat mit nassen Haaren heraus, als käme er gerade aus der Dusche, und stürmte direkt auf Hades zu.

Mit einer kleinen Geste aus seinem Handgelenk schleuderte Hades ihn zurück, dass er gegen die Wand stürzte und zu Boden sank. Bilder und zerbrochenes Glas regneten auf ihn herab. Hades hielt seinen Arm ausgestreckt, als würde er Theron mit einer unsichtbaren Kraft daran hindern, wieder aufzustehen.

Die seelenlosen Augen des Gottes richteten sich erneut auf Casey. »Deine Schwester wollte einen Handel mit mir, damit du lebst.«

»Acacia …«

Hades schleuderte einen weiteren Energieschwall in Therons Richtung, dass dessen ganzer Körper wild zuckte.

»Stop!«, schrie Casey, die auf der Matratze auf die

Knie sprang. Hades blickte kurz zu ihr, aber sie wusste, dass sie nichts gegen ihn ausrichten konnte. Um Therons willen bemühte sie sich, sich ihre Angst nicht anmerken zu lassen. »Schluss! Hör auf. Tu ihm nicht weh. Ich … Ich verstehe das alles überhaupt nicht.«

»Wie sollte auch irgendjemand erwarten, dass du es verstehst, Mensch?« Hades sah angeekelt zu Theron. »Zumal dieser Argonaut hier den wahren Grund, weshalb er dich in dieses Reich brachte, geflissentlich ausließ.«

Als wäre das Kribbeln und Brennen unten an Caseys Rücken nicht bereits schlimm genug gewesen, wurde es jetzt fast unerträglich. Sie sah zu Theron, der sich mühsam an der Wand aufsetzte. »Was hat er mir nicht erzählt?«

Hades lächelte tatsächlich, und tief in ihrem Innern begriff Casey, dass er diese Szene richtig genoss. »Soll ich es ihr sagen, Argonaut? Oder möchtest du es lieber selbst tun?«

»Fahr zurück zur Hölle«, knurrte Theron.

Er zuckte wild und sackte in sich zusammen, als ihn ein neuer Energieschwall traf.

»Hör auf!« Vergebens mühte Casey sich, die Decke um sich zu raffen, während sie gleichzeitig den bösartigen Gott aufhalten wollte. »Bitte, hör einfach auf! Und verrate mir den Grund, weshalb er mich hergebracht hat.«

»Hör nicht auf ihn«, keuchte Theron.

»Um die Prophezeiung zu erfüllen«, sagte Hades ungerührt. »Die vor Jahrtausenden in Kraft trat, als Atalanta ihre Seele im Austausch gegen Unsterblichkeit an mich verkaufte. Du bist eine Hälfte dieser Prophezeiung, Acacia Simopoulos. Das Mal auf deinem Rücken beweist es. Deine Halbschwester Isadora, die Prinzessin und künftige Königin von Argolea, trägt das gleiche

Zeichen. Wie du, ist sie krank und wird sterben, nur dass sie ihre argoleanische Seite verliert, wohingegen bei dir die menschliche schwindet. Allein sterbt ihr beide. Vereint man euch, wird die Stärkere überleben. Sie macht Atalanta wieder sterblich und läutet das Ende ihres Krieges gegen die Argoleaner ein.«

Hades nickte zu Theron. »Dein Argonaut wurde von ihrem Vater, dem König, geschickt, damit er dich holt und zu deiner Schwester bringt. Ihr Leben soll gerettet werden, deines enden.«

Casey blickte zu Theron, der an der Wand lehnte, die Augen geschlossen und seine Arme über dem Bauch verschränkt. Sie wartete darauf, dass er Hades widersprach, dass er ihr erzählte, dessen Worte wären nichts als Lügen, doch er machte den Mund nicht auf. Er sah sie nicht einmal an.

»Nein«, flüsterte sie. »Das … kann nicht wahr sein.«

»Es ist die Wahrheit. Sogar deine Schwester begriff, wie falsch es von diesen Heroen war, euer Schicksal bestimmen zu wollen. Deshalb kam sie zu mir und wollte deine Seele auslösen. Und sie tat es gegen den Willen ihres Vaters und ihres Verlobten.«

»Verlobten?«, wiederholte Casey, die dem Gott nicht folgen konnte.

»Ach, verdammt.« Hades schnippte mit den Fingern. »Ich schätze, auch das vergaß dein Argonaut dir zu sagen.« Seine schwarzen Augen funkelten. »Der gute Theron hier soll Isadora heiraten, sobald die Prophezeiung erfüllt ist.«

Caseys Herz hämmerte gegen ihre Rippen, als sie zu Theron sah. Er leugnete es nicht. Und er öffnete immer noch nicht die die Augen. Sein schuldbewusster Gesichtsausdruck aber bestätigte, was Hades sagte.

In dem Moment brach ihr das Herz. Es zerfiel in eine Million Scherben, und der Schmerz in ihrer Brust könnte realer nicht sein, würde ihr eine Klinge hineingerammt.

Hades reichte ihr die Hand. »Komm mit mir, dann zeige ich dir die Wahrheit, Acacia Simopoulos. Du wirst sehen und glauben.«

Theron sprang auf. »Nein. Acacia!«

Ein Energiestrahl schoss aus Hades' Hand, und abermals wurde Theron gegen die Wand geschleudert. Stöhnend fiel er zu Boden, diesmal umringt von herabbröckelndem Putz.

»Solange du bei mir bist, bist du sicher, Mensch. Dir wird nichts geschehen, das verspreche ich.«

Casey kamen die Tränen, als sie auf seine ausgestreckte Hand blickte. Alles, was Theron ihr erzählt hatte, alles, was sie zu glauben begann, war nichts als eine Lüge. Sie war unentschlossen. Eines allerdings, was Hades sagte, war zu ihr durchgedrungen.

Sie hatte eine Schwester, die sie zwar nicht kannte, die aber für sie in die Hölle gegangen war, um ihre Seele zu retten. Es gab also immer noch eine Person, die sie brauchte.

»Ich habe nichts an.«

Hades' Lächeln wirkte triumphierend. »Schon erledigt.«

Im nächsten Augenblick trug sie eine weite lange Bluse mit einer passenden weiten Hose.

Casey ließ das Laken fallen und legte ihre Hand in die des Gottes.

»Nein! *Acacia!*«, schrie Theron.

Sie trieb dahin. Neben sich hörte sie Hades' Stimme, doch als sie den Kopf in die Richtung drehte, war dort nichts als zäher, dichter Nebel. »Ein Jammer, dass du die falschen Gene hast. Du solltest Königin sein.«

»Was meinst du?« Seine Hand schlang sich fester um

ihre, und Casey kam es vor, als müsste er auf diese Weise verhindern, dass sie in abertausend Stücken über Raum und Zeit verteilt wurde.

»Deine Schwester ist schwach. Sie wird eine schreckliche Königin abgeben, aber zum Glück für sie wurde sie als Argoleanerin geboren und du nicht.«

»Sie musste ziemlich mutig sein, dass sie zu dir kam. Und das wiederum macht doch eine Anführerin aus, oder nicht?«

Er lachte. »Sie war verzweifelt. So jedenfalls nehmen sich ihre kühnen Taten für uns aus. Sie ist diejenige, die Thymian verbrennen sollte, nicht du. Und du wärst dumm, etwas anderes zu denken.«

Nichts von dem, was er sagte, ergab einen Sinn, und noch dazu wurde Casey von der Tatsache abgelenkt, dass sie keine Ahnung hatte, wohin er sie brachte.

»Zu einer Armee«, sagte er. »Und, glaub mir, bald wirst du alles verstehen.«

»Hör auf, meine Gedanken zu lesen«, fuhr sie ihn an. »Das ist unhöflich.«

Seine Hand umklammerte ihre noch fester, und einen entsetzlichen Moment lang fürchtete sie, er könnte sie loslassen und sie würde doch noch in tausend Teile zerspringen. Wie konnte sie auch so blöd sein, ausgerechnet jetzt gereizt zu reagieren? Aber dann stieß er ein leises, bedrohliches Lachen aus, das aus dem Nichts zu kommen schien. »Ach, du wärst wahrlich die bessere Königin! Der Dämon, der sich mit dir anlegen will, ist nicht zu beneiden. Du musst nämlich wissen, dass ich dich beobachtet habe. Ich wollte sehen, wie diese Geschichte ausgeht. Die früheren Generationen waren enttäuschend. Aber du … ja, du könntest es tatsächlich schaffen.«

Ihr lag auf der Zunge, er solle gefälligst seine bescheuerten Spielchen lassen, als sich der Nebel plötzlich auflöste und sie am Rande einer Klippe landeten. Casey ruderte mit den Armen, um nicht in den Abgrund zu stürzen. Unter ihren Füßen rutschten Kiesel und stürzten klimpernd den steilen Abhang in ein verbranntes Tal hinab.

Hades zog sie vom Klippenrand zurück. »Noch nicht, und nicht hier. Für dich ist anderes geplant.« Er wies mit seinem langen Finger nach unten. »Sieh hin, Acacia. Sieh dir die Armee an, die Atalanta aufstellt.«

Ihr Atem stockte, als sie die unzähligen Dämonen unten im Tal erkannte. Erst jetzt entdeckte sie, dass es deren schwarze Haut war, die für sie wie verbrannte Erde ausgesehen hatte. Hastig trat sie drei Schritte zurück und kollidierte mit Hades' Brust.

»Sie können dich nicht sehen, Menschenfrau. Also schau genau hin.« Fröstelnd näherte sie sich wieder dem Klippenrand. Es waren so viele. Sie machten eine Art Kampftraining mit Schwertern und Waffen, wie Casey sie noch nie gesehen hatte. Sie übten für einen Krieg.

In der Mitte stand eine Frau in einem blutroten Gewand. Sie hatte langes schwarzes Haar, zeigte mal in diese, dann in jene Richtung und brüllte Befehle. Wurde ein Dämon von einem anderen mit bloßen Händen niedergerungen, schwang sie die Peitsche in ihrer Hand und knallte sie dem Unterlegenen auf den Rücken, bis der Boden voller Blut war – von derselben Farbe wie ihr Kleid.

Zwar erstarrten derweil alle anderen um sie herum, doch kein einziger Dämon schritt ein, um den Bestraften zu retten. Die Peitsche pfiff wieder und wieder auf das Opfer hinab, bis es blutüberströmt und regungslos da lag.

Casey hielt sich eine Hand vor den Mund, während sie zusah, wie der ausgepeitschte Dämon an den Rand des Kampffelds geschleift wurde. Dort ließ man ihn liegen, und die anderen nahmen ihr Training wieder auf.

»Weißt du, woher die Dämonen kommen?«, flüsterte Hades ihr zu.

Casey schluckte und verneinte stumm.

»Ein Dämon ist nichts weiter als die Seele eines Menschen, der in den Feldern von Asphodel gefangen ist.«

»Fegefeuer«, hauchte Casey.

»Ja, so ähnlich«, sagte Hades hörbar amüsiert. »Atalanta liebt es, unter den Unglücklichen auf Beutefang zu gehen, und wie du siehst, konnte sie viele überzeugen, dass ihr zu dienen um ein Vielfaches besser ist als das, was sie bei mir erwartet. Manche von ihnen sind wirklich böse und wissen, dass sie bestraft werden. Andere sind schlicht dumm. Bei ihr werden sie als das wiedergeboren, was sie aus ihnen macht: als starke Kämpfer ohne Gewissen. Monster. Allerdings gibt es einen Pferdefuß.«

Der hämische Ton in Hades' Stimme machte sie misstrauisch.

»Werden sie ein zweites Mal getötet, gehören sie auf immer mir. Dann blüht ihnen ewiges Leid in Tartarus, egal, ob sie wahrhaft böse waren oder nicht.«

»Du hast sie unsterblich gemacht.«

»Ja, habe ich. Ich bin ein Gott, der stets für einen Handel zu gewinnen ist. So erhalte ich das Gleichgewicht im Universum. Und ihre Bitte, die von Rachsucht motiviert war? Ach, einen besseren Handel kann man sich gar nicht wünschen!«

Caseys Rücken brannte. »Was hat sie dir im Tausch angeboten?«

»Die Seele eines jeden Argoleaners, den sie tötet.« Nun wurde Casey erst recht eiskalt. »Und eines jeden Halbbluts.«

Ihr wurde übel. »Wieso zeigst du mir das?«

»Weil ich will, dass du es erkennst und glaubst.« Er

beugte sich zu ihrem Ohr. »Was denkst du, das sie mit dieser Armee vorhat, Acacia? Sicher nicht bloß Eindruck schinden.« Als sie nicht antwortete, kam er noch näher, bis sie die Konturen seines Körpers an ihrem Rücken fühlte. Ihr Magen drehte sich um. »Sie werden die Halbblute niedermetzeln und die Argonauten dezimieren. Sowie die Wächter das Portal nicht mehr schützen, strömen die Argoleaner in die Menschenwelt, wo sie in Scharen vernichtet werden. Und die Dämonen breiten sich wie eine Feuersbrunst in Argolea aus.«

»Oh, Gott«, flüsterte Casey.

Er lachte ihr ins Ohr, so dass sein heißer, lüsterner Atem unter ihre lange Bluse wehte und ihr ein eisiger Schauer über den Leib jagte. »Dein menschlicher Gott kann nichts für sie tun. Ich denke, es ist an der Zeit, dir zu zeigen, was Atalanta so sehr hasst.«

Er legte seine Hände auf ihre Oberarme, und sie schossen erneut durch Nebel, bis Casey auf einer anderen Erhöhung stand. Diesmal jedoch war das Bild unter ihr ein Fantasiegespinst: ein üppig grünes Tal, umgeben von Wiesen und Wäldern, dahinter majestätische, schneebedeckte Berggipfel. In der Mitte befand sich eine funkelnde Stadt, die ganz aus Marmor zu sein schien, mit einem Marktplatz im Zentrum, Menschengewimmel und einer Burg, die geradewegs aus dem Aschenputtel-Märchen stammen könnte.

Es war dieselbe Stadt, die sie von Therons Haus aus gesehen hatte, nur näher und realer.

»Oh … wow.« Casey wurde warm, als wäre sie endlich nach Hause gekommen.

»Eindrucksvoll, was?«, sagte Hades neben ihr. »Tiyrns, die weiße Stadt. Geschaffen für einen Helden, nicht wahr?« Casey konnte nur nicken. »Ein Jammer, sie und ganz Argolea untergehen zu sehen.«

»Wie meinst du das?«

»Deine Schwester Isadora ist die einzige Erbin. Nach argoleanischem Recht darf nur ein Mitglied der Königsfamilie über das Land herrschen. Dein Vater, der König, stirbt, und Isadora ist ebenso krank wie du. Sollte sie dahinscheiden, ehe sie einen Erben geboren hat, fällt die Macht über Argolea an den Ältestenrat. Und der Rat glaubt, dass die Argonauten nichts tun, außer den Leuten Furcht einzuflößen. Stell dir vor, was geschieht, Acacia, sollte deine Schwester fort sein.«

Angst schnürte ihr die Brust zu, und auf einmal begriff sie, warum Hades sie in die Unterwelt gebracht hatte. »Sie werden von Atalantas Armee ausgelöscht.«

»Ja.«

Casey schaute wieder ins Tal, und es brach ihr das Herz.

»Es gibt nur einen Weg, das zu verhindern«, sagte Hades neben ihr.

»Wie?«

»Die Antwort findest du in deiner Seele.«

Sie überlegte. Und wusste es.

Ihre Schwester musste überleben. Als hätte Casey sie schon tausend Mal gehört, ging ihr Hades‘ Prophezeiung durch den Kopf.

Und sie dachte an Theron, daran, weshalb er geschickt wurde, sie zu holen. Nun ergab alles, was er getan hatte, einen Sinn. Ausgenommen … wie er sie angesehen hatte, als sie vor wenigen Stunden unter ihm lag. Nein, irgendetwas passte immer noch nicht zusammen.

Er hatte sie gestern hergebracht, sie aber bisher nicht an den König übergeben. Und als er gestern Abend heimkam, war er wütend gewesen, aber nicht auf sie. Seine Wut hatte ihrem Vater gegolten.

Schlagartig wurde ihr alles klar.

Er hatte es sich anders überlegt, noch bevor sie miteinander schliefen. Obwohl er wusste, dass sein Handeln seine Welt zerstören könnte, war er nicht gewillt, sie für ihre Schwester sterben zu lassen – für seine Verlobte.

»Beantworte mir eines«, sagte sie leise und blickte zur Burg. Natürlich konnte Hades ihre Gedanken lesen, doch sie musste diese eine Frage aussprechen. »Bin ich seine Seelenverwandte?«

»Ja.«

Sie rang nach Atem.

»Ein perfides Geschenk der rachsüchtigen Gemahlin meines Bruders. Hera wusste, sollte Theron dich jemals finden, würde er nicht zulassen, dass sich dein Schicksal erfüllt.«

Ihr Schicksal. Die Ironie war beinahe zum Lachen. Egal, wie sie es betrachtete, sie musste sterben. Und das war echt zum Kotzen, vor allem nachdem sie endlich den Ort gefunden hatte, an den sie gehörte. Andererseits war ihr Leben nie einfach gewesen, folglich war es nur logisch, dass es ihr Tod genauso wenig sein würde.

Die einzige Frage, die blieb, war, wie es passieren sollte: zu ihren Bedingungen oder nicht.

Sie sah den Gott an. »Werde ich auch in Tartarus gequält?«

Sein Lächeln hatte sogar etwas Warmes, was sich wie ein Bruch in seiner Persönlichkeit ausnahm. »Nein. Du segelst zu den Inseln der Glückseligen.«

Sie blickte wieder zur Burg. »Das klingt eigentlich nicht schlimm.«

»Ist es auch nicht. Eigentlich ist es sogar recht schön.«

»Und was wird mit meiner Schwester, wenn ich zu ihr gehe?«

»Sie wird herrschen, bis ihre Zeit abgelaufen ist.«

Auch das hörte sich nicht übel an.

»Was ist mit Theron? Was passiert mit ihn?«

Hades zuckte mit den Schultern. »Das Schicksal des Argonauten ist nicht meine Sache.«

»Aber du kennst es.«

Ein gelangweilter Ausdruck trat auf seine Züge. »Wenn du zu Isadora gehst? Nichts. Für ihn wird alles wieder wie vorher sein. Falls du entscheidest, wieder zur Halbblutkolonie zu gehen … Nun, dann könnte er bestraft werden, weil er den Befehl nicht ausführte, dich zu holen.«

Sie stutzte. »Könnte?«

Er grinste sie wieder listig an. »Ich bin kein Orakel, Acacia.«

»Nein, du bist ein Gott.«

»Stimmt, doch selbst die größten Götter können die Zukunft nicht vorhersagen. Freier Wille und der ganze Unsinn.«

Freier Wille.

Casey schloss die Augen und konzentrierte sich auf ihre Sinne. Als sich nicht der Hauch eines Kribbelns einstellte, hatte sie ihre Antwort.

Sie blickte wieder zu Hades auf. »Bring mich nach Hause.«

Fünfundzwanzigstes Kapitel

Er fühlte sich, als hätte er eine Vierzig-Volt-Ladung in die Brust bekommen. Was wohl auch so war.

Auf allen Vieren und mit zusammengebissenen Zähnen versuchte Theron, sich aufzurichten. Das Zimmer drehte sich um ihn, und sein Kopf kippte ihm auf den Schultern hin und her. Stöhnend sackte er zu Boden, holte mehrmals Atem und nahm einen neuen Anlauf.

Er sah Sterne, machte jedoch weiter.

Ein Brüllen entfuhr ihm, als er sich endlich aufgesetzt hatte und an die Wand zurücksank. Schon jetzt schwitzte und zitterte er. Dieser verfluchte Gott …

Stiefel polterten draußen auf seiner Veranda, dann ertönten Stimmen. Stimmen, die er kannte.

»Hier drinnen!«, brachte er heiser heraus.

Die Tür zu seinem Schlafzimmer wurde aufgestoßen. Verschwommen sah er Gryphon, Cerek und Phineus hereinkommen.

»Was zur Hölle ist mit dir passiert?«, fragte Cerek, der herbeieilte und Theron aufhalf.

Phineus nahm seinen anderen Arm. »Ich hätte nie gedacht, dass ich das mal erlebe.« Er schnupperte an Therons Haar. »Götter, bist du verbrannt worden?«

Nachdem Theron halbwegs sicher stand, schüttelte er seine beiden Helfer ab. Von allen Argonauten dürfte Phineus am ehesten versengte Haut erkennen können, denn ihm war diese ganze Feuer-Dämonengeschichte nur zu vertraut. »So was in der Art. Wer bewacht das Portal?«

»Titus«, antwortete Cerek.

Gut. Theron musste ihm sofort Nachricht schicken, dass er auf keinen Fall Acacia hindurchließ. »Ich brauche eure Hilfe. Sie ist verschwunden.«

»Wissen wir«, sagte Gryphon, der noch an der Tür stand. Sein blondes Haar fiel ihm in die Stirn, und er war unrasiert. »Demetrius und Zander suchen bereits nach ihr. Der König ist außer sich, und nach dem, was Zander erzählt, kannst du von Glück reden, dass der König dich nicht bei den Eiern aufgehängt hat. Für dich sieht die Lage gar nicht gut aus.«

»Woher wisst ihr, dass sie weg ist?«, fragte Theron. »Sie ist doch erst vor Minuten gegangen.«

»Isadora war hier?« Phineus hörte sich verwirrt an.

»Isadora?« Theron sah erst ihn, dann die anderen beiden an. »Doch nicht Isadora. Warum sollte sie …«

Dann begriff er. »Oh, *Skata!* Er hat sie sich beide geholt.«

Ihm wurde furchtbar schwindlig, so dass er sich an der Wand abstützen musste. Trotzdem wehrte er Cerek ab, der ihm helfen wollte. Aus dem Augenwinkel sah er die verwunderten Mienen der anderen beiden Argonauten, die erst einander und dann ihn anguckten.

»Wer hat wen geholt?«, fragte Gryphon.

Stille.

»Die Frau«, sagte Cerek schließlich. »Die menschliche Frau, die gestern hier bei ihm war. Dieser Mistkerl!«

»Warte mal!« Phineus hob eine Hand. »Welche Frau?«

Theron stützte immer noch einen Arm an die Wand. »Hades war hier.«

»Ach du Scheiße«, murmelte Cerek.

»Hier? Richtig hier?«, fragte Gryphon. »Ich dachte, Götter können nicht nach Argolea kommen.«

»Hades gehört nicht zum Olymp«, erklärte Cerek.

»Nur die zwölf Götter dort sind aus unserem Reich verbannt. Dieser Mistkerl!«

Theron ignorierte die drei und drehte sich langsam um. »Ich muss herausfinden, wo er sie hingebracht hat. Nicht in die Unterwelt. Sie müssen irgendwo hier sein …«

»Theron«, warnte Cerek ihn.

»Burg und Tempel fallen aus. Da herrscht zu viel Betrieb. Ein geweihter Ort. Irgendein … Wieso kann ich nicht nachdenken?« Er presste seine Finger an die Stirn, ehe er beide Fäuste in die Wand rammte, dass der Putz herabbröckelte, und seine Wut in den Raum brüllte.

Alle verstummten. Keiner der Wächter traute sich, etwas zu sagen, wussten sie doch, dass er ihnen Arme und Beine ausreißen könnte, wenn er wollte. Und in seiner gegenwärtigen Stimmung war das nicht auszuschließen.

In dem Moment fiel es ihm ein.

Er riss den Kopf hoch, wobei ihm feiner, weißer Staub aus dem Haar rieselte. »*Skata!*«

»Theron, warte!«, rief Cerek ihm nach, als Theron zur Tür rannte.

Sein Schmerz kümmerte ihn nicht mehr, als er gerade lange genug stehen blieb, um sich ein Paar Stiefel anzuziehen. Ohne auf die anderen zu warten, brüllte er: »Holt Callia und bringt sie zum Steinkreis. Sofort!«

Dann raste er los.

»Wohin gehen wir?«, fragte Isadora Persephone durch den Nebel.

»Das wirst du schon sehen.« Die Göttin drückte Isadoras Hand. »Wir sind fast da.«

Es war eine lange Nacht gewesen. Eine Nacht, an die Isadora sich nicht erinnern wollte. Wann immer sie an das dachte, was sie gesehen hatte …

Ihr wurde wieder schlecht, und sie merkte, wie ihr Mageninhalt in die Speiseröhre stieg.

»Denk nicht mal dran, dich wieder zu übergeben, kleine Königin.« Persephone packte ihre Hand fester, und ihr hämisches Lachen war das Einzige, das Isadora abhielt, ihr weniges Abendessen gleich wieder von sich zu geben. »Wenn dies hier vorbei ist, wirst du mir danken. Es wird allerhöchste Zeit, dass du deine göttliche Seite belebst.«

Isadora schloss die Augen. *Denk nicht daran. Oder an sie. Oder an ihn. Oder an das, was sie taten. Denk an nichts außer dir und Acacia und dass du sie gerettet hast.*

»Und da wären wir«, sagte Persephone.

Der Nebel klarte auf, und kalte Luft wehte über Isadoras Schultern. Vor sich sah sie hohe grüne Olivenbäume und einen violetten Berg aufragen. Sie wusste, dass sie in Argolea war, nur nicht, wo dort. Als sie sich umdrehte, entdeckte sie einen Steinaltar in der Mitte des Kreises.

»Was soll das?« Ihr Blick wanderte über den großen flachen Stein, umgeben von den verkohlten Resten eines Holzfeuers. An dieser Stätte wurden Argoleaner nach dem Tod verbrannt, damit ihre Seelen befreit waren und zu den Inseln der Glückseligen ziehen konnten. »Warum sind wir hier?«

Persephone, die deutlich größer und um ein Vielfaches majestätischer als Isadora wirkte, lächelte sie an. »Weil es an diesem Ort geschehen muss.«

Ein Eisklumpen bildete sich in Isadoras Brust. »Nein«, sagte sie kopfschüttelnd. »Das darfst du nicht. Er hat es mir versprochen!«

Persephone packte ihr Handgelenk, ehe Isadora auch nur zwei Schritte tun konnte. Die Göttin schien noch weit stärker als jeder Argonaut. Sie zerrte die schreiende und um sich tretende Isadora über die harte Erde. »Doch, Prinzessin, wir dürfen.« Sie hob Isadora mühelos auf den Steinaltar. »Die Prophezeiung meines Gemahls ist von größerer Bedeutung als deine Wünsche.«

Isadora konnte nichts tun, weil Persephone ihre Arme festhielt. »Er hat mich angelogen.«

Persephone lächelte immer noch. »Nicht ganz. Er … ließ nur einiges aus.«

»Du sollst in der Hölle verrotten!« Isadora spuckte der Göttin ins Gesicht.

Persephones spöttisches Grinsen erstarb. Langsam ließ sie einen von Isadoras Armen los, wischte sich das Auge ab, und Isadora wartete bang auf die Strafe, die nun kommen würde. Niemand griff eine Gottheit an und überlebte es.

Doch statt sie bewusstlos zu schlagen, wie sie erwartet hätte, blinzelte Persephone bloß. Und als sie wieder zu Isadora sah, war da ein Anflug von Bewunderung in ihrem Blick. »Sehr gut, Prinzessin. Vielleicht besteht noch Hoffnung für dich. Hades wird froh sein, dass du unter deiner teigigen weißen Haut tatsächlich ein Rückgrat hast.«

»Fahr zur Hölle«, murmelte Isadora.

Persephone grinste. »Das werde ich, denn mir gefällt es dort. Würde meine Mutter mich nicht alle paar Monate zurückrufen, bliebe ich mit Freuden für immer.« Sie blickte auf. »Ah, endlich. Da bist du ja!«

Als Persephone zur Seite trat und sich umwandte, konnte Isadora sehen, was auf sie zukam.

Hades, den sadistischen Hurensohn, erkannte sie auf Anhieb, doch es war die Dunkelhaarige neben ihm, die Isadoras Aufmerksamkeit bannte.

Ihre Halbschwester Acacia.

Ein seltsames Brummen hob in Isadoras Brust an, wie elektrische Spannung, die von der Mitte aus in ihren ganzen Leib abstrahlte und ihr in den Ohren surrte. Das gleiche Gefühl hatte sie in diesem Club der Menschen gehabt, als sie Acacia zum ersten Mal sah. Nur war es jetzt sehr viel stärker und wurde mit jedem Schritt, den sich ihre Schwester ihr näherte, intensiver.

»Halt!«, brüllte Isadora.

Acacia blieb stehen. Ihre violetten Augen – oh, Götter, die Augen sahen genau wie die ihres Vaters aus – wichen keine Sekunde von Isadoras Gesicht. »Ist schon gut«, sagte sie. »Ich bin gekommen, um dir zu helfen.«

Panik erfasste Isadora, aber sie konnte sich nicht rühren, weil Persephone sie hielt. »Nein, es ist nicht gut. Komm nicht näher. Du weißt nicht, was du tust.«

»Doch, weiß ich«, entgegnete Acacia. »Ich weiß sehr wohl, was ich tue. Ich rette dich und unser Volk.« Sie ging weiter, und das Surren wurde so laut, dass Isadora beinahe nichts anderes mehr hörte. »Und ich will es.«

»Acacia! Nein!« Aus dem Nichts kam Theron auf die Lichtung geprescht, doch ehe er den Steinkreis erreicht hatte, machte Hades eine Handbewegung und versah den gesamten Kreis mit einem Schild. Theron prallte gegen die unsichtbare Barriere und fiel zurück. Im nächsten Augenblick war er wieder auf den Beinen, hämmerte gegen das Kraftfeld und schrie etwas, das nur sehr gedämpft hindurchdrang. Hinter ihm kamen andere herbeigelaufen.

»Verdammte Argonauten«, raunte Hades. »Die mit ihrem heroischen Fimmel.«

Acacia blieb zwei Schritte vor Isadora stehen. Inzwischen war das Summen so stark, dass Isadora sich nicht einmal mehr bewegen konnte, als Persephone sie losließ und zurückwich. Sie starrte hilflos ihre Schwester an.

Acacia warf einen sehnsüchtigen Blick zu Theron und wandte sich wieder Isadora zu. Eine einzelne Träne rollte ihr über die Wange. »Mein Name ist Casey.«

»Mach das nicht«, flüsterte Isadora.

»Ich muss.« Sie ergriff Isadoras Hände, worauf eine

Explosion in Isadoras Kopf ertönte, gefolgt von elektrischer Spannung, die ihr durch die Gliedmaßen schoss. In einem Strudel wurden Casey und sie nach oben gerissen und in Lichtgeschwindigkeit gedreht, bis es sich anfühlte, als würde Isadora von Kopf bis Fuß grell leuchten. Sie zuckte, krampfte, dann wurde alles schwarz. Irgendwo in der Finsternis verhallte das Summen.

Sechsundzwanzigstes Kapitel

Casey kam zu sich, und das Erste, was sie sah, war der Himmel, kristallblau und klar wie ein Bergsee.

So sieht es also im Himmel aus.

Sie holte ein Mal tief Luft, noch ein Mal. Und zu ihrem Erstaunen stellte sie fest, dass es ihr besserging. Sie war nicht mehr müde oder erschöpft; nein, sie fühlte sich stark, geistig wie körperlich.

Wow. Okay, bis hierhin ist der Himmel gar nicht übel.

Sie wandte den Kopf zur Seite, und jetzt wurde es komisch. Isadora krabbelte über die festgetretene Erde auf sie zu.

Nein, nein, nein. Dass sie beide starben, war falsch. Nur sie allein hätte sterben sollen.

»Was tust du hier? Du müsstest doch dort sein. Du …«

»Schon gut, Casey.« Sanft strich Isadora ihr den Schmutz aus dem Haar. »Kannst du dich bewegen?«

»Bewegen?« Sie stützte sich auf die Ellbogen auf. »Ähm, nein. Ich meine, ja, ich …« Kaum sah sie sich um, verschlug es ihr die Sprache. Sie war immer noch mitten in dem Steinkreis. Hades und Persephone standen ein Stück seitlich. Und hinter Hades' unsichtbarem Schild waren die Argonauten, die sie verdattert beäugten.

»Oh Mann.« Casey hob eine zitternde Hand an ihren Kopf. »Das war mal ein Trip.«

»Ja, kannst du wohl laut sagen«, murmelte Isadora.

Benommen blickte Casey zu dem Schild und wurde panisch, als sie Theron nicht entdecken konnte. Im nächsten Moment machte ihr Herz einen Sprung, denn sie sah ihn auf den Knien am Rande der Gruppe, halb hinter Hades verborgen. Er guckte sie ebenso verblüfft an wie die anderen.

Isadora rappelte sich auf und drehte sich zu den Göttern. »Was war das?«

»Verdammtes Glück«, antwortete Hades und schnalzte mit der Zunge. »Anscheinend seid ihr beide stärker, als ich dachte.«

Casey merkte auf. Weil sie nicht wie ein Schwächling vor den anderen auf der Erde liegen wollte, stemmte sie sich vom Boden hoch und klopfte sich den Staub von der Hose. »Ich verstehe das nicht. Hat sich die Prophezeiung denn nicht erfüllt?«

»Wart's ab«, sagte Hades und reckte einen Finger in die Höhe.

Isadora und Casey sahen einander fragend an. Die Argonauten jenseits des Schilds begannen, sich aufgeregt zu unterhalten, was von der Barriere gedämpft wurde. Und dann geschah es.

Ein Brüllen dröhnte aus den Tiefen der Hölle und erschütterte das Königreich mit solcher Wucht, dass es mindestens 9.0 auf der Richterskala verzeichnet hätte.

Casey kippte gegen Isadora, und die beiden Schwestern hielten einander fest, während das Beben andauerte. Als es endlich aufhörte, füllte Hades' geheimnisvolles Lachen die Leere.

»Was war das?«, fragte Casey mit großen Augen.

»Das«, sagte Hades, der grinsend einen Arm um seine Gemahlin legte, »war eine sehr wütende Frau.«

»Atalanta«, flüsterte Isadora.

»Ja«, antwortete Hades. »Ich bin sicher, dass es sie mächtig sauer macht, wieder sterblich zu sein.«

Casey und Isadora sahen sich wieder an, und als könnten sie die Gedanken der anderen lesen, sagte Casey: »Ich dachte, eine von uns sollte … du weißt schon.«

»Damit die Prophezeiung wahr wird, musste diese Schlampe Atalanta sichergehen, dass die perfekte Argolcanerin nie erschaffen wird«, erklärte Persephone. »Halb menschliche, halb göttliche Stärke. Die Herkunft oder die Macht, die sie besitzt, sind unwichtig, denn es kommt einzig auf die Reinheit der Seele an. Sterblich und doch unsterblich. In jeder Generation gibt es eine Hälfte von jedem, doch weil Atalantas Dämonen sie ständig verfolgen, kamen sie bisher niemals zusammen.«

»Bis heute«, ergänzte Hades. »Die Prophezeiung hat nie wörtlich besagt, dass eine von euch leben darf und die andere sterben muss. Es heißt lediglich, dass die Stärkste überlebt.«

»Also hast du mich belogen«, sagte Isadora. »Du hast mich überredet, meine Seele zu verkaufen, damit sie sicher ist, obwohl du wusstest, dass sie überlebt.«

»Belogen ist solch ein drastischer Ausdruck«, entgegnete Hades. »Zudem war ich mir keineswegs *sicher*, dass sie überlebt. Ich möchte allerdings anmerken, kleine Königin, dass du mich vorzüglich unterhalten hast. Ich war neugierig, wie weit du gehen würdest, eine Schwester zu retten, die du nie kennengelernt hast.«

Isadora kniff die Augen zu schmalen Schlitzen zusammen. »Tja, verflucht weit, nicht wahr?«

Hades lachte einmal laut auf und sah seine Frau an. »Ich schätze, sie wird eine bessere Königin, als wir beide erwartet hätten.«

»Hmm«, machte Persephone, die Isadora überheblich musterte. »Das wird die Zeit zeigen.«

Casey, die sich vorkam, als hinkte sie dem Geschehen zehn Meilen hinterher, hielt eine Hand in die Höhe. »Augenblick mal! Ich verstehe immer noch nicht …«

Hades' Augen blitzten, und Casey schloss erschrocken den Mund. Seine Geduld war offensichtlich am Ende, und nach dem, was sie eben bezeugt hatte, wollte sie wahrlich nicht die Zielscheibe eines Zornesausbruchs von ihm sein. »Dieses fortwährende ›Ich verstehe nicht‹ von dir geht mir zunehmend auf die Nerven. Lass es mich ein für alle Mal deutlich machen, damit ich aus diesem Drecksloch verschwinden und in mein Reich zurückkehren kann. Deine Schwester schuldet mir nach wie vor ihre Seele. Es wird der Tag kommen, an dem sie mein ist.« Er betrachtete Isadora mit einem widerlichen Schmunzeln.

Was ihm einen Schlag gegen den Hinterkopf von Persephone eintrug. Er funkelte sie wütend an. »Tu das noch einmal, und ich schwöre …«

Seine Frau lächelte. »Nichts als leere Versprechungen.«

Ein erotisches Flackern huschte durch seine Augen. »Garantiert.«

Persephone blickte zu Casey und Isadora. »Was mein Gemahl euch zu sagen versucht, ist, dass ihr beide, sofern ihr nicht von einer Klippe stürzt oder von einem blöden Auto überfahren werdet, sehr alte Argoleanerinnen werdet.«

Caseys Knie gaben nach. »Fünfhundert Jahre?«

Persephone zuckte mit den Schultern. »Oder so.«

Zum Glück fing Isadora sie auf.

»Aber Isadora …«

»Geht es gut«, beendete ihre Schwester den Satz rasch. »Mir geht es gut. Was ist mit Atalanta?«

Persephone grinste. »Atalanta ist wieder sterblich. Sie und ihre Dämonenhorde wurden aus der Unterwelt verbannt, wie ihr an diesem kleinen Ausbruch vorhin erkennen konntet.«

»Und das war's?«, fragte Casey. Nein, das konnte nicht sein. Jedenfalls nicht alles. Sie würden beide leben, aber Isadora war zu einer Ewigkeit in Tartarus verdammt? Das war nicht fair. Nein, so durfte es nicht sein!

Hades wurde sehr ernst; so ernst, dass Casey ein kalter Schauer über den Rücken lief und sie lieber nichts mehr fragen wollte. »Nein, das ist es nicht, Mensch. Atalanta kann keine neuen Seelen für ihr Dämonenheer rekrutieren, aber es ist zahlenmäßig noch groß. Und mit ihren göttlichen Kräften kann sie möglicherweise eine noch größere Bedrohung sein als vorher als Unsterbliche. Vor allem da sie nun wieder durchs Portal kann. Sobald sie sich wieder gesammelt hat, wird sie euch und jeden anderen Argoleaner ins Visier nehmen, den sie finden kann … in diesem Reich wie dem menschlichen. Das wird unterhaltsam anzusehen sein.«

»Die Misos sind nach wie vor nicht sicher«, flüsterte Casey, die an die Leute in der Kolonie dachte.

»Stimmt, sie sind genauso verwundbar wie ihr jetzt. Lustig, nicht? Ach, und da wäre noch eines.« Ein Lächeln huschte über seine Lippen, als er sich zu Isadora beugte. »Atalantas Dämonen können mir künftig nicht mehr die Seelen ihrer Ermordeten bringen und folglich auch keine Energie oder Kraft in Tartarus tanken, nicht? Sie müssen sich dennoch weiter nähren, und Menschen sind eine leichte Beute. Nicht zu vergessen so viel zugänglicher als Misos.«

Casey wurde übel, denn sie hatte gesehen, wozu diese Bestien fähig waren. Und Isadora schien dasselbe zu denken.

Selbstzufrieden blickte Hades wieder zu Persephone. »Nun, meine Liebe, ich denke, wir haben hier den größtmöglichen Schaden angerichtet. Würdest du mir zustimmen?«

»Ich würde.« Persephone legte ihre Hand in seine.

»Wartet«, sagte Casey. »Warum habt ihr das getan? Warum brachtet ihr mich her? Euch ist doch egal, ob die Argoleaner Atalanta schlagen können.«

Hades neigte den Kopf zur Seite. »Es gibt nur einen

unsterblichen Herrscher in der Unterwelt, und der bin ich. Und die Bezahlung …« Er sah zu Isadora. »Nun, die Bezahlung war die Mühe wert.«

Dieser Blick aus purem Hunger und künftigen Qualen war Casey unterträglich. Automatisch griff sie nach Isadoras Hand und umklammerte sie, ohne die Augen von Hades abzuwenden.

»Da wäre noch ein unwichtiges Element, auf das ihr vielleicht achten solltet«, fügte Persephone schadenfroh hinzu. »Du und deine Schwester seid vereint, weil ihr die Auserwählten seid. Entfernt euch nicht zu lange zu weit voneinander, denn dann könnten unschöne Dinge geschehen.«

Hades schaute sich sichtlich gelangweilt um. »Wir haben genügend Zeit an dieses kleine Drama vergeudet. Meine Gemahlin und ich hätten da noch etwas zu Ende zu bringen, bevor die verfluchte Schlampe des Westens kommt und sie holt.«

»Hades!«, schalt Persephone.

Er lachte und zog sie an sich. »Komm, Tochter der Schlampe.«

Persephone lächelte ihnen über seine Schulter hinweg zu, ehe er sie küsste. »Vergiss unseren Handel nicht, kleine Königin. Ein Monat.« Und mit diesen Worten verschwanden sie beide.

»Ein Monat wofür?«, fragte Casey.

Isadora war sehr blass und mied Caseys Augen. »Nichts. Sieh nur, Hades' Kraftfeld ist weg!«

Casey blickte auf. Die Argonauten und eine umwerfend schöne Frau kamen sehr langsam auf sie zu. Alle Wächter waren kräftig gebaut, einer eindrucksvoller als der Nächste. Echte Helden. Vor zwei Wochen hätte Casey niemals geglaubt, dass solche Männer existierten, und nun war sie gleich von einer ganzen Gruppe umgeben. Die Frau, wie sie erfuhr, war die Hofärztin des Königs. Casey vermutete, dass sie hergeholt worden war, um sich nach der Erfüllung der Prophezeiung Isadoras anzunehmen.

Letztere machte sie beide bekannt, auch wenn Casey den Namen kaum mitbekam, als ihr die Frau freundlich die Hand schüttelte. Denn sie hielt Ausschau nach Theron, der nirgends zu entdecken war.

Siebenundzwanzigstes Kapitel

»Hübsche Aussicht, nicht?«

Casey wandte sich vom Fenster vor den Gemächern ihres Vaters ab. »Traumhaft.«

Isadora zeigte zu den Aegis-Bergen in der Ferne. »Von da oben ist sie noch besser, falls dir mal nach einer Bergwanderung ist.«

»Ich weiß. Hades hat es mir gezeigt.«

Isadoras Lächeln schwand, sobald der Name des Gottes fiel. Heute trug die baldige Königin ein langes, pfirsichfarbenes Gewand mit einem gerade geschnittenen Oberteil und ellbogenlangen, schmalen Ärmeln. Ihr blondes Haar fiel ihr in Wellen über den Rücken, und sie sah majestätisch, elegant und ganz wie eine Prinzessin aus, auch wenn Casey nicht recht verstand, weshalb ihre Schwester sich sogar privat so anzog.

Vor allem aber war da etwas überaus Trauriges an Isadora. Anfangs hatte Casey sich eingeredet, es läge daran, dass sie Hades' ihre Seele versprochen hatte. Aber je besser sie ihre Schwester kennenlernte, umso deutlicher hatte Casey das Gefühl, ihre Schwester würde etwas anderes plagen. Dieser Kummer musste mit dem zu tun haben, was Isadora in Tartarus erlebt hatte. Natürlich hatte Casey gefragt, aber Isadora erzählte nichts von dem, was dort geschehen war. Und ihrer Reaktion nach zu urteilen, würde sie es wohl auch nie.

Casey seufzte und ermahnte sich, Geduld zu haben. Immer noch lernte sie eine Menge – und hatte noch einiges vor sich – über argoleanische Sitten, den Königshof und welcher Platz ihr hier zukam. Oft war sie überwältigt und bekam ein bisschen Heimweh, doch eines war recht schnell klargeworden, nämlich dass Isadora und sie einander sehr verbunden waren. Bewegte sich eine zu weit von der anderen weg, traten dieselben Symptome auf, die jede von ihnen zuvor gezeigt hatte. Zwar hatten sie die Grenzen bislang nicht ausgelotet, und jede von ihnen war neugierig, wie weit und wie lange sie getrennt sein könnten, doch für derlei Versuche hatten sie massenhaft Zeit. Ungefähr fünfhundert Jahre.

Und fünfhundert Jahre waren lange, um herauszufinden, was mit Isadora geschehen war und wie sie Hades' blutigen Kontrakt brachen.

Sie blickte wieder durch die hohen Bogenfenster auf die Stadt unter ihnen und beobachtete, wie eine Frau – eine *Gynaíka* – aus einer Ladentür trat, auf dem Gehweg stehenblieb und sich plötzlich in Luft auflöste.

Okay, das war auch so etwas, woran Casey sich erst gewöhnen musste. Hier in Argolea waren Autos oder andere Transportmittel unnötig, weil sich alle von einem Ort an den anderen »beamen« konnten wie in *Star Trek*. Isadora hatte ihr erzählt, es wäre ein Geschenk der Götter gewesen, um ihnen das Leben hier schmackhafter zu machen als das in der Menschenwelt, dass es jedoch gewisse Beschränkungen gäbe. Für diese Blitztransporte musste man sich im Freien aufhalten, und Wände oder andere Barrieren waren undurchdringbar. Dennoch machte es den Weg vom einen Ende der Stadt zum anderen angenehm einfach. Und es war ziemlich cool. Casey hatte sich natürlich erkundigt, ob sie diese Fähigkeit auch bekäme, und man sagte ihr, ihrer Abstammung nach war es durchaus möglich. Doch bisher tat sich nichts.

Eine Enttäuschung mehr, die sich in die Reihe von Enttäuschungen ihres Lebens einfügte. Ihres sehr *langen* Lebens.

»Wie war er heute?«, fragte Isadora, die ihre Hände hinter dem Rücken verschränkte und Casey aus ihren melancholischen Gedanken riss.

»Es geht«, sagte Casey, die sich nicht bei dem aufhalten wollte, was sie nach wie vor nicht wusste. Da der König starb, wollte sie so viel wie möglich von ihm erfahren, ehe es mit ihm zu Ende war. Was sich nicht gerade leicht gestaltete. Vor allem weil der alte König mit ihr redete, als wäre sie Isadora, und im Gespräch immer wieder wegnickte. »Er schläft jetzt. Er hat mich gefragt, wann die Hochzeit ist.«

Isadora schnaubte leise. Sie wusste, dass der König sie beide immerfort durcheinanderbrachte, obwohl sie sich überhaupt nicht ähnlich waren. Isadora war zierlich, blond und schön, Casey groß und dunkelhaarig und … nicht schön. »Du hast ihm hoffentlich gesagt, nie.«

»Ich weiß nicht, was ich ihm sagen soll.« Okay, also dass klang jetzt wirklich nach einer Familienpackung Selbstmitleid. *Krieg dich ein!*

»Casey«, sagte Isadora sanft, »Theron heiratet mich nicht. Er wollte es nie.«

Caseys Herz zog sich zusammen. Seit zwei Wochen hatte sie den Argonauten nicht gesehen, den einen, der erst ihre Welt auf den Kopf stellte und dann noch vor Hades und Persephone verschwand.

Sie versuchte, nicht allzu viel in diese Tatsache hineinzudeuten, aber das war verteufelt schwierig. Vielleicht hatte er sie nicht so gemocht, wie sie dachte. Vielleicht war diese Verbundenheit zwischen ihnen bloß ihrer Einbildung entsprungen. Und vielleicht irrte Hades sich, und sie war gar nicht seine Seelenverwandte.

Isadora schüttelte ihr langes Haar nach hinten. »Er stimmte der Heirat nur zu, weil mein Vater – *unser* Vater – dachte, so könnten wir uns den Rat vom Hals halten. Das Problem ergibt sich nun nicht mehr. Ich habe keine

Angst, ihnen die Stirn zu bieten. Immerhin habe ich sie schon einem Gott geboten. Zweien, um genau zu sein.«

Casey blickte auf ihre Hände herab und schwor sich, dass sie beide den Göttern wieder in die Parade fahren würden. »Das ist wahr.«

Isadora fasste sich an den Bauch. »Sag es niemandem, aber ich habe die ganze Zeit gezittert.«

»Das ist unwichtig. Du hast es geschafft. Wie viele Argonauten können von sich behaupten, das geleistet zu haben?«

»Einer.«

Casey sah erschrocken zu Isadora auf, dann schnell wieder zum Fenster.

»Übrigens erzählt man sich, er hätte Hades in Stücke gerissen, um dich zu schützen.«

Casey runzelte die Stirn. »Die Argonauten sind ein Haufen Klatschtanten. Von denen war keiner dabei, also haben sie keinen Schimmer, was passiert ist.«

»Klatschtanten«, wiederholte Isadora belustigt, auch wenn sie nicht lächelte. In den letzten zwei Wochen hatte Casey sie nicht ein einziges Mal lächeln gesehen. »Das Wort gefällt mir. Ich werde es künftig auch benutzen.« Dann wurde sie wieder ernst. »Aber du weißt, was geschehen ist.«

Ja, das wusste sie. Wann immer sie allein war, dachte sie an nichts anderes. Sie wollte so viel mehr in das hineindeuten, was Theron getan hatte oder für sie tun wollte. Aber wenn das stimmte, wieso war er dann nicht hier?

»Er hat mich nie geliebt«, sagte Isadora. »Ich war nichts für ihn als eine weitere Pflicht, die er erfüllte. Du … du bist seine Seelenverwandte.«

Casey sah ihre Schwester an. »Wie kannst du dir da sicher sein?«

»Weil Schuldgefühle das Einzige sind, was ihn fernhalten kann. Schuld, weil er dich belogen hat, weil er dich herbrachte, weil er denkt, dass er seine Arbeit tun kann und dich nicht als Folge davon ansehen. Andernfalls wäre er jetzt hier und würde mit Cerek und Zander eine Strategie entwerfen. Müsste ich Theron mit einem Wort beschreiben, wäre es ›loyal‹. Er ist ausnahmlos loyal denen gegenüber, die ihm wichtig sind. Und er weiß, dass er dich im Stich ließ.«

Casey beobachtete einen Vogel, der über den Himmel jagte. Ihr fielen auch eine Menge Worte ein, mit denen sie Theron beschreiben würde – *heiß, sexy, überwältigend, großzügig*. Aber Isadora hatte Recht: Loyalität ging ihm über alles. Nachdem dieses Fundament weggebrochen war, musste er zutiefst verunsichert sein.

»Und wenn er nicht zurückkommt?«

Isadora schürzte die Lippen. »Daran hatte ich auch schon gedacht. Und ich habe eine Idee, vorausgesetzt, du machst mit. Sie ist ein bisschen hinterhältig.«

»Weißt du, wo er ist?«

Isadora nickte. »Jedenfalls wusste ich es bis gestern. Orpheus erhielt Nachricht von jemandem namens Niko in der Misos-Kolonie. Anscheinend haben sie einen interessanten neuen Mitbewohner, der ihnen beim Wiederaufbau nach dem jüngsten Dämonenüberfall hilft. Nur dass er kein Misos ist. Laut Orpheus ist er viel zu groß und stark.«

Caseys Herz begann wie wild zu pochen. Er war in die Kolonie gegangen? An einen Ort, wo ihn alle verachteten?

Ihr ging das Herz über. Natürlich! Das war seine Art der Wiedergutmachung. Er war hingegangen, um ihnen zu helfen und selbst neu anzufangen. *Bei ihren Leuten.* Er beschützte diejenigen, von denen sie ein Teil war.

»Das einzige Problem ist«, sagte Isadora, »dass keiner weiß, wo die Kolonie ist.«

Casey drehte sich langsam zu ihr um. »Ich schon.«

»Ja, dachte ich mir.«

Theron schwang den Hammer mit mehr Kraft als nötig, so dass der Nagel geradewegs durch das Holz hindurchtrieb und auf der anderen Seite wieder herauskam. Fluchend über sich und den Krater, den er verursacht hatte, griff er nach einem neuen Nagel in der Tasche des Werkzeuggürtels, den er trug, und schlug ihn sehr behutsam ein. Diese verdammten Aluminiumnägel in der Menschenwelt! Hätte er was zu sagen, würden sie Eisennägel verwenden. Oder verfluchtes Stahl.

»Du siehst aus, als könntest du eine Pause gebrauchen«, rief Nick aus dem anderen Zimmer. Er schlug seinen Nagel in die Wand, die sie aufrichteten, und wischte sich mit dem Unterarm über die verschwitzte Stirn. »Wasser ist in der Küche.«

»Ich will kein Wasser«, knurrte Theron, der den neuen Nagel einklopfte, als handelte es sich um ein rohes Ei.

»Ich habe dich auch nicht gefragt, ob du Wasser willst«, sagte Nick. »Schwing deinen Arsch trotzdem da rein. »Du bist gereizt wie ein hungriger Bär, und ich brauche mal fünf Minuten Auszeit von dir.«

Theron warf ihm einen mürrischen Blick zu und ließ seinen Hammer in die Werkzeugkiste zu seinen Füßen fallen.

Nick machte sich grinsend wieder an die Arbeit.

Als Theron in der Kolonie ankam und seine Hilfe beim Wiederaufbau anbot, war Nick mehr als erstaunt gewesen. Er hatte nie gefragt, warum Theron gekommen war, oder sich nach Acacia erkundigt. Theron vermutete, dass das Halbblut entweder schon wusste, was geschehen war, oder schlicht Mitleid mit ihm hatte.

Letzteres steckte Theron nicht gut weg, doch es war das Einzige, was ihn davon abhielt, das Halbblut zu packen und durch das Fenster in der Felswand in die Schlucht zu werfen. »Ich hol dir kein Wasser«, murmelte er. »Hol's dir verflucht nochmal selbst.«

»Halleluja«, sagte Nick, als Theron aus dem Zimmer ging. »Irgendein verstrahlter Gott hat mich doch noch erhört!«

Theron zeigte ihm den Vogel – eine Geste, die er bei den Misos gelernt hatte – und verschwand um die Ecke.

Aber da war nichts Hitziges in diesem kleinen Wortgefecht gewesen, und als er den Flur entlang zur Küche ging, empfand er eine befremdliche Einigkeit mit dem Halbblut. Nach wie vor war er vorsichtig bei Nick, weil irgendetwas mit ihm nicht stimmte; trotzdem wurde ihm der Anführer der Kolonie allmählich sympathischer. Es bedurfte einiges an Mut, sich gegen einen Helden zu stellen – vor allem einen aus Herakles' Linie. Nick hatte es von Anfang an getan, ohne mit der Wimper zu zucken.

Ein Topf Suppe köchelte auf dem Held, den Theron nicht beachtete. Als er den Kühlschrank öffnete und nach der Wasserflasche suchte, überlegte er wieder, welche Beziehung zwischen Nick und Argolea bestand. Und wie immer, wenn er an seine Heimat dachte, sah er Acacia vor sich, die nackt in seinem Bett lag, erschöpft vom besten Sex seines Lebens.

Seine Brust zog sich zusammen, und ihn überkam der Drang, sofort zu ihr zu eilen, doch er ignorierte ihn. Er bekämpfte sein Verlangen, wozu er sich nur an ihren Blick erinnern musste, als Hades ihr die Wahrheit sagte. Ja, er hatte sie verraten, und das schmerzte ihn immerzu. Er könnte es sich niemals vergeben.

»Irgendwas riecht hier ziemlich lecker.«

Vor Schreck zuckte er zusammen und schüttete sich Wasser vorn aufs T-Shirt und die Jeans. Er musste sich die Stimme eingebildet haben, dachte er, drehte sich langsam um und starrte mit großen Augen die Frau an, von der er sicher war, dass sie ihn nie wiedersehen wollte.

Ihr Lächeln war unsagbar süß und voller sinnlicher Versprechen. Und sein Körper reagierte genauso auf sie, wie er es von Anfang an getan hatte: Ihm wurde heiß, und all sein Blut strömte gen Süden, ehe er etwas dagegen tun konnte.

Sie ging zu dem Edelstahlherd und hob den Deckel vom großen Suppentopf. Dampfschwaden stiegen um ihr Gesicht auf, als sie schnupperte. Derweil wanderte Therons Blick über ihre Brüste, über denen sich das rosa T-Shirt spannte, hinab zu ihren Hüften und dem fantastischen Hintern, der die Jeans perfekt ausfüllte. Prompt floss noch mehr Blut in seine Lenden, bis er fürchtete, jeden Moment zu explodieren.

Mit einem leisen Klappern legte sie den Deckel wieder auf. »Ich habe dir auch schon einmal Suppe gekocht, war mir aber nicht sicher, ob sie dir geschmeckt hat.«

»Die war ein Genuss«, entfuhr es ihm.

Sie warf ihm ein verführerisches Lächeln zu. »Hmm … ich weiß nicht. Ich glaube, ich hätte sie ein bisschen länger kochen müssen. Vielleicht versuche ich es noch einmal. Falls du Hunger hast. Beim zweiten Mal gelingt mir fast alles besser.«

Ihre zweideutige Bemerkung ließ seine Lenden noch stärker anschwellen, und eine kleine Stimme in seinem Kopf schrie *Ja!* Aber ein winziger Teil seines Verstands hatte sich noch nicht verabschiedet, und leider hatte dort sein Gewissen das Sagen.

»Was machst du hier, Acacia?«

Ihr Lächeln wurde unsicher. Selbst wenn er sich dadurch erst recht zum Schwein machte, konnte er nicht einfach mit ihr flirten. Nicht, wenn er hinterher schlimmer am Boden war als nach allen Kämpfen, die er bisher bestritten hatte.

»Die Argonauten suchen nach dir.«

Er warf seine leere Wasserflasche in die Recyclingtonne und griff nach einer neuen. »Die kommen bestens ohne mich zurecht. Zander ist ein fähigerer Anführer, als er denkt.«

»Demetrius macht es ihm schwer. Aber ich schätze, du weißt, wie er ist.« Sie neigte den Kopf. »Was ist das eigentlich für eine Geschichte? Ich habe den Eindruck, Demetrius kann dich nicht leiden und wäre nicht besonders traurig, wenn du nicht wiederkommst, womit er allerdings allein auf weiter Flur steht.«

Natürlich wusste Theron, wie verschlagen Demetrius sein konnte, aber das war nicht mehr sein Problem. Er war nicht mehr der Anführer der Argonauten, und es gab Wichtigeres, um das er sich kümmern musste, wie beispielsweise um den Schutz von so vielen in dieser Welt, der viel zu lange vernachlässigt worden war. Und darüber mit der einen Frau zu sprechen, die er ewig lieben würde und auf die er kein Recht hatte, war nicht das, was er sich unter Spaß vorstellte.

»Keine Geschichte, nur eine ziemlich alte Familienfehde. Zander kommt schon mit Demetrius klar.« Er ging an ihr vorbei zur Tür. »Ich muss wieder an die Arbeit.«

»Theron.«

Ihre Hand auf seinem Arm stoppte ihn, und diese eine Berührung reichte, dass sein Widerstand bröckelte. Er sah sie an und malte sich aus, wie er sie in seine Arme nahm und sie küsste, bis sie beide vergaßen, weshalb er sie nicht haben konnte.

Aber das tat er nicht.

»Lass mich nicht stehen«, sagte sie. »Wir müssen reden.«

Er schloss die Augen, denn es war zu schmerzlich, sie anzusehen. »Acacia …«

»Nein, tu das nicht«, fiel sie ihm streng ins Wort. Er öffnete die Augen wieder. »Wimmel mich nicht ab oder erzähl mir, ich wäre unvernünftig. Denn du bist hier der Unvernünftige, der sich versteckt und vor seinen Pflichten kneift. Mein Vater liegt im Sterben, und der Rat sitzt Isadora im Nacken. Nach allem, was geschehen ist, halten sie sie immer noch für eine ungeeignete Thronfolgerin. Und seit du fort bist, behauptet der Rat, die Wächter geraten ins Wanken. Du kannst nicht einfach abhauen und erwarten, dass alles gut wird. So läuft das nicht!«

Er runzelte die Stirn. Irgendwie hatte er das komische Gefühl, sie wäre nicht hier, weil er ihr fehlte – wie er gehofft hatte. »Willst du mir erzählen, Isadora will, dass ich zurückkomme, trotz allem, was zwischen dir und mir vorgefallen ist? Oder willst du, dass ich wiederkomme, obwohl … du weißt, was du weißt?«

»Ja. Und ja.«

»Einfach so?«

»Deine Aufgaben sind wichtiger als das, was irgendeinem von uns passiert ist.«

Er konnte nicht glauben, was er hörte. Sie wollte ihn also gar nicht zurück! »Ich heirate sie nicht«, platzte es aus ihm heraus. »Das habe ich dem König schon vor den Ereignissen im Steinkreis gesagt.«

»Ich weiß. Sie übrigens auch.«

»Ich liebe sie nicht und habe sie nie geliebt«, fügte er rasch hinzu.

»Gut zu wissen. Sie liebt dich auch nicht. Jedenfalls nicht so.«

Theron starrte sie an, erschrocken, dass seine kleine Enthüllung sie offenbar nicht berührte. Empfand sie denn nichts von dem, was er fühlte? Hatte er sie so sehr verletzt, dass das Band zwischen ihnen auf immer zerstört war?

Etwas in seiner Brust zerbrach. »Dann gibt es doch keinen Grund, weshalb ich zurückkommen soll.«

»Doch, einen gibt es.«

Er hielt den Atem an, als sie näher zu ihm trat. »Du hast versprochen, mich zu beschützen. Bis zum Ende. Und da es aussieht, als blieben mir noch mindestens vierhundertfünfzig Jahre, ehe ich senil werde und das Versprechen vergesse, wirst du dich so lange daran halten müssen. Alle Argonauten sagen, auf dein Wort ist absolut Verlass. Also möchte ich wissen, warum du dieses eine Versprechen so leichtfertig brichst, während du alle anderen gehalten hast.«

Sein Herz pochte ein Mal, zwei Mal. »Breche ich denn ein Versprechen?«

Sie nickte. »Niemand macht dir Vorwürfe, Theron. Du warst in einer unmöglichen Lage, und du hast das Richtige getan.«

Die Worte blieben ihm in der Kehle stecken. »Ich habe nicht …«

Acacia nahm seine Hand, worauf ein Kribbeln durch seinen Arm fuhr. »Doch, hast du. Eine für viele? Ich hätte mich genauso entschieden. Dein einziger Fehler war, dass du nicht ehrlich zu mir warst. Es hätte meine Entscheidung sein müssen. Isadoras. Von jetzt an sagen wir einander alles. Keine Geheimnisse mehr.«

Hoffnung regte sich in ihm, die er sofort verdrängte. »Du weißt nicht, was du sagst.«

»Doch, das weiß ich sehr wohl. Einmal im Leben, erinnerst du dich? Heras Fluch und so? Hast du gedacht, ich würde es nicht bemerken, als wir zusammen schliefen? Da war dieselbe Verbindung wie von Anfang an, nur tausendfach stärker. Theron, *To peprōmenon phugein adunaton.* Weißt du noch?«

Du kannst dem nicht entfliehen, was bestimmt ist. Ja, er wusste es noch. Wie sollte er das je vergessen?

Sie kam so nahe, dass ihn die Wärme ihres Körpers ganz schwindlig machte. »Ich bin deine Bestimmung und du meine. Wende dich nicht davon ab.«

Er wollte es nicht, doch er wusste keinen anderen Weg. »Acacia, meine Pflicht ist jetzt hier.«

»Nick ist nicht dein Seelenverwandter.«

»Nick ist …« Was war Nick für ihn? »Ein Freund. Ich gab ihm mein Wort, und er braucht meine Hilfe dringender als du oder irgendjemand in Argolea.«

Sie betrachtete ihn eine Weile nachdenklich. »Gut, dann bleibe ich auch.«

»Das darfst du nicht.«

»Wieso nicht?«

»Weil es zu gefährlich für dich ist. Und weil Isadora dich braucht.«

»Das dürfte dir die Entscheidung leicht machen. Komm mit mir zurück.«

Sie wollte ihn. Er sah es in ihren Augen. Nur war er nicht der Wächter, für den sie, ihre Schwester oder die anderen ihn hielten. Und sollte er zurückkehren, wäre er nichts als ein Heuchler. Er rührte sich nicht, während ihm das Herz brach. Hera bekam mal wieder, was sie wollte. Ja, er hatte seine Seelenverwandte gefunden, und genau wie Hera es sich gewünscht hatte, kostete es ihn alles, woran er jemals geglaubt hatte. »Ich … kann nicht.«

»Kannst du nicht, oder willst du nicht?«

»Ich will nicht.«

Sie ließ beide Arme sinken. »Verstehe.«

»Acacia …«

Kopfschüttelnd wich sie zurück, als er die Hände nach ihr ausstreckte. Sie schaffte es bis zur Tür, wo sie stehenblieb und sich zu ihm umsah. »Weißt du, was der Hohn bei dieser ganze Sache ist? Du sagtest, Heras Fluch sollte die Argonauten treffen. Aber du hast nie erwähnt, was mit der anderen Hälfte der Gleichung passiert. Freier Wille, ja?« Sie lachte verbittert. »Das ist ein ziemlich dürftiger Trost, wenn mir vierhundertsoundsoviel Jahre blühen, in denen ich nie wieder jemanden so lieben werde wie dich.«

Ein stechender Schmerz jagte ihm durch die Brust, als er auf den leeren Türrahmen blickte. Oh, Götter, sie liebte ihn! Liebte ihn sogar noch nach allem, was er getan hatte, nachdem er sie auf so vielfältige Weise betrogen hatte. Sein Herz schlug schneller, obwohl er im Geiste die tausend Gründe aufzählte, weshalb es nie funktionieren könnte.

Nichtig, allesamt. Sie ist alles, was zählt. Lass sie nicht gehen!

Er durfte sie nicht gehen lassen. Bei ihr hatte er sich zum ersten Mal wirklich lebendig gefühlt. Ja, er lebte schon seit über zweihundert Jahren, aber erst als er Acacia begegnete, war seine Welt zum Leben erwacht. Sie hatte ihn Vergebung gelehrt, hatte ihm gezeigt, dass Menschen so unterschiedlich und einzigartig waren wie die Sterne. Sie hatte ihm bewiesen, dass ihr Mitgefühl sie besonders machte, und bei alledem hatte sie ihm auch noch geholfen, seine Wut loszulassen und seine Menschlichkeit zu entdecken – den Teil von ihm, den er so lange verleugnete.

Jede Sekunde mit ihr ging ihm durch den Kopf, jedes Lächeln, jede Berührung, jedes Flüstern und jeder Kuss. Aber auch jede Herausforderung, der sie sich stellen mussten, und vor allem die Liebe, mit der sie ihn überschüttete, obgleich er sie nicht verdiente.

Mit ihr könnte er alles tun, sogar einen Krieg führen, von dem er nicht wusste, wie er ihn gewinnen sollte. Aber ohne sie … ohne sie gab es keinen Grund, zu leben.

Sie darf nicht gehen!

Theron ließ die Wasserflasche fallen und rannte zur Tür.

»Also das ist mal eine richtig leckere Hühnernudelsuppe. So was kriegt man auf dem Olymp nicht.«

Theron fuhr herum und sah eine kleine alte Frau in einem wallenden weißen Gewand, die eben noch nicht in der Küche gewesen war, nun jedoch am Tisch saß und eine Schale Suppe löffelte. Das Gesicht erkannte er: Atropos, die dritte der drei Parzen. Und es gab nur einen Grund, weshalb sie ausgerechnet jetzt hier auftauchte.

Oh, Götter, nicht jetzt! Noch nicht. Nicht bevor er die Chance hatte, Acacia zu sagen, dass er sie liebte.

»Pah«, murmelte die Alte und führte ihren Löffel zum Mund. »Atropos mag nur Minestrone. Und Clotho isst nichts mit Fleisch drin. Das hier« – sie grinste – »Das ist gut.«

Nicht Atropos?

Die Falten um ihren Mund und in ihren Augenwinkeln kräuselten sich, als sie zu ihm aufsah. »Natürlich nicht die. Sehe ich vielleicht aus wie diese alte Schachtel? Und Clotho spinnt den Faden, Kleiner, sie dehnt ihn nicht. Womit nur noch eine bliebe …«

»Lachesis.«

»Richtig geraten.«

»W-was tust du hier?« Man stellte den Parzen keine Fragen. Von einer besucht zu werden, war ein heiliges Erlebnis, selbst wenn sie kamen, um einem den Lebensfaden zu durchtrennen – was diese, Zeus sei Dank, nicht tun würde.

»Ich dachte, ich müsste mich wieder einschalten«, sagte Lachesis. »Du kannst solch ein schrecklicher Holzkopf sein. Aber es sieht aus, als hättest du endlich alles von allein begriffen.«

»Einschalten? Wieder?«

»Komm schon, du hast doch nicht geglaubt, das niedliche kleine Mädchen hatte sich die Dinge ausgedacht, oder?«

Niedliches Mädchen? Marissa. In dem Dorf.

Auf einmal fügte sich alles zusammen, und ihm wurde bewusst, dass dies seine eine Gelegenheit war, herauszufinden, was das Schicksal für ihn bereithielt. »Die Argonauten ...«

»Brauchen einen guten Anführer«, sagte sie und wurde ernst. »Und deine Frau hat Recht. Der ist weder Zander noch Demetrius noch einer der anderen. Nur du kannst sie führen, Theron. Dieser Krieg wird blutig, und auf beiden Seiten der Welt werden viele sterben. Aber wenn du sie nicht anführst, ist die Niederlage garantiert.«

Seine Schultern sackten unter der enormen Bürde ein, die sie ihm auftrug. »Woher weißt du, dass ich es schaffen kann?«

»Du stammst von Herakles ab. Also kannst du alles erreichen. Dank deiner Frau hast du jetzt deine Menschlichkeit entdeckt, was dich zu einem noch besseren Anführer macht, denn du fühlst. Stelle nie deine Fähigkeiten oder das, was das Schicksal dir zuteilt, infrage. Dies ist dein *Star Wars*-Moment, mein Sohn. Steh auf und tu, was dir bestimmt ist.«

Er stutzte. »*Star Wars*?«

Sie verdrehte die Augen. »Wo du schon dabei bist, versuch es mal mit ein bisschen Popkultur. Wenn du deine Leute führen willst, Theron, musst du eine Beziehung zu ihnen aufbauen. Und du wirst feststellen, dass die meisten Argoleaner nach der menschlichen Kultur gieren wie du nach dieser Frau.«

Sie setzte sich gerade hin. »Und da wir bei der Frau sind, vielleicht solltest du sie aufhalten. Sie ist gerade beim Tunnel angekommen.«

Er blickte zur Tür. »Sie ist mein Fluch.« *Und mein Leben.* Wieso hatte er das nicht früher begriffen?

»Selbstverständlich ist sie das. Was hast du denn gedacht?«

Ja, was hatte er gedacht?

Grinsend wandte er sich zur Tür.

»Warte«, rief Lachesis. »Willst du nichts erfahren über ...«

Er wartete nicht, sondern stürmte aus der Küche und durch die Diele, sprang die Vordertreppe hinunter und jagte über den Hof, vorbei an dem Wasserfall und den Leuten, die ihn anstarrten, als hätte er den Verstand verloren.

Was nicht der Fall war. Nein, er hatte ihn endlich wiedergefunden. Genau wie sein Herz und den Mut, das zu tun, wozu er geboren wurde. »Acacia!«

Sie stand mit Nick und Isadora an einer der Tunnelöffnungen und verabschiedete sich von Marissa. Alle blickten auf, als er angerannt kam, aber das war ihm gleich. Er sah nur die Frau, in die er sich verliebt hatte.

Wortlos drängte er sich durch die anderen hindurch, riss Acacia in seine Arme und küsste sie leidenschaftlich.

Danach wirkte sie ein bisschen benommen und so verdammt sexy, dass er sicher war, mit dieser Entscheidung keinen Fehler zu begehen.

Entscheidung? Wem machte er etwas vor? Er hatte nie eine Wahl gehabt, wenn es um sie ging. Und dafür dankte er Hera.

»Was machst du denn?«, fragte sie.

»Ich halte mein Versprechen.« Er sah zu Nick, der seitlich hinter ihr stand, und dann zu Isadora, als könnte die Prinzessin jeden Moment losspringen und ihn beißen. »Wir brauchen deine Hilfe. Wir müssen jemanden in Argolea haben, der weiß, was die Misos brauchen und wie sie am besten zu schützen sind.«

Nicks Augen blitzten. »Wer ist *wir*?«

»Die Argonauten.«

»Das glaube ich kaum«, erwiderte Nick.

Theron sah Acacia an, die strahlte, als hätte sie gerade den Hauptgewinn gezogen und könnte es nicht fassen. »Er wird es tun. Du hattest Recht. Dort brauchen sie mich nötiger als hier.«

»Hör mal zu, Held …«

Aber Theron hörte nicht, was Nick sagte. Acacias Arme legten sich um seinen Nacken, und sie zog seinen Mund wieder zu ihrem. »Ich liebe dich«, flüsterte er. »Und es stimmt, ich wäre ein Idiot, mich von meinem Schicksal abzuwenden.«

Sie lächelte. »Mein Held, dieser dumme Kerl«, hauchte sie. »Mein allein. Vierhundertundfünfzig Jahre. Wie soll ich die überleben?«

»Keine Sorge, ich schütze dich.«

»Wir beschützen uns gegenseitig.«

»Und ob!«

Glossar

Ándras, Plural: *Ándres* – männlicher Argoleaner
Argolea – von Zeus geschaffenes Reich für die heiligen Helden und deren Nachkommen
Argonauten – ewige Wächter, die Argolea schützen. In jeder Generation wird einer aus jeder der ursprünglich sieben Blutlinien (Herakles, Achilles, Jason, Odysseus, Perseus, Theseus und Bellerophon) ausgewählt, die Wächtertradition fortzuführen
Dämonen – Bestien, die einst menschlich waren und auf den Feldern von Asphodel (dem Fegefeuer) von Atalanta rekrutiert werden, um sich ihrer Armee anzuschließen
Élencho – Gedankenkontrollmethode, die Argonauten bei Menschen anwenden
Felder von Asphodel – das Fegefeuer
Gigia – Großmutter
Gynaíka, Plural: *Gynaíkes* – weiblicher Argoleaner
Inseln der Glückseligen – der Himmel
Matéras – Mutter
Meli – Kosewort; Liebste
Misos – halb menschliche, halb argoleanische Art, die verborgen unter den Menschen lebt
Ochi – nein
Oraios – schön
Patéras – Vater
Skata – Schimpfwort, Fluch
Tartarus – Reich der Unterwelt, ähnlich der Hölle
Yios – Sohn

Elisabeth Naughton setzt ihre atemberaubende Saga um die Ewigen Wächter fort in:

HEYNE
ELISABETH
NAUGHTON
BANN DER
EWIGKEIT
Roman

ELISABETH NAUGHTON

Bann der Ewigkeit

– LESEPROBE –

Erstes Kapitel

Könnte er sterben, wäre dies der ideale Ort dafür.

Zander stand am Rande der Klippe und blickte gebannt hinab auf die Felsenschlucht unter sich. Eine dünne Schneeschicht knirschte unter seinen Stiefeln, als er das Gewicht von einem Fuß auf den anderen verlagerte und überlegte: *Was wäre, wenn?*

Die Temperatur lag deutlich unter null, so dass der Wind, der ihm ins Gesicht blies, alles betäubte, was er noch an Gefühl besaß. Als Argonaut, Nachfahre der größten Helden der griechischen Antike, war er stärker als jeder Sterbliche, stärker sogar als die Argoleaner und die unlängst entdeckten Halbblute, die er neuerdings beschützte. Seine Kraft war selbst der seiner Mitkrieger überlegen.

Nein, Unterkühlung würde ihn gewiss nicht töten. Leider. Erfrierungen wären nichts als eine vorübergehende Plage. Verdammt! Weil er nun einmal er war, könnte nicht einmal eine Kugel in die Brust verhindern, dass sein belämmertes Herz weiterschlug. Dies hier hingegen – er blickte in den Abgrund gute sechshundert Meter unter ihm, der nach unten hin so dunkel wurde, dass der dumpfgrüne Fluss am Grund von einem dünnen Nebelschleier verborgen war – könnte eine Möglichkeit sein. Eine kleine Stimme in seinem Hinterkopf wisperte: *Tu es einfach!*

Er war nicht blöd. Er verbrachte mehr Zeit mit Menschen als irgendein anderer Wächter aus seiner Welt und wusste, dass solch ein Sprung bestenfalls einer gescheiterten Nike-Werbeaufnahme gleichkäme. Und dennoch

… es war verlockend. Schließlich konnte er nicht ausschließen, dass er sich beim Sturz die eine Wunde zuzöge, die ihn sofort töten und seiner Unsterblichkeit ein für alle Mal ein Ende bereiten würde.

Sein Kampfgefährte Titus kam zu ihm, bevor er sich entschieden hatte, und sah ebenfalls hinab. »Eine echt beschissene Art, aus dem Leben zu scheiden. Aber du hast Recht. Es würde dich nicht umbringen, und mir steht übrigens nicht der Sinn danach, dich da unten wieder zusammenzuklauben und gesundzupflegen.«

Zander sah den jüngeren Argonauten verärgert an – den beträchtlich jüngeren, der, wer hätte das gedacht, sich hier runterstürzen und sterben könnte! Was für ein Glückspilz. »Hör auf, meine Gedanken zu lesen. Du weißt, dass mich das wahnsinnig macht.«

Titus grinste, hob eine Hand und wischte sich über den Mund. Im matten Licht der Dämmerung leuchteten die Zeichnungen auf seinen Unterarmen und Händen, die Erkennungsmale der Argonauten, besonders deutlich auf der hellen Haut. Sein Grinsen war verhalten, denn richtig lächeln tat Titus nie. »Du bist schon wahnsinnig, Alter. Und denkst du, mir gefällt es, dauernd zu wissen, was in deinem verdrehten Hirn vor sich geht? Dann verrate ich dir was. Es steht definitiv nicht ganz oben auf meiner Liste besonders spaßiger Dinge!« Er wedelte mit seinen großen Händen. »Du projizierst deinen Mist auf alles und jedes hier, und, glaub mir, ich bemühe mich nach Kräften, nicht hinzuhören.«

Zanders Miene verfinsterte sich, als er einen Schritt vom Klippenrand zurücktrat. Er ärgerte sich, dass er nicht gesprungen war, ehe Titus den Mund aufmachte, und noch mehr, dass ihn dieser kleine freie Fall nicht so ausschalten würde, wie er es gern hätte.

Seine ohnedies schlechte Laune wurde nur schlimmer, je länger sie unterwegs waren, ohne irgendwelche Dämonen zu treffen. Wenig hilfreich war, dass Titus und er diesen Gebirgsabschnitt seit einer vollen Woche nach Nachzüglern absuchten und bislang nichts gefunden hatten. Zander wollte nicht zurück nach Argolea; ebenso wenig wollte er zur Kolonie gehen oder nach mehr Halbbluten suchen, die sich in den Wäldern versteckten. Er lechzte nach einem üblen, gefährlichen Kampf, war düsterer gestimmt als Hades selbst, und sollte er nicht bald kämpfen können, würde es unschön. Für alle.

»Gehen wir«, sagte Titus, der zurücktrat und sich die kalten Hände rieb. »Hier ist keiner. Wäre da unten eine Siedlung, hätten wir sie schon entdeckt. Wir gehen nach Norden, Richtung Mount Hood, und sehen mal, was wir dort finden.«

Zwar wollte er nicht, aber Zander nickte. Die nächstgelegene Halbblutkolonie lag verborgen im Willamette National Forest südlich von hier, und die Menschen in der Gegend hatten keine Ahnung von ihrer Existenz. Unter den Argonauten herrschte die einhellige Vermutung, dass es weitere Halbblute oder Misos gab. Misos nannten sich die Geschöpfe, deren Eltern zur Hälfte menschlich, zur Hälfte argoleanisch waren, und sie mussten sich verstecken, weil die Dämonen sie jagten. Dank dem Anführer einer der Kolonien, Nick, wussten sie inzwischen von drei anderen, die über den Globus verteilt waren. Nick selbst war sowohl ein Halbblut als auch etwas, das bislang keiner ergründet hatte. Eine der anderen Kolonien befand sich in Afrika, eine in der Permafrosttundra von Nordrussland und die dritte im Dschungel von Südamerika.

»Hey«, begann Titus mit seinem typischen Grinsen, als sie den Pfad entlanggingen, der in den Wald zurück führte, »es könnte schlimmer sein. Du hättest auf Patrouille nach Sibirien geschickt werden können, wie Cerek und Phineus.«

Die Erwähnung der beiden anderen Argonauten hob Zanders Stimmung kein bisschen. »Dann wäre ich wenigstens weit weg von dir und deiner ewigen Gedankenleserei!«

Titus lachte leise. »Du solltest dringend deine Einstellung ändern, Z. Unsterblichkeit ist eine Gabe, Mann! Ich würde meinen linken Arm geben, hätte ich die anstatt Gedanken zu …«

Zander drehte sich so rasch zu ihm, dass Titus mitten im Satz die Luft anhielt. »Es ist keine Gabe! Es ist ein verdammter Fluch!«

Titus blickte hinab auf Zanders Hand auf seiner Jacke. Eine dunkle Wolke huschte über seine Züge, konnte Titus es doch nicht leiden, angefasst zu werden. Nirgends. Nicht einmal von einem Bruder. »Tritt zurück. Sofort.«

Zanders und sein Blick begegneten sich. Die Wächter waren in etwa gleich groß, beide knapp zwei Meter, und brachten zweihundertfünfzig Pfund pure Muskelmasse auf die Waage; doch damit endeten die Ähnlichkeiten. Titus' welliges dunkles Haar war mit einem Lederband zurückgebunden, und Eiskristalle hingen in seinem schmalen Schnauzbart und dem dreieckig gestutzten Bart unter seiner Lippe. Für den durchschnittlichen Betrachter sah er menschlich aus, war es aber nicht. Und seine braunen Augen funkelten vor Wissen und Gefahr – eine Kombination, die für jeden heikel wurde, der Titus verärgerte.

Langsam zog Zander seine Hand zurück, wich jedoch nicht aus. Einen Kampf würde er gewinnen, selbst gegen solch einen Hitzkopf wie Titus. Er konnte mehr Schläge einstecken als jeder andere und immer noch weiterkämpfen. Trotzdem könnte er verletzt werden und bräuchte Zeit, sich wieder zu erholen. Und so gern er heute eine anständige, blutige Prügelei austragen würde, wollte er sie nicht mit Titus.

Vielmehr sollte sein Waffenbruder endlich begreifen, erst recht wenn Zander wer weiß wie lange mit diesem sterblichen Mistkerl herumziehen musste. Er biss die Zähne zusammen. »Zuzusehen, wie jeder stirbt, an dem dir liegt, ist keine Gabe, Titus. Ich diente mit deinem Vater. Ich diente mit den Vätern aller Argonauten. Ich war dabei, als Eurandros König und Leonidas noch nicht einmal ein Jucken in seiner Hose war. Und nun stirbt Leonidas an Altersschwäche, aber ich nicht. Ich bin genauso stark und gesund wie eh und je.«

Der Zorn, den Zander tief in sich verschlossen hielt, nahm sekündlich zu. »Vielleicht willst du jetzt nicht sterben, Wächter, aber eines Tages wünschst du es dir. Eines Tages wirst du bereit sein, zu den Elysischen Feldern aufzubrechen oder wohin auch immer der Rest von euch geht, wenn eure Tage gekommen sind. Aber ich nicht. Nein, ich bleibe hier und tue, was ich die letzten achthundertzwanzig Jahre getan habe. Ich sehe euch alle sterben und wünschte bei Hades, ich könnte mit euch gehen.«

Er brach ab und marschierte voran unter die Bäume, ehe er etwas tat, was er bereuen würde. Ja, er klang wie eine Heulsuse mit einem gigantischen Anfall von Selbstmitleid. Doch er war es so gründlich leid. Er war es leid, sich zu benehmen, als wäre es prima und herrlich, was ihm das Schicksal aufbrummte. Es hatte eine Zeit gegeben, eine lange Zeit, da dachte er wie Titus. Er hatte tatsächlich geglaubt, es wäre ein Geschenk, dass er seine verwundbare Stelle, seine Achillesferse, noch nicht gefunden hatte, wie es seinem Vater und jedem anderen Mann aus seiner Linie widerfahren war. Das war vorher gewesen. Bevor ihm klarwurde, dass er in alle Ewigkeit hier festsaß, während ihm alles, was von Bedeutung war, genommen wurde. Vor zehn Jahren. Bevor er erkannte, dass Heras Fluch real war.

»Zander, warte!«

Er ignorierte Titus' Rufen und stapfte weiter, den Kopf gesenkt, um dem Wind auszuweichen. Wut und Selbstekel erhitzten sein Blut. Ja, er war wahrlich in der Stimmung für einen blutigen Kampf. Und kam er nicht schnell genug von Titus weg, wäre es ihm am Ende egal, dass der Argonaut ein Freund, kein Feind war.

Er hatte es dreißig Meter weit in den Wald geschafft, als die erbärmliche Kälte einer Froststarre wich, bei der einem das Mark in den Knochen gefror.

Zander blieb stehen und blickte auf. Weiter vorn zur Rechten schlichen sechs Dämonen durchs Unterholz, die offensichtlich auch auf Patrouille waren: Auf der Suche nach Halbbluten, die sie dezimieren konnten.

Ein träges Lächeln trat auf Zanders Gesicht. Es war das erste seit Tagen. Alle Dämonen waren leicht über zwei Meter groß, hatten Hörner und Reißzähne, katzenähnliche Gesichter, hundeartige Ohren und die Körper von Männern. Von richtig stämmigen, hässlichen, unangenehmen Männern, wie man sie des Nachts in dunklen Seitengassen traf, wo sie nichts als Ärger suchten. Zanders Lächeln wurde breiter.

»Genau das, worauf ich gehofft hatte. Wollt ihr Freaks rauskommen und spielen oder einfach nur dastehen und blöd aussehen wie eure Kuh von einer Anführerin, Atalanta? Das könnt ihr nämlich echt gut. Ja, ich sehe sogar eine gewisse Ähnlichkeit. Du da, ganz vorn.« Er wies auf den Hässlichsten, dem irgendeine scheußliche Substanz von den Reißzähnen tropfte. »Bist du vielleicht ihr Bruder? Nein, Quatsch, gleich hab ich's.« Er schnippte mit den Fingern. »Ihr Sohn!«

Der Angesprochene, der eindeutig das Kommando hatte, sah Zander an und knurrte: »Argonaut«; dann schnüffelte er in die Luft und fügte hinzu: »Zwei.« Die anderen fünf Dämonen schwärmten in U-Formation aus, umkreisten Zander und duckten sich, bereit zum Sprung.

Und, ja, aus den Ohren des Anführers qualmte es richtig! Hervorragend! Das würde ein schöner Kampf, ganz nach Zanders Geschmack. Sechs gegen einen. Vielleicht bekam er endlich eine richtige Abreibung. Und sollte er bei der Gelegenheit gleich ein paar Dämonen ausschalten, umso besser.

Titus kam hinter ihm angelaufen, als Zander gerade nach seinem Parazonium griff, dem antiken griechischen Dolch, der die klassische Waffe der Argonauten war, und den Zander hinten auf seinem Rücken trug. »Oh, Mist. Du musstest die auf die Palme bringen, stimmt's?«

»Und ob ich das musste.«

Titus zog seinen eigenen Dolch. »Okay, du Genie, welche willst du?«

»Alle.«

»Zander …«

»Halt dich zurück, solange ich dich nicht brauche«, murmelte er. »Ich kann nicht sterben, schon vergessen? Du sehr wohl.«

Er trat zurück in den Dämonenkreis und achtete nicht auf Titus' Widerspruch, denn er wusste, dass der Argonaut auf ihn hören und es ihn zunächst allein versuchen lassen würde.

»Dann mal los, Mädels. Zeigt mir, was ihr draufhabt.«

Mit einem Brüllen bleckten die Dämonen ihre Keilzähne und griffen an.

Dies war ein Familienstreit, in den Callia ganz sicher nicht mit hineingezogen werden wollte.

»Das ist lachhaft. Isadora, verbiete es ihm!«, wandte sich Casey Simopoulos erschöpft an ihre Halbschwester, die künftige Königin von Argolea.

Von der gegenüberliegenden Seite des eleganten Schlafgemachs aus wechselte Callia einen Seitenblick mit Isadora. Die Prinzessin hatte ihr blondes Haupt gesenkt und betrachtete den Boden zwischen ihren rosa Pantoffeln. Ihre Hände hatte sie auf dem Rücken verschränkt, und ihr zartrosa Kleid schien die zierliche Gestalt buchstäblich zu verschlucken. Sie war der Inbegriff der Unterwürfigkeit und hatte nicht einmal mit der Wimper gezuckt, seit ihr Vater, der sterbende König Leonidas, seinen irrwitzigen Beschluss verkündete.

Sie würde bald Königin, war die *Gynaíka,* die in naher Zukunft über ihr Land herrschen, die Argonauten befehligen und sie in diesen gefährlichen Kriegszeiten anführen sollte. Atalanta trieb sich in der Menschenwelt herum, auf der Suche nach einem Weg, wie sie die Halbblute vernichten und nach Argolea gelangen konnte, um sich dafür zu rächen, dass sie nicht bei den Argonauten aufgenommen worden war. Folglich war eine willensstarke Anführerin für Argolea zwingender denn je.

Die Isadora indes nicht sein könnte, wie Callia schon eine ganze Weile dachte. Sie kam nicht umhin, sich zu fragen, ob Leonidas' Dekret tatsächlich für alle das Beste wäre.

»Isadora, du darfst ihn das nicht tun lassen«, sagte Casey lauter und ging auf ihre Schwester zu. »Wir sind doch nicht in der Steinzeit!«

»Genug!«, keuchte der König, während er versuchte, sich auf den Kissen seines ausladenden Himmelbetts weiter nach oben zu stemmen.

Callia beachtete das Brummen nicht, das ihr seit zehn Minuten durch den Schädel dröhnte, legte ihre Instrumente ab und ging zum König, um ihm zu helfen.

Es ärgerte ihn sichtlich, Hilfe zu brauchen, aber er wehrte sich nicht. Heute war sein Verstand klar, was er nutzte, solange er konnte. »Isadora heiratet beim nächsten Vollmond. Keine Widerrede.«

Caseys Mundwinkel zuckten. »Es ist unrecht, und das weißt du.«

Der König wandte sich seiner dunkelhaarigen Tochter zu. Aus dem simplen Grund, dass ihre Mutter menschlich gewesen war, durfte sie niemals Königin werden, obwohl Casey die Stärkere war und die bessere Wahl wäre, wie alle wussten. Leonidas blinzelte, denn er sah nichts mehr außer verschwommenen Umrissen. »Isadoras Vermählung mit einem Wächter *meiner* Wahl sorgt dafür, dass der Rat ihre Autorität nicht anficht. Du hast mir bereits den genommen, den ich als Ersten für sie bestimmt hatte, Acacia. Und es steht dir nicht zu, dich in meine Entscheidung einzumischen, wen ich statt seiner erwähle.«

Betretene Stille trat ein, die Callia bis in ihr Innerstes fühlte. Sie kannte sich leider sehr gut mit Dominanz aus, damit, was es bedeutete, von *Patéres* kontrolliert zu werden. Und nach geltendem Recht gab es sehr wenig, was eine *Gynaíka* tun konnte, außer zu gehorchen. Im Stillen verfluchte sie ihre patriarchalische Gesellschaft, in der Frauen nur die Chance hatten zu werden, was sie wollten, solange der Mann, dem sie unterstanden, zustimmte.

Isadora hob weder den Kopf, noch sah sie ihren Vater oder ihre Schwester an. Callia und Isadora hatten einander zwar nie nahegestanden, aber ein Teil von Callia fühlte mit der Prinzessin. Jener Teil, den sie ungern zur Kenntnis nahm, geschweige denn zu Wort kommen ließ.

Da es ihr an Familiendrama reichte, packte Callia ihre restlichen Sachen zusammen und klappte ihren Arztkoffer zu. Als Privatheilerin des Königs verbrachte sie in letzter Zeit viele Stunden hier, linderte und behandelte seine Leiden, doch sie genoss es kein bisschen. Vor allem nicht, wenn sich, wie jetzt, Kopfschmerzen ankündigten. Und bei jedem Besuch in der Burg bestand die Gefahr, einem Argonauten in die Arme zu laufen. Was sie um jeden Preis vermeiden wollte. »Ich komme morgen früh wieder, um nach Euch zu sehen.«

Seine knorrige Hand schnellte vor und ergriff ihren Arm, bevor sie auch nur einen Schritt machen konnte. Selbst mit 684 Jahren und einem Körper, der schließlich dem Alter erlag, war er immer noch stark. Stärker als die meisten anderen. »Ich will, dass du bleibst.«

Ein Angstschauer lief ihr über den Rücken. »Das ist nicht nötig, Hoheit. Und auf mich wartet Arbeit in der Klinik. Ich muss dringend zurück.«

»Bis Vollmond ist es nur noch eine Woche. Nachdem ich den Argonauten meinen Beschluss mitgeteilt habe, musst du prüfen, ob mein Kandidat bei bester körperlicher Verfassung ist. Ich brauche die Gewissheit, dass er sofort einen Erben zeugen kann. Die Untersuchung wirst du in meinem Schreibzimmer vornehmen.«

Callia sah zu Isadora, die ihren Kopf noch tiefer neigte, falls das überhaupt möglich war. Es musste herrlich sein, als bloße Brutmaschine betrachtet zu werden!

Doch, gütige Götter, Callia hatte wahrlich andere Sorgen. Der König wollte eine Untersuchung, an einem Argonauten seiner Wahl, heute. Ihr fielen tausend andere Foltermethoden ein, die sie dieser vorgezogen hätte. »Ähm, ich bin sicher, ein anderes Mal wäre …«

»Das ist keine Bitte«, fiel er ihr schroff ins Wort und ließ sie los. »Althea!«

Seine Zofe kam ins Zimmer geeilt und verneigte sich. »Ja, Eure Majestät?«

»Hol mir Demetrius. Er ist bei den Wachen am Portal, wo er die neuen Rekruten ausbildet. Ich will ihn und die anderen Argonauten in einer Stunde hier versammelt sehen.«

Altheas Augen weiteten sich im selben Moment, in dem ein Stich durch Callias Brust schoss. »Alle, Eure Majestät?«

Er wischte die Frage mit einer Handbewegung fort. »Geh schon.«

»Ähm, Hoheit«, begann Callia, als Althea aus dem Zimmer lief. »Ich denke wirklich …«

»Isadora«, fiel er ihr ins Wort, »bring Callia in mein Schreibzimmer und sorge dafür, dass sie sämtliche Instrumente und Sonstiges hat, was sie für die Untersuchung braucht. Ich möchte, dass ihr beide wieder herkommt, sobald die Argonauten da sind.«

Isadora bemühte sich gar nicht erst, ihm zu widersprechen, drehte sich wortlos zur Tür und huschte auf ihren weichen Seidenschuhen hinaus. Callia seufzte resigniert. Ihr blieb keine andere Wahl, als der Prinzessin zu folgen.

»Acacia.« Der König wandte sich seiner anderen Tochter zu. »Such deinen Ehemann und lass ihn seine Wächter von ihrer Patrouille zurückrufen, egal, wo sie sind. Und ich will keine Ausflüchte hören. Ich will sie hier, ausnahmslos. Ist das klar?«

Die Arme vor der Brust verschränkt, runzelte Casey die Stirn und trat näher an sein Bett. Nicht nur war sie mit ihrer ärmellosen weißen Bluse und der schwarzen Hose vollkommen anders gekleidet als Isadora; im Gegensatz zu ihrer Schwester hatte Casey auch keinerlei Hemmungen, ihn in seine Schranken zu verweisen. »Oh ja, ich werde zu Theron gehen und ihm genauestens berichten, was du vorhast, keine Bange.« Als sie glaubte, nahe genug zu sein, dass er sie einigermaßen erkennen konnte, tippte sie sich an den Kopf. »Das geht nach hinten los, wie dir hoffentlich bewusst ist.«

Der König schnaubte verächtlich und blickte stur geradeaus.

»Ja, wird es«, bekräftigte sie, beugte sich hinunter und küsste ihn auf die faltige Wange. »Glaub mir, Dad, Isadora wird nicht ruhig dasitzen und dich über ihr Leben bestimmen lassen.«

»Doch, wird sie«, murmelte er. »Weil sie nicht so ist wie du.«

Casey richtete sich wieder auf und obwohl sie unverkennbar in Rage über das war, was mit ihrer Schwester angestellt wurde, sah Callia in den Zügen des Halbbluts auch Mitgefühl mit dem lange verloren geglaubten Vater. Ein Mitgefühl, von dem Callia wünschte, sie könnte es für ihren eigenen Vater empfinden.

»Du hast Recht«, sagte Casey. »Ist sie nicht. Sie ist stärker als ich, stärker als wir alle. Und schon bald wirst auch du das erkennen. Wie jeder andere.«

Der König antwortete nicht. Weder als Casey sich abwandte und hinausging, noch als Callia ihre Tasche aufnahm und ihr folgte. Doch als sie an der Schwelle war, meinte Callia beinahe sicher, den alten *András* murmeln zu hören: »Ich hoffe, du hast Recht. Und um unser aller willen hoffe ich, dass sie endlich beweist, wie Unrecht ich habe.«

Lesen Sie weiter in:

Elisabeth Naughton,
BANN DER EWIGKEIT
(978-3-453-40890-6)